고해정토

苦海淨土

石牟礼道子

고해정토

나의 미나마타병

이시무레 미치코
김경인 옮김

달팽이출판

진보하는 과학문명이란, 보다 복잡하고 합법적인 야만세계로 역행하는 폭력지배를 말하는 것이 분명하다. 동양의 덕성, 그 체질 속에 숨겨져 있는 전제주의와 서구 근대가 기술의 역사 속에서 관철시켜온 합리주의의 더없이 황폐한 결합으로 일본 근대 화학산업이 발전했고, 이 열도의 골수까지 파고든 종양덩어리의 전모를 미나마타병 사건은 보여주고 있다.

이시무레 미치코 1927~2018

石牟礼道子

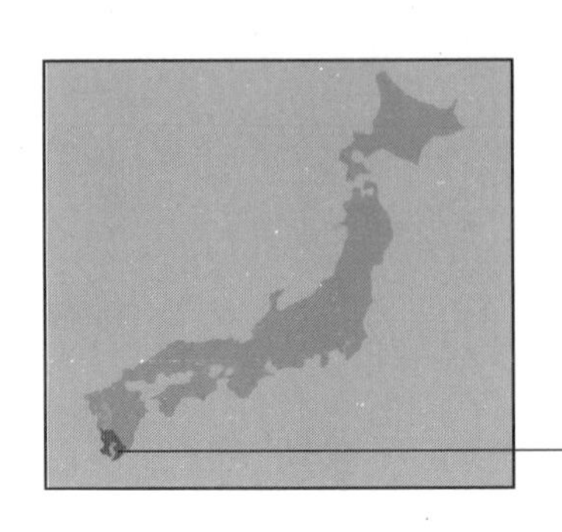

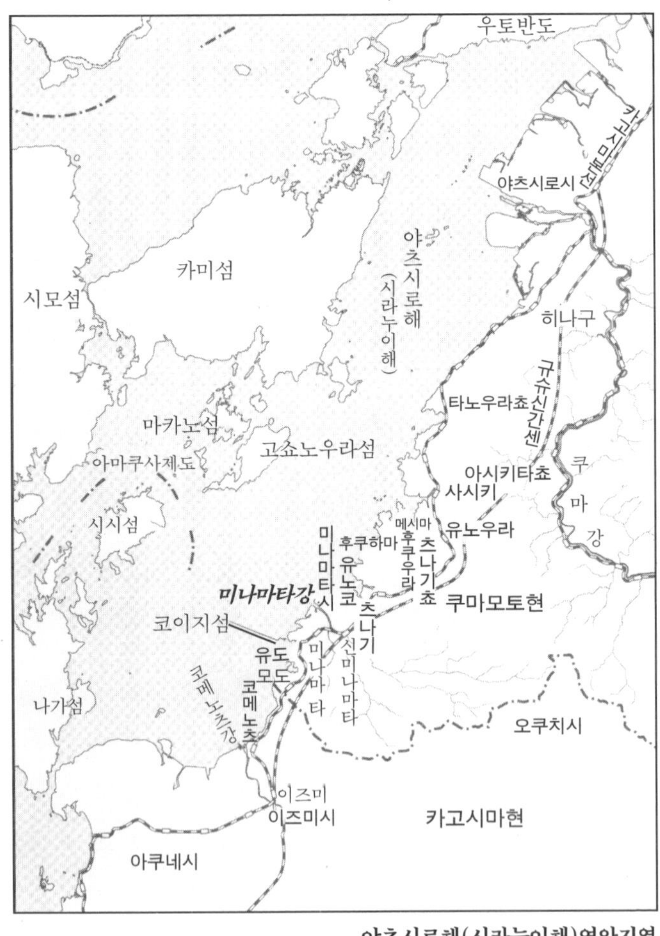

야츠시로해(시라누이해)연안지역

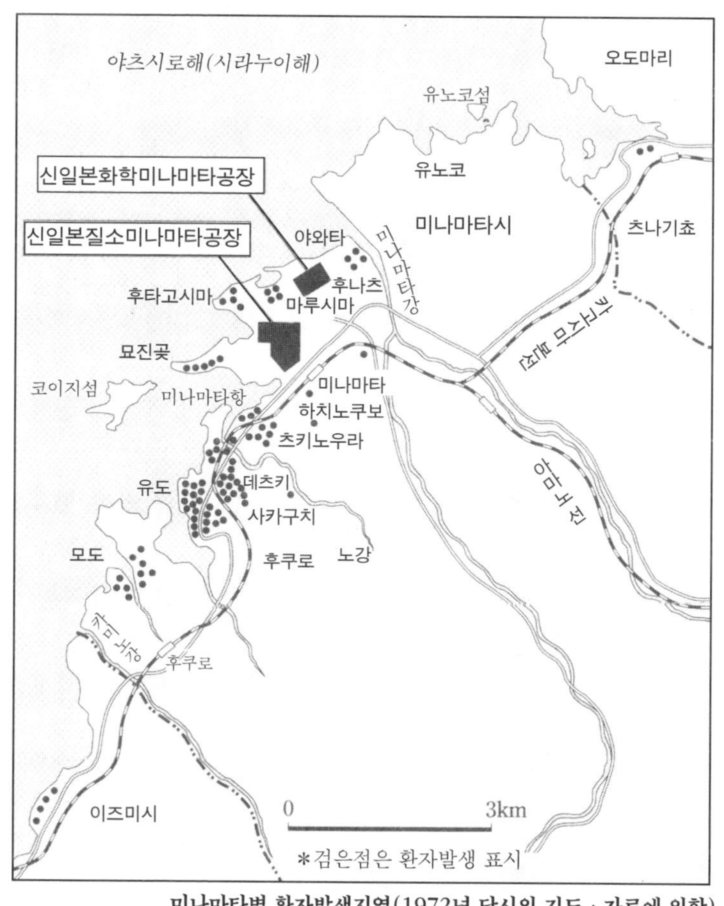

미나마타병 환자발생지역(1972년 당시의 지도 · 자료에 의함)

차례

1 · 동백의 바다

외딴 바닷가에 버려진 작은 배
삶과 죽음의 고해는 끝도 없다

소년의 눈동자

•

일년에 한두 번, 태풍이나 와야 파도가 이는 조그마한 만(灣)을 둘러싸고 유도(湯堂)부락이 있다.

가늘게 떨리는 속눈썹 같은 유도만의 잔물결 위로 작은 배와 정어리 망태 등이 떠 있다. 아이들은 발가벗은 몸으로 이 배에서 저 배로 뛰어다니거나 바닷속으로 풍덩 뛰어들며 놀았다.

여름이면 아이들이 질러대는 소리가, 밀감 밭이며 협죽도(夾竹桃), 몽글몽글 혹 달린 커다란 옻나무며 돌담 틈을 타고 집집으로 울려 퍼졌다.

마을에서 가장 낮은 곳, 배에서 뭍으로 오르면 가장 먼저 발을 내딛는 단구(段丘) 밑동에 오래되고 큰 공동우물 — 빨래터가 있다. 사각의 널찍한 우물안 돌벽에 자란 이끼그늘에 숨어 송사리며 붉은색을 띤 가련한 게들이 노닐고 있었다. 이처럼 게가 사는 우물이라면 부드러운 맛이 나는 암반수가 샘솟고 있음이 분명했다.

그렇다, 이 부근은 바다 밑에서도 샘물이 솟는다.

지금은 사용하지 않는 우물 바닥에는 독중개가 동백꽃이나 닻 모양을 하고 겹겹이 가라앉아 있다.

우물 위 벼랑에는, 나이를 가늠할 수 없는 동백 고목이 자라 이중 삼중으로 빨래터와 그 앞 공터 위로 드리워져 있다. 검푸른 나뭇잎과

구불구불 휘어 뻗은 가지는 자신의 뿌리 때문에 갈라진 바위를 끌어안고 오랜 세월의 정령을 내뿜고 있다. 그 아래 그늘은 언제나 시원하고 고요했다. 우물도 동백나무도 자기가 살아온 세월뿐만 아니라 이 마을의 세월까지 낱낱이 말해주고 있다.

유도부락 입구 근처에 사츠마(薩摩 카고시마현 서부의 옛 이름-옮긴이)의 경계선인 히고(肥後 쿠마모토현의 옛 이름-옮긴이)로 들어가는 육로와 해로 입구에는 검문소가 있었을 터이다. 유도만 밖으로는 시라누이해(不知火海)다.

어부들은 말한다.

"고쇼노우라에서 하룻밤 묵고, 아침에 바다가 자는 틈을 타 한걸음에 서둘러 돌아오곤 했지."

고쇼노우라는 눈앞에 보이는 아마쿠사(天草)를 가리킨다. 그 아마쿠사를 향해 몸의 방향을 왼쪽으로 틀면 육로도 해로도 사츠마와 교차한다.

유도만 건너편이 모도(茂道)부락이다. 모도부락 끄트머리에 그리 맑지 않은 개천이 흐르는데, 이것이 현의 경계선인 '카미노강[신의 강]'이다. 강변 바위에서 쌀뜨물을 흘려보내면 바로 경계선을 지나 뜨물이 닿는 저쪽 집에서는 영락없이 카고시마현 사투리를 쓴다.

모도부락을 넘어 카고시마현 이즈미시 코메노츠, 그리고 쿠마모토현 쪽으로 3번 국도를 따라 모도, 후쿠로, 유도, 데츠키, 츠키노우라로 미나마타병 다발지대가 펼쳐지고, 햐쿠켄 항구로 들어선다. 길은 햐쿠켄에서 다시 미나마타 시가로 이어지고, 햐쿠켄 항구에 신일본질소 미나마타 공장의 배수구가 있다.

우물이 있는 평지를 따라 판자로 만든 벽에 마루방이 있는 마을 회관 — 청년회관이 쓰러질 듯 간신히 버티고 서 있었다. 바닷바람이 스민 이 초라한 건물은 오랫동안 젊은이들이 사용하지 않은 탓에 휑하니 노인네들의 뼛속 깊이 사무친 외로움만이 스산하게 건물 안을 맴돌았다. 청년들의 발길이 끊어진 청년회관은 마을의 생기를 눈에 띄게 앗아가 버렸다.

젊은이들이 마을에, 그러니까 어부로 남아있지 않게 된 것은 이미 오래전이다. 특히 미나마타병이 퍼지면서 더는 옛날로 돌아갈 수 없게 되었다. 아무리 솜씨 좋은 어부라도, 고기 잡는 법을 아버지가 아들에게 전수하는 일은 이제 불가능한 일이 되었다.

나이든 어부들은 시무룩이 그런 생각을 했다. 그들은 저마다 자기야말로 돔 낚시의 명인이며, 작살 다루기의 명인이며, 다래끼 짜는 일에 도가 텄다고 믿고 있었다. 그들 한 사람 한 사람은 자기들 말처럼 그야말로 둘도 없는 명인임에 틀림없었다. 그들의 자긍심은 생계를, 어시장을, 미나마타 시민의 단백질을, 시라누이해 연안어업의 일각을 지탱해왔으므로.

널문이 떨어져나간 지 오랜 청년회관의 텅 빈 마룻바닥에 손자를 데리고 나온 늙은 어부가 앉아 있었다. 그의 귀는 오래된 소라고둥처럼 시라누이해를 향해 열려있었지만 눈동자는 구름 낀 하늘처럼 흐리멍덩해서, 아마 그 시력으로는 그물 손질마저 어림없으니 어린 손자를 떠맡게 된 것이리라.

금이 간 청년회관 마룻바닥에는 자신의 젊은 날 추억도 스며있을 게 분명하건만, 바다를 바라보다 손자를 바라보다 하는 늙은 어부는 불안하고 멍한 얼굴이다. 사방을 헤집고 기어 다니는 손자는 그의 체력으로 힘겨운 상대다. 그는 반은 졸고 있는듯, 엉금엉금 기어 다니다 말고 손가락을 통째로 빨며 혼자 놀고 있는 손자와는 이미 다른 세계에 있어 보였다.

그런 늙은 어부의 얼굴은 우리 마을 늙은 농부들과 너무 똑 닮았다. 우리 마을 노인들의 아들딸들도 논 물을 언제 들이고 빼는지, 어떤 날 밤에는 옆집 논두렁 어디쯤을 터서 제 논에 물을 들일지, 그런 다음 논두렁을 어떻게 다시 막아야 하는지 더 이상 알지 못한다. 모낼 철에 써레질하러 오는 경운기를 이리저리 뜯어보고 늙은 농부들은 탄성인지 원성인지 모를 소리로,

"아이고 참, 지금은 기계 가진 놈이 상전이여! 옛날에는 소나 말도 평생 뼈가 빠지게 일해야 게우 살 수 있었잖은가베. 기계를 가졌으니 상전도 큰 상전이지."

한숨 섞어 탄식하고, 정강이에 들러붙은 거머리를 떼어내 논두렁에 냅다 내동댕이치고 발뒤꿈치로 분풀이 하듯 짓이기는 것이었다.

농부들이 거머리를 짓이겨 죽이는 것처럼, 이 늙은 어부도 가랑이 사이로 기어드는 갯강구를 지팡이 끝으로 톡 찍으려 해보지만, 갯강구의 도망치는 걸음이 침침한 눈으로 내려찍은 지팡이보다 재빨라서 꼬리 끝만 간신히 짓이길 수 있었다. 그 덕분에 갯강구는 마루에 자국을 남긴 채 바닥으로 나뒹굴고 만다.

노인들은 자식들에게 물려줄 무형의 유산이나 숨은 뜻이, 자기들 안에서 소멸되려는 것에 대한 불안을 애써 견디고 있는 듯했다. 허물어져가는 청년회관처럼 그들의 육신도 마음도 풍화를 거듭하고 있었다. 여름의 바닷가 어디를 거닐어도 그 같은 바람이 잠재해 있었다.

그런 재작년 여름이 끝나가던 어느 날 오후를 나는 다시 떠올린다. 1963년의 가을을.

아이들은 이제 놀이터삼아 바다에 나가는 일도 없고, 유도의 불그스름한 비탈길에는 가을 그림자가 낮게 드리우고, 들꽃은 흐드러지고, 파란 밀감 냄새가 공기 속을 떠돌고, 바다에서도 집집에서도 그 어떤 소음도 들리지 않았다. 빗질이라도 한 듯한 정적이 어부가 대부분인 이 부락을 찾아드는 때가 있다.

사람들은 바다에 나갔거나 읍으로 나들이를 갔거나 했을 터이고, 닭들도 홰에 앉아 낮잠을 자고 있음이 분명했다. 나는 숨을 죽여가면서 바다를 향해 앉은 부락의 비탈길 중간쯤에 있는 큐헤이 소년의 집 앞뜰에 서 있었다.

전에 없이 소년은 집 밖에 나와 있다.

소년은 아까부터 무서울 정도로 열심히 한 가지 '작업'을 반복하고 있었다. 아무래도 그것은 '야구연습'처럼 보였는데, 소년의 동작이 너무 엄숙해 말을 걸기가 망설여져서 나는 그 자리에 붙박인 채 소년과 호흡을 맞추고 서 있었다.

소년은 두 손으로 막대기를 쥐고 있다.

다리와 허리는 불안했고, 서 있을 때건 다리를 굽히려고 할 때건 구부정하고 엉거주춤한 자세다. 그와 같은 자세는 소년의 나이와는 전혀 걸맞지 않아서, 무심히 뒷모습과 하반신을 보고 소년을 노인이라고 착각해도 무리는 아닐 터였다. 소년의 천성과 의지와는 상반된 모습이었다. 가까이 다가가 보면 목덜미에서는 그 나이 또래 소년들이 가지고 있을 법한 냄새를 물씬 풍기고, 청년기에 접어들고 있는 어깨골격은 미나마타병만 걸리지 않았다면 건장한 어촌의 소년으로 성장했을 것을 의심할 여지없이 보여주고 있었다. 소년은 앞이 무지러진 게타(일본식 나막신-옮긴이)를 신고 있었다. 게타를 신는다는 것이 소년에게는 상당한 노동임을 나는 안다.

게타를 신은 두 발로 앙버티고 서서, 양다리와 허리에 지나치게 힘을 준 나머지 경미한 경련마저 일고 있었지만, 소년은 그대로 웅크리고 앉아 양손으로 쥔 막대기로 지면을 톡톡 치면서 온몸으로 빙그르 원을 그렸다. 그리고 쭈뼛쭈뼛 자라기 시작한 까까머리를 갸우뚱 한 채 앉은뱅이걸음을 하더니, 이번에는 한쪽 손으로 지면을 짚고 다른 한쪽 손으로 막대기를 내저었다. 막대기 끝으로 뭔가를 찾고 있는 것 같았다. 그러기를 몇 번, 툭 하는 소리를 내며 막대기는 찾고 있던 돌멩이를 건드렸다.

소년은 눈이 보이지 않았다.

소년은 조심스럽게 막대기를 땅에 놓더니 찾아낸 돌멩이를 애무하듯 쪼그려 앉은 무릎 사이에서 왼손으로 꼬옥 쥐고 있었다. 오른손은 거의 경직되어 있었기에, 주먹만한 돌멩이는 왼손에서 삐죽이 내다보였다. 돌은 동그랗지 않고 조금 길쭉한 모양이다. 소년의 불편한 왼손바닥에 잘 길들여진 듯 돌 표면은 손바닥 땀이 희미하게 배어 있었다.(돌은 소년이 5년 전, 집 앞 도로공사 때 주운 이후로 줄곧 애용해오고 있는 것이라는 걸 나는 나중에야 알았다. 소년은 항상 그 돌을 집의 토방 한쪽에 자기가 파놓은 작은 구덩이에 넣어 보관하고 있었다. 굴러서 멀리 도망가지 못하도록) 반쯤 눈꺼풀이 감긴 눈알을 약간 치켜뜨고, 자기가 파놓은 구덩이를 향해 앉은뱅이걸음으로 다가가 떨리는 손가락으로 구덩이를 더듬으며 돌을 집어넣는 소년의 모습은 너무 애달팠다. 돌 안에 스며있는 묵직한 중심을 나는 느꼈다.

이윽고 소년은 꽤나 나이 먹은 사람이 간신히 허리를 펴고 일어선 것처럼 어정쩡한 자세를 취하더니, 왼손에 쥐고 있던 돌멩이를 어렵게 허공을 향해 던졌다. 그리고 지금까지 취했던 그 어떤 동작보다도 잽싸게 양팔로 막대기를 옆으로 휘둘렀다. 허리가 휘청 흔들렸지만 소년은 나뒹굴지 않았다. 돌은 엉뚱한 방향으로 휙 날아가, 소년이 막대기를 휘둘렀을 때는 이미 땅바닥에 떨어졌으므로, 돌은 막대기에 맞지 않았다.

소년은 조용히 돌이 떨어진 쪽으로 고개를 돌리더니 자신의 '야구방망이'로 슬슬 지면을 다시 더듬기 시작했다.

점심은 진즉에 끝났고 사람들은 밭이나 바다, 아니면 읍에 나간 뒤라서 부락 전체가 진공상태였다. 이런 가을 오후에는 으레 돌담과 집들, 가늘게 구부러진 언덕길 사이로 마을아래 유도만의 통통배 소리며 노인들이 손자를 부르는 소리, 톡톡 땅을 파헤치는 닭 소리가 들려왔다. 그러나, 큐헤이 소년 혼자만이 '야구연습'을 하고 있는 오후의 마을풍경은 소년의 처절한 동작이 이 진공을 움직여가는 유일한 마을의 의지라도 되는 듯, 달리 움직이는 것은 아무것도 없었다. 지면에서 숨을 내뿜고 있는 풀과 나무, 돌멩이들과 더불어 나도 호흡을 맞추고 있었다. 소년의 동작에 맞춰서. 소년의 목덜미에는 흠뻑 땀이 젖어 있었다.

한참을 그러고 있다가 나는 다가가 소년의 이름을 불렀다.

소년은 놀랐는지 툭 막대기를 떨어뜨렸다. 조화가, 소년과 소리 없는 마을이 만들어낸 조화가 그 순간 깨졌다. 소년은 황망히 서서 문을 찾기 위해 방향감각을 통일시키려는 것처럼 보였다. 그리고 마치 뒷걸음질로 돌진하듯 문 안으로 들어갔다.

그것이 야마나카 큐헤이 소년과 나와의 첫 만남이었다. 나에게는 이 소년과 거의 같은 또래의 아들이 있었다. 감정은 격해지고 속에서부터 끓어오르는 모성을 내 안에서 느끼고 있었다.

야마나카 큐헤이에 대해 말할 때, 미나마타 시청 위생과 직원들은 곤혹스러움이랄까 반가움이랄까 알 수 없는 묘한 표정으로 입을 모았다.

"야마나카 큐헤이요? 정말이지, 큐헤이는 못 당해요 못 당해!"

시청 위생과는 큐헤이에게 두 손 두 발을 다 든 상태였다. 특히 위생과 직원 요모기 씨는 소년을 얘기할 때면 눈을 가늘게 뜨며 보통내기가 아니란 듯이 말했다.

쿠마모토 대학 의학부에서 하는 미나마타병 환자의 조사와 검진을 미나마타 시립병원이나 현지 마을에서 할 때, 집에 있는 환자들에게 통보하는 일은 시청 위생과 담당이다. 위생과에는 환자들을 검진장소로 데리고 가는 전용버스가 있었다. 전용버스 운전기사 오츠카 청년은 좁은 마을길을 돌면서 가능하면 환자가 있는 한 집 한 집 가까이에 차를 댔다. 환자의 집 바로 근처에 와서 경적을 울린다. 그러면 논두렁이나 벼랑쪽, 삼나무 숲이나 바닷가 길가에 사람들이 삼삼오오 모여 있거나 여기저기 골목에서 천천히 걸어 나오기도 했다.

엄마나 할아버지 할머니에게 안기거나 업혀, 목도 가누지 못하는 태아성 미나마타병 아이들과 위태위태한 걸음걸이의 어른환자들이 해변이나 논 옆길에 옹기종기 모여 서 있는 풍경은, 역시 평범한 시골 버스정류장 풍경과는 사뭇 달랐다.

옆을 지나가는 사람들은 약간 몸을 움츠리며 이상한 모습의 아이들 무리를 보고 짧게 말을 걸어보기도 하는데, 그것은 가끔 사람들의 상냥함으로 보이기도 하지만 그렇지 않을 때도 있다.

아이들과 사람들이 서 있다는 것만으로 논도 흙탕물 튀는 길도 빛나는 파도도 굳어버리고, 사람들은 실로 조심스럽게, 당혹스럽다는 듯이, 마음을 깊이 굴절시킨 것 같은 얼굴에 붙임성 좋은 미소를 띠고 있었다.

오츠카 청년은 모여 있는 사람들에게,

"어이, 토모코 왔구나!" 하는 식의 활달한 인사를 건넨다.

마침내 청년이 기운 좋게 탁 소리를 내며 차문을 닫으면 버스 안에서는 미묘한 변화가, 바깥풍경 속에 있을 때의 불안하던 모습과는 전혀 다른 변화가 일어나는 것을 나는 항상 느꼈다. 그것은 대개, 말 못하는 아이들이 지르는 가느다란 목소리나 매끄럽게 이어지는 어른들의 대화였다. 열 살 전후의 아이들은 엄마나 할아버지 할머니의 팔에 안겨, 목을 뒤로 젖히듯 등 쪽으로 힘없이 꺾어놓고, 창 밖으로 보이는 바깥풍경을 느끼고 있었다. 아이들의 시력은 전혀 안 보이거나 시야가 극도로 좁아져 있었다. 말 못하는 아이들이 지르는 미묘한 소리나 그 시선에서는, '사지 이상자태' 즉 경직되어 새처럼 가늘어진 손발을 가슴에 끌어안듯 웅크리고 있는 조그마한 그들이 버스에 탈 수 있었다는 사실을 더없이 기뻐하고 있음을 알 수 있었고, 어른들은 그런 아이들을 번갈아 보면서 한시름 놓은 사람처럼 웃음짓는 얼굴로 이런저런 이야기를 나누기 시작했다.

버스 안의 그런 풍경은, 특히 미나마타병이 퍼진 다음부터는 버스 밖의, 그러니까 자신들이 나고 자랐으며 또 현재 살고 있는 고향의 풍경 속에 완전하게 동화되지 못하고 살아왔음을 말해주고 있었다. 오츠카 청년이 탁 소리가 나게 차문을 닫고, "좋았어, 출발!" 하고 목청 좋게 외치고 핸들을 쥐면, 사람들은 안도하고 온화함을 되찾는다. 그리고 굳어있던 바깥풍경에서 해방되면, 청년의 존재 같은 건 진즉에 잊어버린 듯 아주 자연스러운 버스 안 풍경이 되는 것이었다.

오츠카 청년은'어이'나 '아'와 같은 외마디 인사를 말 못하는 아이들에게 건네지만, 대개는 입을 꾹 다문 채 아이들의 흐물흐물 다루기 힘든 몸을 자리에 앉히는 일을 위생과 직원과 함께 거든다. 그러고 나서 운전석에 돌아오면, 청년은 눈 꼬리에 남은 미소를 거두고 어딘지 모르게 화난 사람처럼 보이는 표정이 된다. 그런 걸 보면 그가 불필요한 간살이라곤 전혀 떨지 못하는 성격임을 알 수 있다.

미나마타병 환자를 대하는 오츠카 청년의 태도는 늘 이런 식이었다. 억지스럽게 겉으로 드러내 보이는 저 선의라는 것을, 무뚝뚝하고 거친 그러면서 어딘지 모르게 애교 있는 얼굴 속에 숨겨두고 있었다. 오히려 자신도 모르게 쌓여가는 분노를 가슴에 담아두고 어쩔 줄 몰라 하는 것처럼 보이기까지 했다.

그것은 분명, 예부터 미나마타강 상류에 살면서 해변의 친구들과 오며가며 자라온 이 청년과 동향인 이웃에 대한 본능적인 연대감 같은 것이기도 했다. 미나마타병 사건에 대한 미나마타시 주민들이 보이는 몇 가지 미묘한 반응의 형태 중 청년의 태도는 실로 당연한 것이며, 그것은 이 땅 속을 휘도는 지하수처럼 마르지 않을 상냥함을 보여주고 있었다.

미나마타병 발생 당시 청년은 시내에서 택시운전을 했다. 청년은 그 난리중에 전국에서 모여든 보도관계자나 후생성이니 무슨무슨 기관이니 하는 곳에서 나왔다는 공무원이나 국회의원들, 그리고 정체불명의 학자 같은 위인들을 태우고 쉴 새 없이 달렸었다.

미나마타병 때문에 왔다싶은 손님들의 행선지는 신일본질소공장이거나 유노코 온천, 야마토야 여관, 그리고 시립병원이거나 시청 등 가지각색이었다. 그러나 외지에서 들어와 환자의 집과 부락을 바쁘게 오가는 사람은 쿠마대학의 의료진이었다. 이런 모든 상황을 보며 청년은 자기 나름의 판단을 미나마타병 전체에 집중하고 있는 것처럼 보였지만, 자진해서 입에 올리지는 않았다.

시청 위생과 운전기사가 된 그가 버스에 올라탄 뒤 탁 소리를 내며 차문을 닫으면 어린 환자도 어른도 그제야 안심했다. 창문으로 불어오는 바람에 '시노부짱' 머리에서 훌러덩 작은 꽃 모자가 날아간 것만으로도 벌써 버스 안은 떠들썩한 웃음소리로 가득 찼다.

1954년에서 1959년에 걸쳐 미나마타병이 많이 발생했던 부락의 어촌가정에서 태어난 아이들 중, 뇌성소아마비 증세를 띤 아이들 비율이 높아 이상히 여겼었는데, 1962년 11월 미나마타병 진단회는 이 아이들 중 먼저 17명을, 1964년 3월 말 6명을 포함해 총 23명이 태아성 미나마타병이라고 발표했다. 아이들은 엄마의 뱃속에서 이미 유기수은에 중독된 상태로 이 세상에 태어난 것이다.

태아성 미나마타병의 발생지역은 미나마타병 발생지역을 그대로 좇아, '신의 강' 앞에 있는 카고시마현 이즈미시 코메노츠 마을에서 쿠마모토현 미나마타시로 접어들어 아시키타군(郡) 타노우라까지 미치고 있었다. 한 돌이 지나고 두 돌이 되어도 아이들은 걷는 것은 물론이고 기지도, 말하지도, 젓가락질도 못했다. 때때로 정체불명의 경련이나 경기를 일으키기도 했다. 생선이라곤 먹어본 적도 없는 젖먹이 아기가 미나마타병일 거라고 엄마는 꿈에도 생각 못하고, 진단이 내려질 때까지 시내 병원으로 정신없이 뛰어다녀야 했고, 치료비 마련을 위해 배며 어구들을 내다팔아야만 했다.

4년이 지나고 5년이 지나는 동안 아이들은 하는 수 없이 마을길 깊숙한 곳 어둑한 집에서 거의 온종일을 혼자 뒹굴며, 머리맡을 어슬렁거리는 고양이와 갯강구 그리고 집 밖에서 일하는 혈육의 기운을 온몸으로 느끼면서 살아왔다.

기어 다니거나 어중간히 설 줄 아는 아이들이 오히려 걱정이었다. 코타츠(상 밑에 방열기구를 넣고 그 위에 이불 등을 덮은 난방기구-옮긴이)나 이로리(화덕. 농가 등에서 마룻바닥을 사각형으로 도려파고 방한용이나 취사용으로 불을 피우는 장치-옮긴이)로 넘어지거나 문턱에서 굴러 떨어지지 않도록, 간신히 기어 다니거나 설 수 있을 만큼 공간만 주고 포대기 끈 따위로 그 여린 허리를 묶어 기둥에 매어두지 않으면 안 되었다. 그래도 많은 아이들이 코타츠로 떨어져 화상을 입거나 문턱에서 넘어져 입은 타박상으로 크고 작은 생채기가 있었다. 그 뜨거운 불구덩이로 넘어져도 어린 아이들은 누구한테도 도움을 요청할 수가 없다.

이 아이들 중에는 미나마타병으로 아버지나 누나, 형을 잃은 아이도 있다. 그러나 이러한 사실은 고사하고 자기 자신이 끔찍하고 참혹하기 짝이 없는 태아성 미나마타병이라는 사실조차 전혀 자각하지 못한다. 하지만 형제는 학교에 가고 부모는 바다로 들로 나가버린 텅 빈 집안에서 기둥에 매인 채 혼자 남겨져야 한다는 현실이 아이들에겐 분명 못마땅한 일이다.

혼자서 몇 년씩이나 방바닥에 누워 지내야 했던 아이들의 눈빛은 그 어떤 사유적인 눈동자보다 더 투시적이며, 열 살 안팎인 아이의 생활감정 중에서 고독과 고립이 무엇보다 깊게 자리하고 있었다. 그러므로 이 아이들이 버스에 올라탄 순간 얼굴이 한결같이 집 밖의 하늘을 향해 빛난다고 해도 이상할 것은 없다. 빨아둔 새 기저귀가 채워지고 옷이 갈아입혀지고 혈육의 팔로 안아 올려지는 동안에 아이들은 이미 버스를 타러 간다는 사실을, 고독한 집안에서 밖으로 나가게 되리라는 사실을 예감한다. 거의 열 살 전후라고는 하지만 그들은 예외 없이 갓난아기처럼 천진난만하게 버스를 타고 병원에 간다. 즉 그들의 집과는 전혀 다른 '사회'와 접하게 된다는 기대를(물론 불안과 함께) 온몸으로 표현하고 있었다.

이런 모습의 아이들을 바라보는 것이 '나 죽고 나면 이 아이는 어찌 될까'를 생각하지 않을 수 없는 부모들에게는 너무나 애처로워서, 지금 살아서 서로를 보듬고 있다는 찰나의 교감은 찰나의 위안이 되고, 전용버스 안은 그런 혈육의 뜨거운 사랑으로 절절하고 애달프다. '시노부짱'이 애지중지하는 꽃 모자가 창문으로 불어오는 바람에 붕 날아올라 좌석 사이 통로에 떨어지고, 시노부짱이 멀뚱하게 엉뚱한 쪽을 본 채 모자가 떨어진지도 모르고(소녀는 눈도 귀도 좀 나쁘므로) 있는 것이 뭐 그리 우스운지 시끄럽게 웃어젖힌다. 버스가 옆으로 흔들리는 바람에 카즈미츠와 마츠코의 머리가 부딪혀도 버스 안은 왁자지껄한 함성으로 출렁였다.

하지만 야마나카 큐헤이 소년은 전용버스를 타고 검진하러 가는 것을 완강히 거부했다.

야마나카 큐헤이, 16세(1949년 7월생). 미나마타시 요도, 아버지는 집안 대대로 어부였는데 1960년에 가벼운 감기가 원인이 되어 사망. 누나 사츠키(1927년생), 1956년 7월 미나마타병 발병, 같은 해 9월 2일 사망.

소년은 누나 사츠키보다 일년 빠른 1955년 5월에 발병, 누나와 함께 미나마타시 시라하마 전염병원에 일시 수용되기도 했지만, 그 뒤 지금까지 재택환자로 분류되고 있다. 환자번호 16호. 현재는 노년에 접어든 어머니 치요(57세)와 단둘이 살고 있다.

소년은 가을과 겨울, 그리고 이른 봄에는 대개 무명으로 된 검은색 학생복을 입고 있었고, 겨울이면 그 학생복 위에 솜을 넣은 큼직한 조끼를 걸치고 지냈다.

소년이 입고 있는 세로줄무늬에 솜을 넣어 누빈 소매 없는 조끼는 낡았지만 두껍게 누벼 어부들의 일상과 너무 친숙한 옷이었다. 한때 일가족 모두 널찍한 앞마당 같은 시라누이 해역으로 고기잡이 나갔던 야마나카 집안에는 고기를 잡아 꾸려가던 생활의 흔적이 더는 남아있지 않았다. 대신에 그물망이나 다래끼, 손잡이 달린 뜰채를 걸어두거나 말려두었을 앞마당은 휑뎅그렁하고, 늙은 감나무의 키 높은 가지 사이로 바람만 지나가고 수수 이파리 우는 소리만 가지아래를 휘돌고 있었다.

소년이 입고 있는 헐렁하고 두껍게 솜을 넣은 소매 없는 조끼는 갯바람을 먹고 지낸 세월이 배어 있어, 이 집안의 십년 전 생활을 여실히 보여주고 있었다. 배 위에서 아버지가 입었고 누나가 입었던, 그렇게 대물려졌을 작업복을 두 사람의 일손이 죽어버린 지금 소년의 어머니는 자신의 막내아들에게 입히고 있었다.

야구연습을 방해받은 소년은 그날도 솜 넣은 조끼를 입고 어둑한 마루에 놓인 라디오 앞에 앉아 있었다.

외지에서 미나마타병을 시찰하러오거나 또는 병문안을 온 사람, 시립병원, 쿠마대학 관련자와 시청직원들, 그리고 나 같은 정체불명의 사람들이 나타나면 큐헤이 소년은 뒤도 안 돌아보고 라디오 앞에 완고하게 앉아 있다. 나는 이 사실을 이미 들어 알고 있었다. 그날도 마치 먼 옛날부터 거기 있었다는 듯 소년은 라디오 앞에 앉아 있었다. 나에게 등을 돌리고 빡빡 깎았던 머리는 어깨가 벌어지기 시작한 소년다운 목덜미까지 자라 있었다. 구부정하게 등을 굽히고 앉아서 라디오 스위치만 찰칵 찰칵 돌려댔다.

그렇게 굽어진 등은 힘껏 당겨 휘어진 활의 손잡이처럼 심상찮은 기백을 풍기고 있었지만, 그것은 마냥 팽팽하게 당겨져만 있을 뿐 겨냥한 표적을 향해 피융 하고 아직 한번도 쏘아본 적이 없는 슬픔의 무게에 휘어진 것처럼 보였다. 스위치나 다이얼을 찾고 있는 소년의 왼손은 초조한 사람처럼 쉴 새 없이 라디오를 쓰다듬었다 놓았다를 반복했고, 보이지 않는 커다란 눈동자는 삐뚜름한 허공 위에 언제나 새까맣게 붙박여 있었다.

"큐헤이"

시청 위생과 직원 요모기 씨가 소년을 불렀다.

돌아보지 않는다.

갸우뚱, 몸이 흔들리는가 싶더니 다이얼을 돌린다. 하시유키가 노래하고 있다.

"큐헤이~! 쿠마대학의 훌륭하신 선생님이 오신다잖어. 아저씨하고 같이 가자."

어머니가 대답 없는 아들에게 말을 걸어본다.

“정말 죄송혀요. 몇 번이나 이렇게 와주셨는디.”

그리고는 아들 쪽을 바라본다.

“세상에서 달랑 저거 하나, 라디오가 유일한 낙이지 뭡니까.”

“하기야, 그도 그렇겠지요. 학교에도 못 가고 있으니……”

“큐헤이, 큐헤이, 시청 아저씨가 또 오셨는데, 어쩔겨?”

소년은 등을 돌린 채 갸우뚱 다시 다이얼을 돌린다. 야구방송이 나온다. 요모기 씨는 소년의 행동을 알고 있기에 느긋하게 어머니를 향해 큰 소리로 말한다. 소년의 귀는 잘 들리기 때문이다.

“오늘 검진은 받아두는 게 좋습니다. 저, 위로금 있잖아요, 회사에서 쥐꼬리만하게 나오던 그게 좀 오른다더라고요. 그래서 이번에, 그 왜 중증인가 경증인가 하고 어른이냐 아이냐로 나눠서 나온다대요. 그것을 진단해서 위로금 올리는 기준으로 삼는답니다.”

“위로금이 오를 거란 얘기는 들었지만.”

어머니는 왠지 어색한 웃음을 보이고는 아들을 향해 “쿠마대학 선생님도 하여간 끈질기시네.” 하고는 소리를 낮췄다.

“……, 냉큼 따라나서려고 하지 않아요. 병원가기를 저렇게 싫어하니 원. 몇 번 다니는 동안에, 오늘은 좀 상태가 좋아졌다, 눈이라도 희미하게 보이기 시작했다, 오른쪽 손가락이 조금 움직이는 것 같다, 뭐 그런 일이라도 있다면야 그 핑계로 진찰받아볼 마음도 생길 텐데 말에요. 처음 병에 걸렸을 때는 3년간 매일같이 병원에 다녔죠. 쿠마대학 선생님도 필요한 만큼 잘 봐주셨구요. 그럼 뭐합니까, 약이고 주사고 하나도 안 듣는 걸. 하기야 세상에 유례없던 병이라니 더 말해 뭐하겠어요. 이 병을 고칠 수 있는 선생님은 없다면서요. 저거 누나도 저러다 죽어버렸고……”

라디오에서 야구장 함성이 터지고, 큐헤이 소년이 등을 돌린 채 뭐라고 중얼거렸다. 나는 잘 알아들을 수가 없었다.

"시바타라는 선수가 있나 봐요, 발이 빠른. 시바타가 달린다고 좋아하는 거예요. 야구가 유일한 낙이랍니다, 재한테는."

"아, 시바타! 그 선수 정말 빠르죠, 달리는 게 꼭 사슴 같다던데. 큐헤이, 나가시마는 어떠냐?"

삐 삐, 라디오가 말한다. 오직 라디오 소리만 들린다는 듯 소년은 갸우뚱 상체를 흔들며 다시 다이얼을 돌린다. 가요가 흐른다. 요모기 씨는 소년과 함께 노래를 듣는다. 노래가 끝난다. 요모기 씨는 민첩하게 마루에서 일어서면서 타이르듯 소년에게 말한다.

"큐헤이, 가자, 버스 타고, 아저씨하고 가자."

소년은 라디오 더듬던 손을 멈추지 않고, 뒤도 돌아보지 않고, 라디오에선 다시 야구방송이 나온다.

소년은 야구에 심취되어 구장 내의 함성소리가 들리면 가부좌를 틀고 앉은 바지 안의 가느다란 허벅지를 파딱파딱 떨기도 하지만, 그러는 동안에도 불편한 오른손과 얼마간은 움직일 수 있는 왼손으로 언제라도 다이얼을 돌릴 수 있도록 쉬지 않고 라디오를 만지작거리고 있었다. 구부정한 소년의 등은 의심할 여지 없이 침입자를 향해 전력을 다해 잡아당긴 활처럼 휘어져 있다. 다이얼은 그의 대답이자 의지 표시판이며 라디오는 그가 품고 있는 공이치기 장치다. 그리고 소년 자신은 세심하고 조심성 있는 거짓말 탐지기로 변신해 있는 것처럼 보였다.

늙은 노루 같은 눈을 한 어머니는 이런 아들을 지긋이 바라볼 뿐 결코 나무라거나 하지는 않는다. 고개를 끄덕이면서 자신을 타이르듯 조용히 말한다.

“위로금 인상이라……, 그게 없으면 목에 풀칠하기도 어렵지요. 우리 큐헤이는 병에만 안 걸렸어도 이제 어엿한 어른인데. 남자애들은 중학교만 올라가도 이 근방에선 어엿한 어부가 아니던가요. 그런데 위로금은 아직 아이라고 고작 일 년에 3만 엔. ……죄송해요, 야구를 저리 좋아해서, 저는 하도 못하니 저렇게 듣고만 있지요. 정말이지 세상에서 달랑 저 라디오 듣는 재미 하나뿐이라. 끝나면 가겠지요. 그렇지, 큐헤이?”

요모기 씨는 엉거주춤한 자세로, 위생과 직원이라는 원래의 직무는 이쯤에서 슬슬 내부 분열을 일으키며 이제 소신껏 접근해보자는 생각에 털썩 마루에 걸터앉는다. 그리고는 시바타든 노래 자랑이든 무엇이 됐든 간에 소년과 어울리는 것이었다.

시민의 충실한 공무원이자 미나마타시 시민의 한 사람인 요모기 씨는, 운전기사인 오츠카 청년과 마찬가지로 소극적이긴 하지만 미나마타병에 걸린 사람들에게는 온몸과 마음을 다해 대하고 있었다. 그의 이러한 소신에 소년이 아프게 파고들었다. 그는 소년에게 혈연의 정마저 느끼는 것 같았지만, 중년 남자인 자신의 감수성을 부끄러워하며,

“나가시마가 역시 제일 잘 하네! 자, 끝났다. 그럼 가볼까, 큐헤이?”

멋쩍게 말을 걸어본다. 다이얼로 손을 가져가던 소년은 드디어 등을 돌린 채 무겁고 둔탁한 목소리로 대답한다.

“싫어, 죽일 거잖아!”

“죽이다니? …… 무슨, 그런 일 없어! 쿠마대학의 훌륭한 선생님

들이 오셔서 잘 치료해주실 거야. 아저씨가 옆에서 지켜보고 있을 테니까 괜찮아."

"싫어! 가면 죽어."

요모기 씨는 잠시 할말을 잃었다.

소년의 '죽일 거잖아!'란 말은 미나마타병에 관한 쿠마대학 연구진의 업적이나 권위, 미나마타시 행정이나 재활병원(1965년 4월에 발족한 선진적인 이 병원은 소년이 좋다고만 하면 병실을 내줄 것이 분명하다)이 갖고 있는 '제3의 의학'에 대해 지극히 부당하고 잘못된 발언임에 틀림없었다.

하지만 누가 보더라도 젊고 발랄해야 할 앞으로의 인생이, 철저하게 감금당한 소년이 미나마타병과 관계된 위생과 직원들을 물리치고 진찰도 입원도 거부하며, 그날도 가요방송에 매달리고 프로야구로 시간을 벌고, 어떤 날은 스모 중계를 듣는다고 떼를 쓰다 마지막에 가서 무겁게 토해내는 '죽일 거잖아!'라는 한 마디는 그야말로 절박한 것이었다.

그 말은 이미 십년 동안이나, 여섯 살부터 열여섯 살이 된 지금까지 그리고 어쩌면 앞으로 평생 동안 미나마타병의 원인물질을 성장기의 뇌세포 속에 박아둔 채 그 원인물질과 더불어 살면서, 또 그것과 싸우면서(실제 그는 매일 죽을힘을 다해 싸우고 있었다), 시력을 완전히 잃어버리고, 손도 발도 입도 제대로 움직이지도 못하고, 그가 사랑했던 사람들, 누나를 비롯해 함께 놀던 동무이기도 했던 사촌형과 사촌누이가 병원에 가기만 하면 그대로 죽어버려서, 자신도 가면 죽을 거라고 고집스럽게 믿는 것은, 이 소년이 세월이 지날수록 기괴한 비인격성을 매몰시켜가는 대규모 유기수은중독사건의 발생과 경과

속에 완전히 사로잡혀 있다는 것을 의미하고 있었다.

미나마타병을 잊어버려야 한다면서, 결국 제대로 된 해명도 없이 과거 속으로 묻어버려야 한다는 풍조, 지금도 알게 모르게 매몰되어 가고 있는 그 암흑 속에 소년만이 우두커니 혼자 남겨져 있었다.

호소카와 하지메 박사의 보고서

•

1956년 8월 29일

제1회 후생성에 보내는 보고 — 쿠마모토현 위생부 예방과

1. 머리말

1954년부터 해당 지역에 산발적으로 발생한 사지경련 운동실조성 마비와 언어장애가 주된 증상인 원인불명의 질환이 발견되었다. 하지만 올 4월부터 다음과 같은 증상의 환자가 다수 발견되었는데, 특히 츠키노우라와 유도 지구에서 많이 발생하고 있으며 일가족 내에 환자가 여러 명 있다는 사실을 알았다. 또한 발생지역 거의 모든 고양이가 경련을 일으키다 죽었다는 사실도 밝혀졌다. 지금까지 조사 결과 약 30가지 사례를 확보하여 그 개요를 다음과 같이 기술한다.

2. 역학(疫學)적 사항

(1) 연도별 월별(표)

(2) 연령별(표)

(3) 성별 : 남자 17명/여자 13명

(4) 직업별 : 주로 어업과 농업

(5) 지역별 : 해안지방에 많다 (표)

(6) 가족감염

한가족 내에 2명 이상의 환자가 있는 가족이 다섯, 그 중 한 가족은 4명이 환자. 그 밖에도 이웃이나 친척, 지인 등 가족간의 왕래가 빈번한 곳에 많다.

고양이와의 관계 - 환자가 발생한 지역의 고양이는 거의 모두 죽었다고 한다.

3. 임상증상

(1) 증상에 따른 경과의 개관

이 증상은 전조증상이나 발열 등 일반 증상도 없이 지극히 서서히 발병한다. 먼저 사지말단이 저리는 느낌이 들다가 시간이 갈수록 물건을 쥘 수 없게 된다. 단추도 채울 수 없다. 걸으려고 하면 자꾸 넘어지고 달리지 못한다. 아이의 혀 짧은 소리처럼 말을 한다. 종종 눈이 잘 보이지 않게 되고 귀도 멀어진다. 음식물을 삼키기 어렵다. 즉, 사지마비 외에 언어, 시력, 청력 장애 증상이 동시에 혹은 전후로 나타난다. 이들 증상은 다소 일진일퇴는 있지만, 차츰 악화되다 마지막에 이르게 된다(짧게는 2주에서 길게는 3개월). 이후 점차 호전을 보이는 환자라도 대다수는 장기간에 걸쳐 후유증으로 남는다. 사망은 발병 후 2주에서 1개월 반 사이에 발생하는 것 같다.

전조증상 없음.

증상(표)

합병증 : 폐렴, 뇌막염 증상, 조급증과 영양실조, 발육장애 등.

후유증 : 사지운동장애, 언어장애, 시력장애(드물게 실명과 난청 등).

4. 검사성적

(1) 혈액의 형태학적 특징 : Eosinophilie(호산성 백혈구의 증가)가 2~10퍼센트 정도라는 것 외 이상 없음

(2) 혈청매독반응 : 모두 음성

(3) 혈압 : 전체 사례에서 고혈압을 찾아볼 수 없음

(4) 와일 펠릭스 반응(발진티푸스의 혈청진단법) : 소견 없음

(5) 소변 · 대변 검사 : 소견 없음

(6) 골수 : 소견(표)

(7) 간기능 : 특별히 주목할 만한 간기능 장애를 찾아볼 수 없음

5. 경과 및 예후

예후는 매우 불량하고 환자 수 30명 중 사망자 11명으로 사망률은 36.7퍼센트다. 죽음을 면한 사람 대부분에게서 전술한 후유증이 나타난다.

6. 치료

VB1대증요법 부신피질호르몬요법 항생물질 코티졸, 그 밖의 것을 사용했지만 그 효과에 대해서는 결론을 얻지 못했다.

7. 맺음말

(1) 반드시 발생하는 주요 증상은 사지경련과 운동마비, 운동장애, 언어장애(단속성 언어), 그 밖에 주요 증상은 시력 · 청력 · 연하(嚥下 deglutition, 목구멍으로 삼키는 운동-옮긴이) 등의 장애, 진전(震顫 몸, 손발이 무의식적으로 불규칙하게 떨리는 증상-옮긴이), 정신착란 등.

(2) 운동마비가 주요 증상이고 지각마비는 거의 없다.

(3) 발열 등의 일반증상이 없다.

(4) 가족 및 지역 집중률이 지극히 높다.

(5) 거의 모두 후유증이 남는다.

(6) 해안지방에 많다.

1956년 8월 29일

쿠마모토현 미나마타시 신일본질소부속병원

호소카와 하지메(細川一)

신일본질소부속병원의 진단기록부에 처음으로 기입된 환자는 야나기사코 나오키 씨다.

- 이름 : 야나기사코 나오키
- 연령 : 49세
- 성별 : 남
- 직업 : 신일본질소 미나마타 공장 창고계
- 주소 : 미나마타시 타타라
- 과거병력 : 특별한 병력 없음.
- 현재병력 :

1954년 6월 14일경부터 왼쪽 팔 위쪽과 오른쪽 손가락이 마비되고, 머리가 무겁고 현기증이 있었으며, 6월 28일에 이르러서는 마비의 강도가 심해지고 입술까지 진행했으며, 사지운동장애 특히 보행장애, 언어장애, 시력장애가 나타났다.

7월 5일, 마비는 전신으로 진행됨과 동시에 언어장애와 사지운동장애의 정도가 심해지고, 난청증상도 나타나기 시작해 7월 5일 입원했다.

- 입원 시 소견 :

영양상태는 보통, 심장 · 흉부 · 복부에 특별한 이상은 없었다. 동공이 좌우로 움직이지 못하는 증상은 없었고 빛에 대한 반사는 보통이었다. 언어장애와 사지운동장애는 뚜렷했고 보행은 갈지자걸음이었다. 지각장애는 흉부보다 하반신에 가벼운 지각둔감의 증세를 보였고, 특히 흉 · 복부와 무릎관절 아래로 그 증상이 심하게 나타났다. 무릎반사의 강도는 항진을 나타냈으며, 바빈스키반사는 보이지 않았다. 눈의 증상으로는 시력감퇴(오른쪽 0.4, 왼쪽 0.5 안경 부적용)로 동심성(同心性) 시야협착 증세를 보였다. 단, 시력검사는 안과의에게 의뢰했다. 혈압은 최고 120이고 최저 80. 혈액과 척수의 매독반응은 모두 음성이었다. 척수액 소견은 초압 90mmH_2O, 외관은 액체 상태에 투명, 세포 수는 4개, 글로불린 반응은 황산암모늄, 페놀 모두 음성이었다.

- 입원 후의 경과 :

VB_1의 내복약과 주사를 투여하면서 경과를 관찰했다. 입원 후 일주일 정도는 특별한 변화가 없었지만, 7월 13일에 이르러 언어장애, 난청, 운동장애(필기 불가능, 경련증세를 보이는 보행)는 급격히 증세가 심해져, 7월 14일부터 정신장애(가끔 울었다 웃었다 하는)와 가벼운 연하장애도 나타났다. 7월 24일부터는 발열(37.3°C~38.1°C)과 의식혼탁의 증세를 보이면서 얼이 빠진 사람처럼 멍한 표정이 되고 요실금 증세를 보였다.

그 후로는 링거, 포도당, VB_1, VC, 강심제, 페니실린 요법을 실시하는 한편 비강영양을 실시하는 등 최선을 다했지만, 나날이 전신쇠약이 심해지고 합병증으로 폐렴까지 발병. 결국 8월 6일 사망했다.

1955년 8월 초순, 타케다 하기노 씨가 같은 증상으로 내원. 같은 해 11월 22일 사망. 그 사이 쿠마모토 의대 카츠키 시바노스케 교수, 규슈대학 엔죠지 교수에게 내진을 청했지만 밝히지 못했다.

야나기사코 나오키 씨가 사망했을 때 호소카와 박사는 예사 병이 아닌 것 같다, 다른 환자가 나오는 게 아닐까 하는 예감이 들었다. 타케다 하기노 씨가 발병했을 때, 작년에 이어 올해도 나왔다, 역시 또 다른 환자가 나올 거라는 불길한 예감. 결핵 심사위원회가 월 2회씩 열리고 있었으므로 호소카와 박사는 심사위원회에 그 사실을 말했다. 장소도 츠키노우라 방면이므로 조사해주지 않겠는가, 라고. 하지만 그때는 그것으로 그만이었다.

1956년 4월 초순에 '원인불명의 신경질환 환자'가 다수 발생. 소아과(노다 카네요시 의사)로 환자가 찾아왔다.

'노다 씨는 제대로 보았다. 쿠마대학 소아과의 나가노 교수가 노다 씨 선생이었기에, 나가노 선생에게 먼저 보였다. 그 환자는 홍역을 앓고 있었다. 나가노 선생은 홍역 후의 뇌염일 거라고 했다. 정말 홍역 후의 뇌염일까요, 하고 노다 씨가 물었다……. 야나기사코 씨, 타케다 씨와 너무 비슷한 증상을 보이고 있었다. 지역도 근접해 있었다. 이런 환자가 이 밖에도 많지 않을까, 조사해볼 필요가 있다. 중대한 사안이다. 내과, 소아과, 결국에는 외과도 총동원해서 일제히 조사에 착수했다. 동시에 5월 1일 미나마타 보건소에서 노다 선생에게 연락을 했다 — 노다 씨, 보건소로 와 주시오. 우리만으로는 감당할 수 없는 문젭니다. 저도 나중에 합류하겠습니다.'

과연 상당히 오래전부터 발생했다. 보건소와 의사회의 협력이 이때부터 이루어졌다. 개업의들의 오랜 진료기록부와 현지조사에 의해, 기존 환자(사망자도 있었다)와 새로운 환자가 속속 발견되었다. 이때의 조사로 미조구치 토요코(8세)가 제1호 환자가 되었다.

8월 9일, 미나마타시 시라하마 전염병원에 8명을 입원시켰다.

8월 10일, 쿠마대학 의학부로 카츠키 시바노스케 교수를 방문, 내진을 요청했다.

8월 24일, 쿠마모토 의대에서 와주었다. 쇼와회관(질소클럽)에서 30가지 사례의 조사표를 게시하여 설명. 로쿠탄다 교수(미생물) 나가노 교수(소아과) 카츠키 교수(내과) 타케우치 교수(병리).
환자를 학습연구 목적으로 쿠마대학 부속병원에 입원시키기로 결정.

8월 29일, 후생성에 보고서 제출. 이 첫번째 자료(전술했던 쿠마모토현 위생부 예방과 보고)는 휘갈겨 쓴 것이었다.

그 무렵 한 간호사가 손이 저리다고 호소해왔다. 간호사들이 떼로 몰려와 옮지 않겠냐고 물었다. 손이 저리다고 했던 간호사는 유도부락 출신으로 나중에 태아성 미나마타병 아이를 출산했다. 정말이지 그렇게까지 되리라고는 그 당시에는 생각도 못했다.

쿠마대학의 각기 다른 학과에서 저마다 다른 사람들이 끊임없이 찾아왔고, 매일매일 같은 설명만 되풀이할 뿐이었다. 그래서 창구를 일원화시켜달라고 부탁했다.

9월 15일, 일본소아과학회 쿠마모토지방회가 미나마타에서 열렸다. 노다 선생이 본 질환에 대해 발표했다.

미나마타시 의회, '희귀병 문제'를 다루다.

10월 13일, 쿠마모토의학회. 우리 병원의 미스미 히코조(내과) 의사가 발표. 이때 고양이 사건을 발표.

11월, 규슈의학회(규슈대학). (부속병원)모두의 이름으로 지면에 발표.

1957년이 되자 쿠마대학이 발표하기 시작했다.

호소카와 하지메 박사 취재기록 메모에서

44호 환자

•

야마나카 큐헤이의 누나, 사츠키. 44호 환자.

"남편은 죽고 없어도 사츠키만 살아 있었다면……, 그것이 여장부라 우리집은 그래도 먹고 살만했을 텐데."

어머니는 늘 이렇게 말한다.

"배 위에서도 그것이 대장이었다오. 힘은 장산데다 허릿심도 좋고. 사츠키가 그물을 끌어당길 때면 배는 끄떡도 하지 않았어요. 전쟁 중에 큰애기가 된 아이잖아요. 선머슴아 같을 줄 알지만 자상하기도 하고 꼼꼼한 데가 있는 애였어요. 춤도 어지간히 좋아해서, 수건을 탁 어깨에 걸치고 허리는 굵직해도 몸은 어찌 그리 가볍게 잘 움직이는지. 사츠키가 그리 방방 뛰어도 곡예단 아가씨마냥 소리도 안 난다고, 청년단 사람들이 입을 모았더랬지요. 배 위에서도 춤사위 섞어가며 노래도 곧잘 했었는데."

곱게 차려입고 춤을 추고 있는 딸의 사진을, 나와 나이가 같다는 딸의 사진을 어머니는 나를 볼 때마다 꺼내 보여주었다. 오동통한 볼에 빠끔히 벌어진 입술이 천진난만하고, 희미하게 안개 낀 듯한 눈빛을 가진 처녀어부의 청춘을 나는 상상해본다.

유도만의 바다 내음에 숨이 막혔던 마을회관. 그 바다 부근에 자리한 청년회 건물. 종전과 동시에 이곳 어촌에도 '군인'들이 돌아왔다. 이 마을의 후계자들이었다. 처녀들은 그 얼마나 부산을 떨며 수줍은 가슴을 안고 살아 돌아온 군인들을 맞이했을 것인가. 스무 살 전후의 '군인'들은 뼛속까지는 아니었지만 '군인'의 기억을 벗어던지려고, 상관에게 얻어터졌던 이야기며 맞아죽은 나약하고 요령도 피울 줄 모르던 마을 출신 젊은 친구 이야기를 처녀들 앞에서 하고 또 하고 또 했다. 청년회관 이로리에는 해변으로 떠밀려온 큼직한 나무토막이나 산에서 꺾어온 솔가지 등이 항상 지펴져 있었고, 그렇게 빨갛게 밤은 깊어갔다.

그 같은 밤에는 이상하게도 〈아카기의 자장가〉나 〈윤회〉와 같은 곡들이 젊은이들의 마음에 딱 들어맞았다. 그런 노래들이 전쟁이 끝난 뒤 마을 사람들 마음을 얼마나 애달프게 했을 것인가. 부락마다 청년단이 부활하기 시작했고, 청년단이 주최하는 봉오도리(음력 7월 15일 밤에 남녀들이 모여서 추는 윤무--옮긴이) 대회도 부활했다. 무리 지어 추는 춤을 종전 직후의 젊은이들은 아직 몰랐다.

사랑했던 아내에게 이혼장을
던져놓고 노름꾼은 긴 여행.

춤 잘 추는 처자가 짙게 화장하고 무대에 오르면, 곧잘 멈춰버리는 축음기 때문에 당황스러워 하면서도, 아세틸렌가스를 밝히고 젊은이들은 마을 사람들을 모아놓고 곧 울음이라도 터뜨릴 듯한 눈빛으로 춤사위를 구경하고 있었다. 다가올 해방에 대한 원초적 충동을 젊은이들은 숨 죽이며 아직 참아내고 있었다.

종전에서 점령체제로.

그런 일이 있을 거라고 '야쿠자 춤'을 배워 들불처럼 농촌으로 산촌으로 어촌으로 널리 퍼트린 청춘남녀들이 생각했을 리가 없었다.

억압당했던 미친 듯한 열정이 비지식계급 사이에 왕성하게 소용돌이쳤던 것을 나는 기억하고 있다. 큐헤이 소년의 누나 사츠키는 그런 마을의 스타였음이 틀림없다.

바다 내음, 풀 내음 풍기는 처녀들의 환영을 받아, 그 무렵 돌아온 군인들은 서서히 농민으로 되돌아가고, 회사 다니는 월급쟁이로, 어부로, 즉 본래의 젊은이로 되돌아갔을 것이다.

"아이고 무서워. 생각하고 싶지도 않아요. 사람 같지도 않은 모습으로 죽었어요, 사츠키는. 난 꼬박 한 달을 한숨도 못 잤다니까요. 맨날 큐헤이하고 사츠키하고 나하고, 누가 먼저 죽을까 생각만 했어요. 그런데 가장 건강하다고 믿었던 사츠키가 그렇게 앞서 가고 말았어. 시라하마에 있는 격리병원에 끌려가서. 거기 들어가면 바로 앞이 화장터야, 그러니 다음은 저승밖에 더 있겠어요. 오늘도 살아 있기는 하는 걸까, 하는 생각뿐이었지.

위에, 침대 위에 사츠키가 있었는데, 아등바등 춤을 추고 있는 것 같어. 침대 위에서 손하고 발로 하늘을 부여잡고 등으로 발버둥을 치는 거야. 이것이 내가 낳은 자식인가 싶어지더라고요. 개나 고양이가 죽을 때 모습하고 매한가지였죠. 오동통하게 살이 오른 딸이었는데. 큐헤이도 밑에서 그러고 있는 거예요. 먼저 큐헤이가 죽을 줄 알았지. 나도 한숨도 못 잤어. 눈도 안 보여, 귀도 안 들려, 말도 제대로 못하고 먹지도 못하고 인간 같지도 않은 소리로 울어대면서 날뛰는 거예요. 아이고 이제 제발 죽자, 이게 지옥이 아니고 뭐냐, 우리가 있는 여기가 지옥이지……

온 부락이 난리 난리 그런 난리가 없었지요. 우물을 조사하고, 된장단지를 검사하고, 심지어는 단무지까지 검사하더라구. 소독을 한

답시고 몇 명이나 다녀갔는지 몰라.

콜레라 때하고 매한가지 소동이었지. 물건을 살 수 있기를 하나, 물도 받으러 가야 했어. 가게에 가면 겁먹은 주인은 동전도 제 손으로 안 받아요. 하는 수 없이 판자 위에 두고 나올 수밖에. 젓가락 같은 걸로 집어다가 냄비에 소독이라도 했겠지. 다시 태어나고 일곱 번 다시 태어나도 못 잊지. 물도 못 얻어먹던 그 한을. 완전히 마을 천덕꾸러기 신세였으니까.

사츠키가 있었으면 우리집 가장이었을 텐데, 지금은 큐헤이가 가장이요. 저것은 제 마음대로 결정해야지, 저가 가장인데. 누가 와도 가려고 하질 않아요. 낫게 해줄 선생님이 계시다면 가겠답니다."

소년은 등을 돌린 채 언제까지고 갸우뚱 갸우뚱 몸을 기울여가며 다이얼을 돌린다. 그렇게 해서 소년은 분명 '고구마' 값을, 작년 그러께 판매값을, 어머니가 올해 캔 '고구마'의 예상가격을 이리저리 생각하고 있으리라.

쿠마모토의학회 잡지(제31권 별책 제1, 1957년 1월)

• 미나마타 지방에서 발생한 원인불명의 중추신경계 질환에 관한 역학조사 성적

이번 미나마타시 주변 어민부락을 중심으로 속출하고 있는 추체외로계(錐体外路系 중추전도로에서 추체로를 제외한 모든 부분의 총칭-옮긴이) 장애를 주된 징후로 하는 원인불명의 중추신경계 질환은, 그 증상이 특이할 뿐 아니라 격렬하여 예후가 지극히 불량하다는 이유로 순식간에 현지에서 주목을 받았다. 본 질환에 대한 현지 미나마타병 대책위원회의 의뢰에 근거하여 1956년 9월 이후 세 번에 걸쳐 현지를 방문, 환자가정 40호와 그와 인접한 비환자가정 68호에 대한 방문면접조사를 비롯한 면밀한 역학조사를 실시한 결과는 아래와 같다.

• 환자발생 지역의 지리적·기후적 조건과 현지주민의 생활상황

환자발생 지역은 쿠마모토현 남단에 있는 미나마타시의 주변부락으로 햐쿠켄 항구에 인접한 풍광이 아름다운 항만연안지구이며, 특히 환자 수가 많은 지역은 그 중에서 묘진, 츠키노우라, 데츠키, 유도 네 부락이다. 이들 부락은 해안보다 비교적 급한 경사에 뒤로 구릉지대가 이어지는 지세가 높은 어촌부락으로, 생업은 근해와 항만 내에서의 어획에 종사하는 사람이 많다. 생활수준은 낮고, 식생활은 주식으로 배급 쌀 내지는 일부 자작한 밀이나 감자를 먹고, 부식으로는 어획한 어패류를 많이 먹는 것 외에는 채소 과실은 빈약하다.

• 환자발생 지역의 특수환경

환자발생 지역 근방의 특수환경으로 존재하면서 항만오염을 초래할 가능성이 있다고 생각되는 곳으로 모 비료회사의 미나마타 공장, 츠키노우라구의 미나마타 시영 도축장, 유도지구의 바닷속에 용수가 있는 것과 무도지구에 있는 구(舊) 해군의 탄약저장고, 고사포 진지가 존재했던 사실을 들 수 있다. 공장 폐수는 햐쿠켄 항구로 배출되고, 폐수에 함유된 무기염류의 분석치(공장기술부의 측정)는 제19표에 표시한 대로다. 또 같은 공장에서 나오는 배기 중

유독가스로는 보통 황산공장에서 발생하는 아황산가스와 산화질소가 함유되었을 뿐이다. 도축장은 츠키노우라 해안에 접해있는 작은 구릉 위에 있고, 폐수는 바로 아래의 바다로 방출된다. 유도지구 바닷속 용수는 근래에 용수상태의 변화를 보인 사실이 없고, 같은 바닷속에서 이전부터 해오던 은어의 치어양식에도 변화가 없다. 무도지구에 있는 탄약은 종전 후 주둔군이 운반철거 되었고, 남은 부품은 모 회사가 사들여 해로로 운반했는데, 이들을 바다에 버렸다는 사실은 확인되지 않았다.

• 요약

1. 환자는 1953년 말부터 발생하여 1954년과 55년에는 각각 13명과 8명, 1956년에는 그 수가 급증해 11월 말까지 31명, 즉 3년 동안에 합계 52명이 발생했다.
2. 월별 환자발생은 4~9월에 비교적 많이 발생했고 겨울철에는 발생수가 적은 것으로 보아 계절적 변동이 현저하다.
3. 환자는 연령별 · 성별 차이가 없이 거의 일률적으로 발생하고 있지만, 유아에게서는 발생사례가 발견되지 않았다.
4. 본 질환의 사망률은 33퍼센트, 증상의 경과를 보면 장기간 그대로인 경우가 많고 완치된 예는 찾아볼 수 없다. 본 질환의 예후는 지극히 불량하다.
5. 발생지역은 미나마타시 햐쿠켄 항만 연안의 농어촌 부락에 한하며, 그 발생범위의 확대는 아직 확인되지 않았다. 특히 어촌에 환자발생이 많고 가족간 발생률은 40퍼센트로 상당히 높다. 또 같은 지역에서 많은 고양이들이 같은 증상으로 죽었다.

6. 본 질환은 공통원인에 장기간 노출로 발생한 것으로 보이며, 공통원인으로는 오염된 항만에 서식하는 어패류인 것으로 보인다.

• 특히 임상적 고찰에 대해

사례 제1호 야마나카, 28세 여, 직업 어업

발병 연월일 : 1956년 7월 13일

주된 증상 : 손가락의 마비, 청력장애, 언어장애, 보행장애, 의식장애, 광분상태

기존 병력: 태생이 건강하며 이렇다 할 병력은 없다

가족의 병력 : 기술할 만한 유전관계가 보이지 않지만, 형제 6명 중 여덟 살인 남동생이 1955년 5월 이래 같은 증상의 중추신경성 질환을 앓고 있다. 식습관의 특이성은 없다.

현재 병력: 1956년 7월 13일 양손의 검지 중지 약지가 저리기 시작했고, 15일에는 입술이 저리고 귀가 잘 들리지 않았다. 18일에는 신발을 잘 신을 수 없었고 걷기가 어려웠다. 또 그 무렵부터 언어장애가 나타났고, 손가락이 떨리고 때로는 무도병(舞蹈病 신체 여러 부분의 근육이 마음대로 움직이지 않는 신경계 질환. 걷는 모습이 마치 춤추는 것 같아 붙여진 이름이다-옮긴이) 같은 불수의(不隨意 생물학적으로 개인의 의지에 따라 조절되지 않는 것-옮긴이)운동을 보였다. 8월에 들어서는 보행곤란 증상을 보여 7일 미나마타시 시라하마병원(전염병원)에 입원했지만, 입원 다음날부터 무도병 증상이 심해진 데다 파킨슨병 증상까지 더해져 때때로 개의 울부짖음 같은 괴성을 지르며 완전히 광분상태에 빠졌다. 수면제를 투여하면 잠은 자는 것 같지만, 사지 불수의 운동은 멈추지 않는다. 상기의 증상이 26

일 무렵까지 계속되었는데 음식을 섭취하지 않았기 때문에 전신쇠약이 현저했고, 불수의 운동은 오히려 어느 정도 완화되어 같은 달 30일 본 병동(과)에 입원했다. 또한 발병 이후 발열증상은 보이지 않았는데 26일부터 38도 대의 열이 계속되었다.

입원 당시 소견 : 골격은 작고 영양은 심하게 불량하고 의식은 완전히 잃은 상태였다. 얼굴은 노인 같고, 약 1분 간격으로 안면이 심하게 경직되고 입을 크게 벌려 마치 개처럼 울부짖는데 도저히 사람의 말이라고 할 수 없었다. 동시에 사지의 무도병과 파킨슨병 증세와 같은 불수의 운동을 동반하고 몸이 경직되고 후궁반장(後弓反張 활모양처럼 휘는 증상-옮긴이) 증상이 보인다. 체온 38도, 맥박수는 105로 자주 약하고, 근긴장(筋緊張)은 불량, 동공 축소되고 빛에 대한 반사는 둔하다. 결막은 빈혈, 황달 없다.

—(생략)

입원경과: 입원 다음날부터 튜브를 코로 삽입하여 영양을 공급하기 시작했다. 31일은 입원 당일과 마찬가지 불수의 운동이 계속되었지만, 9월 1일이 되자 운동이 진정되고 근긴장은 오히려 감소했고, 사지를 만져도 반응을 보이지 않았다. 체온은 39도, 맥박은 122, 호흡수는 33으로 일반상태는 악화되었다. 다음날 2일 오전 2시 경 다시 불수의 운동 시작, 광분상태에 빠져 소리를 지르는 증상이 반복되었는데, 페르바비타르 주사로 오전 10시 경부터 진정되어 수면에 들어갔다. 오후 10시 호흡수 56, 맥박 120, 혈압 70/60㎜Hg가 되어 다음날 오전 3시 35분 사망했다.

죽음의 깃발

•

대안(對岸)의 아마쿠사 섬들이 바다 쪽으로 검푸르게 멀어져 보일 때 미나마타의 겨울은 여느 때와 다르게 춥다. 그 섬들과 시라누이해로 불어오는 시커먼 '서풍'이 그 세기를 더했다.

그 바람을 다 맞고 서 있는 언덕 위의 초라한 오두막에서 센스케(79세, 미나마타시 츠키노우라) 노인이 죽었다. 바다에 면해 있는 부락 집집마다 판자문은 굳게 닫혔고, 바다에는 배 한 척 보이지 않았다.

1965년 1월 15일. 미나마타병 발생(1953년 12월, 제1호 환자 미조구치 토요코 양 1956년 3월 15일 사망) 이래 13년째, 미나마타병 환자 111명 중 서른아홉 번째 사망자, 제86호 환자 나미사키 센스케 노인의 죽음은 한평생 일관해왔던 독립자존의 최후에 걸맞게, 마지막을 지킨 이는 오두막의 행랑방을 쓰던 작은 딸(43세) 혼자뿐이었다.

미나마타 시립병원의 미나마타병 특별병동 옆에 설치된 시체안치실, 그 바로 옆에 있는 해부실로 단걸음에 뛰어간 시청직원 요모기 씨와 우연히 동행하게 된 내가 얼핏 본 것은 심하게 번들거리고 퉁퉁 부은 내장 토막이었다.

그것은 지금이야 이 지방에서도 흔히 맛볼 수 있게 된 곱창구이의 재료와 꼭 닮아 있었다. 진작부터 치쿠호 폐광 일대를 배회하고 조선요리에 대해 미덥잖은 일가견이 있는 요모기 씨는 아주 유치한 목소리로 중얼거렸다.

"오늘 점심은 다 먹었군."

이 유순한 시청직원은 센스케 노인의 오두막 입구에서 계곡 하나를 사이에 둔 시영(市營) 도축장이나 미나마타강 하류의 벽촌인 통통마을에 있는 시영 화장터의 가솔린가마 사용법에 대해 아나키스트풍의 신지식을 토로하기도 했다.

그보다 한 스무날 전쯤의 풍경을 나는 선명히 떠올릴 수 있다.

쿠마모토대학 의학부 검진팀이 미나마타시 츠키노우라와 데츠키 부락으로 출장을 나왔고, 환자 가족들로 꾸려진 모임 회장님 댁에 두 부락의 재택환자(갖가지 사정으로 발병 뒤 미나마타 시립병원 미나마타병 병동에 입원하지 못한 사람 혹은 맘 놓고 아프지도 못하고 퇴원하고 말았던 사람 등)들이 그럭저럭 열너덧 명쯤 모여 있었다.

부두랄 수도 없는 언덕의 잘록한 어귀에, 바다 쪽을 향해 상자가 놓인 것처럼 아담한 야마모토 회장댁 마루에는 뇌파측정기가 턱하니 놓여 있었다.

세 아름은 됨직한 단단한 뇌파측정기에서 줄줄이 뻗어 나온 꼬리 같이 생긴 코드가 몇 가닥이나 꼬불꼬불 바닥을 기어 다니고 게다가 이상하게 낮은 진동음까지 내는 통에, 눈이 보이는 어린 환자들은 그걸 보자마자 엄마 품으로 뒷걸음쳤다.

엄마들도 마술기계 같은 큼직한 이 기계를 보자 어둡고 숨이 콱 막힌 듯한 표정이 되더니 떨떠름한 시선으로 기계와 '선생님'을 요리조리 번갈아보며 앉아있었다.

다섯 평 남짓한 집안은 네다섯 명의 선생님과 사회복지활동을 하는 여성들, 그리고 십여 명의 환자와 그 가족들이 빼곡하게 들어앉아 있었다. 그곳으로 야마모토 씨는 화로를 끌어안고 와서 조심스럽게 요리조리 밀쳐가며 아픈 한쪽 눈을 눌렀다 놓았다 하며 말을 걸었다.

“좀 춥지 않겠어요? 옷을 벗어야 할 텐데…… 저기, 이거 어디다 둘까요?”

마룻바닥 밑으로 바람이 통하는지 사람들로 북적거리는 집안도 그날은 제법 으스스 추웠다.

그 추위는 또 사람들 한가운데 놓인 검고 큼직한 뇌파측정기의 주변공기가 썰렁해진 때문인 것 같기도 했다. 사람들로 꽉 들어찼는데도 기계 주변으로 휑하니 빈 공간이 생겼고, 그 빈 공간 저쪽으로는 선생님들 한 무리가, 이쪽으로는 부락사람들 한 무리가 앉아있었다.

어린아이며 주부, 청년, 장년, 노년에 이르기까지 모든 계층을 망라한 사람들이었는데, 어린 환자와 따라온 가족들의 표정에는 특히 뇌파측정기에 대한 공포심이 더했다. 그것은 ‘선생님’이나 사회복지활동가 여성들이 애써 표현하는 환자들에 대한 친화감과 지극히 대조적이었고, 지금껏 십여 년을 살아남은 환자들이 온갖 조사며 검사를 거치면서 드러냈던, 건강하고 평범한 세계에 대한 일종의 혐오감처럼 느껴지기도 했다. 사람들은 뭔지 모르게 머쓱해 하며 은근한 미소를 띠고 있었는데, 어린아이, 주부, 청년, 노인 할 것 없이 모든 사람들은 누가 보아도 언어장애, 청각장애, 사지경직, 뇌성마비와 같은 상태라는 걸 알 수 있었다. 선생님의 온갖 검사는 무엇보다 그런 장애 때문에 환자와의 의사소통이 더뎌 — 의사의 말을 못 알아듣거나 알아들어도 말을 못하거나 — 자꾸만 지연되었는데, 센스케 노인 차례가 되자 아예 검사가 정지되고 말았다.

가벼운 언어 · 청각장애 환자들에게 의사는, 예를 들면 "콘스탄티노플, 이라고 말해보세요"라고 말한다. 그리고 반복.

의식도 감정도 지성도 보통 사람 이상으로 맑기만 한데, 오체의 움직임이 너무 느릴 뿐인 한 청년의 표정에 순간 홍조가 번지고, 굴욕감에 얼굴이 일그러졌다.

하지만 청년은 시들하니 고장 난 테이프리코더처럼

"— 콘 · 츠 · 탄트 · 노프 · 르 —"라고 대답한다. 길게 잡아끄는 듯, '어린양이라도 부리는 목소리'로.

몇 년 동안을 청년은 그런 식으로 온갖 검사에 응답하며 참고 견뎌야 했을 것이지만, 그렇다고 어떻게 달리 대답할 수 있기나 했을까?

'선생님'이 묻고 그가 답하는, 두 호흡 정도의 시간이 그에게는 얼마나 집약된 전체 생활의 양일는지. 청년은 청년기의 — 전체 생활에서 미나마타병을 짊어지고 살아온 시간의 압축이라 할 수 있는 청년기의 — 모든 것을 순식간에 부정하거나 긍정하려고 하면서, 표정은 갈수록 일그러지고 참으려 안간힘을 쓰지만 마침내 언어는 고장난 소리로 흘러나온다. 그 같은 몸일지라도 청년은 거의 흠잡을 데 없는 어엿한 어부로, 그가 입원을 하지 않는 것은 열 식구의 기둥이기 때문이었다. 선생님은 환자와 오가는 이 두 호흡 정도의 시간을 뛰어넘어 환자의 속내까지 들어가 검사할 수는 없는 노릇이다. 그것은 너무나 당연한 일이었다.

"이번에는 삼백삼십삼 이라고 말해보세요. 삼백 삼십 삼, 요."

선생님이 간절한 눈빛으로 이렇게 말하자 또 다른 주부 환자가, "상 백 삼 심 삼"이라고 대답했다.

미나마타병에 얼마간 익숙해진 의사와 환자 사이에서는 서서히 조금은 쾌활하면서 수줍은 듯한 친숙함이 배어나오고 있었다. 그렇게 함으로써 의사와 환자는 서로를 격려하는 듯이 보였다. 불가사의한 정겨움이 둘 사이에 감돌고, 환자들은 자신들에게 나타나고 있는 장애를 무슨 익살쯤으로 돌려버릴 요량으로 보이기도 했다.

사람들은 '길게 잡아끄는 듯, 어린양이라도 부리는 목소리'나 귀머거리 증세나 불편한 걸음걸이 때문에 여간 애를 먹는 게 아니면서도 도리어 웃음을 터트리고는 했다. 환자들은 분명 선생님의 휴머니즘이나 학술연구를 격려하고 있었다. 이곳, 내가 나고 자랐던 미나마타에는 예로부터 이런 식으로 멀리서 온 손님을 대접하는 방법이 여러 가지 존재한다.

하지만 만일, 예를 들어 행여라도 그 선생님이 새로운 논문을 쓰기 위한 관심만으로 자신들을 조사하고 있다는 것을 알게 되면, 환자들의 늘어진 성대는 정말로 막대기나 벽처럼 딱딱하게 굳어버린다. 오체불만족의 이들이 발산하는 저 불가사의한 정겨움은 오간 데 없이 사라지고 금세 두꺼운 벽이 가로놓이고 만다.

이런 사람들 틈에 센스케 노인은 따라온 가족도 없이 홀로 와있었다. 자신의 차례가 오자 노인은 등허리를 펴고 양손을 벌려 무릎 위에 올려놓고 움푹 들어간 눈으로 뚫어져라 선생님을 응시하고 있었다. 눈에는 희고 긴 눈썹이 짙은 그림자를 드리우고 둥그런 코 아래로 입술을 성난 사람처럼 앙다물고 있었다.

고개가 덜렁 등 쪽으로 꺾어져있는 태아성 미나마타병인 토모코를 안고 앉아있는 젊은 엄마가, 안고 있는 딸아이까지 앞으로 기울어질 정도로 상체를 쑥 내밀고는,

"영감님, 영감님, 오늘은 혼자 오셨네요?" 하고 인사를 건넨다. 그리고, "선생님, 이 영감님은 귀도 거의 안 들리고 말하는 것도 좀 어눌하고 그래요." 하고 큰 소리로 말한다.

젊고 착실한 선생님은 우등생처럼 자세를 바로 하고 조금 큰 소리로"할, 아, 버, 지, 들리세요?" 하면서 입을 크게 움직였다. 방안이 잠잠해졌다.

"워, 싱, 턴, 이라고 말해보세요."

노인은 긴 눈썹그늘에 가려진 두 눈을 껌뻑이더니 한마디 툭 내던졌다.

— 너무 큰 소리로 그러면 더 안 들려 —

잠잠하던 아낙들이 일제히 어머나! 아이고! 한마디씩들 하고,

— 오늘은 잘 들리는가보네, 하며 키득거렸다. 젊은 선생님도 은근한 미소를 띠고 이번에는 평소 목소리로 말했다.

"워싱턴 이라고 말씀해보세요."

그러자 센스케 노인은 선생님 목소리만이 곧바로, 마치 바람처럼 귀에 들어오기라도 하는 듯 아낙들의 웃음소리에는 별 반응을 보이지 않았다.

눕혀진 여자 아이들 머리에 붙어 있던 측정기 바늘을 뽑아, 위를 향해 누운 노인의 반들반들 빛나는 짧은 백발머리에 테이프로 고정시키자 묵직한 뇌파측정기의 미동소리가 전해져왔다.

침착하게 꼼짝도 하지 않는 노인. 그는 분명 노인임에 틀림없지만, 둥근 머리와 둥근 얼굴과 둥근 눈 때문만이 아니라 몸 전체에 치기라고도 할 수 있을 젊음이 남아 있었다.

구릿빛으로 불쑥 드러난 그의 정강이와 그 위로 드러난 벌거벗은

몸에서 유독 색이 바랜 굵고 두툼한 발바닥은 오랜 노동의 연륜을 과시하고 있었다. 축 처진 복귀는 규슈 남쪽의 어촌에서 흔히 만나는 장수하는 사람의 인상을 풍기고 있었다. 아흔 살이 되어도 누비옷을 바느질할 바늘귀를 꿰고, 백 살이 되어도 바다 날씨를 자신의 후각으로 점칠 사람임에 틀림없었다. 그런 센스케 노인이 그로테스크한 측정기에 매달리듯 누워있는 현실은, 아무리 그가 침착하게 보일지라도, 그것은 천연한 자연에 반하는 일이다. 까닭 없이 처형당하는 사람을 보는 것처럼, 나는 센스케 노인을 바라보았다.

선생님은 노인을 위로하며 "할아버지 안 추우세요?" 하고 묻는다. 노인은 그 소리를 듣고는 퉁명스럽게 "아니"라고 대답한다. 미나마타병에 걸린 일흔네 살까지, 태어나서 한번도 그는 병에 걸려본 적이 없었고, '의사선생'에게 몸을 맡겨본 적도 없었다. 군에서 한 신체검사 때 말고는 '단 한번도 의사선생을 만나본 적이 없는 몸'이라는 것이 — 노인들이 흔히 하는 자랑거리를 한번도 하지 않던 그가 — 둥그런 콧잔등을 내려다보며 제 손으로 코털을 뽑듯 무뚝뚝한 표정으로 말했던 유일한 자랑거리였음을 마을사람들은 지금도 기억하고 있다.

"이놈의 병에만 안 걸렸으면 그 영감님은 분명 백 살까지 살 양반이었는데……"

아낙들이 그의 죽음을 말할 때 어김없이 덧붙이는 말이었다.

그의 온몸이 이상하달 정도로 검게 빛나는 것은 천성이 목욕하기 싫어하는 성격 때문이었다. 목욕 좀 하라고 잔소리하는 딸을 한심하다는 듯이 쳐다보며 늘 하는 말이,

"너희같이 병약하다면야 몰라도, 요즘 군대하고 달라서 어중이떠

중이는 뽑아가지도 않던 시절에 선발돼서 전쟁터로 보내진 위대한 몸이야, 이 몸이. 군대라고 다 같은 군대가 아니지. 목욕이고 뭐고 꿈이나 꿨을까? 턱없는 소리!"

선발돼서 전쟁터로 보내졌다는 것은 청년시절의 러일전쟁을 말하고, 목욕을 하지 않았다고는 하지만 그는 이를 박멸하는 가루약이나 DDT 같은 것을 평생을 잠자리 주변에 두루 뿌려두고 잤다. 그의 위생관념과 좀 별스러운 생활신조에는 그 나름의 이치가 담겨져 있고, 그것을 관철시키고자 했다.

이웃과도, 아들들과도, 딸들과도, 부락과도, 부락이라는 지역공동체와도 가까이 지내기를 거부해온 탓에 거의 잊혀져가고 있던 그가, 츠키노우라 부락 사람들의 이목에 선명한 존재로 다시 떠오른 것은 그가 생애의 마지막에 접어들어 미나마타병에 걸렸기 때문이었다.

"뭐라고! 센스케 노인도 미나마타병에 걸렸다고?"

"그러게, 소금도 안 친 막 잡은 생선회를 즐기던 사람 아니었나."

사람들은 센스케 노인이 매일 세홉들이 소주를 사러 선로 너머 길 위에 있는 가게로 가던 시각을 떠올렸다. 거의 매일 오후 네 시 반이면 어김없이 그곳으로 나가기 때문에, 그 모습은 선로를 따라난 제방 앞, 석양을 흩뿌려놓은 바다를 등지고 있는 억새 풍경 속에 녹아들어서, 언제부터 그랬는지 사람들은 이제 기억조차 못할 정도였다. 사람들은 노인이 '소주 안주로는 무염의 생선회가 아니면 안 된다'고 했던 것도 기억해냈다.

— 갯가에 사는 놈이, 어부가 반찬 차려놓고 밥 먹을 팔잔가? 내 손으로 잡은 생선에다 하루에 소주 세 홉을 매일 마시는 거, 인간의 영화가 가지각색이라지만, 어부의 영화는 바로 이런 거 아니겠는가?

그렇게 사람들은 하나둘 기억을 되살린다.

"아이고, 저 영감님이 미나마타병이면 시간은 누가 알려주누? 우리집 시계태엽을 이제는 감아야 할란가."

좀처럼 마을이나 부락공동체에 관여하지 않던 영감님이지만 은연중에 남긴 교훈이 하나 있었다.

'시계라는 것은 무엇을 위해 있는가?'

마을사람들은 바로 얼마 전까지 그가 바다가 내다뵈는 앞마당에 풍로를 꺼내놓고 불을 피우는 기색이 보이면, "영감님 차 마실 시간이네. 벌써 여섯시야." 하며 자리를 털고 일어났고, 옛날 그가 아직 젊어서 고기잡이를 할 때에는 아직 밝아오지도 않은 해변에서 간간이 들려오는 파도소리에 섞여 탁탁 부딪히는 선구(船具) 소리에 눈을 뜨고 "어이 어이, 센스케가 바다에 나갔어, 벌써 다섯시라고. 안 일어날 거야?"라며 옆 사람을 깨웠다.

때가 한참 지나서야 하품 섞인 소리로 울어대는 부락의 수탉보다, 태엽 감는 것을 잊어버린 집집의 시계보다, 센스케 노인의 거동에 맞추는 편이 만사가 어김없이 진행되었던 것이다.

센스케 노인은 항상 가까이에 낡아빠진 자명종 시계를 두고, 눈아래 내려다뵈는 신일본질소 미나마타비료공장이 울리는 사이렌 소리에 맞춰 아침 여섯 시와 낮 열두 시, 그리고 오후 네 시에 정확히 태엽을 감는다. 아침에 정수를 길어와 차를 끓이고, 열두 시에는 막 지은 밥을 먹고, 오후 네 시 반에는 선로를 넘어 올라간 길 위의 점방으로 소주를 마시러 간다. 그것은 느긋하면서도 단 일분도 틀리는 법이 없었다.

옆집에서 저녁 반찬으로 정어리를 몇 마리나 구웠는지, 두부를 몇 모나 샀는지, 죽은 사람 집에 장례식 명정이나 화환이 몇 개나 섰는지, 이웃집에서 한 마지기당 수확은 얼마나 하는지 등이 지역사회를 이어준다. 이런 농어촌 공동체 안에서, 가령 아주 오래 전부터 마을 변두리의 관음당 거지조차도 마을과 교류하는 하나의 확고한 존재일 수 있었던 지역에서, 명실공히 지역민이면서 전혀 이웃과도 부락과도 육친과도 일상의 왕래를 하지 않고, 그런데도 '마을의 시계'라는 역할을 수행하면서 살아온 한 인간이 있다고 해서 이상할 것은 없었다.

사람들은 오히려 그렇게 혼자 살아온 센스케 노인을 두고 '옛날로 치면 신선이나 매한가지 생활'이라고 생각했다. 아니, 어쩌면 뭔가 사연이 있어서 그는 자신의 생애와 다른 사람과의 관계를 스스로 포기하고 모든 생활에 묵비권을 행사하자고 결심하고, 그것을 일종의 풍류로 전환시키려 한 것은 아닌가 하는 의구심이 들기도 한다.

1887년 9월, 쿠마모토현 최남단인 미나마타 마을에서 태어나, 그는 평생 이곳을 떠나본 적 없이 죽었다. 그러나 사람들은 사츠마와 히고의 경계를 왔다갔다 하는 둔전병(군사 주둔지의 둔전이나 둔답을 짓던 병사-옮긴이) 마을에서 전쟁에 나가기 위한 춤 '보오도리(6척 봉이나 창, 장도를 소도구로 이용하는 일본의 민속춤-옮긴이)'의 보기 드문 노래꾼이었다는 사실을 기억한다. 센스케 영감이 노래하지 않게 되면서부터는 보오도리도 영 신명이 안 났다.

나라는 오미(近江, 지금의 시가현-옮긴이)
그곳의 이시야마 하라 씨
하라 씨 딸의 이름은

오츠야

오츠야 일곱이서 놀러를 가면

돌아오는 길에 살짜기 물어봅니다.

동지의 부모님

양친 모두 계시는데

내 아비는 어이 안 계시는고.

그의 가락과 더불어 흰 머리띠에 흰 상의, 그리고 줄무늬 바지를 입은 수려한 젊은이들 한 무리가 짧은 목도나 봉을 들고 짚신 발을 나란히 맞춰 마을길을 행진하다 희부염하게 이는 흙먼지와 함께 수풀의 녹음 속으로 사라져갔던 것을 사람들은 기억한다.

리별로 나눠진 지역마다 마두(馬頭)관음이니 에비스(칠복신의 하나로 상가의 수호신-옮긴이)니 '영주님'을 섬기길 좋아하는 마을에서, 둔전의 무사라고는 하나 대장격인 집안에서 태어난 센스케 노인이 배의 낡은 널빤지로 지은 허술한 오두막에서 만년을 보내게 된 것은, 그가 부모에게 물려받은 화전을 자기 대에서 모조리 탕진해버렸기 때문이었다. 그는 열 명 가까운 여식에게 말 그대로 한 쪼가리 밭뙈기도 안 남겨준 대신에, 자식 신세 안 지겠다고 그들의 보호를 멋지게 거절했다. 마을 아낙들이 그의 오두막살이를 방탕무뢰의 말로라고 수군거리지 않는 데는 이유가 있었다.

십년 전, 파상풍으로 5년간 자리보존하다 세상을 떠난 아내를, 자식들 손 하나 안 빌리고 정성껏 보살피다 화장해서 떠나보낸 그의 노고를, 마을 아낙들은 친밀한 정마저 느끼며 말했다.

"그저 그런 술주정꾼하고는 다르다니까. 여자도 하기 힘든 병 수발을 어쩜 그렇게 잘한대! 아침에 물 떠오고 밥 짓고 빨래하고 땔감

해오고 바다일 하고 밭일 하고. 환자 똥오줌까지 받아내고. 그게 어디 쉬운 일이야? 여자도 그렇게는 못하지. 서방의 귀감이 있다면 저런 영감님 아니겠어?"

"손가락 끝만큼도 남한테 아쉬운 소리 안하려고 했지. 생활보조금이든 미나마타병 보상금이든, 새끼들이 원하면 다 가져가라는 식이었으니까. 옛날 영주님 후손이라 그런지 자존심이 대단했어."

영감님, 그래 백 살까지 거뜬히 살 것 같은 몸인데 제대로 서지도 못하오. 차일 돌부리도 없는데 허망하게 고꾸라지다니, 그것이 정령 미나마타병이 아니고 뭐겠소. 여보 영감님, 눈에는 아직 별 이상 없소, 눈은 아직 괜찮소, 영감님?

귀는 어지간히 안 들리나 보오. 영감님, 영감님, 자 일어나요, 이리 길바닥에 넘어져서 뭐하요? 영감님, 병원에 가서 진찰 한번 받아보소. 안 그러면 큰일 당하오. 백 살까지 살 목숨이 여든 살도 못 채우고. 20년이나 손해 아니오.

거 무슨 소리! 미나마타병이라니. 그런 병은 선조 대대로 들어본 적도 없네. 내 몸은 요즘 군대같이 어중이떠중이 다 받아주는 군대하고는 다른 시절에 선발돼서 전쟁터에 나가 공을 세워 상받은 몸이야. 병원이고 의사고 꼴사납게 어찌 찾아가누.

그러지 말고 영감님, 봐요, 아까운 술 쏟아져 땅이 다 마셔버렸네. 아이고, 이런 데서 넘어져서. 눈마저 어떻게 된 거 아닌가 모르겠네.

미나마타병, 미나마타병, 사람 귀찮게 말어! 이 나이 되도록 병원 한번 안 가본 이내 몸이 지금 유행한다는 듣도 보도 못한 꼴사나운 병에 걸리다니, 그게 말이나 되는 소리여? 미나마타병이란 것이 원체 영양이 부족한 사람이 걸린다는 병이라며? 나야 바다에서 막 잡은 무염 생선을 아침저녁으로 먹는 영화를 누렸는데, 무슨 놈의 미나마타병이란 말인가……

하지만 그는 칠순이 되면서부터 아내를 먼저 보내고 왠지 마지못한 듯 꾸역꾸역 사는 것 같더니, 제 발로 결코 남의 집이나 딸네 집 문지방을 넘어선 일이 없었고, 그뿐 아니라 찾아오는 손님조차도 굳이 사양하면서 하루에 소주 두세 홉하고 정갈하게 손질한 생선을 먹고, 술기운이 돌면 단정하게 앉아서 검호열전 풍의 소설이나 잡지를 꾸벅꾸벅 졸면서 읽고는 했다.

참 묘한 일이지, 라고 어느 날 문득 그는 누구에게랄 것도 없이 말문을 텄다.

"저만치서 세 사람이 오고 있으면, 한 가운데 사람은 보이는데 옆에 두 사람은 고개를 이리저리 안 돌리면 안 보여. 눈이 침침한 것하고는 달러."

역시 눈으로 온 거야. 거봐, 미나마타병이 맞다니까.

영감님, 칠순 넘어 마나님 긴 병을 정성으로 간병하다 저 세상으로 보내주고. 그때부터지요 아마, 뭐든 대충대충 하거나 아무것도 안 하는 것이 이 세상에 살아남은 영화인 척하면서. 오로지 소주뿐이었는가, 드디어 번뇌도 끝이 난 것마냥, 소주가 있기에 살아 누리는 영화인가. 부모의 집은 자식 집이라지만, 자식 집은 남의 집이나 매한가지. 하물며 원래 남의 집에 일절 안 가는 대신에 아무도 오지 마라 하는 양반이니. 누구한테도 마지막까지 신세지지 않겠다며 집 밖에도 나가지 않던 이 양반이 소주 사러 갈 때만은 네 시 반이면 정확히 집을 나서다니. 영감님, 혼자서 무료함을 잘도 견디시는구려. 정말 대단한 영화를 누릴 기질이오. 소주는 풀한테 줘버리고, 이렇게 비틀거리기나 하고. 역시 자식이 돌봐줘야지, 안 그러면 죽고 말지.

팔십 늙은이 아닌가, 이내 몸은 학자 같은 늙은이야. 남하고 말 섞는 것도 귀찮아 혼자 전기를 켜놓고 소주나 마시면서, 밤이면 밤마다 흥얼거리지도 않고 자세하나 흩트리지 않고 앉아 책을 읽어. 그 뭐라더라, 용감한 사무라이의, 뭐였더라, 복수하는 이야기. 거 있잖아 아라키 마타에몬이라든가 미야모토 무사시라든가, 타카다노바바에서 호리베 야스베의 복수. 야규 쥬베에. 사무라이 책들뿐이지. 새벽까지도 종종 전기가 켜져 있잖아 왜. 옛날 영주님의 자손이라고, 그래서 그렇게 정좌하고 앉아서 그런 책들을 읽는 거지.

이 병에 걸리고부터는 그것도 딱 그만뒀어. 그림이 들어간 책이나 펴놓고 한 3분 정도 가만히 노려보기나 하고, 보이는 것도 흔들흔들하다가 툭 덮어버리고 그대로 드러눕고 말지.

어이 영감님, 옛날에 그 한 치 오차 없이 정확하던 시계바늘 같던 당신의 생활도 이제 안 돌게 생겼구먼!

센스케 노인의 오두막 행랑방에 살고 있는 딸이 아버지의 외로운 주연이 끝나는 것을 살폈다가 조심스레 들여다본다. 노인은 불안하기 짝이 없는 손짓발짓으로 알전구를 내려놓고 단정하게 앉아서 삽화가 그려진 아라키 마타에몬인가 뭔가를 펼쳐놓고 있지만, 이내 두 눈을 꾸욱 누르며 탁 소리가 나게 책을 엎어버리고는 했다. 그의 발병은 1960년 10월 초순에 시작되었다.

사람들은 하루하루 생활 어딘가가 묘하게, 예컨대 풀어진 태엽처럼 되어간다는 것을 깨닫고, 마을의 생활 속에 완고한 태엽 같은 존재였던 나미사키 센스케 노인을 떠올렸다. 그는 이제 마을의 시계 역할을 해낼 수 없게 된 것이다.

내가 나고 자랐던 이 지방에는, 술 마시는 것 말고는 다른 욕심도 득도 없는 사람에 대해 하는 말이 하나 있다.

'죽을 때가 되면 얼굴색이 좋아지고, 겉모습이 좋아지고, 술을 안 마신다.'

80평생 이루 말로 다 못할 심정의 곡절을 지금은 알 방도가 없다. 세 홉 소주에 취하여 무협소설을 읽는다. 이루지 못했던 자신의 공상이 아로새겨진 환영 속에서, 어느 날 밤 푹 꼬꾸라져 모양 좋은 얼굴색으로, 낡은 널빤지로 지은 오두막의 벽에 기대어 죽어 있었다. 그리 되기를 그는 바라고 있었던 것은 아닐까. 공상이라기보다는 그것은 어쩌면 한갓된 꿈이라고 해야 할 마음이었는지도 모른다.

뇌파측정기의 바늘을 이마 언저리에 몇 개씩이나 붙인 채 길게 누워 검게 빛나고 있는 그의 전신을, 전기의 미동음을 들으며 아낙들은 말없이 지켜보고 있었다. 노인은 그런대로 침착하게 눈을 감고 있었지만, 때때로 하얗고 긴 눈썹과 발바닥이 꿈틀꿈틀 움직였다. 그의 차례가 끝나자 센스케 노인은 옷을 차려입더니, 정중하게 집주인인 야마모토 회장과 선생님과 아낙들에게 인사를 하고 말없이 귀갓길에 올랐다.

마루를 미끄러지듯 내려선 순간, 당당하던 노인의 뒷모습이 휘청 흔들렸다. 미나마타병 특유의 운동실조성 보행이다.

임시 진료소인 야마모토 환자모임 회장의 집 바로 뒤로는, 마침 미나마타병 집중다발지구인 해안을 따라 무도, 유도, 데츠키, 츠키노우라 부락들을 가로지르는, 카고시마에서 쿠마모토로 뚫린 3번 국도의 개수공사를 하고 있었다. 노인은 파헤쳐져서 바다로 떨어지려는 흙덩이 위를, 3번 국도와 나란히 있는 카고시마 본선의 선로 쪽으로 걸어갔다. 선로 쪽을 향해 걸어가는 그 걸음걸이는 마치 진행방향과는 반대로 미끄러지는 울퉁불퉁한 벨트 위를 걷는 것처럼 좀처럼 앞으로 나아갈 기미를 보이지 않았다. 그래도 노인은 정말 천천히 그리고 열심히 발길을 떼어놓고 있었다.

막 지려는 시라누이해의 겨울 석양 속 노인의 뒷모습이 내가 본 마지막이었다.

탱탱하고 선명한 빛깔인 내장 파편을 해부실에 남겨둔 채, 그의 시신을 실은 영구차가 으스스한 미나마타강의 제방을 달려 사라지자, 강의 제방을 따라 하얀 기모노를 펄럭이며 재잘거리는 처녀들 한 무리가 물밀듯이 걸어왔다. 그들은 성인식을 마치고 돌아가는 젊은 처자들이었다.

센스케 노인이 죽고 20여일쯤 지난 2월 7일, 질척거리는 데츠키 부락의 3번 국도 위에서 나는 또 하나의 장례행렬과 마주치게 된다.

1955년 4월, 원인불명의 발광상태로 쿠마모토시 근교에 있는 오가와 재생원(정신과)에 갇혀, 10년 동안 가족 품으로 돌아오지도 못한 채 사망한 아라키 타츠오(1898년 생) 씨의 장례행렬이었다. 그의 발작은 미나마타병으로 판명되었는데, 면회 온 아내를 오래도록 식별하지 못하고 뒷걸음질치는 통에 남편의 부재를 보충하려고 죽어라 일만 하는 아내를 슬프게 했다.

미완성의 3번 국도에는 급격하게 늘어난 대형트럭 행렬이 굉음을 내며, 초라한 장례행렬을 찌부러트리기라도 하려는 듯 맹렬한 속도로 달려나갔다. 그 바람에 사람들의 간소한 상복 옷자락이나 가슴께에도, 위패에도, 한상 차려진 공물에도 가차 없이 흙탕물이 튄다.

내 고향인 이 지방에서는, 한 세대 전까지만 해도 장례행렬 하면 비가 오나 눈이 오나 피리를 불고 징을 울리고 비단이며 오색찬란한 깃발을 휘날리며, 명정 하나 세우지 못한 초라한 장례라도, 길 한 가운데를 엄숙하게 행진하면 마부는 말을 멈추게 하고, 자동차는 뒤로 물러서주었다. 장례행렬을 이룬 사람들은 상복을 나들이옷으로 삼고 눈물 속에 멋스러움마저 풍기며 길가에서 구경하는 사람들을 압도하며 지나가곤 했다. 죽은 사람들 대부분은 많든 적든 살면서 불행하지 않을 수는 없지만, 일단 죽은 사람이 되면 숙연한 친애와 경의의 뜻이 담긴 장송의 예우를 받았던 것이다.

1965년 2월 7일, 일본국 쿠마모토현 미나마타시 데츠키의 어부이자 노동자였던 미나마타병의 마흔 번째 사망자인 아라키 타츠오 씨의 장례행렬은, 굉음을 울리며 연달아 달려가는 트럭에게 길을 내주고 질척한 흙탕물을 뒤집어쓰면서, 폭 8미터의 3번 국도 가장자리를 논으로 구를 것처럼 위태롭게 비틀비틀 숨죽이며, 바다를 바라보도록 파놓은 묘지를 향해 걸어가고 있었다.

잠깐 트럭 행렬이 끊기고 어둑하니 그림자진 길 건너 길가에 암수 구분이 어려운 늙은 은행나무가, 역시 밑동부터 줄기에까지 언제부터 붙어있었는지도 모를 진흙덩어리를 덕지덕지 달고 서 있었다.

아득히 불이 밝혀지는 것 같은 남국의 겨울, 저물어가는 하늘을 향해 가지를 벌리고 서 있는 늙은 은행나무는 나름대로 아름다웠다. 가지 사이로 보이는 하늘색이 너무 아름다워서, 나는 어지러이 현기증을 느끼며 올려다볼 뿐이었다.

문득 여태후(중국 하나라 유방의 부인-옮긴이)가 척부인(유방의 첩-옮긴이)에게 저질렀던 소행을 기억해냈다. 손발이 잘리고 눈알이 뽑히고 귀가 도려내지고 벙어리가 되는 약을 먹고 인간돼지라고 이름 붙여 오줌 항아리에 갇히고, 그러다 결국은 숨통이 막혀 죽게 되었다는 척부인의 모습을.

미나마타병으로 죽은 자들 대부분이, 기원전 2세기말 한나라에서 척부인이 당했던 것과 같이 까닭 없는 비명의 죽음을 당하거나 마지못해 살아남아 있는 것은 아닐까. 여태후도 또 하나의 인격으로써 인간의 역사가 기록하고 있다면, 벽촌이라고는 하지만 우리의 풍토나 거기 살고 있는 생명의 근원에 대해 가해진, 그리고 여전히 가해지고 있는 근대산업의 소행은 어떤 식의 인격으로 받아들여야 할 것인가? 독점자본의 만족할 줄 모르는 착취의 한 형태라고 하면 그만일지 모르지만, 내 고향에 지금까지도 구천을 떠돌고 있는 죽은 영혼과 생령의 언어를 계급의 본디말이라고 알고 있는 나는, 나의 애니미즘과 프리애니미즘을 조합해서 근대에 대항하는 주술사가 되지 않으면 안 된다.

그렇지만 뒤꿈치가 닳아빠진 특별매장에서 산 나의 구두는 진창을 뛰어넘을 줄도 몰라 버스를 놓치고 말아, 데츠키에서 두 시간 걸리는 미나마타 시내를 벗어난 변두리 내 초가집을 향해 터벅터벅 걷기 시작했다. 나미사키 센스케 노인의 오두막 주변에서 소름끼치게 엄습해오는 추위에 해는 저물고 바람은 불고, 눈 아래 보이는 신일본질소공장의 연기와 불빛은 미나마타 시내 쪽으로 가로누워 곧게 흘러가고, 바다는 새까맣다. 이런 밤, 이런 야경을 내려다보았을 센스케 노인은 공장이라는 것을 '문명'이라 생각하고 내려다보면서 만족스럽게 살았을지 모른다.

— 시계는 무엇을 위해 있는가?

그렇게 중얼거리며 센스케 노인은 공장 사이렌 소리에 맞춰, 유일한 사유재산이라 할 수 있는 자명종 시계의 태엽을 감았을 것이다.

지극한 합리주의자처럼 보이기도 했던 센스케 노인의 생애라지만, 시종 떠날 줄 모르던 노인의 부끄러워하는 기색을 생각하면, 싹둑 잘려진 자신의 내장 토막을 해부실에 남겨두고 화장터로 끌려가는 식의 죽음을 맞아야 했다니, 그로서는 임종의 낭패임에 틀림없었다. 신일본질소 미나마타 공장의 유기수은은, 노인의 만년과도 노인의 사후와도 결코 친해질 수 없는 인과관계를 남겼던 것이다.

— 미나마타병이고 뭐고, 그런 꼴사나운 병에 내가 왜 걸려?

센스케 노인은 항상 그렇게 말했다. 그에게 미나마타병 같은 건 있을 수 없는 일이며, 실제로도 그것은 있을 수 없는 일이었다. 꼴사납다는 노인의 말은 미나마타병 사건에 대한, 이 사건을 만들어내고 은폐시키고 무시하고 잊으려 하고 또 잊어가고 있는 사람들이 짊어지지 않으면 안 될 도의를, 그들이 버리고 돌아보지 않는 도의를, 그것 때문에 죽어가던 이름 없는 한 인간이 짊어진 채 뱉어낸 한마디였다.

2 · 시라누이해 연안 어민

배의 묘지

•

1959년 11월 2일 아침, 밤새 내리던 비가 뚝뚝 듣고 있는 미나마타 경찰서 앞에서 미나마타 시립병원 앞 도로까지, 시라누이해 지역 어민 약 3천여 명이 속속 모여들고 있었다.

미나마타 경찰서는 인구 5만의 미나마타시를 가로지르는 미나마타강 하류에 걸린 세 개의 다리 중 가장 잘 만들어진 미나마타교 옆에 있었다. 그 미나마타 경찰서 앞에서 약간 경사진 내리막길을 200미터 정도 가면 미나마타 시립병원 앞에 다다른다.

시립병원이나 포장된 지 얼마 안 된 도로 모두 새것으로, 어민들은 축축하게 젖어 반짝이는 도로 한켠에 빼곡히 쪼그려 앉아서 앞을 지나가는 시청 직원들이며 배달부 그리고 창문 너머로 보이는 경찰서 내부 등을 수줍은 표정으로 힐끗힐끗 올려다보고 있었다. 시민들의 눈에 어민들의 그런 모습은 이런 작은 시골마을에서도 시작한 안보반대(미일안전보장조약 반대-옮긴이) 데모대(신일본질소비료공장 노동자를 주축으로 하여 실업대책 노동자, 교직원조합, 시청자치노동조합, 전기통신, 전국체신조합, 가성, 문학서클 등으로 조직된 미나마타지구 안보조약저지공동투쟁회의)의 폼 나는 모습과는 판이하게 다른 집단으로 보였다. 그것은 데모대라기보다 대규모 청원집단이라고 부르는 것이 더 어울렸다.

골몰히 침묵을 지키고 앉아있는 사람들이 받쳐 들고 있는 장대 깃발이나 손에 든 깃발에는

'우리의 바다를 돌려 달라!'

'우리의 빚을 갚아라!'

'공장 폐수 방류를 즉시 정지시켜라!' 등이 적혀있었는데, 그 중에서도 가장 눈에 띄게 '국회의원단님 대환영!!'이라고 큼직하게 적은 몇 개 깃발은 궁지에 몰린 어민들의 심정을 여실히 드러내주고 있었다. 깃발 아래에는 백발이 무성한 늙은 어부, 머리가 덥수룩한 소년어부(소년은 따분해 죽겠다는 표정으로 잠방이 주머니에서 새총을 꺼내, 참새나 개의 꼬리나 콧잔등을 맞춰 겁을 주며 놀고 있었다), 포대기 안에서 보채는 갓난애를 밀어올리고 또 밀어올리며 고개를 홱 돌려 입에 든 사탕을 아기 입에 건네주는 주부도 있었다. 치카타비(고무로 된 작업화-옮긴이)나 고무 샌들을 신은 사람도 있었지만, 남녀 할 것 없이 맨발에 닳아빠진 게타를 신은 이들이 많았다.

옛부터 그랬듯이 맨발로 뱃일을 일하는 사람들이 '국회의원단님 대환영'을 위해 일하다 말고 갯가에서 몰려들던 날, 아무렇게나 뒤섞여 붐비던 그 신발과 맨발을 나는 지금도 똑똑하게 기억한다.

사람들은 육로로 온 어협(어업협동조합)의 트럭에서 뛰어내리기도 했지만, 대부분은 어협별로 선단을 짜서 공장배수구가 있는 미나마타만의 햐쿠켄 해협이나 마루시마만, 미나마타강 하구의 야와타만 부근에 오래도록 휘날려본 적 없는 풍어기와 장대깃발을 휘날리며 엔진소리와 함께 상륙해 항구 부근의 주민들을 놀라게 했다.

사람들은 그곳이 어선이 들어오는 항구였다는 사실을 잊고 있었다. 몇 년 만에 듣는 엔진소리라, 그곳이 어선이 드나드는 항구라는

사실을 뒤늦게야 기억해냈다.

시라누이해 지구 어민들은 보기에도 무참하게 버려진 미나마타 어협 소속의 배들을 보고 정신이 번쩍 들었다.

주인을 잃어버린 집이 빠르게 폐가가 되어가듯, 선주를 반 년도 넘게 태워보지 못한 배의 몰골이란, 설령 그것이 거룻배 같은 작은 배라 할지라도, 머잖아 배 자체가 풍기고 있는 생기나 위엄을 잃고 풍화되어 간다. 더구나 미나마타만의 갖가지 이변을 어민들이 깨닫기 시작하고, 여름 숭어잡이와 겨 이야기가 나온 지 6년이 지났고 사실상 조업을 못한 지 만 3년이나 지나 있었다.

후릿그물을 길게 펼쳐서 연결해놓은 배들의 뱃머리는 실제로 축 늘어져 보였다. 갑판은 쪼개진 것처럼 말라비틀어져서 말짱한 모습을 한 배는 단 한 척도 없었다. 개중에는 태어난 지 얼마 안 된 새 배인데 선체 자체가 하룻밤 새 무슨 큰일이라도 당한 게 아닌가 싶을 정도로 풍화해체의 무시무시한 진행을 보이고 있었다.

하쿠켄 항구도, 마루시마 항구도, 미나마타강 하구의 야와타 부두도, 항구는 버려진 배의 묘지가 되었다.

새까맣게 물길을 가르며 들어오는 시라누이해 연안어협의 선단이 일으키는 파문을 따라, 잔해나 다름없이 상해버린 빈배들이 흔들흔들 넘실대며 길을 여는 모습은, 억센 어부들에게도,

'이른 아침부터, 기분 나쁜 꿈에서 덜 깬 듯한 기분'이 들었으며,

'등줄기가 서늘해지는 배의 묘지 같은 풍경'이었으며,

'머잖아 우리 배며 항구도 저렇게 될 것이다'는 생각까지 들었다.

"말하면 무서운 일이 벌어질까 봐 가능한 그쪽으로 눈도 안 돌리

고 마음만 조급해서 상륙했지. 그런 기분으로 미나마타에 오른 적은 이제껏 없었는데. 여보게, 옛날에야 야와타 축제며 타메토모 축제 때면 함께 어우러져서 선단을 짜지 않았나. 그럴 때는 더없이 기분이 좋아서 한 마을에 우르르 모여들고는 했었지. 항구에 들어설 때면 옛날에는 장구, 샤미센(三味線, 일본의 현악기-옮긴이)은 말할 것도 없고 스피커까지 쾅쾅 틀어놓고, 그야말로 신명났었는데. 미나마타병이 생기기 전에는……" 하고 말하기도 하고,

"우리 어장에서 일어난 변괴에 정신이 팔려, 미나마타에 대해 소문이야 이래저래 들은 바는 있지만, 잠깐 사이에 유령선 항구가 돼버리다니 기가 막히네 그려. 등줄기가 서늘해지는 것 같고. 만감이 교차하지만, 오늘은 국회의원단이 도쿄에서 오신대서 큰맘 먹고 건너온 것이니 기운을 내자고!"라며 흥분했다가도, 못내 '우리 자신의 묘를 보는 것 같은 항구'라고 사람들은 생각했다.

항구란 자고로 아무리 이른 시간이라도 아침안개가 피어나는 배 위에 사람의 그림자가 어리고, 사람의 목소리며 노 젓는 소리, 엔진 돌아가는 소리가 들리는 이른바 아침안개를 가르며 열리는 항구의 활기라는 것이 있게 마련이다. 그런데 그 무렵 미나마타 항구와 부두의 아침은 풍화 해체되어 가는 폐선만이 쓸쓸히 파도에 흔들리고, 사람 그림자라고는 고장 난 배 위에서 아이들이 뛰노는 낮 시간을 제외하면 거의 찾아볼 길이 없었다.

시라누이해 연안어협의 사람들은 미나마타만의 바닷길 입구에 해당하는 카고시마현 나가시마의 어민들을 생각하고 있었다. 나가시마 어민들은 진작부터 뱃일을 쉬는 휴어기에는 "하쿠켄 항구에 배를 대놓으면 왜 그런지 갯강구도 안 끓고 굴도 안 붙어"라고 수군

거렸다.

반농반어가 많은 나가시마 어민들은 휴어기, 그러니까 농번기가 되면 실제로 7, 8년 전부터 일부러 배를 몰아 햐쿠켄 항구에 방치해 두었다. 다음 고기잡이 때까지 어부들이 꼭 해두어야 할 일 중에 배 바닥을 태우는 일이 있다. 배 밑바닥에 더덕더덕 붙은 굴 껍질과 거기에 기생하는 벌레들을 떼어내기 위해서다. 뭍으로 끌어올린 선체를 경사지게 눕혀놓고 그 밑에 장작을 지피는데, 이때 배가 타지 않도록 주의하면서 떼어내야 한다. 간단하지만 막상 하려고 하면 여간 귀찮은 일이 아니다.

그 수고를 덜기 위해서 일부러 햐쿠켄 항구까지 배를 끌고 와서 그곳에 방치해두었다. 아주 말끔하게 벌레나 굴 껍질이 떨어졌다. 햐쿠켄 항구에 있는 '회사'의 배수구 근처에 묶어두기만 하면 항상 배 밑바닥이 가뿐해진다고 했다.

나는 미나마타의 여름 조업의 본격적인 시작이라 할 수 있는 숭어잡이의 겨 이야기를 떠올렸다.

1952~3년경부터 미나마타시를 중심으로 인근의 아시키타군 츠나기 마을, 유노우라, 사시키 그리고 카고시마현의 이즈미와 오쿠치 일대의 정미소에서 밀 겨를 구경도 못하게 됐다는 소문을 농민들이 우스갯소리로 했었다.

닭 사료 얘기를 하다말고 정미소 주인들이,

"어찌된 일인지 올 여름엔 숭어가 하나도 없다네. 근데 여보, 선주들이 눈이 시뻘게져서 겨를 사재기하고 있다는 소문 들었어? 밀겨는 이제 어디를 찾아봐도 하나도 없다네 그려. 그야 반가운 소리지, 돈은 한 푼도 못 받아 걱정이긴 하지만 말이야"라고 했다.

미나마타의 어업 중에서도 특히 초여름부터 시작되는 숭어잡이는 특별한 취급을 받고 있었다.

장마철이 되어 바다가 탁해지기 시작하는 6월부터 10월 말까지, 햐쿠켄 연안의 코키섬과 카고시마 근처 무도의 하나노보즈가 반도를 잇는 그곳 근처의 '하다카 여울' 주변을 텐트로 지붕을 친 미나마타어협의 배가, 평소 50배 정도는 되게 둥글게 에워싸고 일제히 숭어낚시를 개시한다. '낚시'를 하지 않는 다른 배는 숭어 다래끼를 준비해 바다에 담가둔다.

숭어낚시에는 밀 겨를 뜨거운 물로 이겨서 꿀이나 번데기 가루, 기름을 섞어 맛을 내고, 안에 바늘을 숨겨 새알을 만들어 떡밥으로 삼는다.

다래끼 안에도 이것저것 맛을 낸 새알을 넣어둔다.

미끼 만드는 법은 집집마다 비법이 있는데, 미끼 연구와 제비뽑기로 정한 낚시장소와 낚시솜씨가 일치하면 그 여름 최고의 낚시꾼이 누가 되느냐를 놓고 어부들은 경쟁했다.

하지만 아무리 연구하고 떡밥을 잘 만들어도 숭어는 모여들지 않았다.

숭어가 모여들기 시작하면 혼자서는 감당해낼 수가 없다. 온 가족이 밥 먹을 짬도 없이 끌어올려야 하니 낚싯줄에 손가락 관절이 잘릴 정도로 걸려들었다.

다래끼로 잡을 때도, 고기가 잘 들 때는 반경 1미터 정도의 망 안에 어떻게 다 들어갔냐며 웃음이 터질 정도로 숭어들은 엎치락뒤치락 빼곡하게 들어찼다. 그것은 그대로 '돈'이었다.

하지만 1952~3년경부터 소규모의 집에서는 20가마니, 선주들은

4, 5백가마니나 되는 겨를 사용해보았지만 전혀 잡힐 기미가 보이지 않았다.

미나마타뿐만 아니라 츠나기의 어부들도 "올 숭어 농사는 겨 값은 물론이고 여름 내 인간이 먹은 양식까지 죄다 빚이 되고 말았어. 이런 경우는 선대에도 들어본 적이 없었는데, 숭어가 딴 데로 다 이사가 버렸나?"라며 의아해하고 있었다.

어부들은 그 무렵 나돌기 시작했던 전국적인 연안어업의 부진을 줄어든 숭어 때문으로 알고, 얼마쯤은 시사평론처럼 얼버무리고 있을 뿐이었다.

하지만 사태는 눈에 띌 만큼 빠르게 진행되고 있었다.

숭어뿐만 아니라 새우, 전어, 도미도 눈에 띄게 줄었다. 수확량이 급격하게 줄어들자 애가 탄 어부들은 보나마나 어렵사리 변통했을 돈으로 막 유행하기 시작한 나일론 어망으로 바꿔보기도 했지만, 고양이가 사라진 해변에 들끓는 쥐들에게 빚내서 힘들게 마련한 나일론 어망을 맛좋게 갉아 먹히는 지경에까지 이르렀다.

그 무렵 고양이를 좋아하는 우리 마을 노파들은 무도나 츠키노우라 주변에서는 아무리 잘 돌봐줘도 고양이 새끼가 제대로 자라지 않노라고, 고생한 보람도 없다며 혀를 차고는 했었다.

하쿠켄 항구를 기점으로 묘진, 코이지섬, 보즈가 반도와 잇는 해안선 안쪽의 미나마타만은 손질한 그물을 던지면 빈 채로 올라오면서도 이상하게 묵직했는데, 생선들이 팔딱팔딱 뛰며 전해오는 한 마리 한 마리의 힘찬 움직임과는 손맛이 달랐다.

그물눈에 끈적끈적하게 달라붙은 진흙은 푸른색을 띤 암갈색으로 코를 찌르는 특유의 강한 악취를 풍겼다. 악취는 하쿠켄의 공장 배수구에 가까워질수록 심했고, 바닷속에서부터 피어올라 바다표면을 뒤덮고 있었다. 그 당시 일을 어부들은, "재채기가 나올 정도로 참기 힘든 지독한 냄새였다"고 지금도 말한다.

아시키타군 츠나기 마을 어부들의 말.

"밤바다에 나가서 등을 켜고 밤낚시를 하는데, 물안경으로 안을 들여다보면서 창으로 고기를 낚지요. 그럼 바다 밑바닥 물고기들이 이상한 몸짓으로 헤엄을 친단 말이야. 뭐랄까, 연극에서 보면 쥐약 먹고 죽을 때처럼, 왜 소설에도 나오잖아, 독을 마시고 엎치락뒤치락 하는 걸 뭐라고 하잖아. 전전 뭐라고 하는데, 맞다맞다! 전전반측(輾轉反側). 꼭 그런 모양으로 헤엄을 치더란 말에요. 바닷속 모래나 바위 모서리에 부딪혀서는 제 몸을 뒤집고 또 뒤집고 하는 거 있죠. 참 묘하게도 헤엄친다 생각했지요.

근데 여보슈, 누구한테든 물어봐요. 어부라면 누구라도 보았을 거요. 햐쿠켄 배수구에서 검고 뻘겋고 퍼런색 같은, 무슨 기름덩어리 같은 것이 방석 만한 크기로 흘러나와요. 그것이 하다카 여울 쪽으로 흘러가죠. 아이고 여보, 재채기가 말이 아니네!

하다카 여울이라고, 미나마타만으로 드나드는 바닷길이 코이지섬과 보즈가 반도 사이를 잇고 있는데, 그 바닷길이 말이지 뽀골뽀골 떠내려가는 거라! 그 부근에서 물고기들이 그런 식으로 헤엄을 치고 있었던 거여. 근데 그 기름 같은 덩어리가 창을 던지는 어깨나 손에 착 달라붙는데, 그게 달라붙으면 거기 피부가 홀러덩 벗겨질 것 같아서 얼마나 기분이 나쁘다고, 그게 엉겨 붙으면! 그럼 얼른 깨끗한 바닷물을 떠서 씻어내느라 바빴지. 낮에는 본 적이 없어.

그로부터 며칠이나 지났을까, 얼마간 간격을 두고 그것들이 흘러내려오기 시작하더군. 그래요, 어부라면 다 보았지. 그게 그런데 매번 밤낚시 때만 그랬단 말이야.

그 당시 바다색이, 뭐라면 좋을까, 생각만 해도 기분 나빠. 바다가 저리 된 줄도 모르고 참 잘도 고기잡이를 나갔네 그려. 뭐랄까, 바다가 걸쭉해졌다고나 할까 …… 도대체 그때, 회사는 뭘 만들고 있었던 걸까요? 이물질이 질펀하게 떠 있는 바다를 가르고 나가면 배도 끈적끈적한 이물질로 묵직해져왔어. 기분 나쁜 뭔가를 흘려보낸 게 분명해. 우리같이 머리 나쁜 사람들이야 뭐가 뭔지 모르지만, 그런 건 빨리 대학교 선생님들한테 가져가서 봐달라고 했어야 옳았어. 바보의 지혜는 뒤늦게야 나온다더니.

회사는 곧바로 폐수를 쿠마대학에 보냈다고 하지만, 믿을 소린 못되지. 배수구에 문지기를 세워놓고 혹시나 훔쳐갈까 안달을 해놓고선. 우리가 조금이라도 떠왔어야 했는데. 흘러내려온 곳까지 문지기를 둘 수는 없었을 테니까.

아이고, 그때 우리도 햐쿠켄 항구까지 갔었지요. 그러니 그 부근에 대해선 훤하지. 어업권요? 그야 물론 밀어를 간 거였지. 몰래. 이쪽 바다에도 고기가 아예 오지 않게 되었으니 어쩔 수 없이, 애가 타서. 그쪽도 공장폐수가 있지만 그래도 고기가 들고 했으니까. 고기들 집합소같이 다른 곳에 비하면 많았거든요. 그 무렵 미나마타 사람들은 이미 고기잡이를 나오지 않았지, 아마.

그 대신에 고양이 놈들이 데굴데굴 날뛰는 통에 얼마나 놀랐던지! 거기 물고기는 직방이었어! 바로 죽어버렸으니까. 사람도 금방이더군. 정어리가 제일 빨리 죽더군.

그때부터 우리도 더는 안 갔어요. 우리 부락에서 죽은 대장은 때

려죽여도 안 죽을 정도로 헌걸찬 사내였다우. 11월 2일 데모에서는 대장이 제일 앞장서서 회사 정문을 타고 올라가, 회사 문을 연 사람이었지요. 데모대가 회사로 진입할 수 있었던 것은 시노하라 타모츠 덕분이었어요. 그랬던 사람이 아우, 아우라고 말도 제대로 못하는 갓난애같이 되더니, 그 장대하던 대장이 딱 두 주 만에 죽어버립디다. 충격도 그런 충격이 없었지! 그렇게 죽다니 짠하고 허망치. 죽어도 제대로 죽지도 못했을 거요 — 처자식은 어찌 살꼬. 그 지경이니 어망을 팔든지, 배를 팔든지, 막노동을 해서라도 살기는 살아야지. 이제 죽어도 고기잡이는 안 하리라 다짐해도 이 근방에 달리 돈벌이할 일이 있어야지. 그러니 눈은 바다로만 향하지.

아이고! 속상해. 그러니 데모할 때 맨 앞장을 섰지. 누구랑 싸우나? 회사랑 맞서야지. 미나마타 사람들이야 회사에 이래저래 신세진 게 많으니. 우리가 대장이었지요."

이 같은 미나마타만의 상황 속에서 1950년부터 53년까지 48만 9천 8백 킬로그램이었던 미나마타어협의 수확량은, 1955년에는 3분의 1인 18만 3천 7백 킬로그램으로 감소하고 1956년에는 11만 천 9백 킬로그램까지 격감했다.

그물에 딸려오는 진흙의 상태로 보아 어민들은 만내(灣內)의 침전물이 3미터는 될 거라고 추측했는데, 나중에 온 국회조사단도 침전물이 3미터라고 했다. 이 무렵 만내에서 떠오르는 죽거나 기형이 된 물고기는 더 많아졌고, 츠키노우라 쪽에 사는 고양이가 미친 듯 날뛰다 죽는다는 소문을 많은 시민들이 들었다.

바다 밑에 가라앉아 있던 미나마타만의 이변이, 모조리 지상으로 드러내듯 해안 부락에는 이미 미나마타병이 발생하기 시작했다.

미나마타병을 처음으로 발견한 사람은 앞에 서술했듯이 당시 미나마타시에 주재하고 있던 신일본질소비료공장 부속병원(이하, 부속병원으로 함 - 옮긴이)장인 호소카와 하지메 박사였다.

미나마타병의 발단과 호소카와 박사에 대해서는 현대기술사연구회의 《기술사연구》(제28호)에 실린 토미타 하치로의 「미나마타병」이 적절하므로 인용한다.

— 호소카와 씨는 이미 그 전년도까지 몇년에 걸쳐 이 지방에 산발하는 리케차 병의 일종인 선열(腺熱, 전염성단핵세포증이라고도 하며 발열, 림프절종창, 인두통 등의 증상을 보인다-옮긴이)의 역학적 연구를 쿠마대학 카와키타 교수와 협력해왔다. 물론 이 지방에서 흔히 발생하는 병에 대해서는 정통하고 있었다. 그래서 1954년 최초의 미나마타병 환자가 부속병원에 입원했다 사망했을 때, 그 증상이 그때까지 전혀 알려지지 않았던 사실을 진료카드에 기록했다. 뒤이어 1955년에도 한 명을 발견하였으니, 1956년 5월 1일, 4명의 환자가 부속병원을 찾았을 때 사건의 중대함을 알 수 있었다. 증상 중 일부가 일본뇌염과 닮았다는 점과 쿠마모토현은 폴리오(폴리오바이러스에 의한 급성전염병. 소아마비라고도 함-옮긴이)의 다발지역이기도 해서 위생학적인 대책을 세우기 위해 보건소에 연락했다. 이때부터 장기간에 걸친 부속병원과 보건소의 훌륭한 협력관계가 이뤄지게 된다.

1956년 5월 28일에는 보건소, 의사회, 시, 시립병원, 부속병워 — 5자간 대책위원회가 결성되었다. 이 위원회에서 각 개업의의 오래된 진료기록부를 조사하는 한편, 호소카와 박사를 비롯한 부속병원 내과의 젊은 의사들은 환자 간호와 더불어 환자가 살았던 츠키노우라, 데츠키, 유도 지역의 현지조사를 시작하여 몇달 뒤에는 이 지역 전 세대 연령구성표를 작성할 정도의 면밀한 조사를 실시했다. 이 조사중에 하나둘 새로운 재택환자들이 발견되었고, 사건은 나날이 심각성을 더해갔다. —

미나마타병의 발생과 진행과정에 대해, 의사이면서 학자인 호소카와 박사가 그 고결하고 박력 있는 인격으로 탁월한 조사와연구를 지속했던 것과 부속병원의 본가라 할 수 있는 신일본질소 미나마타 공장이 보여준 모든 태도와의 엄청난 대비는, 지금에 와서는 저마다 고전적인 의미마저 갖는다.

당시 조사결과 확인된 환자 수는 1953년 한 명, 54년 12명, 55년 9명, 56년 32명으로 총 54명이 자기진단으로 중풍, 요이요이병(수족이 마비되어 몸과 입의 움직임이 자유롭지 못한 병-옮긴이), 하이칼라병, 정신병, 꼬꾸라지는 병 등이라고 이름 붙여가며 저마다의 집구석에 틀어박혀 앓고 있었던 것이다. 이들 중 사망자가 이미 17명에 이르고 있었다.

환자들의 공통 증상은 처음에 손발 끝이 저려서 물건을 쥐지 못하고, 걷지 못하고, 걸으려고 하면 꼬꾸라지기 일쑤고, 말을 잘 못한다. 말을 할라치면 한마디씩, 길게 늘어지고 어린양을 부리는 것 같은 말투가 된다. 혀도 마비되어 맛도 모르고 삼킬 수도 없다. 눈이 점점 안 보이게 되고 귀가 안 들린다. 손발이 떨리고 전신경련을 일으켜 남자어른 두세 명이 달려들어도 진정시키지 못하는 사람도 있다. 식사도 배설도 제 손으로 할 수 없게 된다. 등등의 특이하고 비참한 모습이었다. 이때 대책위원회의 뒤를 이은 쿠마모토 대학병원 원장인 카츠키 시바노스케 교수는 환자들을 보았을 때의 인상을, '헬렌 켈러의 삼중고에, 나을 수 없다는 사중고까지 가진 사람들'이라고 고통스럽게 표현했다.

병세가 진정된 것처럼 보이고 죽음을 면한 사람들도 여러 가지 신체적 장애나 정신장애가 남는다는 사실이 확실해졌다.

환자 집중 부락은 집집마다 끊이지 않는 발병과 장례식, 소독, 흰 가운을 입은 의사들로 겁에 질려 있었다. 온갖 흉흉한 소문들이 나돌았고 그것을 확인시켜주는 사건들이 벌어졌다.

미나마타만 햐쿠켄 항구 부근을 어장으로 삼고 있는 어촌부락에 집중발생하던 미나마타병 환자는, 공장이 야와타지구 미나마타강 하구 배수구를 변경하기 시작한 1958년 이후부터 하구 부근의 야와타 후나츠에서 멀리 북쪽으로 번져 아시키타군 츠나기 마을에서도 발생해 확대될 조짐을 보였다. 미나마타강 하구에서 북쪽으로 이어지는 아시키타군 연안은 옛날부터 미나마타강이 범람하면 상류에서 내려오는 표류물이 밀려들던 코스다. 미나마타어협과 신일본질소공장 그리고 미나마타 생선조합으로 좁혀질 기색이 보이던 분쟁은, 대안의 아마쿠사를 포함한 시라누이 해 연안 일대 어협의 문제로 확산되었다.

1957년 4월에 조직된 쿠마모토대학 의학부를 중심으로 한 문부성 과학연구소 미나마타병 종합연구반이 1958년 7월에 중간발표 형식으로, 이 병의 원인이라고 생각되는 것은 '미나마타 만에서 잡히는 어패류에 함유된 일종의 유기수은이 유력하다'고 했다. 정화장치 없이 온갖 유독물질을 포함한 오염수를 유출하고 있는 신일본질소 미나마타비료공장에 의한 바다의 오염을 지적했는데, 이것은 불가피하게 시라누이해 연안 전역의 어민생활에 핍박을 초래하고 말았다.

이 발표 직후 미나마타 시내 생선소매조합이 '미나마타의 어민이 잡은 생선은 절대 팔지 않는다'고 성명을 냈다. 이 성명은 어민들 생활의 숨통을 끊어놓았다. 어장을 잃고 속출하는 환자를 끌어안은 어민들은 대표를 선출하여 여러 번 신일본질소공장에 보상요구를 주장했지만, 공장 측은 쿠마대학의 발표를 부정하고 미나마타병과 공장폐수는 무관하다며 어민들은 물론 환자들까지도 줄곧 무시해 왔다.

생선소매조합이 낸 성명은 얄궂은 결과를 초래했다. 시민들은 '우리 가게의 생선은 원양 생선뿐입니다'라고 적은 종이를 내붙인 가게를 오히려 두려워하여 멀리하게 되었던 것이다. 통조림이나 고깃값 인상이 어느새 주부들의 화제가 되었다.

어업조합과 생선조합의 데모대가 충돌하여 큰 싸움이 되었다는 소문이 나돌았다.

쿠마모토에서 온 손님에게 근해에서는 잡히지 않는 다랑어 회를 내놓았는데, 미나마타병이 두려워 도대체 먹으려 들지 않더라는 이야기가 무슨 희비극처럼 회자되었다. 이런 식으로 미나마타병 문제는 미나마타 근방의 마을뿐만 아니라 시라누이해 연안 전 지역주민의 단백원과 어민의 생활권 등 사회문제로 마침내 표면화되었다.

그중에서도 특히 환자발생이 계속되는 미나마타어협 소속의 어민들 생활은 극도로 궁핍해져 어망을 팔고 배를 팔고, 빚이 없는 사람이라도 그날 먹을 양식이 없어 애태우는 집이 많았다. 1953년 말에 공식적인 제1호 환자가 나온 이후로 벌써 6년이 흘렀건만, 이런 상태는 여전히 방치되어 있었다.

그해 1959년의 8월 한사리(음력 보름과 그믐께의 밀물과 썰물-옮긴이)에 여태까지 듣도 보도 못한 일이 벌어졌다. 먼 바다에 서식하는 감성돔, 전갱이, 숭어, 농어 등의 성어들이 철퍽철퍽 미나마타강 하구 지류인 우리집 앞 개천으로 거슬러 올라온 것이다.

조수가 들고나는 틈을 타서 신나게 물놀이하는 아이들이 힘들이지 않고 이것들을 양손으로 잡아 올렸지만, 엄마들은 강어귀에 있는 '대교' 부근에서 훨씬 많은 물고기들이 이상하게 배를 뒤집고 떠 있거나 죽어 있는 것을 보고 들은 바 있어서, 끔찍한 생각에 그것을 버리도록 했다. 강 건너 어촌부락인 야와타 후나츠에서 이미 69, 70, 71, 72번째 미나마타병 환자가 나왔고 멀리 무도, 유도, 츠키노우라의 고양이들의 괴이한 춤 이야기를 얼마간 우스갯소리로 주고받던 그 희귀병이, 새로 설치된 야와타대교 부근에 있는 신일본질소공장 배수구의 코를 찌르는 이상한 악취와 배수구 부근에 떠오르기 시작한 생선들과 그곳에 어장을 둔 후나츠 어민들의 발병을 보고, 우리 부락에도 현실적인 공포로 다가왔다. 후나츠의 모든 환자들은 생선을 팔러오거나 했던 사람으로 우리 부락에서도 얼굴이 알려진 사람들이었다.

야와타대교 부근에서 멀리까지 조수가 빠지면 미나마타강 하구에서부터 펼쳐지는 간석지의 조개들은 입을 벌리고 죽어 썩은 냄새와 배수구의 악취가 뒤섞인 냄새가 해안 일대를 떠다녔다.

우리 마을의 공장종업원들은 야와타 배수구가 설치되기 직전부터 "배수구를 이쪽으로 가져오면 이쪽 바다도 위험해져. 이제 바다에는 가지도 마. 회사에서 실험을 했는데 고양이가 바로 죽어버렸다니까" 하며 가족들에게 "절대 비밀"이라고 다짐해두지만, 비밀이라는 것은 원래 전염성이 강해서 그 얘기는 금세 온 마을에 퍼지고 말았다. 물고기며 조개류가 죽은 것을 직접 눈으로 확인하자, 개펄에서 조개잡기를 즐겨하던 농민들도 조개잡기를 딱 그만두고 말았다. 까마귀조차도 눈을 희멀겋게 뜬 채 해변에서 죽어갔으므로.

야와타 배수구 부근에 2년 전 여름에 놓인 '대교' 위는, 이 무렵 새로 놓인 다리와 '희귀병의 물고기'를 구경하러 오는 사람들로 붐볐다.

사람들은 눈앞에서 흘러내리는 공장폐수를 코를 감싸 쥔 채 손가락질하며 바라보았다. 강 표면에서 바닥까지 겹겹이 몸부림치며 흰 배를 드러내고 떠오르는 크고 작은 무수한 물고기 떼가 걱정스러운 듯 이맛살을 찌푸렸다.

대교 난간에 턱을 괴고 즐비하게 서 있는 사람들의 이야기는 예를 들면, '회사나 부속병원에서 미나마타병 실험용 고양이를 한 마리에 2, 3백 엔에 사들이는데, 약삭빠르게 돈벌이를 한 사람이 있었다. 그는 어둠을 틈타서 들고양이는 물론이고 버젓한 집고양이까지 잡아 마대자루에 넣어 팔았다. 그것까지는 좋았는데 자기 집 마나님이 키우는 고양이까지 팔아버린 통에, 부인이 위자료를 청구했다더라' 같은 이야기였다.

시민들은 누구 할 것 없이 왠지 무겁게 내리누르는 공기에 숨이 막혔다. 지금이라도 어디선가, 뭔가가 저 밑바닥에서 발목이라도 잡아끌 것 같은 긴장감을 사람들은 참아내고 있었다.

1959년 11월 2일

•

11월 2일 아침, 장대비가 그친 미나마타의 아침놀은 따사로웠다. 멀리서 소리랄 수 없는 웅성거림이 아련하게 불그스레한 하늘로 퍼져가는 것을 느끼며 나는 후끈 역류하는 혈맥 같은 것을 타고 집을 뛰쳐나왔다.

얼룩진 태양이 빠끔히 고개를 내밀었다 숨었다 하고 있었다.

행렬의 뒤쪽에 해당하는 어민들, 시립병원 앞 쪽에 주저앉은 사람들 쪽에서 갑자기 말이랄 수 없는 함성이 울려 퍼졌다. 조용하던 군중들 얼굴 위로 순간 희색이 감돌았다. 열한 시 전후쯤 됐을까.

"국회의원님들이 오셨다아!"

사람들은 정말 기쁨에 찬 표정으로 그렇게 소리쳤다. 사람들 틈에 끼어 나도 달렸다.

'국회의원단님'이라는 사람들을 보기란 참으로 지난한 일이었다. 무엇보다 2천 혹은 4천 명이라는 대규모 어민단과 보도진 그리고 구경꾼들 틈에 둘러싸여 있었으니까. 정글 같은 사람들의 발길을 헤치며 나는 간신히 행렬 맨 앞쪽 근처까지 나아갈 수 있었다.

청원이니 데모니 하는 것이 어떤 형식으로 이뤄지는지, 그것이 어떻게 받아들여질 것인지 내 눈으로 똑똑히 봐두어야 했다.

그때 내가 사람들 뒤에서 발돋움하고 목을 빼가며 목격하고 강한 인상을 받았던 청원은, 지금 와 생각하면 시라누이해지구 어협 사람들보다는 미나마타병 환자가정 모임의 대표자들의 청원이었다.

시라누이해지구 어협(야츠시로, 아시키타, 아마쿠사 각 어협)의 대규모 시위대는 미나마타병 환자가정모임 대표와 국회파견의원단 16명, 그 외 현의원과 미나마타시 관계자 등을 겹겹이 둘러싸고 지켜보고 있었다.

돌아가는 상황을 보고, 나는 그날 시라누이해지구 어협 사람들뿐만 아니라 미나마타병 환자모임도 '국회의원단님들'에게 청원할 계획이 있었다는 것에 수긍이 갔다.

미나마타병 환자가정모임 대표 와타나베 에이조 씨는 어지간히 긴장한 초췌한 표정으로 국회의원단 앞으로 나가더니, 먼저 반나절 동안 짧게 깎은 머리에 휘휘 동여매고 있었던 지극히 어부다운 모습의 머릿수건을 공손하게 풀었다. 그러자 그의 뒤에 나란히 서있던 다른 환자가정모임 사람들도 일제히 그를 따라서 데모용 머리띠를 벗어버리고, 손에 손에 치켜들고 있던 가지각색의 장대 깃발을 땅에 내려 놓았다.

이 모습은 순식간에 미나마타 시립병원 앞 광장을 꽉 메우고 있던 시라누이해지구 어협 쪽에도 전달되어, 여기저기서 머리띠나 수건을 풀고 크고 작은 깃발들이 펄럭펄럭 소리를 내며 내려졌다.

견고한 정숙이 흐르는 가운데 와타나베 씨 다음으로 앞으로 나온 작은 체구의 중년여성 나카오카 사츠키 씨가 띄엄띄엄 읽어 내린 말은 너무나 인상적이었다. 대충의 요지는 이렇다.

"……국회의원님 아니, 아버지, 어머니(의원단 중에는 홍일점인 츠츠미 츠루요 의원이 있었다), 저희들은 오래전부터 여러분을 나라의 아버지, 어머니라고 생각해왔습니다. 평소에는 쉽게 뵙지도 못하는데, 이렇게 청원을 올릴 수 있게 된 것을 큰 영광으로 생각합니다.

……자식을 미나마타병으로 잃고 ……남편은 이제 고기도 잡지 못하고, 잡아도 사줄 사람도 없고, 도둑질도 못하고, 그저 팔자려니 포기하고 참아왔습니다만, 우리들의 생활은, 더는 견딜 수 없을 지경까지 왔습니다. 저희들은, 이제 누구도 믿을 수가 없습니다……

하지만 국회의원 여러분께서 이렇게 와주셨으니, 천군만마나 다름없습니다. 여러분의 자비로, 부디, 저희들을, 살려주십시오……"

그녀의 말에 몇 번씩 고개를 주억거리면서 벗어들었던 수건을 눈으로 가져가는 늙은 어부가 눈에 띄었다. 사람들의 옷이며 신발이며, 무엇보다도 그 초췌한 얼굴과 깡마른 몸이 오싹할 정도로 그 마음을 전해주고 있었다.

평소 '청원'이라는 것에 익숙해져 있을 국회파견조사단도 고개를 깊이 떨구고 숙연한 표정으로 "평화로운 행동에 경의를 표하며, 반드시 기대에 부응할 수 있도록 노력하겠다"고 대답했다.

청원단 대표들도 이들을 둘러싼 어민들도 깃발들을 높이 치켜들며 국회조사단을 향해 감사의 뜻을 표했고, 청원이 실현되도록 염원하는 만세를 힘껏 외쳤다.

가능한 한 정확하게, 나는 그날의 일을 떠올리지 않으면 안 된다.

어민단의 청원을 다 들은 국회파견의원조사단은 내친김에 미나마타 시립병원 2층 회의실에 모여, 미나마타시 당국에 미나마타병의 발생과 경과, 이를 위한 시당국의 대처 등 여러 가지 질문을 했다.

퇴역해군중장 출신인 미나마타시 4대 시장 나카무라 토도무 씨의 대답은, 볕에 그을린 뺨을 부비며 푹 꺼진 눈을 한 어민들과, 회견이 한창 진행중에도 2층 회의실 옆 미나마타병 특별병동에서 신체의 자유를 빼앗기고 억누를 수 없는 전신경련 때문에 침대에서 굴러떨어지고, 말도 제대로 못하고, 목구멍을 쥐어짜고, 입술을 간신히 움직여도 임종을 맞을 때까지 결국 사람 말 비슷하게나마 그 흉중을 내보이지 못했던 사람들이, 새 병실의 벽을 손톱으로 긁어대며 '개의 울부짖음 같은' 신음소리를 흘리던 그 심정을 대변하기에는 턱없이 부족했다.

하지만 시장이 아니라도 설마 이런 형태로 미나마타병 사건이 그 표피를 뚫고 확대잠행하고 있으리라고는 미나마타 시민 그 누구도 알 리가 없었다. 전년도인 1958년 2월, 사회당계 후보였던 하시모토 히코시치 씨를 누르고 제4대 미나마타 시장에 취임한 나카무라 토도무 씨는 임기 중에 병으로 쓰러져 '조역시정(助役市政)'이라고들 했는데, 생각해보면 그 자신도 미나마타병의 막대한 피해자였음이 틀림없다.

위엄 있게 줄지어 앉은 국회조사단의 질문은 대부분 힐난에 가까웠다.

세계적으로도 유례가 없다는 전대미문의 유기수은 대량 중독사건으로 지금 회오리 속에 갇힌 사람이나 진배없는 미나마타 시장은 마구 들이대는 카메라 앞에서 거의 넋이 나간 사람처럼 보였고, 그 말끝은 심하게 갈라지고 있었다.

메이지 세대가 아니라도, 군인을 선호하는 사람이 많은 고장이 낳은 전직 해군중장각하인 만큼, 그 나름대로 나카무라 씨는 특출한 인물임에 틀림없었다.

아무튼 퇴역 후 '도쿄의 신흥세탁기제조업체 하청회사 사장'을 역임하던 그가, 자민당내 사람들에게 등 떠밀려 미나마타시 시장선거에 나와 혁신파 하시모토 히코시치 후보의 경쟁후보로 뜻하지 않게 당선된 것까지는 좋았다. 그런데 미나마타병 사건으로 호된 궁지에 몰린 로봇 시장이라는 야유는 별개로 치더라도, 그날 우리의 시장은 향토군인출신의 대표적 입신출세자인 중장 각하라는 기백이 넘치는 전력에도 불구하고 가엾게도 늙어빠진 주름살에 짝 잃은 목각인형처럼 한층 더 말라 보이는 목덜미를 빳빳이 세운 것이, 꼭 절해고도에 홀로 선 사람 같았다.

미나마타 시장 나카무라 토도무 씨는 그 순간 피해민 혹은 미나마타병 환자들이 처한 상황과 심정을 몇 갑절로 경험하고 있었다. 알아듣기 어려운 말을 중얼거리고 눈을 끔벅이고 있는 그의 얼굴에서는, 이미 언어가 갖는 표현력을 찾아볼 수 없었다. 회견장은 보도진까지 들어와 있어 술렁거렸지만, 시장이 앉아있는 의자 주변은 푹 꺼진 깊은 바닷속 같았다. 그의 독백은 침묵만이 고요하게 내려 쌓이는 해저에서 떠오른 한 줌 물거품 같았다.

민심을 짊어지고 있다는 점에서 한편은 일개 지방행정, 또 한편은 국회라는 권력단체의 대면이건만, 나는 이 회견장의 모습에 '국가권력 대 힘없는 하층민'이라는 상정(想定)이 오버랩되는 것을 어쩌지 못했다.

평상시였다면 검은 제복이라도 어울릴 것 같은 정직하고 성실한 면서기 풍의 작은 체구의 노신사는, 인구 5만인 미나마타시 4대 시장직을 태평하게 완수했을 것이다.

미나마타 시장은 국회의원조사단의 잇따른 일방적인 질문에 정신이 아득해져서 그만 말을 잃어버린 것 같았다. 물론 그를 보좌하여 나름대로 실상을 설명한 시당국 관계자도 포진되어 있기는 했다. 하지만 보기에 따라서는 이 미나마타시의 역사적 회견의 실상은, 당시 미증유의 유기수은 대량중독사건을 둘러싸고 미나마타시가 봉착해 있던 곤혹과 혼란과 고뇌 그리고 사태수습에 대한 어설프게나마 최선의 노력, 또는 파탄을 여실히 보여주고 있었다.

농민출신의 사회당 시의원인 히로타 스나오 씨는 그 당시를 이렇게 회고했다.

"지금 생각해 봐도 정말 안타까웠던 것은, 원인을 모르기도 했지만 1956년 4월, 정식으로 희귀병 발표가 있었는데, 이렇게 되기까지 환자도 어민도 그대로 방치되었다는 점입니다. 실제 발생은 1953년 말이었으니까요.

츠키노우라에 이상한 병이 나돈다고 한다, 점점 그 수를 더해가더니 1956년에는 43명이 되었다, 엄청난 숫자다, 참으로 괴상한 일이다, 의회에서 대책위라도 만들어야지, 안 그러면 정말 큰일 날거야. 처음에는 의원들도 우스갯소리로 받아넘겼죠. 고양이 이야기도 있었으니까. 그런데 위생과로 그 고양이를 몇 마리 데리고 오게 되었는데 — 쿠마대학으로 보내기 위해서였죠 — 우리도 가서 봤어요.

데굴데굴 팔딱팔딱 날뛰는가 싶더니, 이것들이 술 취한 사람마냥 삐틀빼틀 갈지자로 걷지 않겠어요? 갈수록 날뛰는 것이 힘들어 보이대요. 그러더니 나중에는 글쎄 코로, 요 코끝으로 물구나무라도 설 것같이 난리를 치는 거 있죠. 코를 땅에 비벼대고. 그러니 이놈이고 저놈이고 코끝이 다 홀라당 벗겨져가지고!

놀라서 현지로 달려가 봤죠. 갔더니 거기서도 그러고들 있어요.

물론 사람도 마찬가지. 이건 확실히 생선이구나, 누구라도 제일 먼저 이 생각부터 했을 겁니다. 어부들 집뿐이었으니까. 그런 집이 계속 생겨나고, 원인은 모르고. 약도 주사도 안 들으니 병원으로서도 두 손 두 발 다 들었죠. 이러다 정말 큰일나겠다, 빨리 대책위원 만들어 어떻게 좀 해보자, 이렇게 된 겁니다.

무엇보다 환자가정은, 뭐랄까 극빈층 가정이 많았고, 그게 아니라도 집안의 일손이 쓰러지는 경우가 많았어요. 한 집에서 서너 명이 나온 집도 있다니까요. 시로서는 생활보조금을 내주지 않으면 안 되잖아요. 무엇보다 이렇게 환자가 속출하는데 다 부양하기도 벅차고. 1958년에는 70명이 넘었으니까요.

이제는 우리 미나마타만으로는 어쩔 도리가 없다, 일단 정부나 현과 원조방법을 논의해야 한다는 생각에 우리 의원들 모두 동의했지요. 그 상황에선 보수도 진보도 없었어요. 이거 큰일났다! 너나없이 그렇게 생각했어요. 애가 탔죠. 그래서 1957년에 제1회 대책위원 멤버를 정해서 도쿄 후생성으로 갔던 겁니다.

그런데 후생성이라고 찾아가봤자 아무도 몰라요. 미나마타에서 왔다고 해도 미나마타라는 데가 어디 있는 동네냐고. 규슈에 있는 벽촌으로, 지도를 꺼내서 어디 있는 데냐며 짚어보라고 하고. 게다가 그 미나마타 중에서도 맨 끄트머리에 있는 츠키노우라니 유도니 무도니 아무리 말해도, 상대도 안 해주는 거라. 전혀 듣지를 않아요. 설령 들어줘도 도쿄사람 특유의 콧소리로 아, 그래, 그래요? 하면서 흘려듣기만 하더라 이거예요.

낯선 시골사람이 말이죠, 먼저 어디로 가서 누구한테 물어봐야 좋을지 전혀 모르니까, 처음에는…… 처음부터 현으로 가서 물어보면 좋았을지 모르지만, 환자는 속속 나오지, 해결책은 없지, 모두들 머리가 터질 것 같았으니, 엉덩이에 불붙은 기분으로 현을 건너뛰고 바로 후생성 같은 델 우왕좌왕 기웃거렸던 거죠.

나중에는 현에 말도 안 하고 후생성으로 갔다고 사후처리 단계에 현이 감정적으로 대하긴 했지만, 현도 미나마타병은 일찍부터 쿠마대학을 통해 알고 있었으니까, 자기들이 먼저 행정지도를 해서 말이죠, 먼저 조치를 취해줬어도 좋았잖아요. 현의 대책위원도 우리가 먼저 부탁해서야 겨우 만든 주제에.

제1차 멤버가 도쿄에 갔다 왔지만 아무 효과도 못 올렸어요. 일단 희귀병 대책위원으로 바꿔보자는 의견이 나와서 1959년 3월에 희귀병 위원으로 바꿨는데, 나는 그때 멤버가 되었어요. 자민당의 후지카와 씨가 위원장이었고 나는 사회당으로 부위원장을 맡았죠.

후생성에 갔더니 '독성에 오염된 생선을 먹지 않도록 주의시키는 것은 — 1956년에는 대충 생선을 먹고 걸린 병이라고 알게 되었으니까요 — 우리 일이지만, 생선판매는 농림성 관할입니다'라고 하는 거예요. 그럼 이런 독성 있는 생선, 아니 뭔지 모르지만 공장에서 폐수를 흘려보내니 그러지 못하게 해 달라, 단속해 달라. 하고 후생성 환경위생부에 말했더니, 이번에는 '그것은 통산성 관할이다' 해요. 결국 어디를 가도 이것은 농림성, 저것은 통산성, 가령 미나마타병 연구비에 대해 물으면 그것은 문부성이라고 하는 식으로, 막상 연구비를 받자고 들면 대장성으로 가라고 하니, 멋모르는 시골사람이 말이요, 다섯 개나 되는 기관을 빙빙 돌기만 했던 겁니다.

그래서 우리들도 어떻게 하면 좋을지 궁리한 끝에 국회의원에게 부탁해보자는 결론을 내린 겁니다. 그런데 이번에는 사회당이냐 자민당이냐, 어느 당에 말해야 할지 망설여지더군요. 우리 같은 시골 시의회하고는 다를 테니까. 참의원이냐 중의원이냐 하는 식으로. 어느 쪽으로 가야 이야기가 빠를까 하고.

그런 와중에 모리나카 씨(쿠모모토현 선출 참의원 의원)가 무슨 일인가로 쿠마모토에 왔기에, 어쨌든 현지를 봐주십사 부탁해서 보여드렸죠. 모리나카 씨도 보더니 정말 큰일 났다면서, 참의원에서 대처해주기로 했다고는 하는데 좀처럼 이렇다 할 기별도 없이 애타게 시간만 갔습니다.

그래서 어쨌든 쿠마모토현 출신 국회의원 모두 일단 오게 하자, 그러기로 했는데 막상 다리를 놓기가 결코 쉬운 일이 아니더군요. 고생 엄청 했습니다. 역시 그게 방해가 되더군요, 보수니 진보니 하는 편 가르기가……. 그래도 어찌어찌해서 간신히 의원들에게 부탁해서 각 성의 국장급 책임자를 모이게 했습니다.

중의원 회관으로 모이게 해서 그곳에서 마침내 처음으로 실상을 보고할 수 있게 되었던 겁니다.

그래서 국장들도 어찌됐든 일단은 납득을 한 것 같았죠. 정부의 조사기관으로써 정식으로 후생성에서도 가겠다, 통산성에서도, 경제기획청에서도 가겠다고 나섰어요. 우리로서는 입으로 아무리 떠들어도 모른다, 미나마타에 일단 와봐라, 일단 와서 눈으로 보기만 하면, 고통받고 있는 환자들을 보기만 해준다면, 인간이라면 말입니다, 그냥 봐 넘길 수는 없을 것이다, 그런 마음이었어요. 안 주던 돈(보상금)도 주겠지 라고. 이리됐든 저리됐든 일단 와주기만 바랐죠.

그렇게 와보고 그들도 아연실색했죠. 11월 1일에 쿠마모토에 와서 현의 대책위원에게 전후사정을 듣고 2일에 여기로 왔어요. 야단

법석이었어요. 시장은 왜 유약한 데가 있잖아요. 쿠마모토에서 현을 대하는 조사단의 태도를 보았기 때문에, 우리 미나마타에서 간 사람은 걱정이 이만저만이 아니었어요. 현이 얼마나 난리를 치겠어요, 지금까지 뭐했냐면서.

이거야 내일, 정말 지금까지 그 고생을 해가면서 간신히 미나마타까지 오게 한 건데, 까딱 조사단 심기를 건드릴 일이라도 생긴다면 지금까지 고생이 물거품이 되고 말 거 아닙니까. 그 사람들은 조사 나오는 것이 전문인데다 엄격했어요. 실수라도 저질러서 금방 가버리기라도 하면 그때까지 한 고생이 완전히 물거품이죠. 걱정이 말이 아니었어요.

이거 정말 잘해야 하는데. 시장은 조사단 안내도 해야 하고, 아무래도 무리라 …… 이러고 있을 때가 아니다 싶어, 장대비가 퍼붓던 밤이었는데, 서둘러서 미나마타로 돌아와 지금의 보좌역인 와타나베 씨를 찾았지요. 그때 당시에는 총무과장이었어요. 와타나베 씨도 엄청 걱정하고 있더라고요. 시장이 무슨 말 않더냐고 물었죠. 아직 별 말 없다는 겁니다. 그럼 안 된다, 조사단은 엄격하거든요. 내일은 무슨 일이 있어도 시장이 멋진 인사말을 하도록 해야 한다. 일단 우리가 미나마타시로서 조사단을 성대하게 마중할 인사를 생각해보자고 하고는, 인사말 초안을 둘이서 열심히 연구한 끝에 새벽이 다 돼서야 완성했습니다. 횡설수설한다면 미나마타의 창피 아니겠어요? 그만한 사람들이 정부에서 나온다는 것은 미나마타 역사상 처음 있는 일인데.

각각의 역할을 다른 사람들도 분담해서, 마침내 11월 2일 아침이 밝았습니다.

처음에 시청에서 회견을 갖기로 했던 것이 시립병원 앞 광장이 좋겠다고 해서 변경되었는데, 그때는 이미 예의 시라누이해 지구의 어민들이 경찰서 앞에서 시립병원 앞 그리고 거기 훨씬 앞까지 줄줄이 앉아있었지요.

얼마나 놀랐던지! 그 많은 어민들이 일일이 장대 깃발을 치켜들고 온 겁니다.

아마쿠사고 어디서고 다 몰려왔어요. 조사단이 온다는 것을 어민들에게 알리지도 않았는데 말입니다. 대체 언제 어떻게 해서 듣고 몰려왔던 것일까요? 우리가 미일안보 뭐니 하는 데모는 했지만 분위기가 달랐어요. 처음에 모여 앉았을 때는 진짜 조용했었죠. 그랬던 것이 그 소동이 돼버렸으니……"

구 미나마타강이 아직 지금의 시립병원 부지 밑을 흐르고 있을 무렵, 그 하류의 강변에 있던 히로타 시의원의 집은 사면을 회반죽으로 바른 흙으로 지은 작지만 튼튼한 농가였다. 지금도 여전히 흰 벽의 흙집으로 세월에 풍화되어 한층 풀이 무성하고 벽도 헐었지만, 탁 트인 토방에 들어서면 잘 닦인 이로리가 있다.

그가 양복을 옹색스럽게 입고 마루를 오르내리거나 자전거를 타거나 할 때의 모습은 그야말로 농부의 무습 그대로다. 이 사회당 농민의원은 시의원이 막 되었을 무렵, 밭일 할 때 입는 옷과 지카타비를 신은 모습으로 의회를 드나들었는데, 그 덕분에 많은 사람들한테 사랑을 받고 있었다.

거름통을 짊어지고 밭으로 나가다 말고 "아이고, 큰일 났네. 오늘 분명 시의회가 열리는 날이었지?" 하고 기억해낸다. 날씨가 너무 나쁘다보니 호박밭에 정신이 팔려서 까딱했으면 시의회가 열리는 걸 잊어먹을 뻔했네…… 그리고는 거름통을 내려놓고 손을 씻고 허리춤에 꽂아둔 수건으로 닦으면서 허위허위 출타를 한다. 농업 달력에 시의회 일정을 추가로 기입해둔다.

국회파견의원조사단이 오기 전날 밤, "내일은 시장님에게 미나마타시를 대표해서 멋진 인사를 하게 합시다"라고 와타나베 총무부장과 머리를 맞대고 있을 때 그의 마음은 — 홍수 때 무너질 것 같은 제방을 정신없이 뛰어다니며 찰랑찰랑 범람하려는 강물을 절실한 눈으로 바라보는, 마을마다 대대로 살아온 수문지기들의 마음처럼 — 일종의 전율로 꽉 차 있었을 것이다. 한 순간도 눈을 떼지 않고 있다 적절한 순간 수문을 열면, 넘쳐흐르는 탁수는 힘 좋게 끌어당기는 바닷물에 흡수되어 물도 논도, 마을 전체가 무사할 수 있다.

어딘지 나니와부시(浪花節, 샤미센 연주로 보통 의리나 인정을 노래하는 창-옮긴이) 같기도 한 히로타 시의원의 회상에는 유사시 농민들의 간절함이 담긴 기원과 투지 같은 것이 담겨져 있어, 나는 감동하며 이야기를 들었다.

시의원으로서 당연히 그는 항상 자신의 표에 부단한 관심을 보였다. 그것은 자신이 지은 농작물의 시장가격을 생각하는 것과 마찬가지로, 농민인 그의 정치참여에서 기본 중에 기본일 거라고 나는 이해했다.

미나마타란 어떤 곳인가?

규슈, 쿠마모토현의 최남단. 시라누이해를 사이에 두고 아마쿠사와 시마바라를 바라보고, 메이지 세대의 말에 의하면 도쿄, 하카타,

쿠마모토 등 순으로 내려오던 중앙문화의 전수보다는 직접적으로 시마바라 나가사키를 통해 예로부터 중국대륙 남방과 남만문화(센고쿠 시대 말부터 에도시대 초기에 들어온 스페인 포르투갈 사람들의 영향을 받은 이국정서의 문화-옮긴이)의 영향을 받았던 지역이다.

카고시마현에 인접해 있어, 일기예보를 들을 때는 카고시마 지방, 쿠마모토 지방, 히토요시 지방의 것을 다 듣고 절충해야만 한다. 사츠마 입국이 엄격했던 것으로 잘 알려진 막번체제(幕藩体制) 때도 사츠마와 히고의 경계에 거주하던 농·상민들은 비밀리에 샛길을 이용해 비교적 자유롭게 출입하며 장사를 하고 혼인을 맺고 신앙의 자유를 누렸던 흔적이 있다.

『엔기시키』(延喜式, 헤이안 중기 율령의 시행세칙으로 전50권.-옮긴이)에는 엔기 5년(905년) 미나마타에 역참을 두었다고 처음으로 실렸다.

텐메이(天明,1781~1789-옮긴이) 3년 후루카와 코쇼켄(古川古松軒, 에도 중후기의 지리학자-옮긴이)의 『서유잡기』에는 이렇게 적고 있다.

사츠마의 코메노츠에서 히고의 미나마타까지 3리 반(약14킬로미터, 일본의 1리는 우리나라의 10리에 해당하지만, 여기서는 원서를 그대로 옮긴다-옮긴이), 최근에 국경의 표목을 쌍방에서 세우고, 카고시마 푯말이 있는 사거리까지 36번 마을길을 따라 26리 30정(약105킬로미터-옮긴이), 쿠마모토 푯말의 사거리까지 25리 2정 9간(약98.5킬로미터-옮긴이), 히고의 번소(番所)는 후쿠로 마을에 있다.

왕래인에게 그다지 개방적이지 않았으며, 사츠마의 번소는 여행객 검문검색이 까다롭다. 그래서 샛길이나 지름길도 있어 히고의 미나마타, 사시키의 상인, 사츠슈로의 왕래는 모두 지름길로 이뤄진다.

미나마타는 쿠마군에서 여러 개의 계류가 북쪽으로 흘러 합류하는 곳이다. 대개 상점가에 훌륭한 사원이 있다.

어느 때는 우물물도 마를 정도로 비가 오지 않아 수십 개 마을이 온통 가뭄이 든다.

원주민의 소문에 따르면 용신에게 산 사람을 제물로 바친다고 한다. 진귀한 일 있으면 한번 봐두는 게 좋겠다싶어 그곳으로 가서 보니, 해안에 오두막을 세우고 짚으로 길이 3미터 되는 여인의 형상을 만들어 종이로 긴 소매의 의장을 입히고, 거기에 빨간 무늬를 그려 넣고 머리칼은 모시를 검게 물들여 뒤로 풀어헤쳐놓았다.

그곳에 마을 유지, 신관, 무녀, 구경꾼 이래저래 수백 명 군중이 모여 그중 우두머리로 보이는 신관이 바다를 향해 낡은 궤짝 안에서 문서 한 권을 꺼내어 소리 높여 낭독한다.

이 제문의 문장은 띄어쓰기도 없고 옛 문자로 쓰인 고문서다.

그 다음은 북을 둥둥 치면서 이구동성으로 노래를 하니,

용신이시여, 용왕이시여, 신들께 비나이다, 풍랑을 잠재우고 들으시오,

처자를 신대(神代, 신화시대-옮긴이)의 여신께 바치나니, 비를 내려주소서 비를 내려주소서,

비가 안 오면 초목이 마르고, 사람 씨도 마르나니.

여신이시여, 여신이시여.

이처럼 빌고 또 빌면서 비가 내릴 때까지 노래하다, 비 내릴 때 짚 인형을 바다에 흘려보낸다.

이렇게 주문을 소리 높여 읊을 때에 옆에서 장단에 맞춰 비나이다, 비나이다를 읊조린다. 원주민의 말에 따르면 2백여 년 전에는 수십 개 마을의 처자들을 모아다가 제비뽑기를 해, 거기서 걸린 처자가 바다로 던져졌다고 한다.

외딴 마을에는 여러 가지 신기한 일도 많아서 옛 전통을 전하여 잘 간직한 위 제문의 문장 중에 귀에 낯선 문장이 많아 적어둬야겠다 싶어 원주민에게 부탁해 급히 알아보니, 너무 고상하고 우아한 기우제라 흘려듣고 흘려보지 않았는데도 아쉬움이 남아 보는 이로 하여금 웃음을 자아내게 하지 않을까 하여 여기에 기록한다.

문정 원년(1818년), 라이산요(賴山陽,1780~1832 에도시대 후기의 유학자, 시인-옮긴이)는 미나마타 키레이고개에 올라 시를 지었다.

시코쿠를 빙 두른 고개는
온 산을 발아래 내려다보고 있네
우뚝하니 빼어난 산 대여섯인데
손끝 따라 가노라면 헤매는 일 없으리
내 뒤론 사쿠라다케 있으니
의지하여 서로 떼어놓을 수 없고
앞쪽으론 아소산이 눈에 들어오는데
기다린 듯 미소로 나를 반겨주네
안개 낀 산길을 따라 솟아있으니
좌우를 굽어보고 우러러보는데
이 얼마나 빼어난 규슈이런가

키레이 고개 부근에서는 죠몬토기나 석기가 출토되었다.

미나마타시 『시정요람』 표지 안쪽에는 고정적으로 토쿠토미 소호, 고카 형제와 신일본질소 공장의 창립자인 노구치 쥰(野口遵 1873~1944 노구치 시타가우라고도 한다-옮긴이)의 사진이 실려 있다.

메이지 언론계의 수령이라 할 수 있었던 토쿠토미 소호가 흐려진 만년의 눈빛으로 고향의 초등학교에 바친,

오늬모양 산의 하늘 색
달빛 해변의 파도소리
맑고 맑은 미나마타의
우리는 가지 않는 사람의 길
엔기 시대에 세상에 알려져
쇼와 시대에 이름을 높이고
맑고 맑은 미나마타의 — (미나마타 제1초등학교 교가)

이렇게 노래한 이때의 맑고 맑은 미나마타는, 가령 쇼와 초기의 아이들이 아직 바지도 치마도 모르고, 무릎까지 맨 다리를 내놓고 높게 차올리며 나무토막을 어깨에 메고 행진곡풍으로,

야시로 산에 비치는 빛
시라누이해로 비쳐오면
공장의 지붕은 빛나고
연기 자욱한 마을의 하늘
우리 이름은 정에 미나마타 공장

이라고 노래하면서 걷던, 일본질소 미나마타공장 노래(나카무라

야스지 작사, 코가 마사오 작곡)에서 어린 마음의 기억에도 왠지 청청하고 상쾌한 신흥(新興)의 기분이 '연기 자욱한 마을의 하늘'이라는 가사에서 느껴졌었다.

우리 고향사람들은 토쿠토미 소호가 만든 미나마타 제1초등학교 교가나 미나마타공장 노래에, 형태야 어찌 됐든, 옛 벗에 대한 그리움을 갖지 않을 수 없었다. 그런 고향 사람들은 『시정요람』의 표지 안쪽에 교묘히 나타나 있듯이 고향 출신 토쿠토미 소호와 도쿄에서 인구 1만 5천, 가구 수 2천 7백 정도인 미나마타 마을로 들어와 일본질소비료주식회사를 설립한 노구치 쥰을 잠재적 자의적으로 연결시킴으로써 자연스레 초기 창업의 뜻으로 기리려했음이 분명하다.

1908년, 초창기의 발판을 미나마타 마을에 마련한 노구치 쥰의 일본질소비료공장은 전쟁 전, 그러니까 신흥재벌이라 일컬어지는 기업계열로 노구치 쥰의 일본질소계, 아이카와 요시스케의 닛산계, 모리 노부테루의 쇼덴(제2의 미나마타병인 아가노강 사건의 원인을 제공한 기업 쇼와전공昭和電工을 줄여서부르는 말-옮긴이)계, 나카노 우레의 닛소계, 오코우치 마사토시의 리켄계 등은 서로 어깨를 나란히 하면서 발전했다. 마을의 유일한 생산물인 소금이 전매제 실시로 파멸의 길로 접어들자 이 마을의 엘리트들은 지역 침체를 공장건설로 부활시키고자 했다. 이들은, 토지매수운동 틈틈이 느긋하게 바둑을 즐기던 약관 서른대여섯 살 무렵의 도쿄제국대학 전기공학과 출신으로 '일본의 세실로즈(1853~1902, 영국출신으로 남아프리카공화국 남부에 있던 케이프 주 식민지 총독이 되어 다이아몬드광 · 금광, 철도 · 전신 사업 등을 벌이며 남아프리카의 경제계를 지배하고, 많은 재산을 모았다. 전형적인 제국주의자로 보어전쟁 중 병사했다-옮긴이) 다운 인물'

(마츠나가 야스자에몬 평)들을, 약간은 기름기가 낀 느끼한 세상을 바로잡는 신 같은 존재로 흠모하고 우러렀다.

공장의 연기를 지금도 분홍빛 신흥의 기분으로 바라보고 있는 세대가 무수히 많다고 해도 이상할 것은 없었다.

경제학 용어로 말하자면 '노동자계급에 기생하는 자본'이라 할지라도, 우리 농민적 시민파들은 이를 같은 토양에 서식하는 공동체의 새로운 구성원쯤으로 받아들이고 있었던 것이다.

마을 주민들의 공동체 의식은 무수한 공장유치운동을 시도했지만 결실을 보지 못한 채 여전히 신흥도시에 대한 꿈을 버리지 못하고 있는 쿠마모토현의 뒤떨어진 의식을 강 건너 불구경 하듯 하고 있었다. 그리고 요코이 쇼난(井小楠 1809~1869 막부시대 말기의 사상가이자 정치가-옮긴이)실학의 직계인 토쿠토미 키스이와 소호, 다소 색깔은 다를지라도 토쿠토미 로카 부자, 그 외 어쨌든 이 가계를 시조로 하는 빼어난 메이지 일본의 리더들이 그 출신에 무엇보다 연관이 깊은 향토성이라는 정통파 의식을 가지고 있으면서도 일본화학산업계의 이색적 재벌기업인 일본질소를 받아들이고 키워왔다는 선진(先進)의식을 환상적 보수(保守)의 심정으로 바라보았다

지금도 미나마타 마을이 번성하던 시절의 엘리트들이 '소호사마(사마는 상대를 높이는 호칭-옮긴이), 로카사마, 쥰코사마(竹崎順子, 메이지시대의 여성교육가-옮긴이)'라고 일상에서 자주 입에 올리는 역사적 인물 중에 '쥰사마가……' 라며 유달리 눈을 빛내며 아주 친숙한 어조로 말하는 이름이 있는데, 이때의 쥰사마는 바로 노구치 쥰을 가리킨다.

하지만 이 명랑한 공동체 의식은 일본질소의 기업의식과는 별개

라는 것은 말할 나위도 없다.

1907년의 마을 예산은 21,146엔이라고 미나마타 향토사 연표(테라모토 테츠오 저)에 나와 있는데, 미나마타병이 공공연하게 사회문제로 대두되었을 무렵인 1961년 『시정요람』에는 미나마타시 세입 예산 4억 8천 136만 중 세수입 2억 1천 60만, 그 중에 일본질소 종업원 원천징수 약 2천 만, 법인시민세 중 일본질소가 1천 8백 만, 고정자산세 약 6천 만, 전기가스세 1천 480만, 도시계획세 2백 80만, 합계 일본질소 관계만으로 약 1억 1천 560만에 이른다는 것을 보면, 1949년에 발족한 미나마타시의 경제적 기반이 일본질소가 있었기에 가능했던 것도 사실이다.

그 밖에도 산업별 인구 중에 제조업 4,160명, 그 중 일본질소 종업원이 3,700명, 다른 제조업 종사인구는 그 80퍼센트가 일본질소 하청공장이거나 관련 산업의 종업원이다. 참고로 미나마타시의 전체 인구는 5만 정도.

1961년도 『시정요람』에는 또한 159명이 감소했던 어업수산 취업자는 한줄 낚시, 후릿그물, 숭어, 오징어 다래끼, 걸그물 등의 연안어업이었으며, 미나마타병 발생 이전의 어업세대 수는 318세대로 어획고의 격감과 자주적 조업정지 때문에 세대수는 168세대로 반감했다고 밝히고 있다. 어획고는 1950년부터 53년 평균 12만 2천 460관이던 것이 매년 감소하였고, 어민폭동 전년도인 1958년에는 그 10분의 1에도 못 미치는 1만 595관이었다고 했다.

하늘을 향해 진흙을 던질 때

•

1959년 11월 2일, 국회조사단과 미나마타시 당국과의 회견은 대충 앞에 진술했던 것들을 포함해 상황을 판단해야 한다.

회견이 막바지에 이르렀을 때, 나는 누군가가, 아마도 신문기자가 '시라누이해 지구의 어민들이 미나마타공장 정문 앞 광장에서 총궐기대회를 연다'고 말하는 것을 얼핏 들었다.

시립병원 앞 광장 옆에 있는 잔디밭은 아직 물기를 머금고 있었지만, 어민들은 그 위에 앉아 알루미늄 도시락이나 주먹밥으로 끼니를 때우고 개중에는 불콰하게 술에 취한 어민도 눈에 띄었다.

이에 대해 훗날, 회견 직후에 벌어졌던 공장난입과 관련해서 '술에 취한 어민도 끼어 난동을 피웠다'는 식의 뉘앙스로 '경솔하고 분별없는 행동이었다'고 비난한 신문도 있었지만, 나는 지금도 그렇게는 생각하지 않는다. 나도 분명 어민들 중에서 술을 마신 사람을 보긴 했지만, 석공이나 마부, 소몰이나 농사꾼, 그리고 어민들이 일을 마쳤을 때나 새참 들 시간에 술 한 잔 걸치는 것이야말로 예로부터 있어왔던 풍경이다. 또 타지에 배를 정박했을 때 그곳 단골 우동집이나 기껏해야 오므라이스 정도가 최고 메뉴인 식당에서 하다못해 소주 한 잔 정도 인정으로 내어주면, 가게 아가씨라도 가벼운 농담으로 놀려가며 안 받아 마실 수도 없는 노릇 아닌가? 미나마타에

'국회의원단님'을 마중하러 다녀왔노라는 세상 돌아가는 이야기도 곁들이면서 말이다.

오전에 했던 청원으로 국회의원단은 어민들에게 깊이 고개까지 숙여가면서 "고생이 정말 심하셨을 텐데, 지금까지 평화로운 행동에 경의를 표합니다. 저희들도 국회에 돌아가 최대한 노력하겠으니 안심하시기 바랍니다"라는 뜻의 말을 했다.

쌓이고 쌓였던 고난과 설움이 오늘에서야 보상 받는구나 싶었다. 국회의원들이 단체로 와서 약속해주었으니까. 어업을 중단한 지 오래라 미나마타에 오기에도 벅찼을 궁색한 생활비를 간신히 들고 나왔는데, 청원이 받아들여졌다는 기쁨에 아이를 위해 캐러멜이라도 사들고 술 한 잔 하고 기운을 내서 공장정문 앞까지 가서 데모라도 해보자. 우리는 노동자와 달라서 감히 파업도 뭣도 못하지만, 오늘이 처음이자 마지막이니까 우리 미나마타 민중의 놀라운 힘을 모아 데모라는 것을 하러 줄지어 가자 말이다 ……

그렇게 눈가에 혈색이 도는 어부를 보니 나까지도 마음이 훈훈해졌다.

데모대 선두에는 젊은이들이 나섰다. 멀리서 에워싸고 있는 시민들의 눈을 의식한 젊은 어부들은 너무 수줍어서 괜스레 동료에게 소리를 지르거나 몸을 밀치기도 했다. 대열이 움직이기 시작하자 포대기에 아이를 들쳐 업어 자연히 발걸음이 느린 주부며 늙은 어부가 뒤로 처졌다. 머릿수건을 둘둘 만 나이 많은 '아버지' 같은 어부는, 불행히도 무지러진 왜나막신 끈이 끊어지는 바람에 한쪽을 벗어들고 걷다가 마침내는 맨발이 되어 양손에 한 짝씩 들고 살랑살랑 흔들어가며 맨 뒤쪽을 따라갔다. 데모대의 발소리는 각양각색의 신발을 신은 탓에 노동조합 데모대의 척 척 척 하는 구두소리와는 전혀 다르게 상당히 정취가 있었다. 이 소리는 길 가는 시민이나 시내 상점가의 관심을 끌어들이기에 그만이었다. 집중하는 시선들 속을 수줍음을 만면에 띠운 채 이색적인 군중들의 행진은 계속되었다.

데모대는 '육거리'를 지나고 '신도로'를 지나고, 그 맨 뒤는 쇼와 마을 전신전화국 앞에 있었다. 이쯤 오면 오른쪽 눈앞에 즐비한 집들 사이로 신일본질소 미나마타비료공장이 얼핏얼핏 보이기 시작한다. 대열의 길이를 감안하면 맨 앞줄은 이미 공장정문 앞에 도착했을 것이 분명하다. 쇼와 마을에 들어서기 전에 앞줄의 젊은이들이 질러대는 듯한 이영차, 이영차 하는 소리가 들려왔고, 뒤처져서 포대기에 아기를 들쳐업은 주부에게 신경이 가 있던 나는 얼떨결에 그녀와 웃음을 나눴다. 나는 데모대와 조금 떨어진 시민대열에 섞여 걷고 있었다.

그런데 그때 오른쪽 전방 집들이 즐비한 곳 뒤로 무논을 끼고도는 공장 배수구 부근에서 들려오는 뭔지 분명치 않은 시끄러운 소리가 들렸다.

후미에 있던 사람들도 나도 걷지도 멈추지도 못하고 주춤 주춤하다 멈칫했다. 사람의 외침소리 같은, 뭔가 금속을 두드리거나, 물건을 던져 부딪는 소리 같기도 한 심상치 않은, 뭐라 형용하기 어려운 기운이 느껴졌다. 데모대는 앞을 향해 내달리고 있었다.

거기서 잔걸음으로 200미터도 못 가서 오른쪽으로 활짝 개방된 신일본질소 미나마타비료공장의 탱크들이 눈에 들어왔다. 엄청난 소음과 목소리가 들려왔다. 도로는 거기서 오른쪽으로 공장과 인접한 미나마타 제2초등학교와 그 바로 앞에 있는 신일본질소 공장노동조합사무실 쪽으로 통하는 길로 이어져 있었다. 이 길에서 질척질척한 빨강이며 녹색으로 탁해진 공장 배수구를 건너뛰면, 그곳은 공장 내 부지의 잔디밭이었다. 눈앞에서 선명하게 신음소리를 내고 있는 배전선이나 탱크가 올려다 보인다.

여기까지 왔을 때, 나는 순간 전후사정을 대충 알 수 있었다. 잘못 들은 게 아닌가 싶던 소음을 비로소 눈으로 확인했다. 초등학생들이 길로 뛰쳐나왔다. 사람들이 달려왔다.

잔디밭 이쪽으로 여기저기서 남녀 직원들이 도망쳐 나왔다.

어민들은 왼쪽 정문으로 끊임없이 밀고 들어갔다. 돌멩이를 주워 사무실로 보이는 곳의 창문을 향해 던졌다. 그것은 얼마나 장렬한 파괴음이었던가? 외침소리. 창문으로 뛰어든다. 창문 안쪽에서 의자가 내던져졌다. 책상도 내던져지고 그것을 들쳐 매고 공장 배수구를 향해 내리꽂기도 한다. 사무실 옆에 나란히 세워진 자전거도.

이런 빌어먹을! 이런 개 같은!

이 염병할 배수구!

콱 막아버려!

콱 없애버렷!

그렇게 어민들은 토해내고 있었다. 노발대발 피가 거꾸로 솟는 것 같은 얼굴. 붉으락푸르락하는 얼굴.

직원들은 — 잔디밭 한쪽 귀퉁이에 모여서 멍하니 섰거나 쭈그려 앉아서 머리를 감싸 쥐었다. 배수구를 건너뛰지 못한 직원들은 배수구 이쪽에 모여 있는 시민들의 바리케이드에 협공을 당한 것처럼 겁먹은 얼굴이 되었다.

공장 주변 도로는 어느새 소음을 듣고 달려온 시민들로 꽉 찼다.

그야말로 이것은 '파괴'나 다름없었다. 그들은 창문을 깨부수자 이번에는 창틀을 빼들고 의자를 때리고 책상을 두들기고 자전거를 때려 부쉈다. 공장종업원들을 뒤쫓으며 "대표를 내놔라, 야! 제일 윗대가리를 내놓아라!"고 소리치고 있었다.

도망치는 직원들을 잡아 때리는 일은 없었다.

'구경꾼'들도 완전히 흥분해 있었다. 어민들이 배수구로 텔레타이프, 소파를 내던지는 것을 보고,

"잘한다!"

일시에 울려 퍼지는 기쁨에 찬 소리를 지른 것은 생선가게 사람들이었는지 모른다.

포대기도 없이 작은 애는 등에 업고 큰 애는 손에 잡은 젊은 엄마는, 등에 업은 아이까지 배수구에 빠질 것처럼 위태롭게 버티고 서서 사람들에게 떠밀려가며 창틀이 날아오고 책상이 부서지는 소리가 들려올 때마다, "아이고, 우리집 양반 보너스가 날아가네! 보너스가 줄어! 그만 좀 해요, 아이고!" 하며 소리치는 것이었다. 그녀는 분명 비료공장 직원의 아내일 것이다.

공장 내에 들어와 있는 사람들은 수줍어하면서도 선두에 섰던 젊은 어부들 같았다. 후미에 있던 사람들은 문밖에 남겨져 있었다. 그들은 미친 듯 격노하고 있었지만 일정한 행동반경은 유지하고 있는 것처럼 보였다.

가령 공장정문에 어제나 오늘 아침에 설치해 놓은 듯한 새 철조망이 있었는데, 어민들의 분노는 이 철조망이나 공장배수구 그리고 공장의 이윤을 표시하는 계산기며 장부 같은 것에 보다 집중적으로 폭발했다. 흑흑 울먹이는 듯한 소리를 지르며 나막신을 벗어던진 맨

발을 동동 구르며 진흙탕을 짓이기고 있던 (돌이 다 없어졌으므로) 젊은이들은, 윙윙 소리를 내고 있는 배전선에 둘러싸인 탑이나 거대한 탱크들을 노려보기는 했지만 가까이는 다가가지 않았다.

미나마타공장 정문 앞, 아니 그보다 카고시마 본선 미나마타역 앞 광장에서 시라누이해 지구 어협조합 3천여 명은 이날 국회의원 조사단에 청원서를 전달했다. 그런 뒤 총궐기대회를 열고 미나마타 공장 책임자에게 회견을 신청하여 결의문을 제시할 예정이었다.

어민들은 오전에 이루어진 청원보고 상황이 일보 전진한 것으로 판단했다.

하지만 그 며칠 전 미나마타 어협조합원의 공격을 받았던 공장은 시라누이해 어협이 정문 광장에 도착하자, 철조망 보강공사를 하고 문을 걸어 잠그는 등 회견에 응하지 않겠다는 의도를 분명히 밝혀왔다. 이 모습이 선두에 선 젊은 어부들을 자극했고, 젊고 힘센 사람들이 격분해서 문을 타고 넘어가 안쪽에서 문을 활짝 열어젖혔다. 건드리면 터져버릴 것처럼 그들의 마음도 생활도 궁지에 몰려있었다.

배수구 쪽에 늘어선 식당이나 싸구려 카페의 뒤창, 지붕, 그런 집들 사이 무논과 웅덩이의 두둑을 짓밟고 시시각각 늘어가는 군중은 그대로 전신주나 기둥에 빽빽이 매달려서 기어올랐다.

공장 가까이 있는 제2초등학교 저학년 하교 시간이었다.

"어~이! 애들은 가라, 학생들은 집에 가. 밟혀죽는다!"

생선가게 배달부 같은 젊은 총각이 머릿수건을 양손으로 벌려 잡고 큰 소리로 외쳤다. 배수구 쪽 맨 앞줄에서 끊임없이

"밀지 마요, 밀지 좀 마! 떨어지겠어!"

성난 목소리가 들려왔다. 군중은 그때마다 크게 동요하면서 야유

하거나 덤벼들거나 함성을 지르거나 겁먹거나 했다. 지붕 위의 카메라맨들을 발견한 어민들은,

"저기 카메라다, 카메라, 회사의 개야, 경찰이야, 끌어내려!"

저마다 한마디씩 하면서 돌을 던졌다. 군중과 어민들의 열광은 오래 가지는 않았다. 군중은 차츰 관중이 되어가고 있었다.

군중의 마음은 그대로 공장 내 어민들에게 동요되어 있는 것 같았다. 한 차례 정문 부근의 사무실, 특수연구실, 수위실, 배전실 등에 난입해 들어가 손에 잡히는 대로 부숴버리고 나자 어민들은 더는 무엇을 해야 좋을지 모르는 듯했다. 뒷문으로 도망치지 못한 종업원들은 필시 어민들이 겁먹고 들어서지 못할 정밀공장 깊숙이 또는 배전실 안으로 피해 있는게 분명했다. 어민들은 폭발하면 사방이 흔적도 없이 날아가 버릴 거라는 전설이 전해지는 거대한 탱크들 사이로는 들어가지 않았다. 공장 부지의 가장자리를 그대로 보여주는 배수구 가장자리 여기저기 처진 철조망 너머로, 거의 3미터는 됨직한 폭의 하천을 길게 둘러싼 어민들의 모든 움직임은 고대 원형극장처럼 관중의 눈에 적나라하게 드러나 보였다. 빈손이 되어 가는 어민들의 모습은 그야말로 궁지에 몰린 쥐였다.

이런 소란이 한창 진행되던 시각에 역전 도로, 그러니까 대규모 군중이 모였던 배후의 도로를 가르고 '국회의원단'을 태운 택시 행렬이 연달아 지나갔다. 하쿠켄 항구에서 배로 미나마타만을 돌아 만내의 실태조사를 하고, '희귀병 부락'을 둘러본 뒤 유노코 온천으로 향했다고 했다.

기껏해야 한 시간 전, 미나마타시립병원 앞에서의 감동적인 청원 장면을 보았던 나의 눈에는, 유혈사태가 벌어지고 있는 현장을 뚫고

소리 없이 지나간 자동차 행렬이 참으로 기이한 모습으로 각인되어 남았다. 어민들은 상처입고 지치고, 그리고 그들의 눈동자는 더없이 고독해보였다.

오후 두 시 반, 하늘은 흐리고 구름은 조각조각 빠른 속도로 흩어졌다.

무장한 경찰 기동대의 도착은 민첩하기 그지없었다. 회색빛 나는 감색으로 통일된 무장집단. 어깻죽지가 찢어진 누추한 셔츠나 길이가 짧은 무명옷을 입고 지금까지 투쟁으로 가슴께가 풀리고 찢긴 어민들 틈으로 도착한 트럭에서 뛰어내린 이 무장집단이 우르르 몰려갈 때, 그것은 하나의 검은 염색체처럼 보였다.

어민들의 수가 압도적으로 많았지만 철갑옷을 입고 곤봉을 휘두르며 나아가는 기동대의 그 색깔은 너무 오싹해서, 확실히 어민들은 기가 죽고 말았다. 너무 기가 죽은 나머지 일부 어민들은 통신차량처럼 보이는 작은 지프차로 몰려가 영차영차 차체를 흔들어 타고 있던 기동대를 끌어내리고 차체를 엎어버렸다. 그것은 시민들 앞에 처음으로 모습을 드러낸 기동대이기도 했다.

경찰관직무집행법 반대 데모와 안보반대 데모가 벌어지던 틈틈이 데모대 사람들이 다소 태평스런 분위기로 '어디선가 훈련을 받고 있다더라'는 소문을 들먹였던 기동대가, 검푸른 복장을 하고 거대한 장갑차에서 뿔뿔이 흩어져내려 처음으로 시민들 앞에 그 모습을 드러냈다.

미나마타 소동의 배경11월 4일 《쿠마모토 일일신문》

중의원의 미나마타병 조사단이 미나마타시에 도착했던 2일, 시라누이해 연안 어민 약 2천 명과 경찰대 300명이 신일본질소 미나마타공장에서 어민과 경관의 유혈 충돌. 문제는 어민과 공장의 관계인데, 이 최악사태는 정말 불가피했던 것일까?

○ 컴컴한 공장 구내에서 섬뜩한 어민의 함성과 성난 고함소리가 들려오고 무수한 돌들이 경찰을 향해 날아왔다. 이날은 어민의 2차 공격이다. 머리가 깨진 경관이 비틀거리며 몇몇 기자들 앞을 가로지른다. '서장이 당했다!' '구호반은 어디야?'라는 고함소리가 뒤섞인다. '돌격!'이라는 호령에 어민들 틈으로 곤봉을 치켜든 경찰들이 우르르 밀려간다. 선두에 있던 어민이 곤봉에 맞아 쓰러진다. 다시 발로 찬다. 한순간 현장은 아수라장이 되었다. 무엇이 그들을 그렇게 만들었는가? 그 책임은 어디에 있는가!

○ 이날 아침 수십 척의 선단을 짜서 하쿠켄 항구에 상륙했던 아마쿠사, 아시키타, 야츠시로 등 시라누이해 연안 어민 약 2천여 명은 미나마타시립병원 앞에서 국회조사단을 '만세'로 맞이하고, 무라카미현 어업연맹 회장, 오카 전국어업연맹 전무가 청원을 했지만, 그때 조사단의 마츠타 테츠조 단장(자민당)은 "여러분이 지금까지 불온한 행동을 취하지 않았던 것에 대해 진심으로 경의를 표한다. 우리는 이런 여러분의 성실함에 보답하고자 한다"고 말했다. 하지만 마츠타 단장이 말한 '조용한 어민'은 그 직후 공장 측에 격렬하게 공격(1차)했다. 공장 직원은 '무질서한 폭도다'라고까지 말하며 분개했다.

두 사람의 어민이 구속되었다. 2차 공격은 구속자 석방을 노린 어민과 경찰의 난투였다.

○ 어민의 계획은 대규모 데모로 조사단에게 어민의 궁핍함을 확실히 알리겠다는 것이었다. 미나마타 역전에서 총궐기대회를 연 뒤 니시타 공장장에게 결의문을 전달하면 그것으로 족했다. 그런데 조사단에게 청원을 한 뒤 점심을 겸해 마신 술기운에 어민은 총궐기대회를 내팽개치고 궐기인원 반에 가까운 천여 명이 정문에서 공장 내부로 침입, 정문 근처 수위실과 사무실의 공장장실, 회의실, 전화교환실, 전자계산기 등을 파괴, 그 기세로 동문까지 내달려 특수연구실이나 배전실까지 파괴했다. 손해는 약 1천만 엔에 이른다고 한다.

어민들이 총궐기대회를 하지 않고 공장으로 난입한 것에 대해, 어민 지휘부 타케사키 아시키타 어업장은 '제지할 틈도 없었다'고 말했다.

한편 경찰은 '실은 이것이 데모대의 숨겨진 계략이 아니었겠는가?'라고 본다. 행동이 우발적인 것이었든 계획적인 것이었든, 미나마타 소동의 한 가지 원인은 지도자의 통솔력 부족에 있다고 할 수 있겠다.

○ 하지만 문제의 본질은 오히려 다른 데 있다. 미나마타병 대책이 오늘날까지 거의 방치된 상태에 있었다는 것이 결국 이런 사태를 초래했다고 할 수 있다. 1일 쿠마모토현 의회의 본회의장에서 열렸던 중의원조사단과 관계자의 공청회 석상에서 조사단 측은 현의 태만을 심하게 추궁했다. 테라모토 지사가 취임 후 처음으로 미나마타병의 현장을 본 것도, 어이없게도 조사단이 미나마타에 가기

하루 전이었다.

또 공청회에서 나카무라 미나마타시장은 미나마타시에서 공장이 차지하는 비중이나 환자가정의 장기결석아동 상태 등에 대해 만족스러운 설명도 제대로 못했다. 조사단의 한 사람으로서 쿠마모토를 찾은 사카타 전 후생성 장관도 "이 문제는 관계된 각 부처가 꺼려하는 경향이 있어서 말이죠"라고 술회하고 있다. '너나없이 어민들을 버렸다. 어느 누구도 이 문제에 진지하게 대응하는 사람이 없었다'고 하면 지나친 표현일까? 2일에 벌어졌던 불상사의 책임은 이 같은 행정당국의 무위무책에 있다고 할 수 있으리라. 2일 밤, 여관에서 이 사건 소식을 전해들은 조사단은 '마침내 올 것이 왔다'는 표정이었다.

○ 이날 사태수습에 나섰던 아라키, 타나카 두 현의원은 '당분간 대중동원은 금지하라'고 어민대표를 설득했다고 한다. 하지만 어민들 생활에 어떤 대책이 세워지지 않는 이상, 불상사는 반복될 것이며 어민들은 다시 피를 흘리게 될 것이다. 이날 어민 수십 명, 경찰 60여 명, 공장 측 3명이 피를 흘렸음에 그치지 않고……

현경(県警)**, 오늘 태도를 정하다** 11월 4일 《아사히신문》

2일에 있었던 미나마타 사건에 대해 미나마타 경찰서 내에 설치된 경비본부에서는, 2일 아침부터 동 공장 내외에서 실황점검을 실시한 뒤 타카하시 경비부장, 카키야마 미나마타 서장 등이 의견을 교환, 보고서를 작성했지만 4일 아침에 카미하라 현경본부장, 타카하시 경비부장을 중심으로 조사방침 등을 정했다.

현경 경비과의 견해로는 폭력행위, 건물불법침입, 기물파괴, 공무집행방해 등의 죄명으로 조사와 검거가 있을 것이다. 문제는 증거인데 현경 본부에서는 8미리, 16미리 촬영기나 사진기를 동원했지만, 투석 등의 방해로 과연 이것들이 어느 정도 도움이 될지는 모르겠다고 한다.

공무집행방해 등은 보통 현행범으로 체포하고 있는데, 이와시타 미나마타경찰서 차장은 어민을 설득하던 중 어민들에게 맞아 턱에 20일 진단의 중상을 입었지만, 범인을 체포하지 않았다.

'사태 수습을 제일로 생각했기 때문에 눈물을 머금었다'는 경관도 있지만, '걸리는 족족 체포해야 했다'는 의견도 있다.

이날의 난투에서 선두 근처에 있다가 공장 정문을 기어 올라가 안쪽에서 문을 열었다는 아시키타군(郡) 츠나기의 시노하라 타모츠는 그날로부터 일주일 쯤 지났을 때 심한 미나마타병 증상을 보이다 한달쯤 뒤에 사망했다.

'다이너마이트를 끌어안고 공장과 동반자살을 하겠노라'고 어민들은 공언하게 되었다. 공장 내 사택(미나마타시의 이른바 상류층사회)의 부인네들은 어민들의 습격을 두려워하여 피난준비를 갖추고 있다는 소문이 나돌았다.

11월 4일 밤, 미나마타시 공회당에서 신일본질소공장 종업원대회가 열렸다. 발기인 오니츠카 요시사다, 고시마 하루오, 무라코시 노리오의 이름으로 전단지가 뿌려졌다.

'우리는 폭력을 거부한다!!

공장을 폭력에서 막아내자'

이 같은 취지로 공회당을 꽉 메운 종업원들은 오히려 피해자는 자기들이 아니냐는 식의 불안을 표명했다. 전날의 소동에서 제정신을 잃은 어민들에게 몰매 맞고 자전거를 배수구에 처박히고 혼잡한 틈에 책상 속에 들었던 금품을 분실한 종업원들이 번갈아 나와서,

"지금까지 우리들은 공장 측과는 별개로 환자들에게 위로금을 보내기도 했는데, 이렇게 폭력을 당할 바에는 공장을 옹호하는 실력행사를 해야 한다."

이런 발언이 있을 때마다 장내가 박수소리로 들썩였다.

12월 찬바람 속에도 공장 정문 아스팔트 위에 돗자리를 깔고 보상교섭 농성에 돌입한 미나마타병 환자모임에 대항해, 이 종업원 대회의 결의는 충실하게 지켜졌다. 환자모임에 빌려주었던 조합 텐트를 이렇다할 이유도 없이 거둬들였다. 여성이 많았던 농성 회원들은, 한겨울의 미나마타강으로 텐트를 안고 가서 눈물과 함께 깨끗하게 빨아 반납하러 갔다.

이때 신일본질소공장 종업원 조합은 연말 일시금 요구를 내걸고 공장 측과 투쟁 중이었는데, 일반 조합원에게는 금액을 비밀로 했다. 환자모임과 어련(漁連, 어업협동조합연합회-옮긴이)의 보상요구와 복잡한 관계 속에서 불이익을 볼 수 있기 때문이라는 것이 이유였다. 같은 이유로 공장 측도 회답 액수를 비밀로 했다. 이때 차후의 신일본질소공장에서의 노사협조 — 대 미나마타병, 대 어민대책 — 의 기본적인 첫걸음이 멋지게 수립되었다. 종업원 대회 주도자들은 이후 1963년 안정임금 대쟁의가 발생하자 제2 조합결성 지도자가 되기도 한다.

1959년도 막을 내리고, 회사측은 배수정화장치를 만들고 기자들

까지 불러 성대한 준공식을 열었다.

이때 공장 담당간부가 정화조 물을 컵으로 떠 마시는 모습을 어민들은 조소를 머금은 채 지켜보았지만, 고형잔재를 침전시키는 방식의 정화조 위에 뜬 깨끗한 물을 바다로 보낸다고 해도, 무기수은이 수용성인 점을 감안하면 보기에만 깨끗하지 그대로 물에 녹아 바다로 흘러든다는 사실을 공장기술진이 모를 리 없다. 준공식은 여론을 우롱하는 응급처치에 불과했다는 것이 훗날 밝혀진다.

12월 하순, 시라누이해 연안 36개 어협에 대해 어업보상 일시금 3천5백만 엔, 재건을 위한 융자금 6천5백만 엔을 내주기로 결정. 단, 어업보상금 중에서 1천만 엔은 11월 2일의 '난입'으로 회사가 입은 손해보상금으로 반환하도록 했다.

미나마타병 환자모임 19세대에는 사망자에 대해 조위금 32만 엔, 환자 성인에게는 연간 10만 엔, 미성년자에게는 연간 3만 엔을 발병시점으로 소급하여 지불하고, '과거 미나마타공장 폐수가 미나마타병과 관계가 있다는 사실이 밝혀져도 일절 추가보상요구는 하지 않겠다'는 계약서를 교환했다.

어른 목숨 10만 엔

아이 목숨 3만 엔

죽은 자 목숨 30만

나는 그 뒤로 염불을 대신해 이렇게 읊조리게 되었다.

3 · 유키이야기

5월의 향기

•

미나마타시립병원 미나마타병 특별병동 X호실

사카가미 유키 1914년 12월 1일생

입원시 소견

1955년 5월 10일 발병, 손, 입술, 입 주위의 마비, 경련, 언어장애, 언어는 심한 단철성차질성(斷綴性蹉跌性, 말이 끊어졌다 이어졌다 하며 꼬이는 등의 현상-옮긴이)을 보인다. 보행장애, 광분상태. 골격 영양 모두 중간급, 타고나길 강건하여 다른 질환은 앓은 적이 없다. 얼굴 생김은 욕심없이 소탈한 상인데, 끊임없이 무정위운동증(Athetosis 어떤 자세를 유지하거나 움직이려고 할 때 나타나는 불수의 운동-옮긴이) 무도병(Chorea) 운동을 반복하고 시야협착증상이 있으며, 정면은 보이지만 측면은 보이지 않는다. 지각장애로 촉각과 통각(痛覺)의 마비가 있다.

1959년 5월 하순, 뒤늦게나마 내가 처음으로 미나마타병 환자를 시민의 한 사람으로서 병문안을 갔던 것은 사카가미 유키(37호 환자, 미나마타시 츠키노우라)와 그녀의 간병인이자 남편인 사카가미 모헤이 씨가 있는 병실이었다. 창 밖으로 보이는 곳곳에는 겹겹이 어지러운 아지랑이가 일렁이고 있었다. 진한 정기를 내뿜고 있는 신록의 산들과 정답게 굽이굽이 돌아 흐르는 미나마타강, 강변과 무르익기 직전의 보리밭, 아직 꽃대에 꽃을 달고 있는 푸른 콩밭, 이런 풍경들을 건너다볼 수 있는 이곳 2층 병동의 창이란 창에서는 일제히 아지랑이가 피어오르고 5월의 미나마타는 꽃향기 가득한 계절이었다.

나는 그녀의 침대가 있는 병실에 다다를 때까지 환자 몇 사람과 일방적인 만남을 가졌다. 일방적인 만남이라고 한 것은, 그들 또는 그녀들 중 몇 명인가는 이미 의식을 잃어버렸거나 그나마 의식이 남아 있다 하더라도 이미 자신의 육체나 영혼 속으로 파고든 죽음과 싫든 좋든 코를 맞대고 있었으므로, 사람들은 머잖아 자신의 것이 되려하는 죽음을 찬찬히 뜯어보기라도 하려는 듯 열린 동공을 더 크게 뜨고 있었기 때문이다. 거의 죽어가고 있는 사람들의, 하지만 아직은 숨을 쉬고 있는 그런 모습은 너무 당혹스럽고 이러지도 저러지도 못할 납득하기 어려운 모습이었다.

예를 들어 카미노강 앞마을, 카고시마현 이즈미시 코메노츠 마을의 어부 카마 츠루마츠(82호 환자, 1903년~1960년 10월 13일 사망)씨도 그런 식으로 죽어가고 있는 사람들 중에 끼어 있었다. 그는 침대에서 굴러떨어져 천정을 향해 바닥에 널브러져 있었다.

그는 참으로 훌륭한 어부의 얼굴을 하고 있었다. 콧등은 높고 광대뼈가 야무진 실로 예리하고 길게 찢어진 눈매를 가지고 있었다. 가끔 꿈틀꿈틀 씰룩거리는 그의 볼 살에는 아직 건강미가 조금 남아 있었다. 하지만 그의 두 다리와 두 팔은 마치 격랑에 깎이고 깎이다 못해 앙상한 심만 남아 떠돌다가 육지에 간신히 상륙한 한 조각

나무토막 같았다. 그래도 뼈만 남은 그의 팔다리는 바닷바람에 검게 그을린 피부에 단단히 감싸여 있었다. 얼굴 피부색에도 바닷냄새가 아직 가시지 않고 있었다. 그의 죽음이 급격하게 그의 의지를 거슬러 점점 가까워지고 있어도, 그의 거무스름하고 팽팽한 피부색은 아직 완전하게 퇴색하지 않았음을 한눈에 알 수 있었다.

새로 지은 미나마타병 특별병동의 2층 복도는 아지랑이 피어오르는 초여름의 햇빛이 눈부시게 스며들고 있는데도 마치 비린내를 풍기는 동굴 속 같았다. 그것은 사람들이 질러대는 저 형용할 수 없는 '신음소리' 때문인지도 몰랐다.

'일종의 유기수은'의 작용 때문에 발성과 발음기능을 박탈당한 인간의 목소리는, 의학적 기술법에 따르면 '견폐(犬吠)형 신음소리'를 낸다는 식으로 적는다. 사람들은 정말 그렇게 복도를 사이에 두고 병실마다 크고 작은 신음소리를 질러댔다. 미나마타병 병동은 그런 사람들이 쥐어짜고 있는 최후의 기력 같은 것이 병동 전체에 떠돌고 있어서, 비린내 나는 동굴처럼 느껴졌다.

카마 츠루마츠 씨의 병실 앞은 특히 그냥 지나칠 수가 없었다. 나는 그의 널브러져 있는 모습, 그 날카로운 풍모를 세세한 부분까지 순식간에 간파할 수는 없었다.

반쯤 열린 그의 병실 문 앞을 지나치려던 나는, 뭔가 거무튀튀한 생물의 숨소리 같은 것이 발밑 언저리로 훅 덮쳐오는 듯한 기운이 느껴져 나도 모르게 그 자리에 붙박이고 말았다.

그곳은 개인병실로 반쯤 열려있는 문이 있고, 바로 그 옆 바닥에서 초롱초롱 튀어오를 것처럼 빛을 발하고 있는 두 개의 눈이, 먼저 나를 사로잡았다. 다음은 움푹 파인 그의 늑골 위로 칸막이처럼 세워진 만화책이 보였다. 작은 아동잡지에 부록으로 딸린 만화책이 폐허처럼 푹 꺼진 그의 늑골 위에 올려진 모습이 지극히 기이한 광경으로 내 시야 속으로 튀어 들어왔는데, 어떤 상황인지 이내 이해할 수 있었다.

팔꿈치도 관절도 비쩍 마른 막대기처럼 되어버린 그의 양팔이 들고 있는 오래된 포켓판 만화책은, 손가락으로 툭 튕기면 낭떠러지처럼 생긴 그의 명치 쪽으로 굴러떨어질 것 같은 정경이긴 했지만, 용케도 아슬아슬하게 세워져 있었다. 그의 눈동자는 충분히 정기가 남아 있었고, 그 작은 가리개 너머에서 날쌔게 튀어나올 듯이 적의에 차서 내 쪽을 날카롭게 노려보는 것 같더니, 늑골 위에 놓인 작은 만화책이 허망하게 툭 떨어지자 그의 적의는 금세 사방으로 흩어지고 말할 수 없이 순진한 사슴이나 산양처럼 불안한 듯 애절한 눈빛으로 변해갔다.

1903년생으로 구레나룻이 덥수룩한 중년 어부의 풍모를 지닌 카마 츠루마츠 씨는 그때 이미 완전히 말을 할 수 없는 지경에 이르러 있었다. 지금 발생하고 있는 객관적인 상태, 가령 — 미나마타만 내에서 '일종의 유기수은'에 오염된 어패류를 먹고 발생하는 중추신경계통의 질환 — 이라는 대량중독사건, 그의 개인적인 삶에서 보자면 태어나서 생전 듣도 보도 못한 미나마타병이라는 것에 왜 자기가 걸렸는지, 아니 자기 자신이 지금 미나마타병이라는 것에 걸려서 죽어가고 있다는 사실 자체를 과연 이해나 하고 있을까?

뭔가 심상치 않은, 돌이킬 수 없는 상태에 맞닥쳐 있다는 것만은 그도 알고 있었을 것이다. 배에서 굴러떨어지고, 실려 온 병원 침대에서도 떨어지고, 땀에 젖는 날도 간혹 있는 5월 초여름이라고 하지만, 병실 맨바닥에 굴러떨어져 벌러덩 누워있는 것은 배의 갑판 위에서 잠드는 것과는 분명 전혀 다른 불쾌한 기분일 것이다. 확실히 그는 자신이 처한 상황을 수치스러워하고 분노하고 있었다. 그는 고통보다도 분노를 나타내고 있었다. 한번 만난 적도 없는 건강한 방문객에게서 본능적으로 가상의 적을 보려고 했다손 치더라도 그에게는 지극히 당연한 일이다.

그는 분명 자신을 제외한 일체의 건강한 세계에 대해 분노와 더불어 혐오감마저 느끼고 있었다. 그렇지 않고서야 죽어가는 그가 그렇게나 작은 아무짝에도 쓸모없을 만화책을 보호막 삼아 휑한 가슴 위에 세워둘 리가 없다. 그가 만화책을 읽고 있을 리 만무했다. 그의 시력은 언어능력과 함께 이미 상실했기 때문에. 다만 기척으로, 아직 죽지 않고 살아있는 한 남은 생명체의 본능을 총동원하여 그는 침입자에게 대항하려 하고 있었다. 그는 더할 수 없이 끔찍하고 두려운 뭔가를 보는 사람처럼, 보이지 않는 눈으로 나를 보았다. 늑골 위에 올려진 만화책은 아마도 그가 평생 올렸던 돛과 같은 것이며 남겨진 그의 존엄성 같은 것임에 틀림없었다. 바야흐로 죽으려 하는 그가 지닌 존엄성 앞에서 나는 —그의 너무 끔찍한 것을 본 듯한 눈빛 앞에서 — 모멸이라고 해도 지나치지 않을 그런 존재였다. 실제로 어린 토끼나 물고기처럼 애잔한, 전혀 무방비 상태로 겁먹어 뒷걸음질 치고 있는 것 같은 그의 절망적인 눈동자 깊은 곳에서는 나른한 듯 희미한 모멸감이 느껴졌다.

내가 1953년 말에 발생한 미나마타병 사건에 괴로운 관심과 작은 사명감으로, 이를 직시하고 기록해야만 한다는 맹목적인 충동에 사로잡혀 미나마타시립병원 미나마타병 특별병동을 방문했던 1959

년 5월까지, 신일본질소 미나마타비료주식회사는 이 병동을 한번도(이후 1965년 4월에 이르기까지) 찾아오지 않았다. 무엇보다 이 업체의 기분 나쁘고 꺼림칙한 부분은 '일종의 유기수은'이라는 형태로 환자들의 '소뇌과립세포'나 '대뇌피질' 안에 단단히 밀착해 이것들을 '탈락'시키거나 '소멸'시켜 결국 죽음이나 팔자에 없는 불구로 만드는 매개체라 해도, 이것이 결코 사람들에게 정면으로 다가온 것은 아니었다. 그것은 사람들이 마음 놓고 있는 일상 생활 속에, 숭어잡이나 맑게 갠 바다의 낙지낚시나 야광충이 춤추는 밤낚시로 방심한 틈을 타서 사람들의 먹거리인 신성스런 생선과 더불어 사람들 체내 깊숙이 침투하고 말았던 것이다.

죽어가고 있는 카고시마현 코메노츠의 어부 카마 츠루마츠 씨의 탈락하는 소뇌과립세포를 대신하는 알킬수은의 구조가 CH_3-Hg-S-CH_3가 되었든 CH_3-Hg-S-Hg-CH_3가 되었든, 그를 이 지경으로 만들어버린 놈의 정체가, 비록 눈은 멀었지만 이 늙은 어부 앞에 드러나지 않으면 안 된다. 그리고 예의 유기수은과 '유기수은설의 보조자료'가 된 여러 가지 유독중금속류를 미나마타만 내에 지금도 흘려보내고 있는 신일본질소 미나마타공장이 그의 앞에 이름을 드러내지 않는 이상, 병실 앞을 지나는 건강한 사람, 제 3자, 즉 그 자신 외의 인간 나부랭이, 그러므로 나까지도 원망이 담긴 그의 눈빛을 고스란히 받아야 한다

편안히 잠드세요, 따위의 말은 종종 살아있는 자의 기만을 위해 사용된다.

카마 츠루마츠 씨의 꺼져가던 눈빛은 그야말로 혼백은 이승에 머무른 채 결코 편안히는 왕생할 수 없을 것 같은 눈빛이었다.

그때까지 나는 미나마타강 하류 근처에 살고 있던 그저 그런 가난한 일개 주부에 지나지 않았다. 안남(安南, 베트남-옮긴이)이니 자바(인도네시아 중심에 있는 섬-옮긴이)니 당이니 천축(인도의 옛 이름-옮긴이)을 기리는 시를 하늘을 우러러 읊조리고, 같은 하늘을 우러러 거품을 내뿜으며 노는 작은 게들을 상대로 시라누이해의 개펄을 바라보며 사노라면, 얼마간 마음이 무겁기는 하겠지만, 이 나라 여성의 평균연령대로 7, 80년의 생애를 무사히 마감할 수 있으려니 생각했다.

이날은 특히 내가 인간이라는 사실이 혐오스러워 견딜 수 없었다. 카마 츠루마츠 씨의 슬픈 산양 같은, 물고기 같은 눈동자와 바닷물에 떠밀려온 나무토막 같은 자태와 결코 왕생할 수 없는 혼백은 그날부로 송두리째 내 안으로 옮겨왔다.

그 옆 개인병실에는 84호 환자 — 1962년 4월 19일 사망 — 가 누워있었다. 그에게는 이미 의식이라곤 거의 남아 있지 않았다. 그의 대퇴골이나 복사뼈나 무릎에 생긴 바닥에 긁힌 생채기가, 그곳만이 아직 살아있는 육체의 색, 저 선명한 분홍빛이 남아 있었다. 그리고 그 병실에는 손톱으로 벽을 할퀴며 죽어간 아시키타군 츠나기 마을의 후나바 후지요시 — 1959년 12월 사망 — 씨의 손톱자국이 생생하게 남아 있었다. 미나마타병 병동은 죽은 자들의 방이었다.

우두커니 고개를 숙인 채 방심하고 앉아 있는 앞치마를 두른 간병인(이들은 환자의 엄마이거나 아내, 딸이거나 자매였다)들을 문 너머로 바라보며 나는 이윽고 사카가미 유키의 병실에 이르렀다. 이런 특별병동의 모습은 한여름이 시작되려 하고 있는 이 지방의 계절에서 멀찍이 떨어져 있었다.

여기서는 모든 것이 흔들리고 있었다. 침대도 천장도 바닥도 문도 창문도…… 흔들리는 창문에는 아지랑이가 맴을 돌고 그녀, 사카가미 유키가 의식을 되찾은 뒤 그녀의 전신을 엄습한 경련 때문에 흔들리고 있었다. 저 밤낮을 모르는 경련이 일고부터 그녀를 기점으로 친밀하게 연결되어 있던 삼라만상이, 물고기들도 인간도 하늘도 창문도 그녀의 시선과 몸에서 떨어져나갔다가 안타깝게 조금씩 다가오고는 했다.

잠시도 멈추지 않는 자잘한 떨림 속에서 그녀는 건강했을 때 항상 그랬던 것처럼 씽긋 기분 좋은 웃음을 지으려고 했다. 이미 마흔을 넘겨 수척한 그녀의, 가슴에 사무칠 것 같은 사람 좋은 그 미소는, 하지만 어느새 입술 언저리에서 사라지고 만다. 그녀는 자신을 찾은 방문객에게 놀라울 정도의 자연스러움과 예의를 보여주고자 했다. 때때로 그녀가 짜증을 부리는 것은 경련이 심해지기 때문인데, 그것은 그녀의 자연스런 성품을 나타내야 할 중요한 동작이 그녀의 마음과는 다르게 움직이기 때문이었다.

"나, 나, 는, 입이, 잘, 아, 안 돌아가. 대강, 짐작해서, 들어, 요.

바, 바다 위, 는, 저, 정, 말, 좋았는데."

그녀의 말은 예의 길게 빼는 것 같은, 띄엄띄엄 어린 아이가 어리광을 부리듯 특이했다. 뒤틀린 입으로, 자기는 원래 이렇게 알아듣기 어렵고 보기 흉하게 말하지 않았는데 미나마타병 때문에 이렇게 누구도 알아들을 수 없게 말하게 된 것이 너무 안타깝다며 부끄러워했다. 물론 털끝만큼도 그녀가 부끄러워할 일이 아니지만, 이처럼 팔자에도 없이 구경거리가 된 자신의 몸이 부끄럽다고 불편한 입으로 말하는 그녀의 한탄은, 지당한 일이라고 말 못할 것도 없었다.

— 내가, 이런 몸이 되고나니, 영감(남편)이 너무 불쌍해. 병문안 온 손님이 준 건 죄다 영감한테 주지. 난 입이 떨려서, 흘리느라 먹지도 못하니. 그래서 영감한테 주는 거여. 영감한테 신세가 이만저만이 아니라우. 나는 지금 영감한테 후처로 들어왔어, 아마쿠사에서.

시집와서 3년도 안 돼 이런 희귀병에 걸리고 말았으니 애석타. 나 혼자서는 단추도 못 채워. 손도 몸도 이렇게 쉴 새 없이 떨리니. 머리는 아무 말도 안 하는데 혼자 제멋대로 떨린다니까. 그러니 영감이 한심하기 짝이 없는 여편네가 돼버렸네 그려, 하면서 앞을 대신 여며준다우. 당신 잠방이 입어, 하면서 잠방이를 입혀주고. 그럼 난 말하지. '지, 진짜, 영감, 한심한, 여자, 가, 돼, 버렸, 네요.' 나 다시 한 번, 원래 몸으로 돌아가고 싶어. 부모님이 일해서 먹고 살라고 주신 몸인데. 병 같은 거 앓아본 적이 없었는데. 난, 전에는 손이고 발이고, 어디가 됐든 끄떡없었는데.

바다 위가 좋았어. 진짜 바다가 좋았는데. 난, 이래 됐든 어찌 됐든 다시 한 번 원래 몸으로 돌아가서 내 손으로 배 저어 고기잡이 나가고 싶어. 지금 난 사람도 아니여. 내 달거리 뒤처리도 내 손으로 못하는 여자가 돼놔서……

나는 쿠마대학 선생님한테 진찰을 받았지. 그래서 대학 선생님이 내 머리가 이상한 병 때문에 신경들이 이상해져서, 아이고 몰라. 오죽했으면 월경이라도 멈추게 해달라고 부탁했을까. 근데 멈추면 안 된다대. 월경을 멈추게 하면 더 몸에 나쁘다고. 나는 생리대도 내 손으로 못 빨게 돼버렸으니, 창피해서 어째.

예전에는 뭐든 잘했지. 손 발도 재빠르고 척척이었지. 일 잘한다고 칭찬이 자자했는데. 나는 잘 때도 일 생각밖에 안 한다우.

이맘때면 이제 보리 갈 땐데. 보리도 갈아야 하고 거름도 내야 하는데……, 일 생각만 하면 내 맘이 내 맘이 아니네. 그러고 금방 또 숭어 철인데. 이렇게 병원 침대에 누워만 있으니 애가 타서 죽겄네.

내가 일을 해야 우리 식구 먹고 살 텐데. 내 몸이 점점 세상에서 떨어져나가는 것 같단 말이여. 뭘 쥘 수 있기를 허나. 내 손으로 뭘 꽉 쥘 수가 없어. 영감 손은커녕 귀하디귀한 내 아들 안아볼 수도 없게 되었으니. 그것까지야 어쩔 수 없는 일이라 쳐도, 내 목구멍 풀칠할 밥그릇도 못 들고 젓가락도 쥘 수 없다니, 이거야 원. 발도 땅에 붙이고 걷는 것 같지가 않아, 꼭 공중에 떠있는 것만 같어. 겁이 나네. 세상에서 혼자 내버려진 것만 같어. 내가 외롭다고 해도, 어떻게 얼마나 외로운지 당신은 모를 거여. 그저 영감이 그립고 영감 하나만이 의지가 되네. 일하고 싶어라, 내 이 손발로.

바다 위가 정말 좋았지. 영감이 앞쪽 노를 젓고 내가 옆면 노를 젓고.

요맘때면 항상 오징어 다래끼며 낙지 잡는 항아리를 설치하러 갔는데. 숭어도 그렇고, 다른 물고기들도 낙지들도 얼마나 이쁜지. 4월부터 10월까지 시시섬 바다는 참 잔잔한데 —

노 두 개짜리 배는 부부 배다. 얕은 여울을 벗어날 때까지 유키가 옆면 노를 가볍게 잡고 허리를 구부려 끼익끼익 노를 젓는다. 바닷가 바위가 돌이 되고 모래가 되고 그 모래가 바닷물에 녹아들면 모헤이가 힘차게 앞쪽 노를 풍덩 바닷물에 담근다. 그 뒤를 이어 다시 유키가 옆에서 노질을 한다. 양쪽 힘이 엇갈리지 않고 주거니 받거니 하여 배는 앞으로 쑤욱 나아간다.

시라누이해는 대체로 잔잔하지만, 파도가 변덕스럽게 굽이쳐도 유키가 젓는 노에 걸려들면 파도는 얌전해지고 바다는 배를 느긋하게 어루만진다.

유키는 전처하고 어딘지 모르게 닮았어, 하고 모헤이는 생각했다. 입이 무거운 그는 그런 내색을 요만큼도 비치지 않는다. 그가 묵묵히 입을 다물고 있을 때는 대개 기분이 좋을 때다. 유키가 막 시집왔을 때, 모헤이는 새 배를 띄웠다. 어부들은, 허허 모헤이는 좋겄다! 배도 색시도 새 거라 좋겄다! 놀렸지만, 그는 입을 꾹 다물고는 씽긋도 하지 않았다. 그의 기분을 아는 사람들은 만족스러운 눈길로 그런 그를 바라보았다.

두 사람 모두 그때까지 부부 운이 나빴던지 전남편과 전처를 먼저 보내고, 선주의 중매로 조심스럽게 여울을 건너 식을 올렸다. 유키는 마흔이 가깝고 모헤이는 쉰이 가까운 나이였다.

모헤이의 새 배는 더없이 승선감 좋고 가벼웠다. 유키는 바다에 대한 본능을 타고난 사람처럼 물고기가 꾀는 곳을 훤히 꿰뚫고 있었다. 그곳으로 모헤이를 안내해 노를 거두고 깊은 해조수풀을 향해,

"어~이! 오늘도 우리가 왔다~!"

하고 물고기들을 부른다. 타고난 어부라면 흔히 그렇게들 하긴 하지만, 아마쿠사 출신인 그녀의 소리에는 한결 명랑한 정감이 담겨 있었다.

바다와 유키는 한데 어울려서 배를 달래고 모헤이는 어린 아이처럼 신기한 마음이 들었다.

지금 생각하면 그때 이미 하쿠켄 바다에 물고기가 없었던 것 같

아. 나는 미나마타 어부라선지 고기떼가 모이는 곳은 금방 알 수 있었지. 바다에 나오면, 여보 걱정하지 말아요. 내가 키를 잡을 테니, 당신은 돛만 잘 잡고 있어요, 내가 제일 좋은 곳으로 안내할 테니. 나는 세 살 적부터 배 위에서 커서, 바다는 우리집 앞마당이나 진배없어요. 게다가 여보, 에비스 신은 여자를 태운 배에는 정이 특별하다잖아요. 정말 바람 한번 좋지요 여보, 좋은 데로 갈 수 있겠어요. 조금만 더 가면.

그녀는 눈을 가늘게 뜨고 이렇게 항상 혼잣말을 중얼거렸다. 모헤이는 코로 숨을 내쉬며 소리랄 것도 없는 대답을 했지만, 두 사람은 그것만으로 충분한 이심전심의 부부였다.

고기는 넘치게 많이 잡히는 일 없이 절도 있는 고기잡이의 나날이 지나갔다.

배 위는 정말 좋았지.

오징어란 놈은 인정머리가 없어서 갑판에 오르면 금세 픽픽 먹물을 뿜어대지만, 그놈의 낙지는 말이지,

항아리를 끌어올리잖아? 그놈의 발을 항아리 바닥에 딱 붙이고 서서는 눈을 치켜뜨고 당최 나오지를 않아. 요것아 배에 올랐으면 나와야지, 얼른 나오지 못해! 안 나올래? 그래도 좀처럼 안 나와. 항아리 바닥을 통통 두드려도, 고집이 얼마나 센지. 어쩔 수 없이 뜰채로 엉덩이를 들어올리면 쏜살같이 나와서 번개처럼 도망가는 거여! 여덟 개나 되는 다리가 어떻게 꼬이지도 않고 그리 걷는지, 발발거리고 잘도 도망쳐요. 이쪽도 배가 엎어질세라 냅다 쫓아가서 간신히 바구니에 잡아넣고는 다시 배를 젓는데, 또 바구니를 타고 나와서

바구니 덮개에 턱 버티고 앉아있는 거여. 요놈아, 한번 우리 배에 올랐으니 넌 이제 우리집 놈이다, 그러니 얌전하게 들어가 있어! 그러면 요것이 또 팩 토라져서 딴 데를 보는 척 아양을 떨거든.

우리가 먹고 사는 고기지만 바닷고기한테는 번뇌가 생겨. 그때는 정말 좋았어.

배? 배는 벌써 팔아버렸다우.

대학병원에 있을 때는 바람불고 비라도 오면 온통 배 생각뿐이었지. 내가 막 시집왔을 때, 영감이 새 깃발 세워서 새로 장만해준 배라우. 내 새끼나 진배없는 배여. 내가 얼마나 애지중지하던 배라고. 구석구석 반들반들하게 닦아놓고, 낙지 항아리도 끌어올리고, 다음 고기잡이철 돌아올 때까지 일일이 굴 껍데기 긁어내고, 바닷물때 안 타게 하느라 정성으로 손질해서 바위굴로 끌어올려놓고 비도 안 맞혔는데. 항아리는 그것들 집이라. 정말 깨끗하게 해뒀었는데. 어부는 도구를 귀하게 여겨야 하거든. 배에는 배를 지켜주시는 신이 있고, 도구에도 일일이 영혼이 깃들어 있으니까. 부정 탄다고, 여자는 낚싯대도 넘어서는 안 되는 법이여.

그렇게 애지중지 해가면서 일했던 배를, 내가 이 희귀병에 걸린 탓에 팔아버렸으니. 나는 그것이 뭣보다 가슴이 아퍼.

바다에 가고 싶네.

내가 식구들 건사도 못하게 되다니, 자기 손발로 제 식구 먹여 살리라고 가르쳐주신 부모님한테 참말로 면목이 없네.

나처럼 이렇게 경련이 이는 것을 옛날에는 학질이라고 했는데. 옛날 학질에 걸린 사람도 나처럼 이렇게까지 심하게는 떨지 않았어.

한심하고 비참해. 젓가락도 못 쥐고, 밥그릇도 못 들고, 입도 덜

덜 떨려. 간병인이 뭘 먹여줘도, 그게 큰일이거든, 세 번이면 세 번다, 힘들게 입에 넣어주면 뭐하나, 밥알은 튕겨나가고 국물은 질질 흘리는 걸. 아이고, 아이고 불쌍도 하지, 어차피 맛도 모를 것을, 귀한 쌀 다 버리고 아까워 어떡하나. 세 끼를 한 끼로 줄여도 좋을 것을. 팽팽 놀면서 밥 얻어먹기도 하루 이틀이지.

허참, 웃기지, 생각하면 할수록 진짜 우습단 말이여. 내가 일전에 참말 멋진 발견을 했네. 당신 그거 아오? 사람도 엎드려서 먹을 수 있다는 거, 네 발로 기어서.

있잖우, 내가 얼마 전에 죽을 혼자서 핥아먹어봤지 뭐유. 내가 하도 흘려싸니까 간병인도 지쳐서 나가버리더라고, 그때 문뜩 생각이 나서 뚤레뚤레 누가 있나 봤지, 역시 창피한 일이거든. 그리고는 이렇게 손을 짚고 엉덩이를 치켜들고 엎드렸지. 입을 그릇으로 가져가. 손은 안 쓰고 입을 가져다대고 핥으니까, 조금은 먹을 수 있더라니까. 우습기도 하고 기쁘기도 하고, 하하 비참하지. 문 닫아달라고 하고 앞으론 엎드려서 그렇게 먹을까? 하하하, …… 하아~. 우스워 죽겠네. 사람의 지혜란 것은 참 이상도 하지. 궁지에 몰리면 무슨 일이든 생각해내거든.

내가 대학병원에 들어갔을 때는 미치광이가 다 됐었지. 진짜 미쳤었는지도 몰라. 그때 일 생각하면 정말 이상해. 대학병원 뜰에 굵직한 방화용 수로가 있었는데, 어느 날 밤에는 글쎄 내가 그 안에 들어가 있었다니까. 대체 무슨 생각으로 그랬을까, 아무튼 너무 슬퍼서 세상이 온통 와르르 무너지는 것 같아서, 꼼짝도 않고 쭈그려 앉아 있었지. 아침이 되고 내가 그렇게 멀뚱멀뚱하게 물속에 들어가 앉아 있으니, 다들 놀라서 난리가 났었다우. 그런 일은 이상해도 한

참 이상하지. 무슨 맘으로 그랬을까? 지금 생각하니 참 추운 밤이었는데.

입원해 있을 때, 유산을 했지. 그때 일도 이상했어.

밖은 이미 어두워진 것 같았지, 아마. 쟁반에 생선 한 마리가 올라 있었어. 난 그때 유산하고 난 뒤였는데, 문득 그 물고기가 애기가 죽어서 돌아온 거라는 생각이 들었어. 피가 거꾸로 솟는 것 같더라고. 정말 그때 기분이란 뭐라 말할 수 없이 이상했어.

나한테는 애를 안 보여주더군. 실성할지도 모른다면서.

나는 세 번 결혼을 했는데, 신랑복도 자식복도 없어서, 낳아서 죽이고 길러서 죽이고, 이번에는 희귀병 걸린 애미 몸 중하다고 살아서 꿈틀꿈틀 손발 움직이는 것을 기계로 긁어냈으니. 죄스럽고 부끄러워서 견딜 수가 있어야지. 생선을 멍하니 보고 있자니, 꼭 애기처럼 보이데.

빨리 어떻게 하지 않으면, 아기가 너무 가엾어. 저렇게 접시 위에 올려져서, 내 핏덩이를, 어쩌면 좋누. 빨리 처리해야지, 안 그러면 여자의 수치라.

그 접시를 잡으려고 기를 써봐도, 기를 쓰면 쓸수록 경련만 심해지는 걸. 접시하고 젓가락이 달그락 달그락 소리를 내네. 젓가락이 생선을 밀쳐 떨어트리고 말았지 뭐유. 우리 아기가 쟁반 위에서 도망을 치네.

아아, 이리 오렴, 엄마 여기 있다, 이리 와.

그렇게 생각할 겨를도 없이, 나는 경련이 심해져서 쟁반째 침대에서 떨어트리고 말았어. 그래도 난 포기 안 했지. 침대 밑에 철퍼덕 앉아서 둘러보니, 생선이 침대 뒷다리 쪽 벽 귀퉁이에 떨어져 있는 거야. 아니 생선이잖아, 아주 잠깐 그렇게 보였지만, 금세 아기가 눈앞에 다시 아른거리는 거야. 그러더니 머리가 멍해지면서, 아기를 잡아야지 하는 생각이 드는 거 있지. 잡으려고 하지만, 경련이 일기 시작하면 두 손을 제대로 잡을 수도 없거든. 그런데 그런 손으로 어쩌다 딱 붙잡았네!

절대 놓칠 수 없지, 지금 먹어주마.

나는 그때 양 손에 열 개 손가락이 붙어 있다는 것을 생각해 내고는, 그 열 손가락으로 꽉 쥐고 허겁지겁 입에 다 묻혀가면서 먹어치웠지. 그때 그 생선, 비린내가 어찌나 심하던지! 이상도 하지, 그렇게 좋아하는 생선을 먹는데 아기를 먹는 기분으로 먹다니. 이놈의 병은 맛은 몰라도 냄새는 맡을 수 있거든. 그런 기분이 들면 머리가 이상해진 때지. 슬퍼, 손가락을 펴고 바라보고 있을 때는.

난 이제 내 손으로 할 수 있는 게 아무것도 없어. 난 내 몸뚱이를 갖고 싶어. 지금은 꼭 남의 것만 같어.

나는 아무것도 먹고 싶은 게 없는데, 담배는 좋아해. 대학병원에서는 머리에 나쁘다고 담배를 못 피우게 했거든. 그래서 영감도 밖에 나가서 숨어 피우곤 했지.

어찌어찌 걸을 수 있게 되고 진찰을 받으러 갔을 때였어.

복도에 담배꽁초가 떨어져 있잖겠어?

머리가 이상해진 다음부터는 담배를 못 피웠거든. 얼마나 기쁘던지!

저기 담배꽁초가 있네. 이리 기쁠 수가 있나! 옳지, 저기까지 한번 똑바로 걸어가 봐야지. 그렇게 생각하고 눈 한번 깜박이지도 않고 목표물을 향해 걷지만, 대개가 삐뚤빼뚤한 걸음이지 뭐. 멈췄다고 생각하면 흔들흔들 흔들리고. 그래도 내 딴에는 목표물을 정해놓고, 옳거니 저기까지 세 길은 되겄다, 똑바로 걸어서 저기까지 가야지 하거든.

그리 맘먹고 한 발 떡 내딛지만, 조급해져서 다리가 자꾸 꼬이는 것같이 앞으로 안 나가. 이를 어째, 내 다리가 내 말도 안 듣네, 속이 상하고 애가 타고 울컥 화가 나면, 그럴 때 또 그 뒤집힐 것 같은 경련이 찾아오는 거여.

그 경련이 말이오, 참말이지 얼마나 끔찍한지 모른다우. 아이고, 끔찍해.

내 머리가 명령을 내리는 것도 아닌데, 갑자기 다다다 하고 다리가 제멋대로 뛰쳐나가는 거야. 멈추자고 생각할 겨를도 없이.

그렇게 갑자기 뛰어나가는 바람에 꽁초 있는 자리를 지나쳐버렸지 뭐유. 이런 빌어먹을, 또 그놈의 경련이 시작됐네, 그러면서 눈은 어질어질해져. 어쩌다 딱 멈춰서 간신히 뒤를 돌아봐. 그쪽으로 가보려고 하지만, 다리가 말을 들어야 말이지.

여, 영감! 너, 넘, 어져욧! 영감이 뒤에서 받쳐주는가 싶더니, 몸이 뒤로 확 당겨지대. 꼭 뒷걸음질하는 꼴이 돼서, 넘어질 때는 벌러덩 나자빠지는 거여. 그렇게 되면 이번에는 나자빠져 있을 여유도 없어. 금방 또 경련이 나서 벌떡 일어나 냅다 달리니까. 나는 학교 운동회 때도 그렇게 날쌔게 달려본 적이 없었는데 말이여. 내 다리가 제멋대로 이리 뛰고 저리 뛰고 망나니마냥 난리를 쳐대니.

담배꽁초가 있는 자리를 중심으로, 누구도 어쩌지 못하게 날뛰고 난리가 났지. 그 근처에 있던 사람들도 놀랐겠지만, 본인은 오죽했을까? 눈물이 핑 돌대. 숨은 헐떡헐떡 곧 넘어갈 것 같고. 그러다 뚝

경련이 멈추고, 다리는 쭉 뻗어버리지. 그때서야 숨이 나오더라고. 뚤레뚤레 둘러보고는, 어라 꽁초는 어디 갔지? 간신히 입을 빼끔거리면서 영감, 저 담배 좀 줘요, 그랬더니 영감이 울면서 그리 좋아하는 거니 지금이라도 많이 피워야지, 그때부터 쪼금씩 피우게 해주더라고. 고작해야 하루에 3분의 1개비밖에 안 되지만.

쿠마모토 의학회 잡지(제31권 부록 1, 1957년 1월)

고양이 관찰

본 증상의 발생과 동시에 미나마타 지방의 고양이 중에도 이와 비슷한 증상을 보이는 고양이가 있다는 사실이 주민들 사이에 알려졌다. 올해 들어서 그 수가 급격히 늘어 현재는 이 지방에서 고양이의 모습을 거의 찾아볼 수 없는 실정이다. 주민들 말에 따르면, 춤을 추거나 마구 달리거나 하다가 결국에는 바다로 뛰어드는, 매우 흥미로운 증상을 보인다고 한다. 우리가 조사를 시작했을 무렵에는 이 지방에서 병에 걸린 고양이는커녕 건강한 고양이도 거의 찾아볼 수 없었는데, 보건소의 배려로 생후 1년 정도 된 고양이를 한 마리 관찰할 수 있었다.

그 고양이는 동작이 느릿하고 옆으로 흔들리는 것 같은 운동실조성 보행을 했다. 계단을 내려갈 때 다리를 헛디뎠는데, 이것은 아마도 눈이 보이지 않는 것도 원인 중 하나인 것으로 보였다. 생선을 코앞에 대주자 그 부근의 냄새를 맡은 것으로 보아 후각은 존재한다는 것을 알 수 있다. 접시에 담은 밥을 주었을 경우, 접시를 물고 늘어지는 증상도 보였다. 발작할 때 말고는 우는 일도 없고, 귀도 안 들리는지 귀에 바짝 대고 손뼉을 쳐도 반응이 없다.

흥미롭게도 후각이 자극을 받으면 경련발작이 일어났다. 우리가 코앞에 생선을 갖다 대면 여러 번 발작을 일으켰다. 하지만 생선을 먹여주면 발작을 일으키지 않았으므로, 단순한 후각 자극이라기보다는 먹고 싶다는 강한 욕구가 자극이 되는지도 모른다. 또 발작과 발작 사이에는 어느 정도 간격이 필요한 듯, 발작 직후에 생선냄새를 맡게 해도 발작은 일어나지 않았다. 또한 발작은 후각자극 외에 우발적으로도 나타났다.

발작을 하는 고양이의 행동이 특이했다. 예컨대 생선을 찾아 헤맬 때는 딱 멈춰서고, 앉아 있을 경우에는 벌떡 일어서고, 오른쪽 또는 왼쪽 다리를 든다. 동시에 침을 많이 흘리고 씹는 운동이 보이기도 한다. 그 후 좀 비실거리다 발작이 약해지기도 하지만, 뒤이어 다른 쪽 뒷다리로 지면을 차는 듯한 행동을 한다. 앞다리는 고정한 채 뒷다리로 지면을 차기 때문에, 사람이 물구나무서기 할 때와 마찬가지로 몸이 붕 뜨게 된다. 우리는 이것을 물구나무서기 운동이라고 부른다. 두세 번 물구나무서기 운동을 하더니 경련이 전신으로 번지자 고양이는 쓰러지고 사지를 파닥거렸다. 오른쪽으로 쓰러지면 왼쪽 다리는 강직성(지속적으로 근육이 경직-옮긴이), 오른쪽 다리는 간대성(근육의 경직과 이완이 반복적으로 일어남 - 옮긴이) 경련을 일으키는 경우도 있었지만, 반대쪽으로 쓰러져 경련 중에 두세 번 몸을 반전시키는 경우도 있었다. 때로는 물구나무서기 운동 없이 경련을 일으킬 때도 있었다.

전신경련은 약 30초 내지는 1분간 계속되며, 뒤이어 고양이는 벌떡 일어나 부근을 빙글빙글 뛰어다닌다. 이때 한번 날뛰기 시작하면 멈출 줄 모르고, 좁은 방에서는 달리다 벽에 부딪히면 방향을 바꿔 다시 반대쪽 벽으로 돌진하는 식인데, 미나마타 지방에서 물로 뛰어들었다던 것은 아마 이런 상태였던 것으로 추측된다. 이 운동은 상당히 격렬하여 손으로는 도저히 저지할 수 없을 정도였다. 1분 정도 지나 뛰어다니는 운동이 멈추자, 이상한 괴성을 질러대면서 주변을 마구잡이로 돌아다닌다. 이때 걷는 모습도 운동실조성이다. 또 이때 침을 심하게 흘릴기도 한다. 30초 정도 걸어 다니던 끝에 방심한 것처럼 털썩 주저앉는다. 이상과 같은 발작의 전체경과는 약 5분 정도였다. 본 사례의 고양이는 관찰 하루 만에 갑자기 익사했다.

그리고 나는 폐병환자들이 있는 병동으로 자주 놀러갔지.

우리는 처음에 폐병환자 옆 병동으로 보내졌는데, 그 폐병환자들조차도 우리를 싫어했어. 미나마타에서 희귀병에 걸린 사람들이 왔다, 옮는다더라 하면서. 그러더니 우리가 있는 병동 앞을, 폐병환자들이 입을 손으로 막고 숨도 안 쉬고 내빼듯 지나가는 거야. 자기네가 진짜 전염병인 주제에. 처음에는 얼마나 분통이 터지던지. 우리라고 좋아서 이런 희귀병에 걸린 것도 아닌데, 그렇게 별스런 구경거리 취급받을 일이 아니지 않은가 말이여? 희귀병, 희귀병 손가락질까지 하면서.

그래도 나중에는 그 사람들하고도 허물없이 친해지고, 그때부터 나는 담배가 피우고 싶을 때면 그리 얻으러 갔어.

나는 그 왜, 항상 춤이라도 추고 있는 것처럼 가는 경련이 잦아들질 않잖우?

그래서 이렇게 소매를 파닥파닥 흔들면서 대학병원 복도를 갈지자로 걸어가지.

아, 안, 녕하, 세요~,

나, 춤출 테니, 구경하는 사람은 죄 담배 내놓소!

정말이지 춤이라도 추고 있는 것처럼 슬픈 기분이지. 그런 식으로 그 주변을 빙글 도는 거야. 몸은 갸우뚱 해가지고.

모두 꺼이꺼이 웃고 손뼉을 치고, 정말 당신 춤 한번 잘 추네, 최고야! 춤추려고 태어난 것 같아.

여기까지 춤추면서 와봐, 담배 줄게. 그렇게 주정뱅이마냥 걷지 말고, 빤듯하게 못 오나?

어이 어이, 아~ 해봐, 담배 물려줄게. 떨어트리지 않게 해야지.

나는 손을 못 쓰잖아, 소매를 파닥이면서 아~ 입을 벌리고 춤을 추지. 입에 물려주면 빠끔빠금 연기를 내뿜으며 만족스럽게 그 주변을 돌아다니는 거야. 모두 더 크게 웃으면서 폐병 병동 사람들이 줄줄이 닭처럼 머리를 내밀고 떠들어댔지. 나는 대단한 구경거리가 돼 있었어.

대학병원이 있는 곳은 진짜 쓸쓸한 곳이었다우. 커다란 녹나무가 널찍널찍 가지를 뻗고, 풀들이 더부룩하게 우거진, 옛날 성이 있던 자리라더니, 쿠마모토 마을에서 우뚝 한 단계 높이 펼쳐진 공터였지. 아래쪽 쿠마모토 마을은 번화한 곳인데, 딱 거기만 옛날 성터라 밤중이 되면 꼭 도깨비같이 큼직한 녹나무가 널찍이 가지를 펼치고 있는, 고요~하면서 쓸쓸한 곳이었어. 그래, 생각났다. 거기 후지사키다이라는 공터였어.

대학병원 하면 흔히 진짜 좋은 데를 생각하잖우? 그게 근데, 후지사키다이에 있는 병원은 아주 썰렁한 건물에, 차라리 우리 동네 초등학교가 훨씬 깨끗하고 낫지. 그런 공터 안에 음침하게 세워진 병원에, 우리 같이 이상한 희귀병 환자들이 '학습용 환자'라는 이름으로 수용되어 있는 거야. 우리 입장에서는 낫고 싶다는 일념으로 참아보지만 낫지도 않고, 뭐랄까 짐승의 우리 안에 갇혔다는 기분도 들거든. 건강한 몸일 때는 나도 노래 부르고, 진짜 춤도 추고, 근처 아이들하고 소리도 질러가면서 노는 떠들썩한 분위기를 좋아했다고. 근데 지금 이 모양 이 꼴로, 나 자신한테도 남들한테도 무슨 특별한 서비스라도 베푸는 양 우스꽝스런 짓거리를 하고 있으니.

한밤중이 되면 텅 빈 것같이 쓸쓸해.

모두 침대에 누워 잠이 들지. 밤중에 이불이 벗겨져도, 병실에 있는 사람 다 손끝 하나 맘대로 못하는 사람들뿐이라. 제 것은 고사하고 남들 것도 못 덮어줘. 말 못하는 사람도 있지. 이불이 떨어지면 떨어진 대로 옴쭉달싹 못하고, 실룩거리면서 눈만 멀뚱하게 뜨고 자는 거야. 쓸쓸하지, 그런 기분.

뭍에 내던져진 물고기같이 체념하고, 눈물 머금고 나란히 누워 자는 거야. 한밤중에 침대에서 떨어져도, 간호사가 피곤에 절어 깊이 잠들어 버릴 때면 그대로 잘 수밖에.

밤 되면 가장 생각나는 건 역시, 바다야. 바다가 제일 좋았어.

봄부터 여름이 되면 바닷속에도 온갖 꽃들이 만발하지. 우리 바다는 얼마나 아름다운지 몰라!

바닷속에도 명소라는 게 있어. '찻잔코'에 '맨살여울'에 '검은 해협' '사자섬'까지.

빙 한바퀴 돌면 익숙해진 우리 코에도, 여름이 시작될 무렵의 바다 향기가 풀풀 풍기거든. '회사' 냄새하고는 차원이 다르지.

바닷물도 흘러. 굴이며 말미잘이며 청각채며, 바닷물이 출렁이며 흐르는 곳이면 어디나 꽃들이 한들한들거리지.

그 중에서도 특히 물고기가 아름답지. 말미잘은 만발한 국화꽃 같아. 청각채는 바닷속 절벽에 잘 뻗은 가지모양을 층층이 이루고 있지.

톳은 조팝나무 꽃가지 같아. 해초는 대숲 같고.

바닷속 풍경도 육지하고 똑같이, 봄도 가을도 여름도 겨울도 있다우. 나는 바닷속에 반드시 용궁이 있다고 믿어. 꿈처럼 아름다울 거야. 바다에 질리거나 하는 일은 죽어도 없어.

아무리 작은 섬이라도, 섬 밑에 있는 바위 안에서 맑은 물이 샘솟는 틈이 꼭 있거든. 그런 맑은 물하고 바다의 짠 물이 만나는 곳 바위에, 아름다운 파래가 봄에 앞서 먼저 피어나지. 바다 내음 중에서도 봄색이 짙어진 파래가 물기 마른 바위 위에서 햇볕에 구워지는 냄새라니! 정말 그립네.

그런 햇볕 냄새나는 파래를 득득 긁고, 파래 밑에 붙어 있는 굴을 따가지고 돌아와서, 그것 우려낸 국물에 간장 약간 넣고 뜨거울 때 먹어봐. 도시 사람들은 죽었다 깨어나도 모를 맛이지, 암! 파래 국물 후후 불어가며, 혀가 데이도록 마시지 않으면 봄이 안 와.

내 몸뚱이에 두 다리가 온전히 붙어 있고, 그 두 다리로 딱 버티고 서서, 내 몸뚱이에 두 팔이 붙어 있어 그 두 팔로 노를 저어, 파래 따러 가고 싶네. 울고 싶어. 다시 한 번 — 가고 싶어라, 바다에.

다시 한 번 사람으로

•

아마쿠사 여자는 정이 깊다며 선주가 유키를 중매해준 뒤로 발병하기까지 3년도 채 걸리지 않았다. 딸들을 시집보낼 때까지 우직한 모헤이는 오랫동안 후처도 들이지 않았는데, 저쪽도 재혼이고 딸린 자식도 없다 하고 싹싹하고 일도 잘하고 솜씨도 어부의 아내로는 그만이지. 혼자서는 배도 못 띄울 거 아닌가? 그러지 말고 데려와! 하고 중매인이 말했던 것이다.

그 유키가, 저녁상을 물리고 바느질감을 챙겨들면서 가끔 고개를 흔들고 자꾸만 눈을 비볐다. 유키의 눈은 솔잎이 바람에 날리듯 헤엄쳐가는 멸치 떼를, 마을 앞산 꼭대기에서도 알아볼 수 있는 눈이었다. 그랬던 것이 빨랫감을 끼고 마을 우물가로 나갔다가 돌아오는 길에는 물에 젖은 빨래를 뚝 뚝 흘리며 오게 되었다. 유키 자신은 그런 사실을 알아채지도 못했다.

갈수록 입이 무거워지고 생각에 잠긴 사람처럼 멍한 때가 잦아졌다. 5월에 낙지 항아리를 끌어올리면서 유키는 한마디씩 띄엄띄엄 말했다.

"여보, 나, 요즘 들어, 왜 그런지, 좀, 힘이 없어요. 이 항아리도, 힘껏, 당기는데도, 그물이 손끝에서 자꾸 빠져나가고, 팔에도, 힘이 영, 안 들어가요. 어디 나쁜 데도 없는데, 왜 이런가 모르겄네."

모헤이는 불안을 애써 물리쳤다.

"무리해서 그런 게지, 좀 쉬엄쉬엄 해."

"여보", 그리고 유키는 잠시 말이 없다가,

"윈치(권양기-옮긴이)를, 사는 게 어떨까요? 내 팔은, 오래전부터, 제대로 움직이지를 않어. 당신 혼자, 이 많은 걸 끌어올린다는 건 무리요. 나 시집올 때 가져온 어구 팔면, 윈치 정도는 살 수 있을 거요."

모헤이의 두툼한 가슴이 철렁 내려앉고, 두 사람 모두 침묵하고 말았다. 유키가 시집오던 해라면 2, 3년 전부터 고기가 줄었다고 부락 전체가 한숨짓던 때였다. 그러고 보니 모헤이도 자기 어장을 버리고 아마쿠사 출신인 유키가 이끌어준 대로 장소를 옮겼던 것이다.

부락의 고지대에 있는 선주집에서 들려오는

"어~이! 고기떼가 온다~!"

외침소리도 들은 지 오래다. 고지대의 돌담 위에서 바다색을 보고 있노라면, 파도 그늘에 숨어 소곤거리듯 슉슉 어지러이 노니는 멸치며 정어리의 대군이 시야에 잡히곤 한다. 이런 물고기 무리가 떼지어 있는 바다색을 발견하면, 아침이 됐든 저녁이 됐든 고동소리와 함께 선주의 외침소리가 마을 앞바다로 울려 퍼진다.

"어~이! 고기떼가 온다~!"

어부들은 남자고 여자고 할 것 없이 집을 뛰쳐나와 서로서로를 부르며 달려나가고, 마을 전체가 배를 띄우느라 정신이 없다. 작은 물고기 떼가 파도 위를 물들일 때면, 바다 깊이에서 작은 물고기를 쫓아온 갈치며 삼치며 전어 무리가 잠행을 하게 마련이다. 노인이고 어린아이고 할 것 없이 모두 배 대는 곳에 모여든다. 그때가 저녁이면 그물을 실은 배들이 일제히 고기를 부르는 화톳불을 지핀다. 배는 그물을 둘둘 말면서 고기떼를 유인한다. 노를 젓는 사람, 키를 잡은 사람. 등불이 어부들의 외침소리와 하나가 된다.

어영차, 어영차.

어영차, 어영차.

가락은 빨라지고, 어두운 바다의 구석구석에서 피어오르는 물보라 속에서 힘줄 불거진 어부들의 팔뚝이 척척 잘도 맞는다. 그물 속 고기들도 대답한다. 대답하는 한 마리 한 마리의 꼬리며 머리의 퍼덕임까지 그물의 무게로 어부들은 알 수 있다. 어쨌든 바다는 항상 살아있었다. 그랬던 것이 언제부턴가, 고기떼가 온다~! 동네방네 울려 퍼지던 외침소리가 사라지고 말았다.

고양이들의 묘한 죽음이 시작되고 있었다. 온 마을 고양이들이 차례차례 죽어가고, 아무리 동네 어귀에서 얻어온 생선으로 영양을 보충해줘도 그 기이한 춤을 춘 다음에는 반드시 죽었다.

고양이들의 죽음에 뒤이어 '중풍'과 비슷한 환자가 한 집 건너 한 집 비율로 은연중에 생겨나고 있었다. 그런데 중풍이라면 노인들만 걸릴 터인데, 환자는 그물 끌어올리다 말고 회 한 접시 정도는 눈 깜짝할 사이에 후딱 먹어치우던 젊은이들이거나, 임신 8개월째인 토도무 씨네 젊은 각시와 학교 앞 어린 아이였다. 토도무네 각시라면 마을 우물에서 유키도 가끔 빨래를 함께한 일이 있었다.

이번 임신 때문에 다리가 약해져서 그런가, 자꾸 다리가 꼬여서 창피스럽게 걸핏하면 넘어지고 하네, 각기병인가? 이것 좀 봐, 빨래에 손끝이 야무지게 안 돌아가네, 하고 그 각시가 말하던 것을 들은 적이 있었다. 아이고, 이 사람도 말이 많이 더뎌졌구나 싶어서 보니,

토도무 각시는 체면도 뭣도 없이 앞만 멍하니 바라보고 있는데, 눈만 댕그라니 뜨고 있는 모습이 물에 비치고 있었다. "저 각시도 중풍이 아닐까, 요즘 배도 더 나온 것 같더니, 어쩌면 좋을까 몰라" 하고, 요전에 유키가 모헤이에게 말한 적이 있었다.

"나도 중풍이 아닐, 까?"

이제껏 느껴본 적 없던 불안이 모헤이를 억누르고, 두 사람은 누가 먼저랄 것도 없이 부부가 된 이래 처음으로 배 위에서 오래도록 멍하게 서 있었다.

"임자가 병에 걸렸다면, 윈치보다 의사가 먼저지."

모헤이는 이렇게 말하고, 두 사람은 심란한 얼굴로 닻을 올리고 노를 잡았다.

마을 병원에서는 특별히 어디 나쁜 데는 없는 것 같은데, 그냥 영양 부족 같으니까 몸에 좋은 것 좀 먹으라고 할 뿐이었다. 손발이 이유 없이 저리고 자꾸 넘어지는 것은 모든 환자의 증상이었는데, 장마 전에 내리는 비로 변덕스럽게 추워서 그런지도 모르고, 게다가 최근에는 미국, 중국에서도 방사능이라는 것이 비에 섞여 내린다고 하니 조심하는 수밖에 별 수 없다고 두 사람은 서로 말했지만, 입 언저리 근육이 왠지 묵직하게 당겨서 유키는 말하기가 힘이 들어 입술에 손가락을 대보았다. 손가락에 입술이 닿는 감촉도 둔하고 허전한 것이 닿은 것 같지가 않았다.

모헤이는 노 하나로 배를 저어 바다에 나갔다가 육지에 오르면 활어조에서 물 좋은 놈으로 골라들고 돌아와 귀찮아하는 유키를 대신해, 토방으로 설거지통을 끌고나와 털썩 주저앉는다. 그 위에 도

마를 걸쳐놓고 지그시 눌러가며 팔딱팔딱 움직이는 생선의 비늘을 벗겨냈다. 물동이 물도 시원한 것으로 다시 퍼 담고 회를 뜨고, 끓는 소금물에 낙지를 삶고, 소금물 올려둔 아궁이 속에서 잘 구워진 조기의 머리와 꼬리를 받들어 모시듯 양손으로 들고 묻은 재를 후후 불어내고 토방으로 올라섰다.

"임자 거네, 많이 먹소!"

하고 모헤이가 말한다. 싱싱하게 살이 붙었을 회가 이상하게 혀를 겉돌고, 헝겊쪼가리 같이 맛도 뭣도 없는 것을 꾸역꾸역 목구멍으로 삼키면서 유키는 마냥 행복한 표정을 짓고 있었다.

고구마 북주기가 끝나갈 무렵, 일하다 말고 밭이랑에 쭈그리고 앉았다 일어서지도 못하고 관자놀이에선 입하도 멀었건만 땀이 끝없이 흘러내렸다.

발목을 어루만지고, 정강이를 어루만지고, 허벅지를 어루만지고, 떨려오는 두 다리를 질질 끌며 유키는 뜸을 뜨러 다녔다. 마을 병원에 다니는 사람도 있었지만, 유키는 또 병원에서 영양실조니 뭐니 하는 소리를 듣게 되면 영감에게 면목이 없다고 생각했던 것이다. 게다가 영감의 벌이는, 자신이 배를 탈 수 없게 되면서부터 거의 돈벌이가 되지 못하고 있었다.

병이라곤 처음 시집왔던 해 겨울에 항아리손님(유행성 이하선염, 두 볼이 항아리처럼 부어오르는 병-옮긴이) 한번 앓아봤을 뿐인 건강한 체질이고, 갱년기도 가까웠으니 신경통이나 각기병이 생기는 거라고 믿고 싶었다. 침구원에는 신경통으로 푸르퉁퉁해진 두 무릎을 세우고 앉아있는 노파나, 부은 젖을 끌어안은 젊디젊은 애기엄마가 윗도리를 벗은 채 서로의 병환을 어루만져주고 있었다.

"겨울 동안은 뜸도 후끈후끈 몸이 따뜻해지니 좋지만, 올여름은 일찍부터 예년 못잖게 푹푹 찌겠네!"

할머니들은 이런 이야기를 주고받고, 유키가 떠는 모습을 보고 뜸뜨는 사람들은,

"아주머니도 츠키노우라의 그 하이칼라병에 걸렸어요?"라고 물었다.

회 한 접시 정도는 아침저녁으로 먹어야 제대로 된 어부라 할 수 있다며 기운이 넘쳐하던 선주 마스토 씨가 아침에 배에서 전어가 든 그물을 짊어지고 내리다가, "어라! 나도 왼쪽 팔이 좀 저린 것 같은데, 츠키노우라의 하이칼라병에 걸렸을지도 모르겠는걸!" 하며 농담처럼 웃었다. 토방에 그물을 내려놓고 아들 며느리 들이는 일로 이즈미에서 찾아온 손님을 위해 술안주로 쓸 생선을 손질해서 분명 열두 시 지나서까지 접대를 했는데, 항상 아침이 이른 마스토 씨가 아침 먹을 시간이 지나도 나오지 않기에 부인이 이불을 들춰보니, 초점이 흐려진 눈만 껌벅이고 있을 뿐 아무리 흔들고 불러도, 이끼처럼 입만 실룩실룩 움직이며 "아우, 아우" 하는 소리만 낼뿐이었다.

뒤이어 부인과 새색시를 얻기로 했던 아들, 두 사람 모두 움직이지 못하게 되고 말았다. 마스토 씨 가족 세 사람 모두 '학습용 환자'가 되어 쿠마대학에 입원했다. 마스토 씨는 스무날 넘게 목소리도 안 나오는 입을 벌린 채 앓다가 유언도 남기지 못하고 죽어갔다. 중풍에 걸리기에는 너무 이른 마흔다섯 살이었다.

고양이가 사라진 마을 집집마다 쥐들이 기승을 부렸다.

부엌이라 해봐야 대개 창문도 없이 토방 한 쪽에 물동이가 우두커니 놓여있고, 물동이 그림자에 생선비늘이 들러붙은 설거지통이

있고, 그릇들을 놓는 선반이 밖으로 삐져나와 있을 정도다. 쥐들은 망설임도 없이 찰흙으로 만들어놓은 부뚜막 위를 활보하고 냄비 위를 오가고 물동이 주둥이를 훌쩍 뛰어넘기도 하고, 걸어둔 갈고리 손잡이에 매달렸다 손바구니 안으로 쏙 뛰어들고는 했다. 그 손바구니에는 삶은 감자며 먹다 남은 만두가 들어 있기도 했다. 쥐들은 금세 그런 토방에서 돌담길로 빠져나간다. 그리고는 어슴푸레하게 달빛이 비치는 길을 가로질러 돌담을 지나서 배로 뛰어들어, 손으로 켠 낚싯줄이나 산더미처럼 쌓아놓고 오래도록 쓰지 않은 그물 더미를 끝에서부터 갉아먹었다. 철썩철썩 때리는 깊은 밤 파도소리 간간이 돌담을 따라 묶여있는 배의 여기저기서 오도독, 오도독 소리가 밤마다 들려왔다. 배들은 후릿그물을 길게 늘어뜨린 채 쥐들의 도주를 방관하고 있었다.

바다에 던져놓은 미끼에는 얼씬도 안 하는 숭어나 감성돔 같은 고기들이 맥없이 아침 바닷가로 떠밀려왔다. 물놀이 하던 작은 아이들은 와와 소리를 지르며, 오르락 내리락하는 물거품 속에서 물고기를 주워왔다. 숭어도 감성돔도, 아이들 품 안에서 등지느러미며 가슴지느러미를 팽팽히 펼친 채 희미하게 팔딱 팔딱 떨고 있었다.

3번 국도는 뜨거운 먼지를 뒤집어쓴 채 해안선을 따라 뻗어 있고, 츠키노우라, 모도, 유도, 모든 마을의 여름은 쥐죽은 듯 고요했다. 아이들은 별 손맛도 못 느끼는 고기잡이에 지치면 바닷가로 내달렸다. 바위그늘이나 바닷가 옆 용수 근처에선 작은 물고기를 쪼아 먹던 물새들이 부리를 물에 담근 채 뻐끔뻐끔 가쁜 숨만 내쉴 뿐 날아오르지 못하고 있었다. 아이들이 안아 올리면, 힘없이 그 어여쁜 목을 축 늘어트리고 괴로운 듯 눈을 뜬 채 죽었다. 카고시마현 이즈미군 코메노츠 마에다 부근부터 미나마타만 바닷가는 모도, 유도, 츠키노우라, 햐쿠켄, 묘진, 우메도, 마루시마, 오마와리, 미나마타강 하구인 하치만후나츠, 히아테, 우자키가하나, 유노코의 해안에까지 그런 새들의 사체가 나뒹굴고 있었고, 모래 속 조개들은 날이 갈수록 입을 벌렸고, 해가 나면 바닷가는 그것들이 썩는 냄새로 가득 찼다.

바다는 그물을 던지면 끈적끈적하게 얽힌 것이 무겁건만, 그것은 그물에 걸린 물고기들의 무게와는 달랐다. 공장 배수구를 중심으로 바다의 코키섬에서 후쿠로만, 모도만, 그리고 반대쪽의 묘진에 걸쳐 어장 밑에는 그물에 들러붙는 두꺼운 풀 같은 침전물이 있었다. 무거운 그물을 끌어올리면 그 침전물은 바다를 더럽히면서 떠올랐고, 냄새 또한 너무 역했다. 어민들은 그 냄새에서 도망치듯 서둘러 좀 가벼운 그물만을 휘휘 헹궈서 돌아왔다. 높은 곳에서 내려다보면 바다는 죽은 듯 흐름을 멈추고 있었고, 썩은 시궁창처럼 암녹색이었다. 저기 좀 봐, 바다가 바다색이 아니야. 마을 사람들은 비탈길에 삼삼오오 모여 서서 이렇게 말하는 것이었다. 젊은이들은 눈을 번득이며 배를 몰고 나가 악취가 나는 바닷냄새를 맡아보고 와서는, 저쪽도 냄새가 나고 저기 저쪽도 지독해! 라며 흥분을 감추지 못했다.

입하는 가까워오고 마을의 침구원은 쑥 타는 연기로 가득했다. 그 연기 아래 엎드린 사람들 틈에 하이칼라병 환자가 늘어갔다. 적토의 계단식 밭도 듬성듬성 자란 침엽수 숲길도, 마을 전체가 볶아지는 것 같았다. 비탈진 길을 모헤이의 등에 업혀 내려와서 리어카를 얻어 타고 온 유키는 등에서 팔다리까지 온통 불붙은 쑥뜸을 빈틈없이 올려둔 채 갑자기 우, 우, 우우 신음소리를 지르며 온몸을 팔딱팔딱 들썩였다. 놀란 사람들이 어찌 해볼 수 없을 만큼 엄청난 힘으로 열린 침구원의 장지문을 무너뜨리며 난폭하게 날뛰다 문턱에 서 구르더니 기절해버렸다.

유키, 토도무 씨네 부인, 선주의 막내딸 등 열 명 정도가 두 곳 정도 떨어진 바다 건넛마을에 있는 전염병원으로 업혀 가고 얼마 후, 흰 가운을 입은 쿠마모토 대학병원 의사들과 시청 직원들이 찾아와서 하루 동안 마을 전체를 상대로 진찰과 조사를 꼼꼼하게 하더니 주로 어떤 것을 먹는지 등의 생활상을 물었다. 가벼운 '중풍' 증상을 보이는 사람들은 특히 조사가 복잡하고 오래 걸렸다.

1965년 5월 30일

쿠마모토대학 의학부 병리학 타케우치 타다오 교수 연구실.

요네모리 히사오의 조그만 소뇌 절단면은 오르골 같은 유리상자 안에 바닷속 식물처럼 무심하게 펼쳐져 있었다. 검고 누리끼리한 산호의 가지 같은 뇌의 단면과 마주하고 있자니 무겁게 정지된 심해가 눈앞에 펼쳐진다.

요네모리 사례의 뇌에 대한 소견은 이 상태로 어떻게 생명을 유지할 수 있었나 싶을 정도로 황폐해져 있었고, 대뇌반구는 흡사 벌집 혹은 그물을 연상케 하는 모양이었으며, 실질(實質)은 거의 대부분 흡수되어 있었다. 소뇌는 현저하게 위축되고 석회질이 지극히 얇아져 있었다. 하지만 뇌간, 척추는 비교적 잘 보존되어 있었다.

다만 예외로 아급성(亞急性, 급성과 만성의 중간성징-옮긴이) 경과를 보인 야마시타 사례에서 오른쪽 수정체 핵이 거의 소실되어 있었다. 이처럼 본 증상에 대한 연구에 착수했던 초기 부검 사례에서 수정체 핵의 장애가 심한 예가 발견되었으므로 처음에는 망간중독을 우려했지만, 그 후의 부검 사례에서는 그런 증상이 일절 보이지 않아 현재로서는 망간중독을 부정하고 있다.

병리학 타케우치 교수의 말
"병리학은 죽음에서 출발하는 거예요."

요네모리 히사오, 1952년 10월 7일 생, 환자번호 18, 발병 1955년 7월 19일, 사망연월일 1959년 7월 24일, 환자가족 세대주 요네모리 모리조, 가업은 목공, 주소는 쿠마모토현 미나마타시 데츠키, 1956년 12월 1일 미나마타병 인정 .

미나마타시청 위생과 미나마타병 환자 사망자 명부에 기재된 일곱 살 소년의 생애 이력은 덧없이 단순하고 명료해서, 그것은 수조 속의 산호처럼 생긴 소년의 소뇌와 너무 잘 어울렸다.

이날 나는 타케우치 교수에게 부탁해서 한 여자 시체의 해부현장을 참관하게 되었다.

— 대학병원 의학부는 무서워.
두꺼운 도마가 있어, 사람을 요리하는 도마가 있다니까.
그렇게 말하는 어부의 아내 사카가미 유키의 목소리.

어떠한 죽음이라도 말이 없는 죽은자 혹은 그 주검은 이미 몰개성적인 자료에 불과하다, 나는 그렇게 생각하려고 애썼다. 죽는 순간부터 죽은 사람은 오브제로, 자연으로, 흙으로 돌아가기 위해 급속한 채비를 시작할 것이 분명했다. 병리학적 해부는 죽은자의 죽음이 의지적으로 행하는 한층 더 가혹한 해체다. 그 해체와 마주한다는 것은 나에게 미나마타병으로 죽은 사람들과의 대화를 시도하기 위한 의식이며, 죽은 이들의 통로로 한 발짝 들여놓은 것이나 다름없는 일이었다.

나는 작은 녹색 연필과 작은 수첩을 뒷짐 진 손에 꽉 움켜쥐고 있었다. 늑골 맨 위에서부터 '치골상연(恥骨上緣)'까지 떡 벌려진 채 해부대에 널려있는 여체는 그 선명하고 두툼한 절단면에 지방이 뭉클하게 축적되어 있었다. 양 겨드랑이를 향해 축 처져 있는 유방이며 하늘을 향해 피어오르듯 쏟아져 나오는 소장은 무심함의 극치를 보여주고 있었다. 허파와 창자는 암적색을 띠고 천천히 줄줄이 꺼내지고 있었다. 그녀의 늘씬하게 빠진 두 다리는 살짝 벌려져 있었고 가운데 살은 가제가 한 장 사뿐히 덮여 있었다. 쥐었달 수도 없이 손가락을 가볍게 오므리고, 그녀는 깊이를 알 수 없는 영혼을 집도의들에게 내맡기고 있었다. 내장을 꺼내 생긴 뱃속의 빈 공간에는 어느새 스며 나온 피들이 고이고, 하얀 가운을 입은 집도의 중 한 사람은 중간 중간 손잡이 달린 흰 컵으로 소리 없이 피를 떠내고 있었다.

의사들은 그녀의 내장을 조심스럽게 계량기에 올려 무게를 재고 잣대로 길이를 재는 것 같았다. 의사들의 슬리퍼가 철썩철썩 해부대 주변의 시멘트 바닥을 치는 소리가 들렸다.

"봐요, 지금 꺼낸 게 심장입니다."

타케우치 교수는 내 얼굴을 지그시, 마치 바다 밑에 있는 사람처럼 바라보며 그렇게 말했다. 푸르디푸른 넓고 깊은 바다가 흔들린다. 나는 그때까지는 잘 견뎌내고 있었다.

고무장갑을 낀 한 의사선생이 한쪽 손바닥에 그녀의 심장을 쥐고 메스로 자르려던 참이었다. 나는 시종일관 뚫어지게 바라보았다. 그녀의 심장은 심실이 절개되는 순간 조심스럽게 마지막 피를 토해내고, 내 속에선 무언가 울컥 그리운 슬픔이 치밀어 올랐다. 죽음이란, 한때를 살았던 그녀의 전 생애의 무게에 비해 이 얼마나 초라한 행위란 말인가?

— 죽으면 나도 해부되겠지요.

어부의 아내 사카가미 유키의 목소리.

대학병원 의학부는 무서워……

사람을 요리하는 두꺼운 도마가 있다니까.

이런 희귀한 병에 걸리지만 않았어도 그런 도시구경은 안 해도 됐을 것을. 이렇게 쿠마모토까지 나와서 엄청난 도시구경까지 하고 말았네. 츠키노우라 바다에서 고기나 잡고 있었으면 쿠마모토는 언제까지나 꿈의 도시였을 텐데.

나는 해부하는 걸 보고 왔다니까, 쿠마모토 대학병원에서.

해부를 맨 처음 보았을 때는 아이고, 징그럽게 심한 상처를 입은 사람이 누워있는데 — 머리 껍질을 벗겨내고, 빨간 창자며 파란 창자를 한 주먹씩 끄집어내고, 아주 삐쩍 마른 사람인데, 불쌍하게도 어쩌다 그렇게 됐는지 원. 정말 그렇게 심한 부상자는 태어나 처음 본 거라, 참말로 놀랐네.

그날은 병원도 질리고 징그러워서, 어차피 타진데 어쩌랴 싶어서 누더기 같은 옷차림으로 이렇게 덜덜 떨리는 모습도 상관 않고, 여행지에선 수치심을 버리라고 했던가, 누가 보고 웃든 말든, 그저 걷는 것이 폐가 될 리도 없다 싶어 걸어 다니는데, 이렇게 허리를 휘두르며 갸우뚱갸우뚱 걸어 다녔지. 대학병원이 엄청 넓더라고.

어슬렁어슬렁, 내 딴에는 똑바로 걷는다 생각하고 전부터 익숙한 쪽으로만 걸어갔어. 풀들이 무성하게 자라있는 길을 쭉 따라 걸었는데, 멀찍이 떨어진 공터까지 오고 말았구나 싶어 봤더니, 상자 하나 달랑 갖다놓은 것 같은 건물이 괴기스럽게 풀숲에 있더라고. 참 쓸쓸한 곳이었어.

건물에는 창문이 있었어. 여기가 도대체 뭐하는 델까 눈을 창문에 바짝 대고 봤더니, 사람을 도마 위에 올려놓고 수술을 하고 있는 거야. 창자를 이리 움직였다 저리 움직였다 하고 있어. 이거 참 힘든 수술인가보다, 나는 넋을 놓고 바라보았지. 정신을 차리고 보니 같이 있던 미짱이 없어진 거야. 아니, 좀 전까지 옆에 있었는데? 사방을 둘러보니 미짱이 저 멀리 떨어진 곳에서 나무밑동을 부여잡고는 아줌, 마! 아줌마, 피! 하면서 목멘 소리로 부르는 거야.

아줌마, 저건 해부하고 있는 거야, 라면서 미짱이 토악질을 하는데, 나는 그것도 모르고 그렇게 뚫어져라 보고 있었구나, 알고 나니 속이 거북해져서, 밥을 먹어도 어차피 맛도 모르지만, 먹으면 넘어올 것만 같아서 그날 밤은 아무것도 못 먹었지. 해부실이 있는 데는 진짜 쓸쓸한 곳이었어. 저렇게까지 야위고 말다니 불쌍도 하지 생각했더니, 그게 부두 옆에 살던 마스토 씨였다잖어! 같은 사람일 거라고는 도저히…… 그나저나 냄새가 너무 지독하데. 냄새도 나고 마음도 썰렁해지고, 삶과 죽음이, 나왔다 들어갔다 하는 것 같았어. 창자의 빨갛고 파란 것이 멀어서, 어쩐지 그리운 뭔가를 보는 것 같은 묘한 기분이 들데. 지금 같으면 도저히 못 봐.

내 머리가 바보가 돼버려서, 아무렇지 않게 그놈의 해부까지 보고 말았다니까. 나도 해부되겠지만, 유기수은의 독기가 남아 있는 바보 같은 머리를 바꿀 수 있다면 머리는 댕강 잘라버리고 이번에는 좋은 머리 갖고 다시 태어나면 좋겠네.

아이고, 심란하게 또 생각나네.

나 말이지, 종이배를 많이 만들어가지고 대학병원 그 긴 복도에서 질질 끌고 다녔어. 종이로 거룻배를 엄청 많이 만들었는데, 내가 불쌍하다고 간호사들이 만들어줬지. 그것들을 실로 매달아서 길게 끌고 다니는 거야, 배에는 간호사들이 준 캐러멜이며 사탕들이 가득 들어 있었지.

나는 그 배들을 끌고 대학병원 복도를,

어이~영차

어이~영차

그물을 당길 때처럼 장단을 맞추면서 걸어가는 거여.

내 영혼을 싣고서.

사람은 죽으면 다시 사람으로 태어날까? 나 역시, 다른 것으로 말고 사람으로 다시 태어나면 원이 없겠네. 다시 한 번 영감하고, 배를 저어 바다에 나가고 싶어. 내가 옆면 노를 젓고 영감은 앞 노를 젓고. 어부의 아내가 되려고 아마쿠사에서 시집왔는데……

나는 번뇌가 깊으니 다시 태어나도 꼭 사람으로 태어날 거여.

4 · 하늘의 물고기

용의 비늘

•

해를 넘겨 1964년 초가을 —

에즈노 모쿠타로 소년(아홉 살, 1955년 11월 생)의 집(미나마타시 하치노쿠보) '토코노마'(일본식 방의 상좌에 방바닥보다 한층 높게 만든 곳으로, 족자나 화병이나 장식품을 놓아두는, 집안에서 가장 성스러우며 상징적인 공간이다-옮긴이)라고 해야 할 벽이 새로 수리되어 있는 것을 나는 눈여겨보았다.

토코노마라는 것이 그 집의 거의 맨 안쪽에 마련되어 있는 것이라고 하면, 확실히 토방에서 다다미 네 장이 깔린 두 평짜리 방으로 한 발 크게 내딛으면 가닿을 에즈노 일가의 벽은 토코노마임에 틀림없어 보였다. 아니 이런저런 생각할 것도 없이 이 집 토방에 올라서면 한눈에도 그곳이 토코노마이고 신전이고 수미단이라는 것을 알 수 있다.

나는 일종의 경건한 기분에 사로잡혔다.

"이번 장마로 이래저래 신들 계신 뒤쪽 벽이 썩어 무너져서, 저 양반들 거하시기 안 좋을 것 같아 바꿔드렸습니다. 숭숭 구멍이 뚫려서 곧 한여름이 시작될 판에 한기가 들 정도니."

할아버지와 할머니는 번갈아가며 조심스레 눈을 들어 집안의 신들을 우러러보았다.

문 말고는 창이란 것이 없는 이 집안 전체가 이날 한층 더 은밀한 바다 밑 낙원(아오키 시게루1882~1911의 〈Paradise under the sea〉 1907년 작-옮긴이) — 그야 물론 아오키 시게루 풍의 로마네스크는 전혀 아니지만 — 과 같은 경관을 드리우고 있었던 것은, 얼마 전까지 갯강구가 파먹던 부서진 배의 갑판이 무겁게 이 집의 감실(신주를 모셔두는 곳-옮긴이) 뒤쪽 벽에 붙박여 있던 것이다.

감실에 딸린 한 평 정도 되는 벽 자체는 이른바 네 평쯤 되는 이 집 전체의 들창이 되어주기도 했다. 아무리 당시 유행하던 골함석 벽이라 할지라도, 산 중턱까지 끌어올려진 낡아빠진 배가 이끼로 자신을 덮어 용골을 보호하는 분위기를 풍기고 있었다. 이런 에즈노 일가의 켜켜이 쌓인 세월 속에 재빠르게 녹아들어, 출렁이는 파도처럼 파란, 저 해저에서 새어나오는 듯한 파란 빛줄기는, 토방에 놓인 오래되고 큼직한 물동이나 부서진 숭어 다래끼가 나뒹구는 마당에 저녁 그늘을 드리우기 시작한 햇빛과 한데 뒤엉켜서 아직 전등을 켜지 않은 집안에 신비로운 밝기를 더해주고 있었다. 이 집에 달랑 하나 있는 알전구는 언제나 가족의 부엌 위에 매달려 있었다.

토방에서 올라간 바로 그곳의 한 평 공간이 이 집 부엌이었다. 그곳에는 할아버지가 손수 만든 밥상이, 비록 울퉁불퉁하지만, 먼 옛날부터 그렇게 거기 있었던 것처럼 아주 편안하게 놓여 있었다. 밥상 옆에는 옛 냄새 물씬 나는 손잡이가 달린 철냄비가 놓여 있었고, 밥상 위에는 할아버지의 담배통이며 세 홉들이 소주병과 젓가락 통 대용인 컵이 이가 빠진 낡은 찻잔과 함께 놓여 있었다. 제대로 구색을 갖추지 못한 작은 집기류나 기둥 따위는 모양이야 허술하고 제각각이지만, 어느 것 하나 이 집과 떨어져서는 존재할 수 없는 작은 부엌 살림들을 파도 모양의 파란빛이 포근하게 감싸고 있었다.

처음 이 집을 찾아왔던 가을에 나는 이 집의 감실이 다른 집 것보다 취향이 상당히 독특함을 알 수 있었다. 근시와 난시가 섞인 나는 이 집의 문지방을 넘는 순간, 몇 번이나 눈을 깜빡인 뒤에야 어둑한 방 안 바로 눈앞에 갑판으로 대어진 벽에 가로로 2미터 정도 되는 선반이 걸쳐져 있고, 엄청난 그을음을 뒤집어쓴 벽과 선반과 그 선반 위에 나란히 놓여 있는 형체를 알아보기 힘든 거무튀튀한 신체(神體, 신령이 머문다고 믿는 예배의 대상물, 위패-옮긴이)를 보았다. 그런 것들 틈에 유독 한곳만이 그을음이 엷은, 흰색 도자기로 된 두 개의 꽃병이 있고 꽃병에는 막 새로 꺾어온 듯한 비쭈기나무와 들국화가 꽂혀있는 것을 보았다. 가로로 걸쳐져 있던 2미터 가량의 선반은 이 집의 감실이며, 집안에서 달리 불단 같은 것을 찾아볼 수 없었으므로, 이것은 불단까지도 겸하고 있음이 분명했다.

여생이 얼마 남지 않은 듯 보이는 노부부와, 누가 보더라도 "저 사람도 심하게 미나마타병에 걸린 것 같네, 허리 자세하며 말하는 것하며 중풍에 걸리기에는 너무 이른 나이 아녀?" 할 정도지만, 본인의 자각증상이 공식적인 미나마타병 발생시기보다 다소 빨랐다는 이유로, 아니 그보다도 한 집에서 희귀병 환자가 몇 명이나 나왔으니 나라에서 주는 생활보조금 받기도 남부끄럽다는 이유로 진료조차 꺼려하는 노부부의 외아들(마을 사람들은 그를 키요토라고 불렀다)과, 아들의 도망친 아내가 낳은 세 명의 손자들이 — 가운데 손자인 모쿠타로 소년은 배설조차도 혼자 해결 못하는 태아성 미나마타병이다 — 도합 여섯 명이 에즈노 일가의 가족이었다.

"키요토 말여, 얼마 전까지만 해도 모범청년이었는데. 장작을 짊어지고 비탈길을 내려갈 때 보면, 그냥 허리가 활시위처럼 휘어져서 달려가는데, 대단했지! 에즈노 영감은 참 훌륭한 아들을 뒀다고, 다들 칭찬이 대단했지. 배를 젓는 것이고 뭐고 간에 그 손놀림 빠른 건 또 어떻고! 파도 위에 노를 살짝 걸쳐놓고 허리를 휘휘 틀어가면서 키요토가 노를 저으면 배는 혼자서 날아가는 것 같았구먼. 그 사람 훌륭한 어부가 될 사람이었는데 말이여, 요즘 젊은이치고 그런 사람 없는데, 그놈의 기이한 병에 걸려 가지고, 아이고 아까운 사람!"

서른 살이 넘어 명색만 에즈노 일가의 세대주로 되어 있는 노부부의 외아들은 모든 것을 멀리하며 살았다. 그의 말은 미나마타병 특유의 꼬이고 어눌했다. 그는 자신의 타고난 것도 아닌 이 말투가 어지간히 싫었던지 말이란 말은 죄다 생략해버리고, 그 대신 웬만한 용건은 의미를 전달할 수 있을 것 같은 미소로 사람들을 대했다. 꽤 잘생긴 외모에 훤칠한 그가 마음 여린 사람처럼 점잖고 겸손한 미소를 머금고 두세 번 머리를 조아리면, 상대방은 언제나 거기에 넘어가 볼일이 끝난 듯한 기분이 들었다.

영감님에게 아들은 언제나 순종적이었다. 도망간 아내는 그와 노부부에게 남자아이 셋을 남겨두고 홀연히 다른 남자와 재혼해버렸다. 그렇지만, 그런 아내에 대해서도, 모쿠타로를 비롯한 세 아들에 대해서도, 물고기에 대해서도, 생활보조금을 둘러싼 시청과의 교섭에 대해서도, 저녁 반주로 소주 몇 병을 살까 하는 것까지도 일체 영감님에게 맡겼다.

영감님은 집안의 모든 일을 도맡아 했다. 그는 돈을, 나라에서 나오는 생활보조금을 '한 푼이라도 헛되이 쓰지 않도록' 관리했다. 영감님의 눈은 누가 보더라도 보통의 노안 이상으로 나빠 보였다. 그의 두 눈은 허옇게 탁해졌고, 게다가 지팡이를 짚지 않은 만큼 더더욱 걸음걸이는 캄캄한 밤길을 걷는 모습이었다. 시도 때도 없이 눈물이 나고 눈곱이 끼니 늘 찌든 수건을 한쪽 손에 움켜쥐고 있었다.

손자들 학비나 운동회의 도시락, 그리고 간장이나 된장을 사오라고 손자들에게 심부름시킬 때, 영감님은 할머니가 헝겊으로 만들어 준 동전지갑을 허리춤에서 꺼내 한참을 꼼지락거리다 어렵사리 돈을 꺼내고는 했다.

그럴 때면, 가족들은 영감님이 목덜미와 머리, 얼굴의 땀과 눈물을 얼마나 자주 수건으로 닦아내는지, 느릿느릿 떨리는 손끝으로 지폐나 동전을 셈하여 꺼내는지 숨죽여 바라보며 끈기 있게 기다려야 했다.

백 엔짜리 지폐를 간신히 꺼낸다. 그리고 키요토에게 말한다.

"오늘 밤은 너도 한 잔 할터? 가끔은 마셔도 돼. 그럼 오늘 밤은 소주 세 홉들이 한 병 사오니라."

1학년인 막내손자가 네~ 하며 손을 내민다.

"얼마였더라, 세 홉들이가? 전쟁 전에는 한 되에 1엔이었는데……"

"할아버지, 세 홉들이면 120엔인데."

"그래 맞다, 120엔이었지! 그때는 최고로 좋은 소주가 한 되에 1엔 20전 했다. 겁난 세상이 돼버렸어, 300배나 뛰다니. 두부도 5전이면 살 수 있었는데. 두부는 대체 몇 백배나 뛴 거냐?"

4학년짜리인 장손이 고개를 갸우뚱하더니 5전이 뭐예요? 들어본 적도 없는데, 하며 웃는다. 할머니는 "얼른 120엔 내놔요, 두부

값도 25엔" 하며 영감님을 재촉한다.

영감님은 이 일가를 책임지고 그런대로 잘 꾸려나가고 있었지만, 요즘 세상의 돈 가치란 것이 하도 잘 변해서 방심할 수가 없노라고, 가끔씩 덮어놓고 전쟁 전 물가를 들먹이며 심부름 가는 손자들에게 화풀이를 하는 것이었다.

삼십대 중반에 들면서 이유를 알 수 없는 병에 걸린 것도 모자라 홀아비가 되어버린 외아들과 영감님보다 나이 많은 할머니와 세 명의 손자들은, 이런 영감님을 마음 깊이 의지하며 살아가고 있었다.

이 일대의 믿음이 깊은 노인네들이 남의 집 문지방을 넘을 때면 반드시 하는 것처럼, 나도 이 집을 처음 방문하던 가을에 집안의 감실과 불단의 있나 없나 확인하고 먼저 그곳을 향해 절을 올렸다.

노부부는 나를 '새댁'이라고 불렀다. 두 분이 아마쿠사 억양으로 새댁! 하고 불러주시면 나는 태어난 이래 잊고 살았던 나 자신을 되찾은 듯, 간지러운 친숙함을 이 일가에게 느낄 수 있었다. 나는 머뭇거리며 말할 기회를 놓쳤던 것을 물어보기로 했다.

"저~ 할머니, 구룡권현이라는 신은……"

"그래그래."

"저기 전에 왔을 때 가르쳐주셨던 신, 도대체 어떤 모습을 하고 계신 신이세요?"

"아아, 그 신은 용신이셔."

"절 한번 올리고 싶은데 괜찮을까요?"

"그거야 고마운 일이지."

"손에 받들고 기도하면 벌 받을까요?"

"그럴 리가!"

두 분은 엉거주춤한 자세로 소리를 맞췄다.

"새댁 무슨 소리야, 얼마나 너그러우신 신이라고!"

할머니가 그렇게 말하자 할아버지가,

"여보 할멈, 어서 절 올리게 해요."

하며 아마쿠사 억양으로 재촉했다.

할머니는 길이가 짧은 줄무늬 무명 치마폭 위에 걸친 감색 앞치마를 꾸깃꾸깃 벗어들고 '신전' 앞에 섰다.

할머니의 고풍스러운 올린머리가 헝클어져 흘러내린 뒷모습을 바라보고 있자니, 신전에서 새어나오는 푸른빛이 더없이 엄숙해 보였다.

함석판 벽이 공교롭게도 들창까지 겸하고 있어서, 신전으로 들어오는 빛 속에 생활의 전모가 드러나 보이는 집안의 장롱도 붙박이장도, 도무지 규격에 맞는 가구다운 가구라곤 무엇 하나 찾아볼 수 없는 감실의 경관은, 토방에 놓인 물동이나 입구에 굴러다니는 녹슬고 부서진 숭어 다래끼나 생선비늘이 들러붙은 어롱 등과 더불어 우리가 '생활'이라고 총칭하는 것들의 가장 명쾌한 원형을 보여주고 있었다. 그리고 이런 모습의 집에는 아직까지 입 밖에 낸 적이 없는 이러저러한 집안 내력이 간직되어 있음이 틀림없었다.

선반에 올려진 위패나 비쭈기나무, 꽃병, 작은 이나리 신(곡식을 담당하는 신-옮긴이)의 토리이(홍살문과 같다-옮긴이)나 사진 그리고 종이로 된 반짇고리와 이런 예배단 옆에 낡아빠진 무대장막처럼 매달린 가족들의 누더기 같은 옷가지며 남자아이들의 모자와 천으로 된 가방 등은 나름대로 엄마가 없는 이 집의 정돈방법이었다. 함석 벽은 이 같은 물건들의 배치로 거의 스테인드글라스 같은 분위기마저 풍기고 있었다. 할머니가 잠시 기도하고 있는 동안에 영감님이 이런 설명을 해주셨다.

모습을 드러내고 있는 신들

구룡권현 신
에비스 신(칠복신의 하나로 상업의 수호신-옮긴이)
금비라 신(불교의 수호신. 비를 오게 하고 항해의 안전을 수호하는 신-옮긴이)
황태신궁 신
이나리 신
이나리 신의 작은 토리이
옛날 할아버지 그물에 걸렸는데
그것이 너무 사람 모습과 닮았기에
자신과 자손을 지켜주는 부적으로 가져온 바다 돌
선조들의 위패
어느 신궁의 수호신인가 이제 잊었지만,
미타케산과 이츠쿠섬의 신들
시코쿠에 있는 절에 기도하러 온 사람들에게 받았던 지폐
저 사진의 사치코, 그래
사치코는 손자들을 낳은 어미의 이름이오.
그 사치코의 사진
두 번 다시 이 집에 돌아오지 않을 여자—

돌멩이
돌멩이는 사치코가 이 집에 오기 전에 유산시켰던 아이들로
죽었든 살았든 역시 우리 손자들과 한 형제라,
기도해주지 않으면 성불하지 못할 영혼들이오.

할머니는 발돋움을 하고 두 팔을 뻗어 '구룡권현 신'을 내리더니 먼지를 훅 털어내면서 내 손 위에, 시커먼 화선지에 둘둘 말린 할머니의 신을 올려주었다. 화선지에는 뭐라고 쓰인 붓글씨와 인주의 흔적이 있었는데, 그것보다 먼지투성이의 화선지 속에서 할머니가 불쑥 내 손에 쥐어준 신의 몸체는 신기한 물건이었다.

"아니, 이건?"

"그래, 용의 비늘이야."

"용의……?"

"그래, 우리도 용의 모습이라면 그림에 그려진 것밖에 모르지만, 바다에서 하늘로 헤엄쳐 올라간다고 하고 뿔이 나 있다고 하더군."

그것은 폭 6밀리에 길이 3센티미터 정도 되는 타원형에 두께가 있는 우윳빛 나는 갈색의, 운모도 아니고 분명 뭔가의 비늘임은 틀림없었다.

"셀 수 없이 많은 물고기의 비늘을 우리도 어부라 많이 봐왔지만, 이렇게 생긴 비늘은 본 적이 없었으니까 용의 비늘인 게 분명해. 도깨비보다 뱀보다 강하고 신의 정기를 가진 생명체라고 하는데, 그 용의 비늘이라고 선조들이 물려주신 거여. 아마쿠사에서 미나마타로 건너왔을 때 집도 배도 해줄 형편은 못 되고 이 신을 모시고 가라, 복을 주실 거라며 부모님이 주시기에 함께 모시고 온, 운수를 좋

게 해주시는 신이야. 경기를 잘 잡아주시지. 그렇지, 할멈?"

"그럼요. 경기도 고쳐주시지. 아들도 손자들도 어려서 경기를 일으킬 때면 이 신께 신세 참 많이 졌다우.

이 신은 참 정직한 분이셔. 못 고칠 아이한테는 거짓말을 안 해. 그냥 못 낫는다고 말씀해주시거든. 모쿠타로가 말이야, 그 아이가 경기를 일으켰을 때 못 낫는다고 말씀해주셨지. 꿈쩍도 하지 않았거든.

어떻게 나을 수 있겠어? 미나마타병인 것을. 이런 병을, 어떻게…… 아무리 신이라도 알 수 없지. 알 리가 없지, 세상에 처음 생긴 병이라는데. 이 양반은 옛날 신인 것을. 옛날에는 있을 수도 없는 병인데.

새댁, 자, 이 신을 잘 봐 봐요. 이거 봐, 움직이지 않어?"

내 손바닥 위에 있는 운모처럼 생긴, 생선비늘도 아닌, 가끔 발견하는 저 가벼운 뱀의 허물도 아닌, 단단한 타원형의 '용의 비늘'을 보고 있는 동안 정말 희미하게 꿈틀 움직였던 것이다.

"아이고, 새댁! 잘 좀 봐봐. 아이고 아이고! 새댁은 참말로 운수가 좋은 사람인갑네. 이거 봐, 권현 신께서 꿈틀꿈틀 움직이잖어! 꽉 쥐면 안 돼. 손을 펼치고 봐. 아이고, 말렸네 말렸어! 참말로, 이런 사람은 또 처음이네. 정말 새댁은 운수가 강한 사람이 분명해. 운수가 강한 사람 손에 올리면 권현 신이 팔딱팔딱 튀어 오른다고 하더니, 정말 튀어 오르겄네."

아마도 상황몰입형 알레르기성 발열을 항상 내뿜고 있는 내 체열과 상승하고 있는 이 집안의 습도 때문에, 손바닥 안의 가련한 용의 비늘은 솔직한 물리적 반응을 보이고 있음이 분명했다. 콩깍지가 미미한 지열에도 꾸물꾸물 말리는 것처럼, 그 가늘고 얇은 몸체를 스스로 휘감듯이 팔랑 몸을 젖혔다.

"정말 새댁, 진짜 운이 좋은 사람인갑네. 참말 새댁 같은 사람은 드물지. 곧 좋은 일이 있을 거여, 분명해. 이 신은 거짓말을 안 하시거든."

미나마타 시내보다 한층 높은 지대에 있는 하치노쿠보 부락의 가을은 벼이삭인지 갈대이삭인지 구분할 수 없는 냄새가 떠다니고 있었고, 노부부의 정령신앙에 힘입어 오래도록 윤기를 잃었던 내 두 볼은 그 순간 얼마간 발그스레해지고 행복감마저 들었다.

"정말이지 이 신께선 그 사람 처지가 되어 생각하셔. 신기하기도 하지, 이렇게까지 몸을 말다니.

새댁 운 한번 좋네. 우리 모쿠타로가 경기를 일으켰을 때는 팽팽하게 몸을 펴고는 꿈쩍도 안 하더니…… 이 신이 그렇게 꿈쩍도 안 하고 있을 때는 영 가망이 없지. 아무리 빌고 또 빌어도 영……

아니나 다를까 열도 안 내리고, 다음 날부터는 손도 발도 비비 꼬인 채로 말도 제대로 못하는 인간이 되고 말았어. 모쿠타로한테는 권현 신조차도 고개를 젓고 마신 거여.

참말 놀랍기도 하지, 놀라워. 새댁은 참말로 권현 신이 아끼는 사람이 분명해. 운수가 좋다고 말씀하고 계신 거여."

살아있는 것도 신전에 올려놓고 빌면 신이나 마찬가지가 되는 거여. 저건 애들 엄마 사진인데. 모쿠타로 같은 애를 눈 빤히 뜨고 버려두고, 우리 같은 늙은이한테 남겨놓고 도망친 여편네, 참 몹쓸 여자여.

우리 할멈한테는 조카뻘 되는 여잔데, 무슨 업보를 타고 났는지 그 조카 집에서도 아홉 식구 중에 넷이 미나마타병에 걸렸지 뭐유.

이 사진의 사치코란 여자는 생각해보면 지지리 복도 없는 여자였어. 우리집 키요토한테 시집오기 전에는 야츠시로에 있는 농가로 식모살이를 갔다네. 거기 있으면서 애비 이름도 내세우지 못할 아이를 밴 거여. 우리로서는 할멈의 질녀기도 하고, 보기 하도 불쌍하고 딱해서…… 배가 불러오면, 이유야 어찌 됐든 여자 쪽만 상처를 입게 돼있어. 낳든 유산을 하든, 어느 쪽이 됐든 부모가 책임지려 해도 돈이 있어야 말이지. 그래서 내가 나서서 식모살이하던 집 주인을 만나 담판을 지었지.

종놈의 인생은 참 고달프고 못할 일이지. 낳으면 죽어도 안 된다며 아이를 그 꼴로 만든 주인은 자기가 오히려 속았다고 난리고. 한두 번도 아니고, 당하고 와서는 울고불며 매달리고. 남자는 한 순간 재미로 그럴 수 있어도, 여자의 상처는 진심으로 좋아하는 남자가 나타나지 않는 이상 치유할 수가 없는 법이여. 부모님한테 돌아가기 괴롭다기에 잠시 우리집에 가 있자며 내가 끌고 와서, 애기 지우고 마음 가라앉히는 동안에 우리 키요토하고 어찌어찌 맘이 맞았던 모양이라.

이왕 그렇게 된 거 잘된 일이다 생각하기로 했지. 그렇게 합쳐주자 해서 우리집 며느리로 맞아들인 거였어.

한때는 더없이 사이가 좋았지. 피차 몸뚱이 하나뿐인 가난뱅이, 부부 금실 좋은 것이 무엇보다 행복한 일이라고 좋아했더니, 언제부턴가 우리집 할멈하고 사치코 사이가 나빠지더니……

며느리하고 시어미하고 햇볕을 쬐며 찢어진 이불을 손질하고 있었지. 할멈이 무심코 별 생각 없이 사치코, 네 부모님도 너 고생만 시키고, 그것도 모자라 식모살이까지 보내고. 문제가 터지니까 상관도 안 하더니 시집올 때는 이불 한 채 안 해 보냈구나, 뭐 이런 소릴 해버린 거여.

그것이 사단이 돼서 질녀와 숙모이면서 고부간인 둘 사이가 나빠졌지. 사치코가 지 부모한테 일러바쳐서 부모들 싸움이 됐고, 그러다 결국 집을 나가게 되고만 거여. 그러는 동안 사치코 집에서도 딱 그 무렵에 아직 정체가 밝혀지지 않았던 미나마타병에 여동생이 걸리고 남동생이 걸리고 애비애미마저 걸려, 처음에는 우리집에 도움을 청하러 오기도 하더니 나중에는 술집에서 일하게 됐다대. 그러다 완전히 헤어지고 만 거여. 말 그대로 줄줄이 이 집에도 저 집에도 미나마타병이 생겨서 세상이 온통 샛노랗게 보일 무렵에, 그런 일이 나고 말았지. 그 누구도 뭘 어떻게 해볼 수가 없었어. 그것이 술집에 다니게 된 것도, 친정에 가든 우리집에 있든 어차피 몸 건강한 사람이 좌우간 돈벌이를 안 하면 안됐으니까.

고기잡이는 아예 못할 지경이 됐으니…… 사치코 친정도 고기잡이로 먹고사는 집이라. 그것도 이만저만 골치 아픈 게 아니었을 거구만. 술집에서 어쩌다 맘에 맞은 남자를 만났던지, 새로 시집을 가버렸어.

내가 모쿠타로를 업고 가서 돌아오니라 부탁해도 싫다고 딱 잘라 말하더니 홱 돌아서버리데.

그것이 내가 알기만도 자식이 아홉은 될 거여. 참 험한 세상 산 여편네지. 다른 여자들 서너 평생을 한꺼번에 다 살고 있는 여자여. 손자들한테는 너희들 버려두고 가버린 여자다, 엄마라고 생각도 말아라, 신전에 모신 신이라고 생각해라, 그렇게 말해뒀다우.

갸도 우리 부부하고 병든 남편과 모쿠타로는 평생을 저렇게 뒹굴며 살아야 할 테니, 들어와 살고 싶지 않았을 거여. 생각하면 운이 나쁜 여자였어. 다시 돌아올 리 없겠지. 새로 시집간 데서 애를 셋이나 낳았다는데. 돌아오길 바라지도 않고 그래서도 안 되지. 저쪽 집에 도리가 아니지.

그래도 말이여 새댁, 역시 생각 안 하는 날이 없다우. 우리 내외 죽으면, 저 세 어린 것들은 어떻게 살 건지……

모쿠타로가 둘짼데, 제 몸도 제힘으로 다룰 수 없는 몸이 돼서. 변소도 혼자 못가. 평생 형하고 아우한테 신세를 지고 살아야 하겠지. 형이라고 해봤자 두 살 많은 열한 살짜리. 애비란 사람도, 저것도 분명 미나마타병인 게 틀림없어. 좀 다친 것이 화근이 돼서 다리도 허리도 팔도 제대로 움직이질 못하니. 아무리 봐도 미나마타병이 분명해. 청년 시절에는 다른 사람보다 두 배로 일을 하던 몸인데. 그랬던 것이 지금은 아무짝에도 쓸모없는 몸뚱이가 돼버렸어.

이제 와서 미나마타병이라고 말도 못하지. 나라에서 주는 생활보조금을 받고 있는데…… 여기다 또 미나마타병 환자가 있다고 하면, 돈에 눈이 멀었다고 할 게 뻔해.

지금은 어찌됐든 우리가 숨이 붙어있을 동안은 그나마 괜찮지. 힘이 남아 있을 동안에는 안아들고 변소에도 가고, 기저귀도 갈아주고, 밥도 먹여줄 수 있으니까. 새댁 보기에도 불쌍하지……

모쿠타로 이 녀석은 말은 못하지만 그래도 누구보다 속이 깊은 아이라우. 귀는 아직 괜찮아서 듣기는 잘해.

무슨 말이든 다 알아들어. 알아는 듣는데 제 입으로 말하는 것이 안 돼.

생활보조금을 받는다고 하지만, 그래도 부족한 것은 역시 바다에 나가 충당해야 해. 나도 이것들 애비도 반 푼어치밖에 안 되는 위인들끼리 배 띄울 채비하고, 간신히 달래놓고 나가지. 모쿠타로한테 집 보라고. 그럼 시간이 지날수록 흠뻑 오줌을 싸놓는데, 그 지린내가 말도 아니어. 근데 무엇보다 저것이 불쌍치! 저도 그걸 다 느끼고 알거든. 똥오줌 기저귀 가는 것이 모쿠타로한테는 제일 힘든 일일거구만. 그것이 제일 괴로울 거여. 배고픈 것은 참을 수 있지만 똥오줌 참는 데는 한도가 있지, 어느 순간이 지나면 못 참는 법이라. 나도 할멈도 애비도, 반 푼어치도 못 되는 위인들끼리 비틀비틀 바다로 나가버리니까.

모쿠타로가 기다리니까 빨리 가야지 싶어도, 육지에 오르기까지 또 시간이 상당히 걸리거든.

쌌는지 아닌지 얼굴만 봐도 알 수 있어. 괴로운 표정이 역력하거든, 그 불쌍한 것이. 미안하니까. 가족인 우리한테도 미안하고 부끄러워서…… 겨울이 아니라도, 흠뻑 젖어있는 탓에 엉덩이가 다 파래져가지고. 이 할애비 할미 죽으면 누가 돌봐줄꼬? 아무리 친형제라도, 사람이 똥오줌 기저귀를 남의 손에 맡기는 것은 갓난애 때하고 죽을 때면 족한 것을. 형도 아우도 언젠가는 색시 얻어 가정을 꾸려야 할 텐데. 그럴 때 저것이 방해가 되지나 않을지. 그때까지 어떻게든 살아있고 싶지만, 우리는 어림없어. 내 눈 좀 봐, 허연 것이 끼어서 희끄무레하지? 너무 침침해져서 이젠 거의 안 보여. 이런 눈을 있는 힘껏 치켜뜨고 요전처럼 병원에서 버스가 나오면, 그렇게 병원에 업어서 데리고 가는 거여. 등에 업으면, 허리가 굽어서 쪼그라든 나보다 모쿠타로가 더, 마르기는 했어도 다리가 길어서 질질 끌린다니까. 하기야 벌써 햇수로 따지면 열 살이니, 그럴 만도 하지.

나도 앞으로 살 날이 그리 길지 않어. 오래 살 목숨은 아니지만, 내 목숨이 아까워서가 아니라 모쿠타로를 위해서 더 오래 살고 싶어. 아니 가능하다면, 벌 받을 소린 줄은 알지만, 우리 내외보다 먼저 모쿠타로를 데려가시면 감사하겄어. 수명이란 게 원래부터 타고나는 것이라지만, 이 아이 먼저 장사 지내고 한 구덩이에 우리가 나중에 들어가서 꼭 안아주고 싶네. 그렇게 할 수만 있다면, 그랬으면 좋겄어, 새댁.

모쿠타로야. 너는 말귀가 밝은 아이니 잘 들어라. 너한텐 어미가 없다.

너는 말이다, 구룡권현 신도 듣도 보도 못했다는 미나마타병이란다.

이런 병을 지고 태어난 너를 두고 도망간 어미는, 어미라고 생각지도 말아라. 이미 다른 사람이다, 다른 자식의 어미다.

모쿠타로야, 용서하렴. 용서해다오.

이 할애비 할미는 진작부터 한발을 관속에 들여놓고 있는 처진데, 아무래도 포기하고 저세상으로 떠날 자신이 없구나. 어떻게 해야 좋단 말이냐, 모쿠타로야.

어미 생각만큼은 해서는 안 되니라. 생각하면 너만 괴로울 뿐이다.

단념해라, 부디 잊어야 헌다 모쿠타로야.

어미 사진은 신전에 올려놓았다. 빌고 또 빌어라. 용서해라, 널 이런 몸으로 낳아놓았어도.

신전에 올린 이상 어미는 이제 신이다. 이 세상에는 이제 없는 사람이야. 보아라, 우리집 신전의 저 많은 신들을. 저리 즐비해 있는 우리 일족의 신들을. 저 신들을 우러러 비노라면, 요만큼도 무료하진 않을 게다.

너에게는 이 세상에도 있지만은, 저 세상에도 형이며 누나가 참 많단다. 이 집에 오기 전의 일이지만, 같은 어미 뱃속에서 태어난 핏덩이들. 태어나자마자 부처가 된 핏덩이들. 여기 있는 부처들이 너하고는 형제들이란다.

돌 신도 계신다.

저 돌은 할애비 그물에 걸려 바다에서 오신 신이란다. 사람하고 너무 닮아서 이 할애비가 바다에 합장하고, 나하고 너희들의 수호신이 되어주십사 집으로 모시고 와서 바로 술을 올렸으니, 이미 영혼이 깃들어 있을 거다. 그러니 저 돌도 신이라 생각하고 빌어라.

할애비가 죽거든 할애비라 생각하고 빌어라. 알겠지, 모쿠타로야? 네가 비록 그런 몸을 가지고 태어났어도 영혼만은 그 어떤 아이들보다 하늘과 땅만큼 더 깊을 게다. 울지 마라, 모쿠타로. 할애비가 울고 싶다.

모쿠타로야, 네가 단 한마디라도 할 수 있다면, 이 할애비 가슴도 조금이나마 개이련만. 못 하겠니, 단 한마디도?

이 무슨 업보란 말이오, 새댁.

나는 아마쿠사에서 집 떠나와, 부모가 가난해서 미나마타로, 하쿠켄 항구가 아직 생기지 않았을 때에 건너왔지.

미나마타에 카바이드 회사가 생겨 하쿠켄에도 부두나 항구가 생긴다고 했지. 우메도 항구만 가지고는 부족하다는 거야. 그래서 햐쿠켄 항구의 호안공사에 필요한 인부를 구한다는 이야기가 아마쿠사에도 들려왔었지. 그래서 그곳 인부로 고용돼 일하면서 돈 모아 배를 사고 장가도 들고, 조상들처럼 나도 어부가 되어 미나마타에서 살자 결심하고 건너왔지. 항구가 커지면 사람들도 늘어날 거고, 인가가 많아지면 어부도 살만해질 것이 분명하니까.

나는 셋째 아들이라 상속을 받을 수가 없었어. 미나마타는 부모님이 계시는 우라시마에서 보면 파도가 밀려오는 저쪽 기슭이니, 부모님이 계시는 섬이 건너다보이는 저기서 살자고 결심하고 열여섯 살 때 인부로 고용되어 미나마타로 건너왔지. 미나마타에는 회사도 있고 항구도 커진다니까. 멀리 미국이나 브라질로 나가는 사람도 있었지만, 한번 남의 나라로 나가면 그것으로 그만이지, 어디서 굶어 죽을지 모를 일이었거든. 성공해서 돌아온 사람도 있긴 있었지만, 그런 사람은 백 명에 한 명 정도 있을까 말까였어. 부모님이 계신 섬을 눈앞에 볼 수 있는 미나마타도 발전할지 모른다, 대단한 성공은 안 해도 좋다, 그만그만한 배 한 척에 그만그만한 집 한 채, 내 힘으로 벌어서 장가도 들고 자식도 낳고 자식들에게 낚시 가르쳐가며 남들만큼만 살면 더 바랄 게 없다 싶었지.

그런 생각으로 미나마타시 햐쿠켄 호안공사의 인부로 고용되어 왔어. 따지자면 보잘것없었지.

그때 미나마타의 햐쿠켄이란 곳이, 지금의 국도선 바로 밑은 바위투성인데다 길 아래까지 밀물이 들어왔어.

항구도 뭣도 아니었어, 그야말로 썰렁한 그저 그런 바닷가에 불과했지. 지금 회사의 배수구가 있는 그 부근에서 회사 쪽으로 미나마타역 주변까지 조수가 드나들던 갈대밭이었지.

지금의 배수구는 그 당시에는 작은 수문이었어. 햐쿠켄에 가정집이 네다섯 채나 있었을까?

그랬던 햐쿠켄의 바위투성이던 소나무 아래쪽에 호안공사 인부들이 쓸 오두막을 지었는데, 한쪽짜리 지붕에 허술하기 짝이 없는 판잣집이었지. 그런 판잣집도 우리 부모님 집보다 나아보이더군. 기둥도 판자도 대패질은 안 했지만 그래도 새집이었으니까.

좋았어, 언젠가는 돈을 모아 배를 만들고 아내를 얻어서 한쪽짜리 지붕의 허술한 판잣집이라도 좋다, 내 집을 지어서 언젠가는 고향에 돌아가 부모님을 기쁘게 해드려야지, 다짐했지. 햐쿠켄 항구가 완성되고, 역시 그때부터 미나마타 마을도 많이 커졌어.

새댁, 나는 대단한 성공은커녕 나이 칠순이 되어도 보시다시피 근근이 살면서 예까지 왔네. 평생을 살면서 자랑할 것 하나 이뤄놓진 못했지만, 아주 사소한 작은 거짓말이야 때로 방편으로 사용한 적은 있지만, 그래도 남의 것을 훔치거나 속이거나 강도질이나 살인 같은 나쁜 일은 절대 하지 말자고 조심하면서, 남한테 폐 끼치지 말자고 믿는 마음 하나로 성실하게 살아왔는데, 왜 죽을 날 머지않은 지금에 와서 이런 재난을 겪어야 한단 말이오?

나무아미타불만 외면 부처님이 반드시 극락정토로 이끌어주셔서 이승의 고생은 모두 잊게 해주신다지만, 새댁, 우리 부부는 나무아미타불은 외겠지만 이 세상에 우리 모쿠타로를 남겨두고 우리만 극락으로 갈 수는 없어. 나는 그게 괴로워.

이것들 아비도 미나마타병이 분명해. 한때는 저래 봬도 누구 못지않게 일 잘하는 청년이었어. 지금은 그때하고 비교하면 반도 안 돼. 아무 일도 못하는 몸뚱이가 돼버렸어. 아비 자식 둘 다 미나마타병이라니, 세상 좁다고들 하더니. 관공서에는 세대주로 세워놓고 건장한 어른으로 신고는 해놨지만, 나한테는 달랑 하나 있는 저 아들도 저러고 있는 걸 보면 속이 상해 죽겠어. 후처라도 얻어주고 싶지만 이렇게 돼버린 집안을 어떤 여자가 쳐다보기나 하겠나? 이런 집에 와줄 여자가 있을 리 없지.

장손이 지금 4학년이라. 내가 죽으면 이 집안 식구들은 도대체 어찌 될꼬?

새댁, 우리 모쿠타로가 바로 부처라.

이 녀석은 가족들 말을 한번도 거역해본 적이 없어. 말도 한 마디 못하고 밥도 제 손으로 못 먹고 변소도 혼자 못 가고. 그래도 눈은 보이고 귀는 남보다 갑절로 밝고 맘은 바닥을 알 수 없게 깊어. 한번쯤은 우리를 거역하고 싫다고 떼쓰고 짜증내고 해도 좋을 것을, 그냥 그저 식구들한테 걱정 안 끼치려고 조심하고, 부처님마냥 웃고만 있어, 저 어린 것이. 그런가 하면 세상에 둘도 없이 슬픈 눈을 초롱초롱 빛내면서, 우리한테는 보이지도 않는 곳을 혼자 하염없이 뚫어져라 쳐다보고 있거나 …… 이것이 저 맘이 어떤지 한마디도 못 해. 무슨 생각을 하는지…… 나는 참을 수가 없어.

이 녀석 모쿠타로야, 할애비가 오랜만에 소주를 마셨더니 좀 취했구나.

모쿠타로야!

이리로 기어오렴, 데굴데굴 굴러서 오렴.

이놈이 요즘 잘 듣지도 않는 손으로 쇠못하고 쇠망치를 꺼내들고 목공 흉내를 낸다니까, 글쎄. 우리가 바다에서 돌아와 보면, 연장통 있는 쪽으로 굴러가서 쇠못하고 쇠망치를 구부러진 손으로 꼭 쥐고 있는 거여. 몸은 드러누워 있고 목은 거북이 새끼마냥 쑥 내밀고는 쇠못을 치려고 하고 있는데…… 이런 곱자같이 생긴 팔로. 열 번 찍으면 그 중에 한번 못 머리에 맞을까? 손가락에 피멍이 들어도, 눈빛까지 진지해져서 목공일을 연습하고 있는 거여.

왔는가, 왔는가 내 새끼.

그래 이리로 오소, 여기 할애비 무릎까지 혼자 올라와 보소.

아이고, 손가락이고 팔꿈치고 다 긁혀서 피가 나왔네. 오늘은 너도 참 애 많이 썼구나. 어이 키요토! 거기 옥도정기 좀 남았을 것이다, 좀 가져와라.

우리집에는 다른 집보다 신도 많고 부처님도 많지만, 모쿠타로야, 네가 정말 제일 큰 부처니라. 이 할아빈 너한테 간절히 빌고 싶다. 너한테는 번뇌가 많으면 안 되니라.

새댁, 이 녀석을 한번 안아봐 주. 얼마나 가벼운지. 나무로 깎은 부처님 같다니까. 침 흘리는 부처님이지만. 아 하하, 이상하냐? 모쿠타로. 그래, 할애비가 취한 것 같구나. 자, 여기 새댁한테 가보련? 옳지, 한번 안겨봐라.

영혼이 깊은 아이

•

소년과 나의 마음은 충분히 통하고 있었다.

소년은 '곱자'처럼 깡마르고 시퍼렇게 멍든 팔꿈치를 가녀린 가슴 위에 모으고, 늘 곱아서 말려있는 두 손 중 왼쪽을 위로 올린 채 할아버지의 벌어진 무릎 사이에 있었다. 이야기가 끊긴 것도 아닌데 꾸벅 고개를 떨구며 졸고 있는 할아버지의 팔과 꼬고 앉은 무릎 사이에서, 소년은 자기 몸이 미끄러지지 않도록 등을 움찔움찔 구부렸다 폈다 하는 것 같았다. 아니, 그렇다기보다 소년은 그렇게 할아버지를 달래고 있는 것이리라.

모쿠타로 소년과 나는, 할아버지가 그러고 있는 동안에 눈과 눈만으로 한참 대화를 나누었다. 할아버지가 술기운에 조금 거칠게 '가보련? 새댁한테 한번 안겨보아라' 하며 소년의 몸을 건네려 했을 때, 소년과 나는 번쩍 눈빛이 마주쳤고 목불처럼 가벼운 소년의 몸은 이미 내 품 안으로 들어와 있었다. 그런 우리의 모습을 시종일관 빤히 바라보고 있던 가족들은, 그중에서도 소년의 어린 형과 동생은 입을 함박만큼 벌리고 웃어젖혔다. 세 형제의 아버지, 키요토 씨도 멍한 미소를 지으며 휘청 일어서더니 힘들게 허리를 펴고 하나밖에 없는 머리 위의 알전구 스위치를 켰다. 단란한 밤이 찾아온다.

할머니는 밥상 위에 부서진 두부를 잘라서 올렸다. 그리고 데친 낙지를 듬뿍 잘라서 내놓았다. 그리고 노랗게 물이 든 단무지를 올렸다. 두 손자는 무릎을 세우고 달그락달그락 접시를 제각기 자기 앞에 놓았다. 동생이 밥솥 뚜껑을 열어 밥상 밑에 놓인 고양이 밥그릇에 밥을 퍼주고, 거기다 인심 후하게 데친 낙지를 대여섯 조각 얹어주며 국물까지 넉넉히 부어주었다.

할머니는 그 모습을 보면서 쯧쯧쯧 혀를 차더니 고양이 머리를 콩 쥐어박고는 한 말씀 하셨다. 어이어이 미이야, 이게 네놈 밥이다, 이것만 받아먹으면 됐어! 사람 밥상까지 넘보면 못써!

그 순간 잠든 줄 알았던 할아버지가 번쩍 눈을 뜨고는 “인색하게 좀 굴지 마, 미이도 맘껏 먹게 해줘. 고양이란 원래 배불리 먹여주면 사람 밥상 넘보는 짓은 않는 짐승이라고” 하며 설교를 늘어놓았다.

할아버지가 모쿠타로 소년을 안아 흔들며 눈물바람을 하더라도, 에즈노 일가의 저녁시간은 할아버지라는 칠순이 넘은 집안의 기둥이 기분 좋게 세 홉들이 소주에 취함으로써 집안 분위기는 한결 편안해졌다. 건강한 두 형제는 소리죽여 웃거나 젓가락으로 장난질을 하다 문득 생각난 것처럼 급히 밥을 몰아넣기도 하고, 번갈아가며 모쿠타로 소년의 입으로 뼈 바른 생선이나 두부를 넣어주느라 바빴다. ‘미이’는 만족스런 얼굴로 앞다리를 핥고는 할머니 무릎으로 기어가다 늘어지게 하품을 하고 입을 다물었다.

할아버지가 지금처럼 체력과 기력으로 가장의 자리를 유지하는 한 앞으로 얼마간은 이 일가 나름대로의 일상이 지금처럼 계속될 것이다. 하지만 할아버지는 오늘 밤 갑자기 돌아가실지 모를 일이다.

새댁, 내가 좀 많이 취한 것 같지? 오랜만에 소주가 달더니만! 기분 참 좋~다. 나는 나라에서 생활보조금을 받지만, 그래도 아직 바다에 나가 일해 번 돈으로 사먹는다 이 말씀이야. 나는 으스대면서 소주를 마시지. 이것이 있어서 그나마 살맛이 나는 세상이야!

여보, 새댁.

미나마타병은 가난한 어부가 걸린다데. 그러니까 쌀밥도 제대로 못 먹고 영양실조에 걸린 사람들이 걸린다고들 하는데, 난 정말 부끄러워 고개를 못 들겠네.

하지만 한번 생각해 봐요, 나처럼 평생을 고기 낚는 배 한 척, 아내 한 사람, 나는 집사람 하나만을 내 여자라고 믿고 — 하늘처럼 생각하고 받들어왔지 — 그리고 아들 하나 얻었는데, 거기다 감사하게도 손자를 셋씩이나 얻었고, 집은 보다시피 누추하고 비가 새면 내일 당장 수리할 돈은 없지만, 언제라도 형편이 닿을 때마다 조금씩 수리하면서 이렇게 살아왔어. 불교에서 말하는 것처럼, 위만 안 보고 살면 더는 부족할 게 없지. 어부보다 좋은 직업도 없어.

우리 같은 일자무식인 사람한테는 세상에서 이것만큼 좋은 일도 없을 거여. 우리는 멀고 험한 바다에까지 나갈 마음은 없어. 우리집에 딸린 밭이나 정원 같은 바다가 저 앞에 있고, 물고기들이 언제 나가 봐도 있으니까.

나는 아마쿠사와 미나마타 사이를 오가기만 하고, 넓은 세상에 대해서는 하쿠켄의 호안공사 인부로 지원했을 때 다른 지역 사람들하고 사귄 게 고작이여. 도시생활은 얘기로만 들었는데, 도쿄에는 사람보다 차가 더 많아서 어디 다니지도 못한다더구먼. 집도 사람도 너무 많아져서 햇빛도 제대로 안 든다면서. 그래서 거기 사는 사람들은 다 가늘디가는 버섯같이 된다대.

도쿄 사람들은 그러니까 불쌍한 생활을 하고 있는 거라고. 말 들으니까 도쿄 어묵은 썩은 생선으로 만든다는데, 새댁 그거 알어? 익혀서 먹어도 식중독에 걸린다더라고.

그러고 보니 도쿄에 사는 사람들은 평생 싱싱한 생선 맛도 모르고 햇빛도 제대로 못 쬐고, 불쌍하게 살다 가겠네. 우리가 봐도 도쿄 사람들은 정말 불쌍해. 도미도 청어도 물들여서 팔고 있다잖어?

그에 비하면 우리 어부들은 천하에 부러울 게 없는 생활 아닌가?

가끔 일요일에 도시 사람들은 기차를 타고 해안에 가기도 하고 비싼 돈 줘가면서 여관에서 자고 배 빌려서 낚시도 가고 한다지. 아무리 비싸도 배 빌려서 낚시를 간다는 거야.

그야 바다가 좋긴 좋지.

바다 위에 있으면 세상이 다 내 거야!

그러다 고기 한 마리 낚기라도 하면, 자기가 꼭 왕이라도 된 것 같지. 돈 내고라도 나가고 싶어지겠지.

배에 타기만 하면, 꿈속에 빠져 있어도 물고기가 걸리니까. 다만 추운 겨울에는 그게 뜻대로 안 되지만 말여.

생선은 누가 뭐래도 배 위에서 먹는 게 최고지!

배에 작은 냄비 하나 싣고, 풍로 하나 싣고, 대접하고 접시 하나씩, 된장두 간장두 싣고 나가지. 그리고 무엇보다 소주 한 병 챙기는 것도 잊으면 안 돼!

옛날부터 도미는 임금님이 드시는 생선이라고 했지만, 우리 어부들은 평소에도 실컷 먹을 수 있거든. 그러고 보니 우리 어부들의 혀는 임금님 혀네!

아직 바다가 탁해지지 않은 장마 전 초여름에는, 물고기들이 미끼를 물어 시간 가는 줄도 모르고 있다 날이 밝는 일도 있지.

허허 참, 지난밤은 거룩하신 에비스 신께서 우리 배에 오신 게 분명해! 마누라, 알겠어? 에비스 신이 당신한테 복을 주신 게야, 수확이 좋은 걸! 아이고, 나도 피곤하다. 한참 들어왔나 본데. 그나저나 이쯤에서 바람만 잘 불어주면 돛을 올려 단숨에 돌아갈 텐데.

그런데 꼭 그런 날 아침이면 바다는 바람 한 점 없이 고요하거든.

시라누이해 해면에 기름이 흘러든 것처럼 죽은 듯 잔잔하고 실바람도 안 불어. 그럴 때는 돛을 올려서 한번에 냅다 배를 몰아 돌아오기란 불가능하거든. 그럴 때는 역시 소주 한잔하기 딱 좋단 말이여!

언제 바람이 불든 올리기 좋게 돛을 느슨하게 해놓고.

여보, 당신은 밥을 해, 나는 회를 뜰 테니. 그렇게 마누라는 쌀을 씻지, 바닷물로.

깨끗한 먼 바다 바닷물로 지은 밥이 얼마나 맛있는지, 새댁, 먹어 본 적 있나? 그게 얼마나 맛있는지 몰라. 밥이 희끄무레하게 물이 들고 바닷물 내음이 은근히 입안에 감돈단 말이지.

마누라는 밥 짓고 나는 생선회를 준비하고. 내 손으로 낚은 물고기 중에서 제일 마음에 든 놈으로 골라 비늘을 벗기고 뱃전의 물에 살살 흔들어 씻어. 도미가 됐든 농어가 됐든 살이 찐 놈 안 찐 놈, 모양이 잘 생긴 놈 못생긴 놈 다 있거든. 기름이 잘잘 흐르는지 삐쩍 말랐는지, 저마다 먹기 좋은 때가 있는 법이거든. 도미도 너무 살이 찐 것보다 보기에 일고여덟 치 정도가 우리 입에는 딱 맞지. 비늘을 벗기고 내장을 꺼낸 뒤에 도미도 칼도 뱃전의 물로 씻고 나면, 그 뒤로는 절대 씻으면 안 돼. 뼈에서 앞뒤로 발라낸 후에는 아무리 바닷물이라도 씻으면 맛이 달아나버리거든.

다 떴으면 도미회를 모양 좋게 고봉으로 담아놓고, 밥이 될 동안에 여보 한잔 하지! 먼저 집사람한테 술 한잔 권하고.

새댁, 그거 알아요? 물고기는 하늘이 주신 거라고. 하늘이 내려주신 것을 공짜로 우리가 필요한 만큼 잡아서 그날 하루를 사는 거여.

이보다 더한 영화를 어디서 누릴 수 있겠는가?

춥지도 않고, 아직 살이 익을 정도로 덥지도 않은 초여름 날 아침, 바다 위에서나 가능하지.

미나마타 쪽도 시마바라 쪽도 아직 안개에 싸여 있고, 그 안개를 무지개색으로 흩트리면서 태양이 떠오르지. 간밤에는 일이 참 고되더니 아! 기분 한번 상쾌해지네.

여보, 이렇게 보니 하늘이 참 넓기도 하네 그려.

하늘은 저 너머 중국하고 인도까지도 닿아 있다잖어. 이 배도 흘러가는 대로 놔두면 남태평양까지도 루손 섬까지도 흘러간다는데, 중국이 됐든 인도가 됐든 가버리면 좋겠다.

지금은 우리 배 위가 유일한 극락이지.

그렇게 서로 이런저런 얘기 주고받으며 바다와 하늘 사이에 떠있다 보면, 전날 밤 일하느라 지칠 대로 지친 몸이 축축 늘어지면서 졸음이 밀려오지.

그럴라 치면 어느덧 시원해진 바람이 불어오거든.

어이 여보, 정신 차려. 서풍이 불기 시작했어, 돛을 올려. 이 서풍이 불면 시라누이해에서는 뱃머리가 저절로 코이지섬 쪽으로 방향을 틀지. 팔베개를 하고 누워 콧구멍을 벌름거리면서 키를 까딱까딱하고 있노라면, 바다 위에 펼쳐진 바닷길로 우리를 안내해 주지. 그러다 보면 배는 어느새 우리 마을 바닷가로 돌아와 있거든.

할멈, 그때 젊었을 때는 참 좋았는데, 안 그래?

여보 새댁, 우리 부부는 누더기 같은 옷이지만 찢어진 것은 기워 입고, 하늘이 먹여주신 것을 먹고, 조상을 섬기고, 신들을 믿음으로 받들고, 다른 사람 원망하지 않고, 남이 하는 일을 진심으로 축하해 주면서 살아왔다오.

회사가 생겼을 때는 참 잘된 일이라고 내 일처럼 기뻐했어. 회사가 생기면 이곳도 도시가 될 게 분명하니까. 아마쿠사 주변에는 회사도 땅도 없어서, 옛날에는 중국이나 인도까지 돈 벌러 나갔다가 고향으로 돌아오지도 못하고 거기서 죽어야 했거든.

회사만 생기면, 우리 세대는 일자무식이라 회사에 들어갈 수는 없어도, 회사가 커지고 세상도 좋아지면 우리 자식 대에는 학교도 갈 수 있게 되고, 또 손자 대에는 회사 다니는 월급쟁이가 우리 손자 중에서 나오지 말란 법도 없잖은가 말이여. 우리는 밭도 논도 가진 게 없지만, 우리 자손들은 회사 밥 먹고 살지도 모른다, 그렇게 생각했었다고.

이 카바이드회사를 만든 노구치 쥰이라는 인물은 저 압록강을 막아서, 새댁 민요 중에 압록강 노래 아는가? 한번 불러볼까?

조선과 중국 경계의
저 압록강
흐르는 뗏목은
얼씨구 좋다 이영차

하하하, 내가 기분이 좋아져서 그만!

가만 새댁, 내가 어디까지 말했지?

압록강 — 그래 그 압록강이라는 강은 일본에서는 볼 수 없는 넓은 강이라더군. 그 압록강을 막아 자기 쪽으로 흐르는 방향을 바꿔서, 카바이드회사의 노구치라는 사람이 발전소를 만들었다는 거여. 그때의 육군대장을 찾아가서 압록강의 흐름을 바꾸려고 하는데 어떻겠느냐, 그렇게 해서 전기를 만들면 우리 회사는 클 수 있다. 회사가 커지면 나라를 위해서도 좋은 일 아니냐고 육군대장을 자기편으로 끌어들여서, 조선에다 일본 제일의 회사를 차렸다는 거지. 어쨌든 그런 사람이 미나마타에 회사를 차렸다니까, 나는 아마쿠사 사람들을 바다에서 만나면 진심으로 자부심을 가지고 회사 자랑을 늘어놓았지. 질릴 줄도 모르고 다른 사람들한테 회사 자랑을 하고 또 하고, 회사도 해가 거듭될수록 번창했지.

어쨌든 나는 미나마타의 회사가 갈대밭 한가운데에 들어섰던 작은 회사였을 때부터 다 알고 있어. 아마쿠사를 떠나와서 항구 호안 공사장에서 죽어라 일을 할 때였으니까. 여기 항구는 내가 만든 것이나 마찬가지여. 아들한테도 손자들한테도, 이 항구는 할애비가 젊었을 때 돌 짊어 나르면서 만든 것이라고 말해줘야지. 참 이상스런 맘이긴 하지만, 그래서 그런가 회사한테는 애착이 깊어.

밤낚시 하느라 흘러간 아마쿠사 근처 바다에서 바라다보면, 규슈의 섬들이 정말 새까맣고 무겁게 떠있어.

저기 저쪽이 아시키타의 하늘.

저기 저쪽이 미나마타의 하늘.

저기 저쪽부터 카고시마현 이즈미군의 하늘, 이렇게 우리는 반사된 하늘빛을 받으며 떠 있는 산들의 모양새만 봐도 어디가 어딘지

금방 알 수 있지. 그 어느 것보다 아름답고, 활활 타는 빛을 받아 빛나는 밤하늘 아래 펼쳐진 산들 틈에 있는 것이 미나마타, 그것이 신일본질소 미나마타공장이 피우는 불빛이지. 어떤 밤에는 방향이 다른 산비탈에서 부옇게 퍼지면서 빛날 때가 있는데, 그것은 분명 어딘가 먼 산이 불타고 있는 밤하늘이지 ……

우리는 미나마타의 밤하늘 색을 금세 알아봐. 그것을 길안내 삼아 항상 바다에서 돌아왔거든.

회사만 좀 더 일찍 생겼어도, 우리 마을 사람도 천리타국 인도까지 팔려가지 않아도 되었을 텐데. 그렇게 마지못해 술집 작부가 안 됐어도, 여자라도 일자리 하나쯤은 얻었을 텐데.

내가 사는 마을에서는, 특히 여자는 태어난 마을을 떠나야만 할 때가 있어. 내가 어렸을 때 뚜쟁이라는 사람이 마을을 돌아다녔지.

담판을 짓고 여자를 데리고 가는 거여. 뛰어나게 솜씨가 좋아 보이는 여식이 있는 집이나 좀 모자라다 싶은 여자가 있는 집에 눈독을 들여놨다가, 그 뚜쟁이가 담판을 지으러 가거든. 난 지금도 잊을 수가 없는 게 오스미라고 하는 얼굴색이 하얗고 동그스름하게 귀여운 여자가 있었는데, 그 오스미가 자기 집에 뚜쟁이가 와 있다면서 맨발로 우리 어머니한테 달려와서 막 우는 거여. 그 바람에 우리 어머니도 덩달아서 울고.

— 뚜쟁이가 와서 부모님이 그렇게 결정을 내렸다 하면 더는 수가 없다. 너는 다른 누구보다 마음이 강단진 아이 아니어? 아줌마 하는 말 잘 들어라.

너는 대체 얼마에 팔렸다니…… 불쌍도 하지.

얼마에 팔려 가는지 나는 모르겠다만, 한번 돈을 받고 팔려간 곳에서는 정신 바짝 차리고 기한을 채워야 한다. 그리고 그 기한만은 네 부모한테도 뚜쟁이한테도, 그리고 팔려간 곳 주인한테도 단단히 확인하고 기억해둬라. 그러다 기한이 다 되어 간다 싶으면, 다시 뚜쟁이 손에 잡히기 전에 네가 너 자신을 팔 데를 물색해야 해, 알았어?

뚜쟁이한테 팔리지 말고, 네 몸은 네가 팔아야 돼. 그러면 기한이 더 추가될 일도 없고, 가는 곳곳에서 그렇게 기한이 끝나기 전에 네 몸을 네가 팔고 또 팔다보면 빚도 줄 것이고 뚜쟁이가 먹을 돈은 부모님한테도 보내고, 네 나이 쉰쯤 될 때는 어쩌면 네 운이 좋아서 고향으로 돌아올지도 모르는 일 아니냐.

멍청히 있다가 뚜쟁이 손에 또 걸리면 여기저기 팔려 다니다가 어디 먼 곳까지 끌려가 돈도 못 벌고 몸만 망치고, 돈 못 버는 몸이 되면 결국 개한테 팔려가 개하고 붙어먹다 개하고 사람이 반반인 자식 낳는단다. 그러면 개도 아니고 사람도 아닌 자식을 동물원 원숭이마냥 구경거리로 삼아서 그 자식한테서까지 돈을 뜯어낸다더라.

오스미, 아줌마가 한 말은 네 마음속에만 꽉 간직하고 부모님한테도 뚜쟁이한테도 절대 말하면 안 된다, 알겠지?

오스미, 꼭 돌아와야 헌다! 아이고, 이 가엾은 것…… 네가 돌아올 때쯤에는 이 아줌마는 벌써 땅속에 묻혔을지 모르겠다만, 그래도 꼭 돌아와야 헌다, 알았지?

땅속에서라도 너 돌아올 날을 두 손 모으고 기다리마.

이렇게 말하고 우리 어머니가 오스미를 끌어안고 우는 것을, 나도 부뚜막에 서서 엿듣고 있었지. 할멈 앞에서 처음 하는 말인데, 나 그 오스미를, 말은 못했지만 좋아했거든. 이미 지난 애기니 할멈도 화내지 말어.

오스미가 돌아왔다는 이야기는 이 나이 되도록 아직 들어보지 못했어. 그런 일이 있고 난 뒤로 나는 아마쿠사에서 나와 하쿠켄의 호안공사 인부로 지원했던 거야.

과연 카바이드회사가 생겼어. 지금 같은 회사는 아니었지. 그때야 회사란 것이 정말 대단한 것이구나 생각했지만, 지금 회사에 비하면 간신히 이름값이나 할 정도였지. 지금 햐쿠켄의 배수구가 있는 부근에서 회사 정문 근처까지는 한 면이 갈대밭이었는데, 빙 둘러 회사 주변은 그런 풍경이었지. 그래서 회사로 들여가는 석탄이고 뭐고, 뭐가 들었는지 모르지만 그리로 드나드는 가마니는 배로, 그 갈대밭을 좌우로 밀어 헤치면서, 배라고는 하지만 나룻배 같은 거였어, 간만의 차를 이용해 노를 저으며 드나들었지.

회사는 번창했어. 항구도 생기고, 도로도 생기고, 합숙소도 생겼지.

길가의 논들 주위에는 색시집도 생겼는데, 그 여자들은 대개 아마쿠사에서 왔다고들 하더군. 오스미는 미나마타엔 오지 않았어. 하다못해 조금만 더 빨리 미나마타에 회사가 생겼더라면 미나마타에도 항구가 열리고 색시집도 생겼을 것이고, 오스미도 어디인지도 모를 중국까지 팔려가지 않고 적어도 가까운 미나마타에 있는 색시집으로 팔려왔더라면, 어쩌다 가끔 가게 앞을 기웃거릴 수도 있었을 텐데. 그러는 동안 나도 돈을 모을 수 있었을지 모르는데. 겐카이나다(규슈 북서부에 펼쳐진 해협으로, 현해탄을 가리킴-옮긴이) 너머 어딘지도 모를 곳으로 가버렸으니……

그렇게 순식간에 마을이 생기고 회사 앞으로 기차가 달리게 되었지.

커다란 학교도 생기고 손자들은 놀랍게도 글자를 읽을 수 있게 되었고. 일자무식인 우리한테야 어부만큼 좋은 일도 없다 싶지만, 글자라는 것을 깨우친 사람이야 굳이 어부가 좋다고 생각 안 할지도 몰라. 나한테 자식이 많다면 한 녀석 정도는 회사에 들어가서 월급쟁이 해보는 것도 좋겠구나 싶더군. 달랑 아들 하나다 보니 고등소학교까지만 보내고 어부 시켜야지 생각했고, 저도 서너 살 때부터 낚시질을 배운 터라 그런지 이 일을 좋아하고, 그래서 어부가 됐는데 미나마타병에 걸려서 저 꼴이 되고 말았으니……

손자 시대가 되면 이번에는 중학교까지도 보낼 수 있게 되니, 제 운만 좋으면 회사에 급사자리라도 어찌 얻게 될지 모르지. 어차피 나는 논도 밭도 없고 바다만이, 내 바다나 마찬가지니까, 이번처럼 미나마타병이니 뭐니 하는 문제가 터지면, 바다만 의지하고 살아가는 우리한테는 앞으로 살 일이 막막하고 애가 타지.

더는 피곤해서 안 되겠네.

새댁, 미안허이. 나 그만 잘라네.

갓난아기에게서 나는 축축한 냄새가 모쿠타로 소년과 나 사이에 피어올랐다. 소년이 차고 있는 기저귀는 가늘디가는 다리에는 너무 두꺼웠고, 항상 축축하게 젖어 있었다. 소년도 나도 뭔가를 참아내고 있었다. 이 소년과 나와의 관계는 무엇일까?

고주망태가 되어버린 할아버지가 냅다 던지듯 나에게 넘겨줬던 소년은, 한 30분 정도 내 무릎과 가슴 사이에 안겨 있었다. 아홉 살이라는 나이치고는 할아버지 말씀처럼 '나무로 깎은 부처님'처럼 가벼웠다. 무릎을 살짝만 건드려도 그 가벼움이라니! 번쩍 하고 다리가 통째로 들어 올려질 정도로 가벼웠다. 소년의 '곱자' 같은 두 팔은 내 옆구리로 힘없이 늘어져 있었는데, 그것이 꼼지락꼼지락, 치어가 낚싯봉을 물고 잡아당기는 듯한 힘으로 내 등을 끌어안으려 했다.

모쿠타로야, 이 세상에 네 어미는 없다. 어미 사진은 이미 신전에 모셨잖니. 저걸 보고 빌어라. 저 돌한테도 빌어라.

기도하면 신하고 한 사람이니 너하고 늘 함께할게다. 모쿠타로야, 이 할애비를 용서하렴.

오체가 온전치 못하게 태어난 너를 남겨두고, 할애비 혼자 극락으로 어찌 갈 수 있겠냐? 할애비는 살아 있는 지금도 저세상에 가서도 어찌 맘 편히 눈을 감겠냐?

모쿠타로야, 너는 귀도 영혼도 누구보다 훌륭하게 타고났건만, 어찌 네 속맘을 할애비한테 한마디도 말해줄 수 없단 말이냐?

새댁, 나는 요 녀석이 속 깊은 아이란 걸 알기에, 세상에 통하지 않을 무리도 불평도 이 어린 것한테 다 털어놓는데, 저렇게 성치 않은 몸으로 살면서 제 어미가 그리울 법도 하건만, 이놈은 할애비 할미 맘을 아는지 제 어미에 대해서는 눈곱만큼도 내색을 안 해.

하지만 모쿠타로야, 네가 어미한테 의지할 맘을 가지면 앞날은 더한 지옥이 되고 말게다.

피부도 살도 홑겹처럼 얇은 소년의 두골과 뺨이 내 턱 밑에 있었다. 우리는 눈과 눈으로 희미하게 웃었다.

그리고 나는 소년의 머리에 턱을 쓱쓱 몇 번 부비고는 소년을 안고 가서, 새우처럼 휜 자세로 푸푸 숨을 내쉬며 잠든 할아버지의 가슴과 무릎을 벌리고 소년을 내려놓았다.

모쿠타로 소년은 식사를, 자기 손으로 수저를 제대로 사용하지 못하기도 했지만, 소년의 몸 자체에서 차츰 식사라는 것을 거부하는 증상을 보이고 있었고, 사흘에 하루는 파랗게 질리고 땀을 줄줄 흘리며 질식 상태에 빠졌다. 먹는 날이라 해도, 소년은 음식을 기쁘게 받아먹기는 했지만, 같은 나이 또래 소년에 비하면 3분의 1도 제대로 먹지 못했다. 소년의 체중은 세 살짜리 어린애 같았다.

소년은 고치를 벗지 못하는 가엾은 누에처럼, 까칠까칠 지푸라기가 인 오래돼 낡은 다다미 위를 기어 다니며, 가는 뱃구레나 손발을 뒤틀며 파랗게 핏대가 선 목덜미를 꼿꼿이 쳐들고 한곳을 응시하고 있었다. 그의 눈동자는 샘가 그늘에서 빠끔히 엿보이는 개머루처럼 어느 쪽에서든 반짝 빛나고 있었다.

5 · 땅의 물고기

외지에서 온 사람들

•

밤사이 내걸려 달빛에 젖어 축축해진 걸그물, 걸그물 아래 헝클어져 있는 후릿그물. 바지랑대에 걸려서 중천에 동그랗게 원을 그리고 있는 나뭇가지로 만든 뜰채, 앞마당의 어구들, 그 마당을 휘돌아 바람이 빠져나가는 부두, 조수가 빠져나간 뒤 무겁게 버티고 앉은 어선들, 바위와 그런 바위에 들러붙어 있는 이끼류며 큰실말이, 해소면. 바위틈에 낀 나무토막과 그 나무토막에 걸쳐진 해조류, 젖은 머리카락처럼 바닷가에서 나부끼며 빛을 발하고 있는 해초, 이 모든 것에서 바다내음이 물씬 피어오르고 있다.

해안선을 따라 이어지는 아득한 곶은, 바닷속에서 태어났다. 곶에 무성하게 자라고 있는 소나무나 동백나무나, 그 아래 그늘을 드리우고 있는 남방산의 키 작은 교목류나 양치류는, 마치 바닷물을 먹고 자란 것처럼 보들보들한 가지들이 뒤엉켜있다. 그런 나무들에게 가장자리를 빼앗긴 해안선이 굽이돌며, 남쪽 규슈의 바다와 산들은 멀리 고요하게 서로 안고 안겨서 숨이 막힐 정도로 향기를 내뿜고 있다. 사람들의 잠이 깊어지고 별들이 반짝반짝 쏟아지는 이런 여름날 새벽에는 하늘의 영롱함이 되살아난다.

송알송알 무수한 물거품처럼, 바닷가 곤충과 조개들이 잠깨는 소리가 이중삼중으로 널리 울려 퍼진다. 그것은 바다가 멀리서 새로이 채워지는 소리이기도 하다. 상냥한 아침. 닭이 운다.

대안의 아마쿠사에 쨍 하고 아침 해가 비친다. 매미가 치~잇 치~잇 하며 몇 번 시험삼아 울어본다. 이윽고 콩 볶는 것처럼 온 산을 울리며 울어 젖힌다.

마을의 비탈길을 젊은 남자가 내려오고 있다.

커다란 소나무 밑에서 카바이드등 찌꺼기를 버리고 있던 수염이 덥수룩한 사람이 얼굴을 든다. 침침한 듯도 하고 부신 듯도 한 눈으로 젊은이의 발끝을 힐끗 본다. 허리부터 그 아래가 무겁고, 느릿느릿 다리가 몸 뒤에서 뒤늦게 따라오듯 걸으면 농부, 광대뼈도 콧등도 어딘지 모르게 날카롭고 허리가 휘었으면 어부다. 하기야, 이 근방의 어부라면 거의 다 아는 사람들이다. 양복을 입고 눈매가 뺀질뺀질 비열해보이면 회사 스파이, 젊고 큰 보폭으로 성큼성큼 걷는 사람은 대부분 신문기자다. 그런데 요즘 신문기자라는 사람들도 수상쩍기는 마찬가지다. 회사의 하청현장으로 미나마타병에 대해 물어보고 다닐 때는《요미우리》기자라고 하고, 마을에 들어와서는《니시니혼》기자라고 한다.

젊은 사람은 낡아빠진, 써도 그만 안 써도 그만일 것 같은 등산모를 머리에 얹어놓고 있었다.

— 뭐야, 아직 어린 청년이잖아.

스기하라 히코츠구는 이렇게 생각했다.

젊은이는 싱글싱글 웃으면서 스키하라 히코츠구에게 꾸벅 인사를 한다.

“안녕하십니까. 저, 선주 마츠모토 씨 집이 어뎁니까?”

다른 지방 사투리다. 웃으니까 눈매가 시원스럽다.

— 비린내 나는 어린애잖아? 그래도 방심은 금물이지.

스기하라 히코츠구는 꿈벅 눈 한번 깜박이고,

"마츠모토 선주님 집은 저쪽인데. 선주 집엔 무슨 일로?"

이렇게 물으며 젊은이의 잘 빠진 바지 속 정강이의 길이를 가늠해본다.

"저 학생입니다. 미나마타병에 대해 공부를 하러 왔습니다. 잘 부탁드립니다."

"아니……"

왠지 맥이 빠지는 느낌이다. 상대방이 잘 부탁한다며 꾸벅 인사를 해오면 당황스럽다.

둘은 나란히 걷는다.

"그럼 뭐야, 자네는 대학생인가?"

스기하라 히코츠구는 어디서 굴러온 말뼈다군지 모르는 젊은이한테 친근하게 말을 걸고 있는 자신을 발견한다. 더는 말을 이을 수가 없다. 입을 꼭 앙다물고 얼마를 그렇게 걷는다.

마을길이 평평해진다. 바다내음이 코를 찌른다. 길이라기보다 돌담으로, 그곳은 바닷가다. 돌담에 빼곡히 붙어있는 굴 껍데기에서 훽 파리 한 마리가 날아간다. 바닷물은 아직 길에까지 미치지 않았다. 어젯밤에 밀려왔던 조수의 흔적이 말라서 길 위에 지도를 그려놓았다. 그 위를 기어 다니는 갯강구들이 아지랑이처럼 연약한 다리들을 재촉해 돌담 틈으로 숨어들며 길을 열어준다. 아침 고기잡이를 마치려고 마무리작업을 하고 있던 아낙들과 남정네들, 바다에 들어가려고 알몸뚱이로 뛰어나온 아이들이 두 사람을 멀뚱멀뚱 쳐다보고 있다. 스기하라 히코츠구는 여느 때보다 큰 소리로,

"선주님, 집에 계신가?"

하고 일손을 멈춘 아낙들에게 묻는다.

카메라맨이나 연구자라는 사람들이 찾아오면 이런 식이다.

마을에는 실로 여러 종류의 외지사람들이 드나들고 있었다. 그것은 미나마타 시청의 위생과에서 실시하는 집집마다 우물이나 방바닥 밑, 뒷문이나 변소 등 대대적인 소독과, 하얀 상의를 입은 의사들 — 쿠마대학 의학부 — 의 일제조사를 필두로 시작되었다. 그로부터 벌써 몇 년이나 흘렀는가.

이미 떼어낼 수 없는 세월, 피와 살이 되어버린 세월을 사람들은 끊임없이 반추한다.

그것은 마치 콜레라 소동 같았다. 집집마다 부엌, 된장항아리, 이 지방 특유의 절임인 칸즈케단무지(늦가을에 담갔다 한중寒中 때부터 먹는 단무지-옮긴이), 멸치, 생선들이 조사 대상이었다. 집집마다 생활상이 빠짐없이 백일하에 드러나고 뒤엎어졌으며, 소독가운을 입은 시청직원이 뿌려대는 DDT를 수북하게 뒤집어써야 했다. 생죽음의 세월이 오늘 아침도 별것 아닌 것처럼 그렇게 밝아온다.

사람들은 처음엔 건조한 일상생활 속으로 문득 뛰어든 이 기이한 현실을 마중이라도 하듯 '희귀병'을 받아들이려 했다. 그것은 이로리 주변에 모여들기 좋아하는 마을사람에게는 그럴듯한 괴담이었다.

고양이들이 이상야릇한 춤을 추어대고 팔짝팔짝 뛰다 바다로 '투신'해서 죽는다는 이야기를, 사람들은 얼마동안 재미삼아 떠들기조차 했다. 배의 유령이나 갓파(물속에 산다는 어린애 모양을 한 상상의 동물-옮긴이)를 보았다는 사람들이 진실을 호소하면 할수록 듣기에는 허구처럼 들리고, 하지만 그 허구를 얼마나 박진감 넘치게 이야기하고 그것을 어찌 듣느냐에 따라 듣는 사람은 그 허구 속에 솔깃 참가함으로써 마을의 소문이란 것은 성립되는 법이다. 하물며 듣는 사람이 같은 경험을 공유하고 있다면 더더욱 이야기의 요점에 가까워질 수 있는 것이, 우리에게 익숙한 전통이다. 죽은 고양이나 죽어가고 있는 고양이들의 이야기는 그래서 박진감 넘치고 친밀한 화제였다.

— 우리집 고양이도 간질에 걸렸어.

— 그럼 가망 없네. 물구나무를 서던가?

— 그래, 맞아. 핑핑 돌고. 코끝으로 춤을 춘다니까.

— 혹시 쥐약이라도 먹은 거 아니어?

— 아니! 꼭 술 취한 것 같이 비틀비틀 걷고 이상한 춤을 추는 걸 보면 다른 병이 분명해.

말하는 사람은 몸짓 손짓을 섞어가며 고양이의 '물구나무서기 운동'을 보다 실감나게 설명하려 하고, 사람들은 그 모습에 웃음을 터트리고 만다.

희귀병이 서서히 사람들 틈으로 침범해오기 시작해도 사람들은 가능한 한 긍정적으로 받아들이려 하는 것 같았다.

— 츠키노우라 부근에 아주 이상한 하이칼라병이 유행한다네!

— 그 소리 나도 들었어. 손발이 떨리고 다 큰 어른이 돌부리도 없는 데서 걸핏하면 넘어지고 한다고?

— 묘진에 사는 진스케 부자도 나란히 자리에 누웠더라니까. "진스케, 아버지는 나이가 드셨으니 어쩔 수 없다지만, 자네는 아직 중풍 들 나이도 아닌데 어찌 그런가? 밤샘하고 왔다고 그런 건 아닐 거 아니어? 벌써부터 그 나이에 머리에 이상이 생길 리는 없을 테고.

서둘러 606호(살바르산의 다른 이름. 세계 최초의 매독치료제로, 개발번호를 따서 606호라고 함-옮긴이)라도 맞는 게 좋지 않겠어?" 하고 말했더니, 글쎄 그 사람 헤헤거리면서 침을 흘리는 거 있지. 그 강단지던 남자가 말이야, 세 살배기 어린애 같은 말투로, 이번 병은 참 이상하네, 그러잖어.

— 사실은 나도 손가락 끝이 좀 저려. 미끼가 자꾸 헛 끼워지고. 미끼도 그렇지만 물고기도 자꾸 놓치고 한다니까, 정말 걱정이여! 거 참 묘하네.

— 뭐? 그럼 자네도 필시 하이칼라병일세. 우리 동네에도 그놈의 병이 건너왔는지 모르겠네. 하이칼라병일까, 역시?

1956년 9월 제4회 정례 미나마타시 회의록

(6번 야마구치 요시히토 단상으로 올라옴)

* 6번 (야마구치 요시히토): 일본에는 전례가 없는 일로, 아직까지 병원체를 발견하지 못한 츠키노우라의 희귀병, 아시키타 뇌염은 현재 상당히 많은 환자가 발생하고 있으며, 이 병에 한번 걸리면 완쾌되지 못한다는 무서운 병이라고 하니, 현지 시민들의 공포는 상상하고도 남을 겁니다. 발생 당시 신문지상을 통해 우물물 속에서 농약의 일종이 적출되었다고 듣고 원인이 밝혀져서 다행이라고 안심했습니다만, 최근 저는 개인적인 용무로 츠키노우라에 갔을 때 친구 네다섯 명과 만난 자리에서 이 희귀병 이야기가 나왔는데, 필시 원인은 우물물에 있다는 결론을 얻었습니다. 최근 가뭄피해로 마실 물조차 부족하고, 두레박을 던져보면 우물물은 대개 18미터 이상 내려가야 있다고 합니다. 두레박으로 물을 떠올리면 바

닥에 있던 물이라 탁해져서, 몇 시간이고 가라앉힌 다음 끓여마시는 실정이었습니다.

이런 상태라 세탁할 물도 거의 없어서 고인 물로 빨래하고, 목욕물조차 없어서 목욕하러 하쿠켄까지 다녀온다고 합니다. 이건 희귀병과는 무관한 일이지만, 행여 츠키노우라나 데츠키 부락에 큰불이라도 날 경우에는 불길 가는 대로 속수무책 보고 있을 수밖에 없는 상태입니다. 이번 기회에 반드시 이 부락에 간이수도시설을 설치해서, 부디 시내와 같은 급수를 해주십사 하는 요청이 있었는데, 시당국의 견해를 말씀해주시길 바랍니다. 희귀병 예방대책과 간이수도 설치에 대해 질문을 드리는 바입니다.

* 위생과장 (타나카 미노루): 츠키노우라의 희귀병 때문에 여러분에게 걱정을 끼쳐드리고 있습니다만, 그에 대해서는 현재 쿠마대학 의학부와 현지에서 대책위원회를 만들었으며, 대학측에서는 주로 병리학적으로 이 병의 병원체 규명에 힘쓰고 있습니다. 현지 대책위원회에서는 이곳의 환경이라든가 혹은 발생 당시의 상황, 지속적인 발병의 경향 등 여러 가지를 연구하고 있어, 양자가 힘을 합쳐 이 병의 규명을 위해 정진하고 있습니다. 방금 말씀하신 우물물 말씀입니다만, 아직 물 때문이라고 단정을 내린 것은 아닙니다. 그리고 가령 물 때문이라고 한다면, 그 물을 사용하고 있는 분들 모두가 그런 증상을 보일 텐데, 이것은 물을 사용하고 있는 사람들 중 극히 일부에 지나지 않고, 꼭 규명되었다고는 할 수 없지만 현재로서는 딱 물 때문이라고, 방금도 말씀드렸다시피 단정할 수는 없습니다. 그래서 환경과 관련해서도 규명에 나섰는데, 이것이 해명되지 않으면 적절한, 이른바 종두로 천연두를 박멸시켰듯이 적

절한 대책은 세울 수 없습니다만, 어쨌거나 우리는 어떤 식으로든 손을 써야 하므로, 이 지역에서는 시외 또는 다른 교외보다 더 자주 소독합니다. 5월 1일로 기억합니다만, 그런 기이한 병이 발생했다는 이유로, 이것도 일반인 사이에서 상당히 큰 문제가 되었는데, 이전에도 약 열네다섯, 지금 생각하니 열네다섯 명이 그것이 아니었을까 생각되는 원인불명의 병에 걸렸던 사실을 나중에 알게 되었습니다만, 그것이 계기가 되어 그 후 두세 명 더 나왔는데 — 제게 있는 자료에 따르면 그 후에 발생한 것은 열세 명입니다만, 그렇게 상당히 많은 수가 발생했기 때문에, 지금에 와서 절대 소홀하게 대처해서는 안 된다는 생각에 이런 조치를 취해왔던 것입니다. 그 결과 현재로서는 이전과 같은 발생은 없습니다. 그러므로 이것은 꼭 물 때문이라고, 또는 그 밖의 바이러스나 세균 때문인지는 아직 알 수 없지만, 일단 그런 식으로 철저한 소독이라고 할까요, 그런 것은 현지 사람들에게 미치는 심리적 영향이라는 것도 있겠습니다만, 하지만 지금으로선 그것 때문만은 아닐지 모릅니다. 다만 발생이 중단되었다는 점에서 생각하면, 역시 이 병원체가 어떤 것에 있는가 하는 문제가 정확하게 규명되지 않으면 안 될 문제라고 생각합니다. 그래서 좀 전에 말씀드렸듯이, 오늘도 실은 쿠마대학에서 일곱 분의 대책위원이 오셔서 현지의 상황조사나 현재 쿠마대학에 입원하지 않은 세 명의 환자에 대해 정밀 조사를 하기로 했습니다. 그렇기는 하지만 역시 병원체라는 것은, 예의 심장마비 같은 병도 10년이 걸려도 해명되지 못했다는 점을 감안하면, 역시 급하게 해명될지 아니면 상당한 시일이 걸릴지 모르겠습니다만, 그렇게 모두 힘을 합쳐 열심히 노력하고 있으니, 아니면 이것의 치료라는 국면만이라도, 실은 저희에게 —전염병원에 수용되었던 환자 중에, 역시 여러분의 부지런한 치료라고 할까요, 그 덕분에 상당히 호전되어서 돌아온 분들도 계십니다. 그것을 현재의 환자가 반드시 —모두가 사망한다고 좀 전에 말씀하셨지만, 열세 명의 환자 중에 현재 사망한 사람은 세 명입니다. 어쩌면 그들 중에서 앞으로 중태에 빠지는 일도 입원해 있는 사람 중에서 나올지도 모르지만, 역시 어느 정도 진행하다 정지하거나 혹은 조금씩 호전되는 경우도 볼 수 있습니다. 그러므로 모두가 죽는다고는 볼 수 없습니다. 그래서 앞서도 말씀드렸다시피 정확한 대책이 세워진 것은 아니지만, 역시 저희는 대학과 지역과 힘을 합쳐서 가능한 한 이것이 발생하지 않도록 조치를 취하고 있습니다.

그리고 우물에 대해서는 말입니다, 그 지역 상수도, 간이수도는 — 간이수도에 대해서는 잘 아시다시피 그곳은 정말 물이 부족한 곳입니다. 그래서 전부터 건설과와 여러 가지 의견을 나누고 있었습니다. 어떻게든 조치를 취해야 한다고 생각은 하고 있습니다. 그런데 그곳에는 수원(水源)이 없습니다. 그래서 이것을 냉수라고 합니까, 그곳의 물을 만일 끌어들인다고 해도, 이것은 전부터 — 아직 구체적으로 이렇다할 것은 없이 내부적으로 오가는 이야깁니다만, 그렇다면 약 1,200만 엔의 경비를 필요로 하지 않을까, 그렇게 보고 있습니다. 미나마타 항구가 장래에 더 발전하고 부근에 주택들이 더 생겨서, 혹시 현재 상수도의 물로는 부족해질 경우도 고려해볼 수 있으므로, 그럴 때는 또 사정이 다릅니다만, 지금으로선 1,200만 엔이라고 하면 — 역시 이것은 어림잡아 1,200만이란 말씀입니다 — 그 정도 방대한 예산에 비해 수익자가 너무 적은 상황이기 때문에 좀더 검토할 필요가 있는 문제라고 생각합니다만, 어쨌든 이 문제도 무관심했던 것은 아니니 양해해 주시기 바랍니다.

* 6번 (야마구치 요시히토): 알겠습니다.

사실은 어느 것 하나 납득할 수 없었지만, 희귀병은 보다 확실하게 츠키노우라, 데츠키, 묘진, 유도, 모도로 바닷가에 접해 있는 부락에 그 정체를 드러내고 있었다. 희귀병의 정체가 공식적으로 표명되지 않은 동안에, 연쇄적이고 파생적인 사건이 사람들의 생활과 마음을 조금씩 찢어놓고 있었다.

신문기자나 잡지사 기자들이 찾아들었다. 그들은 정말 많은 것들을 묻는다. 그들은 메모지와 펜을 먼저 꺼내든다.

— 저, 생활수준은?

— 네?

— 그러니까 말입니다, 밭은 몇 평이고 배는 몇 톤짜립니까?

이따위 무신경한 질문에도 사람들은 타고난 웃는 얼굴로 대답한다. 그 대답은 외래인 전용이다. 마음속으로는 더없이 실망하면서.

— 먹는 것은, 주식으로 무엇을 드시고 계십니까? 쌀 반, 보리 반, 감자, 감자가 주식이군요. 아아, 영감님은 밥은 별로 안 드세요? 생선을요, 생선을 드시면 밥은 필요 없어요? 대체 얼마나 드시는데요? 회를 큰 대접으로 가득이요! 허, 그럼 영양은?

기자들이나 자칭 사회학교수들은 깜짝 놀란다. '세상에, 어디 이런 미개한 어촌집단이 다 있어!' 그리고 기사에 '가난의 밑바닥에서 주식 대신에 중독된 생선을 탐식하는 어민들'이라고 표현하고는 한다. 자선가들은 한술 더 뜬다.

— 훨씬 비참한 생활이라고 해서 왔는데, 초가집이 한 채도 없다니 정말 유감이네요. 듣자니 어민기질이라고 해서 돈 있으면 다 써버려야 직성이 풀린다더니, 회사에서 받은 '위로금'을 집 고치는 데다 써버린 게 분명하네요. 미나마타병의 참상을 호소하려고 해도, 돈 쓰는 방법이 서투르니 어필하기 어렵겠네. —

하고 생각하기도 한다.

'문명'에 갇혀 사는 도시민들은 천지자연 속에서의 원리적인 생활법이나 그런 생활자들의 심정을 이해하지 못한다. 저울로 저울질하는 영양학이나 왜소한 사회학밖에 모른다.

그들은 사람들을 선동하기도 한다.

— 조직을 만들지 않으면 안 돼요. 뿔뿔이 흩어져서 혼자 생각만 해서는 안 됩니다. 조직을 만들어서 공장과 담판을 지어야 해요. 신일본질소나 시내 노동조합은 대체 뭘 하고 있는 겁니까?

그리고는 목소리를 죽여 말한다.

— 공산당은 있나요? 왜 안 오죠, 예? 뭐 하고 있는 거야, 그 사람들.

초기에 외지에서 온 젊은 기자들의 조언은 그래도 고마웠다.

환자가정에서는 한 집 당 50엔씩 거둬서 '조직'을 만들었다. 사정이 어려워짐에 따라 50엔이던 회비는 20엔이 되었다. 아버지가 희귀병에 걸린 가정에서는 그의 아내가 가족대표로 집회에 나왔다. 미나마타병 환자모임이 성립된 날짜를 초대 회장인 와타나베 에이조 씨는 정확하게 기억하지 못한다. 계속 발생하는 환자와 사망자와 회원들의 절박해진 생활을 모조리 떠맡고 있었으므로. 조직이란 것은 이미 어디선가 누군가가 만들어놓고 있으면, 언제라도 마음 내킬 때 쏙 끼어들면 좋은 것이다. '군대', 마을의 '청년회', '어업조합' 그리고 농업의 '소규모조합', 여자 혼자된 집은 '지역연합부인회' 등이 사람들을 모집하고 있는 조직의 모든 것이었다.

— 미나마타병 환자모임은 총평이나 뭔가 하듯이 위에서 누군가가 만들어준 것이 아니라, 처음부터 우리들만의 지혜와 힘으로 만들지 않으면 안 되었습니다. 젊은 기자들이 만들라고 자꾸 부추겼습니다. 그런 말을 듣고 보니 역시 그 누구의 힘도 빌리지 않고 우리들 힘으로 만들지 않으면 안 될 것 같았습니다. 원인을 모른다면서 시도 현도 회사도, 누구 하나 상대해주는 사람이 없었습니다. 1959년의 보상교섭 때는 그래서, 우리의 원수를 우리가 치러 간다는 각오로 덤볐습니다. 하지만 여론이 가세해주지 않았습니다. 원수를 치기는커녕 저 지경에 몰리고 말았습니다. 하치노스시로 분쟁이나 미이케탄광 투쟁(1960년), 미일안보조약 반대운동 때문에 미나마타병 문제는 보기 좋게 뒷전으로 밀려나고 말았습니다. 월 20엔이라는 회비를 자금으로 시청, 신일본질소, 쿠마모토현청, 신일본질소의 도쿄본사 등에서 데모를 하기도 하고 농성도 해보고, 생각해보면 너무 절박한 상황이었습니다. 농성하러 갈 때도 돈이 필요합니다. 머리를 굴리지 않으면 안 됩니다. 미나마타의 길모퉁이에는 나설 수 없습니다. 시민들이 싫어하거든요. 다른 동네로 가자며, 다른 동네 길모퉁이에 서서 대중투쟁을 부탁했습니다. 한여름의 무더운 날에도, 살을 엘 듯한 바람이 부는 겨울날에도. 그럴 때가 사람이 관대해지고 자비로워지는 때입니다.

와타나베 초대 모임 회장은 원래는 어부가 아니었다. 짐수레를 끌고 각 마을의 행사 때면 아이들 상대로 뻥튀기나 도미구이를 팔고 다니던 상인이었다. 그는 아버지의 짐수레를 밀면서 마을 여기저기를 돌아다니며 자랐다. 그런 성장과정은 그를 붙임성 있고 깊이 있는 인생관을 갖게 해주었다. 젊은 시절의 유랑과 입지의 기념으로 지금도 그는 도미구이의 주형을 소중하게 간직하고 있다.

'여행'에 대해 손자들에게 들려주기 위해서. 여하튼 그는 미나마타 남쪽 끄트머리의 어촌에 집 한 채 지을 만한 땅과 3톤짜리 배를 마련하여, 잘만 하면 대가족의 장로로 늙어갈 수 있었다. 그의 재미난 마을순회의 옛이야기 속에는 불가사의하게 처녀의 이야기는 결코 나오지 않았다. 장지문 한 장 사이에 둔 옆방에, 이불을 뒤집어쓴 채 소리 하나 내지 않고 누워있는 뼈마디가 굽은 노파의 모습이 있다는 사실을, 그도 나도 시종 의식하고 있었다. 그의 손자는 세 명이나 미나마타병 환자였고, 필시 그의 늙은 아내도 그렇다. 3번 국도가 내려다보이는 집 입구에 있는 돌계단에, 그는 종종 허리에 손을 짚고 서 있었다. 버스 창문으로 얼굴을 내밀면, "어이!" 하며, 이 늙은이는 환하게 웃으며 한 손을 들어 보인다.

"할아버지 댁의 할머니도 미나마타병이 아닌가요?"

이렇게 묻기는 쉽다. 하지만 미나마타병은 문명과 인간 존재의 의미에 던지는 질문이다. 분명 그의 침묵은 존재의 근원에서 출발하고 있다. 그이는 존재를 움직이는 추 자체임에 틀림없다. 그러므로 나는 노인의 침묵을 있는 그대로 존중한다. 그가 이야기를 시작할 때까지는 ……

방황하는 깃발

•

1959년 9월, 안보조약개정저지 국민회의 제7차 미나마타시 공동투쟁회의.

주축은 분열되기 전 신일본질소공장 노동조합 3천. 신일본질소 노동조합 서기국 종업원조합. 미나마타시 교직원조합 3백. 미나마타 시청직원조합 5백, 전일본자유노동조합 250. 키미시마 택시종업원조합, 전국식량종업원조합, 후생시설종업원조합(신일본질소), 세츠노동조합(신일본질소 하청), 스이코샤 노동조합(신일본질소), 타니구치 노동조합(신일본질소 하청), 전통계(전국통계노동조합), 전체신(전국체신노동조합), 전전매, 자유노동조합, 선홍운수(신일본질소 하청), 국철, 제국산소, 고교조(고등학교교직원조합), 전전통(전국전기통신노동조합), 전임야(전국임야노동조합), 전일통(전일본운송산업노동조합), 혁신의원단, 공산당 아시키타 지구, 사회당 미나마타 지부, 써클협의회.

신일본질소공장에 인접해 있는 제2초등학교 교정.

대회는 사회자 인사, 결의문 채택, 중앙대회의 사회민주당과 공산당에 급전을 보내고 '즉각 데모'에 돌입하려고 했다.

— 제1대는 제2초등학교에서 신청과시장 앞으로.

— 제2대는 제2초등학교에서 서림업 모퉁이로.

— 제3대는 서림업 모퉁이에서 마루시마 거리로.

— 데모대는 외부와 마찰이 일어나지 않도록 충분히 주의할 것.

그때 데모대의 오른쪽 전방, 즉 신일본질소공장 옆쪽에서 빨강파랑의 장대 깃발을 휘날리며 3백 명 정도 되는 어민 데모대가 나타났다. 예기치 않게 두 데모대의 시선이 마주쳤다. 어민들 집단은 어설프고 애달픈 눈빛을 하고 있었고, 손에 쥐고 있는 것은 영진호니 행복호니 재장호니 하는 배이름을 물들인 풍어기였다. 왜 그때 어민들이 그런 식으로 출현하게 됐는지, 나는 지금도 알지 못한다.

하지만 그 순간, 안보 데모대의 지휘자는 의기충천한 목소리로 외쳤다.

— 여러분, 어민 데모대가 안보 데모에 합류합니다. 이것은 곧 끓어오르는 우리의 통일된 운동의 성과라 할 수 있습니다. 박수로써, 여러분 박수로써 환영합시다!

안보 데모대는 성대한 박수를 치고, 늘 그렇듯 옷차림 따위에는 개의치 않는 전일본자유노동조합의 아저씨 아줌마들을 선두로 옳소! 옳소!를 연발했다. 이때 안보 데모대의 규모는 약 4천여 명. 축제 때의 무악처럼 플래카드를 치켜들고, 인구 5만인 미나마타시 전체 규모의 노동자와 시민을 동원했다.

공장 정문 근처에서 분쟁을 벌이고 있던 어민 데모의 기사가, 이 무렵 지방신문에 작게 실리기 시작한다. 그렇지만 안보 데모대와 합류했다는 기사는 찾아볼 수 없다. 아마도 공장 정문 근처를 오가도 시종 무시만 당했던 어민집단이 기자들을 떨쳐내고, 해산하기 전의 씁쓸한 기분을 어쩌지 못한 채 우연히 안보 데모대 옆을 지나가다 붉은 깃발의 물결에 이끌려 접근하게 된 것이 틀림없다.

어민들은 안보 데모대의 박수에 수줍음과 당혹감을 감추지 못한 채, 그대로 무리에 묻혀서 미나마타 경찰서 앞을 지나고 미나마타강을 건너고 제1초등학교 앞의 해산식에 합류했다. 생각하면 그것은 어처구니없는 일이었다. 안보 데모대가 "여러분, 어민 데모대에 안보 데모대도 합류합시다!"라고 말한 적은 없다.

미나마타시 노동자와 시민이 고립의 끝에서 걸어 나온 어민들의 심정에 동참할 수 있는 간절한 순간이 찾아왔었건만…… '노농제휴' '농어민과의 제휴' '지역사회와 밀착한 운동'을 내세운, 자칭 전위대들의 일상 슬로건은 수없이 배포되어 길바닥에서 문자 그대로 휴지조각이 되어 굴러다니고 있었다. 그 안보 데모대의 틈바구니에 시민 참가자로 나도 섞여 있었다.

'늦었다, 아직 눈뜨지 못했다, 자연발생적 에너지는 지닐 수도 있다, 인민대중.' 이는 무슨 의미일까? 전부터 우리들은 언제든 조직에 끌어들일 수 있는 사람들을 상민(常民)이라거나 빈민이라고 아는 체하며 말했다. 생각하면 우리 모두에게 있는 사상의 방황이 아직 어민들의 심정 깊숙이에 꼭꼭 감춰져 있었다.

이렇게 극적인 순간은 아무 일도 없이 흘러갔다. 뜻밖에도 안보 데모대가 지방의 작은 마을에서 최고조에 달했는가 싶은 시기에, 이 나라의 전위당을 정점으로 한 상의하달식 민주집중제의 조직론이 아직 그 전모를 드러내지 않은 미나마타병의 비극도(悲劇圖) 위를 한가로이 기어가는 개미군단이 되어 지나가고 있었던 것이다. 빨간색과 청색의 깃발을 휘날리며. 종이를 갉아먹는 벌레들의 행렬처럼……

1959년 11월 6일

쿠마모토현 미나마타시 주변의 이른바 '미나마타병'에 관한 자료

중의원 농촌수산위원회 조사실

Ⅰ. 중의원의 현지조사

1. 조사일정

1959년 10월 31일 : 도쿄출발.

1959년 11월 1일 : 쿠마모토현청에서 지사, 미나마타시장, 현의회 대책위원회, 식품위생과 조사회 미나마타 식중독부회, 쿠마모토대학, 현어민연합 등 관계자와 간담.

1959년 11월 2일 : 시라누이해 수질오염방지대책위원회 대표자(현어민연합회장)로부터 청원을 듣다.

미나마타시립병원에서 시, 시의회, 어협등 관계자와 협의간담.

시립병원입원환자(29명)의 병상시찰.

유도에서 자택요양환자의 상황시찰.

미나마타항의 오염상황과 후쿠로만에 전쟁이 끝나고 유기투입물이 있었는지 이야기를 듣다.

츠나키 마을에서 청원을 듣다.

1959년 11월 3일 : 신일본질소비료 주식회사 미나마타공장 시찰과 협의간담.

1959년 11월 4일 : 도쿄도착.

2. 파견위원과 기타

(1)파견위원

사회노동위원회 위원 야나기야 사부로(자민당*이하 (자)) 이사 고시

마 토라오(사회민주당*이하(사)) 이사 츠츠미 츠루요(구 사회당)

농림수산위원회 이사 니와 효스케(자) 위원 마츠다 테츠조(자) 이사 아카지 토모조(사)

상공위원회 위원 키쿠라 카즈이치로(자) 이사 마츠히라 타다히사(사)

(2)당파견의원

후쿠나가 카즈오미(자) 사카타 미치타(자) 카와무라 츠구요시(사)

(3)정부측(同行)

후생성 환경위생부 식품위생과장 타카노 타케에츠

수산청 조사연구부 연구제1과장 소네 토오루

통상산업성 경공업국 비료제2과장 타카다 이치타

통상산업성 기업국 공업용수과장 보좌 사콘 토모사부로

경제기획청 조정국 수질보전과장 후카자와 나가에

Ⅱ. 조사보고

예. 농림수산위원회 (1959년 11월 12일 니와 효스케의 보고)

(전략)

먼저 미나마타병이라고 불리는 병인데, 쿠마모토현의 남쪽 카고시마현과 가까운 미나마타시를 중심으로 일정지역에 발생한 희귀병으로, 중추신경질환이 주된 증상인 뇌질환입니다. 손발 마비, 언어장애, 시청각장애, 보행장애, 운동실조와 침흘림 등 특이하면서 격렬한 증상을 보이고, 정신이상과 중풍을 병행하는 증상이 알려졌습니다.

저희는 미나마타시립병원에 입원해 있는 29명의 환자와 자택요양환자들을 시찰했는데, 저마다 오랜 기간 동안 언제 치유될지도 모르는 무기한 요양생활을 하고 있으며, 또 중증환자들 중에는 의식조차 없는 사람 혹은 발작적으로 격렬한 경련을 일으키는 사람 등 차마 눈뜨고 볼 수 없는 너무 비참한 증상을 보이는 병입니다.

게다가 이 병은 미나마타만 주변에 서식하는 어패류를 상당량 섭취함으로써 발병하고, 성별나이에 상관없이 특히 일반적으로 가난한 어민부락에서 많이 발생하고 있으며, 가족 친인척의 발생이 뚜렷한 실정입니다.

현재 이 병의 치료법으로는 비타민, 영양 보급 등 일단의 방법은 있다고 하지만, 한번 발병하게 되면 완전치유가 불가능하며, 다행히 죽음을 면한 사람이라도 비참한 후유증 때문에 폐인이나 마찬가지 상태가 되는, 참으로 우려되는 질병입니다.

이런 종류의 질병이 1953년 말에 최초 한 명의 환자를 본 이래 현재까지 총 76명으로 크게 늘었으며, 그중에서도 1956년에는 가장 많은 43명의 환자가 발생했습니다.

뿐만 아니라 종래의 미나마타시 지역에만 한정되어 있던 것이, 지난 9월에 이르러서는 같은 시의 북방으로 약 5킬로미터 떨어진 아시키타군 츠나키 마을에 아버지와 아들 두 명의 새로운 환자가 발생, 환자발생지역이 점차 확대되고 있습니다.

그런데 1956년 이래 이미 29명이 사망했으며, 사망률은 40%에 가까운 높은 비율을 보이고 있다는 겁니다.

미나마타병의 원인규명은 1956년부터 시작해, 당초에는 여과성 병원체에 의한 것이 아닐까 하는 의문이 있었고, 다음에는 중금속에 의한 중독을 유력시했는데 독성물질로는 망간, 셀렌, 탈륨이 유력시되었고 또 어패류에 의한 매개가 아닐까 추정하였습니다.

하지만 이들 물질은 어차피 단독으로는 미나마타병과 완전 일치하는 증상을 일으킬 수 없다는 것이 밝혀졌습니다.

그 뒤 정부에서도 원인규명을 위한 조사의뢰비 등을 지원하여 쿠마모토대학 의학부를 중심으로 연구를 추진, 이어서 올해에는 후생성 대신의 자문기관인 식품위생조사회에 미나마타 식중독부회를 설치해 조사하고 연구한 결과, 독성인자로써 새롭게 수은설이 유력시 되어 지난 7월 14일 중간보고 형식으로, 어패류를 오염시키는 독극물로 수은이 유력시된다는 취지의 발표를 했습니다.

그 근거는 각종 장애의 임상적 관찰이 유기수은중독과 너무 일치한다는 것과 병리학적 소견으로 신경세포 및 순환기장애가 유기수은중독에 의한 것이라는 것, 또 동물실험에서도 자주색 홍합(미나마타산)을 고양이에게 먹였을 경우 자연발생 고양이와 완전 똑같은 변화를 보였으며, 또한 에틸인산수은을 경구로 고양이에게 투여했을 때도 어패류를 먹였을 때와 증상이 같았으며, 또 환자와 병든 동물의 장기 속에서 수은이 검출되었다는 점입니다.

또한 미나마타만의 진흙에 함유된 다량의 수은이 어패류를 거치면서 유독화되는 메커니즘은, 아직 명백하지는 않지만 차후 규명해야 할 점으로 생각하고 있습니다.

식중독부회의 중간발표에 대해, 신일본질소비료 주식회사에서는 수은 연구에 막 착수한 상태라 실험에 근거한 데이터는 발표단계에 미치지 못하지만, 과학적 상식과 식중독부회의 데이터가 불완전하다는 점을 들어 다음과 같은 견해를 발표하고, 유기수은설은 납득할 수 없다고 주장하고 있습니다.

즉, 미나마타 공장은 1932년 이래 지금까지 27년간 초산 제조에 수은을 사용하고 또 1941년 이후에는 염화비닐의 제조에도 수은을 사용했는데, 이 과정에서 손실된 수은의 일부가 미나마타만으로 유입되고 있는 것은 사실이다. 뿐만 아니라 그 양은 과거에만 초산생산 19만 톤, 염화비닐 3만 톤 정도라는 점을 고려할 때 60톤, 최고 120톤 정도 된다고 합니다.

그런데 1954년이 되어 갑자기 미나마타병이 발생했다는 사실은 묵과할 수 없습니다. 또 미나마타병은 1953년 이전에는 전혀 없었는데 1954년부터 돌발했다는 것은 1953년과 54년을 경계로 미나마타만에 이변이 생겼다고 하는 것이 상식적이라는 겁니다.

또 유기수은인 메틸수은과 에틸수은은 유기용제에 녹기 쉽고, 에틸인산수은은 물에도 녹는다. 유기수은의 성질이 이런데도 쿠마대학의 이전 동물실험 결과에서는 어패류를 유기용제로 처리했을 경우, 추출된 부분에서는 발병하지 않았고 추출찌꺼기에서 발병했습니다. 이는 공장 측 실험결과와도 완전히 같은 것으로, 이 결과 독성은 알킬수은화합물이 아니라는 것을 반증하고 있습니다. 또한 신일본질소비료 주식회사는 자본금 27억 엔으로 미나마타공장을 주요 공장으로 하고, 이 공장에서는 연간 황산암모늄과 인산암모늄 등 약 30만 톤, 염화비닐과 초산 등 3만 톤, 그 밖에 12만 톤, 합계 45만 톤을 제조하고 현재 1시간에 약 3,600톤의 폐수를 미나마타만에 방류하고 있습니다.

하지만 회사의 자료에 따르면, 이 방류는 기기의 냉각용이 주류를 이루며 직접 제조공정에서 나오는 폐수는 1시간에 약 5백 톤 정도이고 그 수질은 문제가 되지 않는다고 합니다.

즉 지난 7월의 분석표를 보면 미나마타만 유입 폐수와 야와타

폐수는 각각 페하(pH) 6.3과 2.9이며, 수은 1리터 당 0.01과 0.08밀리그램, 과망간산칼륨 소비량 241 등으로 되어있습니다.

저희들은 공장의 폐수처리상황을 시찰했고 묘진곶, 코이지섬과 야나기사키에 둘러싸인 미나마타만과 아마쿠사, 나가섬, 시시섬 등의 섬들에 둘러싸인 시라누이해로 된 2중의 후쿠로만 현지상황도 시찰했습니다.

미나마타만에서는 과거 방류 때문에 생긴 퇴적물로 보이는 진흙이 3미터 이상이나 쌓여 악취를 풍기고 있었습니다.

또 종전 당시 해군 소유 폭탄을 버렸다고 전해지는 만(灣)에 대해서도, 현지에서 당시 책임자였던 전직 해군소위 카이 씨한테 당시 상황을 들어보았는데, 전부 미나마타역으로 반출하고 한 발도 바다에 투기하지 않았다는 것입니다. 이상과 같이 미나마타병은 미나마타시 주변에 서식하는 어패류를 섭취함으로써 발병한다는 이유로, 미나마타시 생선소매상조합은 이미 8월 1일 미나마타시 마루시마어 시장으로 들어오는 어패류 중 미나마타 근해에서 잡힌 것은 만 밖의 것이라도 절대 사지 않겠다는 불매결의를 하고, 그 후 어민은 전면적으로 조업을 중지해야 할 처지에 몰려 수입의 길이 완전히 차단되고 만 실정입니다.

또 근접한 어촌에서도 이것의 연쇄반응 때문에 막대한 악영향을 받아 나날의 식생활에도 많은 어려움을 겪고 있는 등 사회문제가 되고 있습니다.

이러한 사정으로, 지난 8월 30일에는 미나마타시장을 비롯한 아홉 명의 어업보상알선위원의 알선으로 회사에서 미나마타시 어업협동조합에 대해 미나마타병 관계를 제외한 공장폐수에 의한 어업피해보상 명목으로 매년 2백만 엔을 지불할 것을 약정함과 더불어, 1954년 이후의 추가보상금 2천만 엔 및 어업진흥자금 1천 5백만 엔, 합계 3천 5백만 엔을 지불한 상태입니다.

이처럼 여하튼 미나마타시 어협에 대해서는 보상조치가 취해지긴 했지만 히나구와 히메도를 잇는 선 이남의 두세 어협의 관계어민 4천여 명은 모두 조업이 불가능한 상태고, 다른 해역에 어장을 구하지 않으면 생활할 수 없는 상태에 처해 있습니다.

이 때문에 저희가 방문했던 11월 2일에도 쿠마모토현 어련(어업협동조합연합회)이 중심이 된 시라누이해 수질오염방지대책위원회의 관계어민 수천 여명이 집결했고, 그들의 절실한 청원을 들었던 것입니다.

그 후 이들 관계어민의 일부가 공장으로 난입해 들어가 사무실을 부수는 등 난폭한 행동을 한 것은 참으로 유감스럽게 생각합니다. (후략)

유리의 눈물

•

세월은 바위를 뚫고 가는 조수의 간만과 어찌 그리 닮았을까. 그것은 풍화나 침식 등을 일으킨다. 특히 이런 해변에 살고 있는 사람들에게는 더욱 그렇다.

스기하라 히코지의 작은딸 유리. 41호 미나마타병 환자.

가혹할 정도로 아름답게 태어난 소녀에 대해, 저널리즘은 한때 '우유 마시는 인형'이라 불렀다. 현대의학은 그녀의 완만한 죽음 또는 그 삶의 모습을 뭐라 딱히 규정짓지 못하고 '식물적인 삶'이라고도 했다.

검고 긴 속눈썹. 가늘고 긴 눈초리는 한낮의 광선을 받아 막연한 의구심을 향해 열려있고, 두개골 아래의 대뇌피질이나 소뇌과립세포의 '황폐'나 '탈락' 또는 '소실'을 견뎌내고 있다. 메틸수은화합물 알킬수은의 침식을.

— 유리냐?

어머니는 늘 확인하듯이 이렇게 묻는다.

— 밥은, 맛있더냐?

— 그래그래, 기저귀 갈아줄까? 열일곱 살 딸아이에게 묻는다. '희귀병'의 포로가 되어버린 여섯 살 때부터 시라하마 전염병원에서

도, 쿠마대학의 학습용 환자였을 때에도, 미나마타시립병원의 희귀병 병동에서도, 유노코 재활병원에서도, 어머니는 지금까지 계속 그래왔다. 큰딸은 '경증(輕症)'이라서 입원할 수 없으므로 집에 있어야 한다. 아버지는 전업 어부를 그만두고 실업대책 인부로 일하고 있다. 그래서 어머니는 매일같이 병원에 올 수 없다. 겨울이면 두 부부가 모두 손이 저리다. 입 언저리도 저리다. 어머니는 희미한 미소를 띤 채 말한다.

— 우리도 미나마타병이오. 젓가락을 수시로 떨어트려요. 이 근방 사는 사람은 누구라도 그랬지요, 그때는.

하지만 이 부부는 자기네 이름을 소리 내어 말하지 않는다. '이 근방 사는 사람'들과 마찬가지로.

까마귀 왜 우니

까마귀는 산에

귀여운 일곱 마리

아이들이 있어서 울지

딸은 그렇게 노래했다. 네 살 때.

까마귀 왜 우니, 라고 어머니는 가슴으로 노래한다.

"여보, 유리는 건강해질 수 있을까요?"

"……"

"설마 건강해질라고?"

"…… 글쎄, 어쩌려나."

"유리가 입원했을 때에 비하면 얼마간 살이 오른 것 같은데, 당신 그렇게 생각 안 해요?"

"응, 좀 살이 찐 것 같네."

"여보, 유리는 도마뱀 새끼 같은 손을 하고 있어. 죽어서 뼈만 남은 도마뱀 같어. 또 새 같기도 해. 눈 뜨고 고개를 축 늘어뜨린 것이."

"바보 같은 소리 좀 하지마!"

"나는 가끔 겁이 나요. 무서워. 꿈을 꾸는걸요, 자주. 널찍한 갯바위 윈데, 새끼 새가 하늘에서 떨어져 죽어있는 거예요. 가슴 위로 손발을 오므려 얹고, 입에서는 갈색 피가 흐르고. 그런데 그 새끼 새가 바로 우리 유린 거예요.

나는 쭈그리고 앉아서 유리한테 말을 걸어요. 무슨 인과로 이런 모습이 되고 말았을꼬? 태어날 때는 부디 손가락 발가락 하나라도 별 탈 없이 태어나 달라고, 얼굴은 보통이면 된다. 부디 손가락 세 개는 되지 말아라 ……

보통의 평범한 아기로 태어나게 해달라고, 엄마도 빌었단다. 아기 때는 평범한 아이로 태어났는데, 왜 이런 모습이 돼버린 걸까? 손가락도 발가락도 하나도 빠짐없이 열 개 다 가지고 태어났는데, 왜 이렇게 손이 갈수록 마르고 굽어진다니? 몹쓸 짓 한 사람처럼 굽어진다니?

부모 눈에는 왜, 얼굴만은 쪼그라들지도 굽지도 뒤틀리지도 않고, 오히려 아름다워진 것처럼 보일까, 이건 무슨 신의 조활까? 남보다 예쁘지도 않은 엄마한테서 태어난 것이, 이 눈동자는 신의 선물일까.

왜 눈을 뜬 채로 자니? 유리, 여기 보렴, 파리가 왔네! 파리가 날아와서 네 눈동자에 앉았네. 눈도 깜박일 수 없겠냐, 파리가 와 앉았는데도, 유리야.

유리야, 너 갓난아기 때는 하도 똘똘하고 건강해서, 옛날 사람들 말처럼 기는가 싶었더니 서고, 서는가 싶었더니 걷고, 걷는가 싶었더니 바닷가에 나가 놀았고, 세 살 때부터 바다에 들어갔고, 바다에 들어가면 그렇게나 좋아하고, 네다섯 된 여자애가 물에 뜨는 법을 금세 익혀서, 찰랑찰랑 늘어뜨린 머리카락을 하늘하늘 바닷물 위에 띄우고 손발을 움직이면 그대로 앞으로 나아갔지. 아직 혀도 잘 안 돌 때부터 그물 당길 때 가락은 어찌 배웠는지, 배에 태우면 엄마가 그물 당길 때 같이 몸을 흔들흔들 하면서 소리를 거들었지.

소꿉놀이를 할 즈음에는 벌써부터 조수 간만까지 알아서, 밀물이 밀려오기 전에 손바구니를 끼고 나가 소꿉놀이에 쓴다고 해초며 조개를 따왔는데, 그것만 갖고도 한 끼 국거리는 충분히 되었지.

한 손에는 조개 바구니, 한 손에는 동백꽃 다발을 들고. 유리야, 이제 꽃도 안 딸 거냐, 노래도 안 할 거냐?

학교 들어간다고 그렇게 좋아하면서, 아직 공책 하나 책 한 권 들어 있지 않은 빈 책가방을 메고 돌담길을 폴짝폴짝 뛰어다니면서 사방에 자랑하러 다녔었는데. 학교에도 못 들어가 보고 이 무서운 병에 걸리고 말았으니. 이 모양이 돼버렸으니, 새끼 도마뱀같이. 유리가 이런 모습을 하고 있는 걸 보면, 엄마가 전생에 죄 많은 사람이었는가 보다.

이 엄마가 몹쓸 사람이었는지도 모른다. 여자는 어디에 업을 짊어지고 사는지 모른다더니, 엄마의 업을 네가 짊어지고 태어났는지 모르겠다.

유리야, 너무 그렇게 아무 말도 안 하고 있으면 지렁이가 된다, 이번에는 지렁이가.

여보, 나는 바위 위에 쭈그리고 앉아서 새끼 새인 유리를 나무라는 꿈을 꿨어요. 저 가엾은 것을 꾸짖으면 안 되는데.

당신, 유리의 영혼이 이미 유리 몸에서 떠나버렸다고 생각해요?"

"신한테 물어야지, 그걸 왜 나한테 묻누?"

"신이 아니라 아비인 당신은 어떻게 생각해요? 몸뚱어리는 살아 있는데 영혼이 없어져서, 나무나 풀처럼 돼버리는 게 어떤 건지, 여보, 당신은 알아요?"

"……"

"나무에도 풀 한 포기에도 영혼은 있다고 나는 믿어요. 물고기에게도 지렁이에게도 영혼은 있다고 믿는데. 우리 유리한테는 그것이 없다니, 그게 말이 돼요?"

"하아~, 세상에 없던 병이라잖어."

"병하고는 달라요. 대여섯 살 한창 예쁠 나이에 저도 모르는 사이에 영혼을 빼앗겼는데. 갓파한테 엉덩이를 빼앗겼다는 얘기는 들었어도 그 중요한 영혼을 빼앗겼다는 말은 들어본 적도 없소."

"너무 그리 생각말어, 여보."

"영혼도 없는 인형이라고, 신문에도 나고 대학 선생들도 그렇게 말하면서 포기하는 것이 좋다고 하지만, 부모란 건 말에요, 포기할 수 없는 거잖어요? 행여라도 회사의 그 잘난 양반들 자식이 이렇게 되면, 그 아이 부모는 어떨까요? 멀건 죽을 먹여주면 개골개골 걸리면서도 목구멍으로 넘어가요. 유리는 먹을 것은 틀림없이 뱃속에 채운다고요. 똥도 오줌도 사람처럼 눠요. 손발이나 새끼 새처럼 삐쩍 말랐지, 얼굴은 갈수록 처녀티가 나고 있다고요. 당신한텐 그렇게 안 보여요?"

"그래그래."

"유리는 이미 빈껍데기라고, 영혼은 이미 남아 있지 않은 인간이라고, 신문기자가 그렇게 썼데요. 아마 대학 선생님 소견이겠지요.

그렇담 여보, 유리가 뱉어내고 있는 저 숨은 대체 뭐지요? …… 풀이 뱉어내는 숨인가?

나는 신기해서 킁킁 유리의 냄새를 맡아 봐요. 역시 유리 냄새가 나는걸. 유리의 땀 냄새, 숨 냄새가 나요. 몸을 깨끗하게 닦아주었을 때는 갓난아기 때와는 다른, 살갗에서 그윽한 좋은 냄새가 나요. 처녀 냄새가 분명해요. 그렇게 생각하면 안 될까요?

유리가 영혼이 없다니, 그럴 리 없어요. 그런 얘기는 들어본 적도 없네. 나무나 풀처럼 살아 있다면, 그 나무나 풀한테 있는 만큼의 영혼쯤은 유리한테도 있지 않을까요, 네? 여보."

"그만 좀 해, 여보."

"안 할게요, 안 할게요. 영혼이 없는 아이라면, 유리는 무엇하러 이 세상에 태어났을까요?"

"……"

"여보, 생각 좀 해 봐요. 풀보다 나무보다 유리의 영혼이 더 고통스럽다고요. 풀이나 나무하고 같다면, 왜 유리는 저런 소리로 울부짖는 거죠?

어떻게 태어난 아이든, 세상에 태어났다는 얼굴을 하고 태어나요. 하품 같은 것을 하면서요. 이 세상에 태어난 이상 잠들어 있는 동안에도 문득 슬퍼지거나 재미있어 웃거나 하잖아요 아기들은. 유리가 저렇게 울고 있다는 것은 필시 영혼이 울고 있는 게 틀림없어요."

"하지만 아무리 치료를 해도 저 애의 영혼은 원래대로 돌아오지 않어. 눈도 전혀 안 보이고, 귀도 전혀 안 들려. 대학병원에까지 가서, 훌륭한 의사선생 몇 십 명이 달려들어도 못 고치는 것을, 환장할 노릇이지만 포기하는 게 속이라도 편하지."

"포기했어요, 포기했다고요. 대학 선생이고 병원이고 다 포기했어요.

그래도 내 맘한테 물으면, 내 맘이 도저히 포기가 안 되는 걸…… 당신, 유리한테 영혼이 없다고 하면, 그렇다면 나는, 나는 대체 누구의 부몬가요? 인간의 부모가 맞을까요?"

"이상한 소리를 하고 그러네."

"유리는 유산된 아기도 아니고 부정한 아이도 아니오, 내가 낳은 사람새끼라고요. 살아있는 도중에 행방불명이 된 영혼은 대체 어디로 갔다고 생각해요, 당신은?"

"내가 알겠나, 신한테 물어보라고."

"신도 믿을 수가 없어요. 이 세상은 신이 만들어준 것이라고 하지만, 인간은 신이 만든 창조물이라고 하지만, 회사나 유기수은이란 것은 신이 만들었을 리가 없어요. 설마 신이 그런 것을 만들었을 리가 없죠."

"자네도 미나마타병 기운이 있다잖어, 머리가 피곤해서 그래, 눈 좀 붙이지? 잠 좀 자라고."

"자요, 잡시다. 나는 있죠 여보, 유리는 저렇게 잠만 자는데, 이미 죽은 사람처럼, 풀이나 나무처럼 숨만 쉬고 있는데, 이렇게 생각해요. 유리가 초목이라면 우리는 초목의 부모라고. 유리가 도마뱀 새끼라면 우리는 도마뱀 부모고, 새 새끼라면 새 부모고, 지렁이 새끼면 지렁이 부모라고."

"여보, 그만 해 제발."

"그만 둡시다, 그만 둬요. 누구 부모면 어때요. 새든 풀이든. 나는 유리 엄마일 수만 있다면 무엇의 부모라도 좋아요. 여보, 당신 방금 신한테 물으라고 했지요, 근데 신은 이 세상에 방해가 되는 인간을 만들기도 할까요? 유리는 혹시 이 세상에 방해가 되는 사람이 아닐까?"

"그런 바보 같은 소리가 어딨어? 제가 좋아서 미나마타병에 걸렸는가?"

"신에게 마음이 있다면, 저 사람들도 다 미나마타병에 걸리게 해 버리면 좋으련만."

"……"

"사람들은 말하죠.

— 유리야, 그래 역시 못 알아듣겠지? 저 아름다운 눈을 뜬 채 유리는 벌써 몇 년을 저렇게 잠만 자고 있는 거냐. 넌 걱정근심 없어 좋겠구나. 세상일은 아무것도 모르고. 잠든 공주처럼 어여쁜 딸, 이 어여쁜 얼굴을 좀 봐. 영혼이 깃들지 않아서 더 아름다운 것 같어. 여자는 얼굴로 돈 번다고 옛사람들이 말하더니, 정말 이 아이는 얼굴로 돈 벌지 뭐야.

항상 신문잡지에 실리니 스타지. 효녀야, 전국 각지에서 선물을 보내오고. 천 마리 종이학도 보내오고. 미인이니까, 유리는. 유리네 집은 진짜 좋은 곳간이 된 것 같다니까.—

이렇게 말하죠. 저 사람들도 다 미나마타병에나 걸려버렸음 좋겠어."

"남을 저주하는 그런 몹쓸 소리하면 구덩이 두 개란 말도 몰라?"

"그럼요 그럼요. 남을 저주하면 구덩이 두 개라고. 내 무덤하고 남의 무덤하고. 나는 네 개든 다섯 개든 다른 사람 뒤에 팔 거예요. 내 무덤도 유리 무덤도. 누구 무덤이라도 파줄 거라고요. 다 아는 병으로, 수명을 다하고 죽은 사람의 영혼은 부처님이 거둬주신다지만, 유기수은에 녹아 없어진 영혼은 누가 거둬주신답니까? 회사가 거둬주신답니까?"

"……"

"유리한테는 저 세상이나 이 세상이나 매한가지 암흑세상 아니오! 유리의 영혼은 갈 곳이 없는 거 아니오. 나는 죽어서 저 세상에 가더라도 우리 애긴 못 만날 거 아니오. 여보, 어디 있을까, 유리의 영혼은?"

"여보, 그만 좀 하소, 제발."

"그래요, 그만할게 그만해요. 근데 저건 무슨 눈물일까, 유리의 눈물은. 마음은 아무 생각도 않는다는데, 무슨 눈물이래요? 유리가 흘리는 눈물은, 여보 예?"

쿠마모토대학 미나마타병 의학연구반이 1956년 8월부터 시작해 1966년 3월까지 10년의 세월을 들여 정리한 『미나마타병 — 유기수은중독에 관한 연구』라는 책자에, 하루가 다르게 죽음에 가까워져 가는 소녀의 모습을 드문드문 다음과 같이 관찰기록하고 있다.

제3장 미나마타병의 임상

—생략

제2절 소아의 미나마타병 ……(우에노 토메오)

—생략

제2항 임상증상

예 2 : 스기하라 유리, 여아(No.4)

발병연령: 5년 7개월

발병: 1956년 6월 8일

어업, 언니도 발병, 본인도 그때까지는 건강

6월 8일: 유연(流涎)현상(침 흘림-옮긴이)이 현저

6월 15일: 팔, 손가락의 운동이 원활치 않음

6월 18일: 손가락 경련, 보행장애

6월 20일: 발음이 명료치 않음. 신일본질소공장 부속병원 입원

7월 3일: 보행이 전혀 불가능, 머리부분 경련 출현

7월 10일: 시력장애

7월 30일: 발음이 불가능

8월 30일: 입원, 강직성 마비, 불면광분상태, 흐느낌, 시력이 전혀 없고, 청력, 언어, 의식장애가 현저, 돌아눕기나 기립 및 보행이 불가능, 연하(嚥下, 침이나 음식물을 씹어 삼키는 운동-옮긴이)장애, 현저한 건반사 항진, 시뇨실금.

—생략

제4절 기타 임상증상

—생략

제2항 정신증상 ……(타테츠 세이쥰)

후천성과 선천성(태아성) 미나마타병에서는 정신증상보다 신경증상이 임상상의 점유비중이 훨씬 더 큰 경우가 많다. 하지만 장애의 심한 정도를 보면, 지능을 포함한 전체 정신기능과 운동기능이

심한 장애현상을 동시에 보이고 있다. 또 시간이 지날수록 신경증상이 가벼워지거나 소실되면서 대신 정신증상이 병상의 전면에 드러나는 경우가 많아졌다. 이런 환자의 사회복귀를 고려할 때, 문제는 정신증상에 있다.

미나마타병에서도 정신증상과 신경증상은 지극히 밀접한 관계가 있다. 가령 이 두 증상은 그 정도에서 나란히 나타나는 부분이 있고, 경과에서 상호간에 이행과 대체 현상이 보이며, 서로 일정한 증상끼리 특히 결부되기 쉬운 면이 있다. 또한 어디까지가 정신증상이고 어디까지가 신경증상인지 구별이 곤란한 현상도 많다. 아래는 미나마타병의 주된 정신증상에 대한 기술이다. 다만 경우에 따라서는 신경증상도 약간 언급하고 있으며, 또 뇌파소견도 추가했다. 이것은 정리된 전체적인 것으로써 환자의 병상과 경과를 서술할 필요가 있었고, 또한 정신증상과 신경증상과의 관계가 밀접하기 때문이다.

후천성 미나마타병

정신신경과 교실에서는 제1차 임상적 연구로써 1961년 5월부터 1962년 8월까지 미나마타병 환자의 정신증상을 이노우에 아사후미가, 신경증상을 타카기가 연구했다. 환자는 미나마타시립병원 입원 중인 15명, 재택환자 28명, 남자 26명, 여자 17명, 합계 43명이며, 연령은 7세부터 75세까지로 각 연령층에 분포, 발병 후 경과시일은 1년2개월에서 7년8개월로 그중에서 6년째 사람이 가장 많고 평균적으로는 4년 6개월이다(1961년 12월 31일 현재). 제2차 조사는 1964년 12월부터 1966년 2월까지에 걸쳐, 무라야마 팀이 실시했다(이 결과는 미발표). 환자는 입원 중인 환자가 13명, 재택 환자가 31명, 합계 44명으로 그중 40명은 제1차 때와 같고 4명은 제2차 때 새롭게 조사 대상에 추가되었다. 발병 후의 경과는 평균 7년 7개월이다(1964년 12월 현재).

후천성 미나마타병의 임상상태를 구성하는 주된 증상은 지능장애, 성격장애, 신경증상이다. 1965년의 44명에 대한 조사에 따르면 지능장애는 42명에게서, 다른 증상은 전체 환자에게서 나타났다.

개개의 정신증상에 대해

후천성 미나마타병에서는 전체 사례에서 정신장애가 보인다. 증상은 다음과 같이 대별할 수 있다.

(1) 지능장애

(2) 성격장애

(3) 전간성 발작

(4) 정신적 요인과 관계가 깊은 발작

(5) 소증상(巣症狀 focal symptom)

(1)지능장애

고도지능장애

이 경우의 환자는 자발적 움직임이 없고 자기 힘으로는 몸동작의 변화도 불가능하며, 간단한 언어나 동작의 이해도 표현도 할 수 없다. 간신히 '하 — 나, 하 — 나'라고 검사자의 말을 더듬더듬 따라하거나 그냥 '아 —, 아 —'라고 무의미한 소리를 낸다. 얼굴은 박약아의 모습, 표정은 운동이 없거나 다행증(多幸症 감정과 기분의 장애이며, 객관적인 상황에 어울리지 않는 공허하고 내용이 없는 상쾌한 기분상태-옮긴이)적으로 강박적인 웃음을 띤다. 개구반사, 지지반사, 부분적 저항증상 등의 원시반사와 자세의 변형(표1—생략)도 보이며, 실외투증후군(失外套症候群 천연성 의식장애라고도 한다. 대개 두부외상, 척추손상, 뇌척수 종양 등의 원인으로 나타나는 증상으로, 식물인간 상태를 말한다-옮긴이)과 닮은 상태다.

(2) 성격장애

정의(情意 감정과 의지표현-옮긴이)기능의 상실에 가까운 상태. 실외투증상군과 그와 비슷한 상태의 환자들에게서 볼 수 있는 정의장애다. 얼굴과 다른 신체부위에 나타내는 정신적인 표출이나 주위로부터의 자극에 대한 반응이 지극히 적고, 지능장애도 신경증상도 중증이다. 1966년의 조사에서는 세 명 중 두 명은 77세와 78세에 사망, 다른 한 사람은 1966년 2월 현재 16세다(표1 —생략). 이 사람에게서는 전간성 발작, 고도의 뇌파이상이 보인다.

(3) 전간성 발작

전간성 발작을 보이는 환자가 1961년 조사에서는 43명 중 3명, 즉 7퍼센트에 해당했다. 하지만 1966년 2월 현재는 한 명뿐이다. 그 한명은 고도의 운동감소증, 근육의 지속적 수축을 동반한 자세의 심각한 변형, 원시반사, 아주 심각한 정신기능장애의 예(표1 —생략). 발작은 '아 —' 하는 작은 신음소리로 시작해, 전신 특히 사지와 두정부가 뻗뻗하게 펴지는 강직성 경련을 보이고, 피동적으로 굽히는 것은 할 수 없게 되며, 안구는 위로 회전, 지속은 8~10

초, 발작의 횟수는 1961년에는 하루에 여러번, 1966년 2월 현재(16세)는 더 빈번하다. 발작이 없을 때 손가락으로 눈썹을 만져도 눈동자에 반응이 없고 꼬집거나 때리는 아픈 자극에도 무반응. 뇌파 소견으로써, 발작적으로 나타나는 불규칙 극서파군과 저(低)전위 서파군의 기초율동이 보인다.(서파 徐波: 알파보다 주파수가 느린 것-옮긴이)

6 · 통통마을

봄

•

조수 간만과 더불어 가을이 가고, 겨울이 가고, 봄이 온다.

그렇게 찾아온 봄 밤의 꿈에, 유채꽃 목에 붙들어 매도 좋을 작은 배여, 하는 노랫소리를 들은 것 같아 눈을 뜨면 생시의 잔잔한 아침 바다가 안개 속에 펼쳐져 있다.

그리고 '하루이치방'(겨울이 끝나고 봄이 시작될 무렵 처음 불어오는 강한 남서풍-옮긴이)이라 불리는 돌풍이 간밤을 흩어놓는다. 닻을 잡아끌기에 충분한 바람이다. 그런 바람이 불어오면 잔잔하던 아침의 유채꽃바다 위로 번갈아 동풍이 인다. 봄날의 고기잡이는 들쭉날쭉하다. 그러므로 봄은 축제나 결혼의 계절이다. 사람들은 바쁘다.

미나마타강 하구의 야와타 후나츠 부락, 마루시마 어시장, 후타고시마 우메도 항구, 묘진곶, 코이지섬, 마테가타, 츠키노우라, 유도, 모도. 해안가의 길을 따라 걷노라면 바다를 향해 앞마당이 펼쳐진 집 한쪽에 남자들이 수시로 작은 술자리를 펴고 앉아 있다. 이유야 뭐라도 좋다. 비를 피해, 바람을 비해, 땡볕을 피해, 배 바닥을 태운 뒤의 휴식, 그 밖에도 닥치는 대로 피로를 덜기 위한 술을 두세 잔 들이킬 수만 있다면 말이다. 지나는 이도 불러들여 한 잔 권한다.

— 우리집 앞을 그냥 지나치는 법이 어딨어? 인사치레라도 마시고 가라고.

남자들은 소주가 든 대접을 들이대고, 지나는 사람이 외지인이든 젊은이든 쓰게 소주잔을 들이켜면 씨익 웃음을 흘리며 지켜본다. 한 방울 남김없이 술잔을 비우면 금세 동무가 된다. 그런 집안 풍경 한 귀퉁이에 아녀자들이 있고, 그곳에 여자 손님이라도 들면 흑설탕이나 백설탕이 듬뿍 든 시럽 같은 엽차를 대접한다. 설탕은 집집마다 그리 흥청망청 쓸 정도로 여유롭지는 않다. 아이들이 설탕을 훔쳐 먹다 흘리거나 하는 것을 보기라도 하면 여자들은 동네방네 떠나가게 소리를 지르며 쫓아 나온다.

어부들은 시라누이해를 '우리집 마당'이라고 부른다. 그러므로 여기에 아마쿠사 석공마을에서 태어나 아마쿠사를 나와서 기술 좋은 석공이 되었지만, '마당' 한쪽에 집을 짓고 그 집 한쪽에서 낚싯줄 드리우고 아침 저녁 술안주를 낚는 것을 평생 염원으로 삼고, 그 염원이 이루어져 묘진곶 한갓진 곳에 앉아 낚싯줄을 드리우고 살다 초기 발병환자가 되어 죽은 남자가 있다한들, 그 '마당'에 유기수은이 있는 한 이상할 것은 없었다.

— 형이,

라며 그 사실을 마을의 한 청년이 들떠서 말해주었을 때, 나는 아직 미나마타병이라고 짐작조차도 하지 못했다.

— 묘진에 드디어 집을 지었대. 이제 아침저녁으로 낚시를 할 수 있게 되었다고 얼마나 좋아하는지! 끝도 없이 거대한 우물에 물고기를 키우고 있으니까, 누구든 데리고 오라고 하던데! 우리 가보자, 집도 보고 낚시도 하게.

막노동을 하고 있던 청년은 그렇게 말했다. '거대한 우물'이란 시라누이해를 두고 한 말이다. 가보자, 가보자, 소주 두세 병 사들고!

우리집에 모여 있던 청년들은 흥에 겨워 떠들었다. 그런데 모두가 아직 집을 보러 가기도 전에, 유달리 피부가 검게 그을려 보기 좋던 그 청년이 근심스런 얼굴로 말했다.

— 형이 이상한 병에 걸렸어. 중풍인지, 그럴 나이도 아닌데 침을 흘리고 근육이 떨리고. 병간호 하느라고 형수는 잠도 제대로 못 자.

그가 왔으니 형의 새집에 가보자고 들떠 있던 젊은이들은, 흠, 주인이 그렇다니 걱정이네, 저마다 문안인사를 건넸다. 묘진곶은 그 당시 우리에게는 상당히 먼 곳처럼 느껴졌다. 내가 살던 마을 이름은 '통통마을'이라고 한다. 그런 이름을 붙인 것은 마을의 수수께끼였지만, 격리병원과 화장터를 중심으로 생겨난 마을에 한 형제가 살고 있었는데, 형은 화장터 일꾼이고 아우는 짐승의 가죽을 벗겨 북을 만들었다. 그래서 통통이라는 단순 명쾌한 마을이름이 붙었다고 청년들은 어른들께 들은 이야기를 나누며 한가로이 '고추잠자리' 노래를 입을 맞춰 불렀다. 그러면서 자위대에 가지 않으면 안 되는 마을의 두세 장정이 우울해지지 않도록 마음으로 이별을 나누며 떠나보내고는 했다. 그것은 전국적인 규모로 벌어지고 있던 가성운동(歌聲運動, 사상집단이 대중을 유인하기 위한 수단으로 캠프나 집회에서 노래를 부르는 운동-옮긴이)이니 서클운동이 이런 시골마을에 파급되기 전이었기 때문에, 1954년의 여름이었다. 우리집 마루방에는 농업의 기수가 있었다. '회사의 월급쟁이'가 있었다. 목수가 있었다. 배 만드는 장인이 있었다 …… 그리고 머잖아 통통마을은 사라져갔다. 미나미(南)규슈 농어민의 공동체가 분해되어 가는 가운데.

그러던 어느 날 나는 사카가미 유키가 같은 병을 앓고 있는 소년(아니, 이젠 청년이다)의 신붓감을 찾고 있다는 이야기를 들었다.

아! 이제 또 봄이 왔구나. 좋은 봄이 틀림없으리라고, 나는 믿는다. 사카가미 유키가 그 몸으로……!

하지만 그녀라면 그런 일은 당연하게 해내고 남으리라. 틀림없이, 약삭빠르게, 꼼꼼하게 소년의 일을 돌볼 것이 분명하다. 같은 병을 십수 년이나 같은 병실에서 앓아왔기 때문에. 그런 것도 분명 '부모님의 가르침'이라고 그녀는 스스로를 타이르고 있을 것이 분명하다. 이 세상에 대한 보은이라고.

그런 그녀를 떠올리며 봄날의 미역을, 나는 미야모토 오시노 아주머니에게서 산다.

"어이, 새댁, 이거 맛난 미역이여, 안 살란가?"

"미역이요? 이 미역, 미나마타병 걸린 거 아니에요?"

"뎩! 무슨 그런 소리! 이 좋은 미역, 미나마타에서 딴 거 아니여! 아쿠네(阿久根, 카고시마현 소재-옮긴이) 너머 동지나해에서 온 미역이라고!"

"그래요? (거짓말! 회사 앞바다 코이지섬 근처에서 따왔으면서) 진짜 먼 데서 오셨네요? 그럼 사볼까?"

"싸기도 얼마나 싸다고! 한 묶음에 50엔. 두 묶음이면 80엔. 100엔이면 세 묶음 줄게. 아니면 반만 사고 두부 한 모 사도 돈이 남아."

오시노 아주머니는 이런 식으로 미역을 팔러 다니신다.

그녀의 남편 미야모토 토시조 씨는 1964년 2월에 죽었다. 강 이쪽의 통통마을에 그녀가 발길을 뚝 끊은 지 오래다. 우리 마을사람들에게도 토시조 씨의 미나마타병 발병은 충격이었다. 멸치장사의 정기연락선 같던 오시노 아주머니의 멜대가 휘도록 짊어진 모습은

이 근방 마을의 한 풍경으로 녹아있었다. 그녀의 말에는 품격이 느껴졌으며, 필요 없다고 하면 “필요 있게 하면 되지! 길지 않은 세상 좀더 참든지, 고양이한테라도 멕여!”라고 쏘아붙인다. 마을의 아낙들은 그녀와의 한차례 실랑이를 은근히 즐기고, 생색을 내면서 “그럼 어디 한 근만 줘 봐요.” 한다. 그녀는 “그럼 고양이 것은 내 덤으로 주지!” 하며 팔에 추를 달아 보이고는 크게 한 움큼 집어주는 것이었다.

“괜찮을지 몰라, 회사의 폐수가 아직 위험하다는데…… 쿠마대학에서 또 나왔대요, 수은이. 아줌마 이 고기, 냄새가 나요, 폐수 냄새가.”

하고 짐짓 나는 말한다.

“냄새가 나면 좀 어때? 사! 나만 운도 더럽게 없어서 과부라니, 살맛이 나야지. 자네도 고기 먹고 좀 저려보라고!”

그녀는, 농담이여! 내가 가지고 온 물건은 동지나해에서 온 거라니까, 안 살 거여? 라며 실실 웃는다. 정말 그럴까 싶으면서도 나는 미역을 사고 만다.

햐쿠켄 배수구가 있는 코이지섬 근처에 멸치나 미역이 이상번식해서 채취하는 사람이 많다는 소문은 우리 마을까지 금세 전해지게 마련이다. 미나마타병 미역이라도 봄의 미각. 그렇게 믿는 나는 그 미역으로 된장국을 끓인다. 신기한 일이 벌어진다. 된장이 응고되어 미역된장무침이 만들어진 것이다. 입에 넣으면 그 된장이 걸쭉하니 기분 나쁘게 잇몸에 들러붙어 떨어질 줄 모른다. 미역은 뽀득뽀득 마찰음을 낸다.

— 회사는 밤이 되면 냄새나는 기름 같은 것을 바다에 흘려보내.

밤낚시 나가서 물속에서 팔을 집어넣으면 그놈의 것이 살에 딱 들러붙는데, 끈적끈적한 것이 꼭 살갗이 벗겨지는 것 같다니까!

어민들이 희귀병 발생 당시에 주고받았던 말을, 나는 멍청히 입을 벌린 채 기억해 낸다.

— 수은미량정량법— 아연실험법, 발광스펙틀분석법 등등이 내 혀를 따끔하게 한다.

오시노 아주머니에게 조금은 의리를 지킨 셈인가?

질소의 비밀실험에 대해 토미타 하치로 씨에게서 편지와 자료가 도착했다.

〈고양이 실험 400호〉의 자료.

내 고향과 '회사'의 역사

•

나의 세월은 눈에 띄게 솔솔 '탈락'해가고 있었다. 야마나카 큐헤이 소년은 여전히 야구를 하고 있다.

소년의 실력은 몰라보게 좋아졌다! 이제는 야구 한 팀의 모든 선수 역할을 혼자서 다 감당해내고 있었다. 시바타 역할도, 오 사다하루(王貞治, 1959년에 자이언츠에 입단한 홈런왕-옮긴이) 역할도, 나가시마의 공을 칠 때 손동작까지 눈이 먼 소년은 어김없이 해낸다. 심판 역할까지도.

상대가 없는 일인야구에서 그것은 필요불가결한 것이며, 소년의 그와 같은 몰입상태의 세심한 몸동작은 특히 스포츠는 백치에 가까운 나에게 너무 난해해서 일일이 설명을 듣지 않으면 알 수 없었다. 큐헤이 소년은 열여덟 살이 되었고, 귀찮아하면서도 야구에 대한 초보적 지식을 반복해서 가르쳐주지만, 다음에 찾아갈 때면 나는 또 그것을 까맣게 잊어먹는다.

바닷물의 귀로에 떠밀려온 나무토막처럼, 내 일상 속으로 죽어가고 있는 사람들과 이미 죽어버린 사람들이 떠올랐다 잠겼다 한다. 다들 잠들어 있는 한밤중에 꼭 썩은 창자를 토해내는 것 같은 한숨 좀 쉬지 마라고 식구들은 말한다. 나 자신이 깊고 깊은 구덩이 속에 갇혀있음을 느낀다.

그러던 어느 여름, 나는 내 가르마 속에서 한 가닥 흰머리카락을 발견한다. 나는 생각한다. 역시 이것은 '탈락' 한 세월임에 틀림없어! 그리고 그 세월 속에 사람들의 끝없는 죽음이 정착하기 시작한 거야. 나는 그 흰머리카락을 뽑지 않는다. 새롭게 태어나고 있는 세월에 대한 내 마음이 그렇게 하도록 시킨다. 소중하게, 빗질도 않고 가르마를 타 한쪽으로 넘긴 앞머리에 가만히 얹어둔다. 죽은자들은 끝없는 죽음을 향해 점점 시들어간다. 그리고 나뭇잎과 함께 하늘하늘 떨어진다. 그것은 모두 나의 것이다.

내 안의 풍경, 내 안의 고향, 하지만 그것이 다는 아니다. 그것은 검붉은 빛깔의 아름다운 자동차들이 줄지어 다가오는 풍경 속에서 시작된다.

1931년, 쿠마모토 육군 대연습

대연습이라는 것을, 긴 칼을 찬 순사들이 갑자기 우리집에 들이닥치지 않았다면 몰랐을 것이다. 아직 네 살박에 안 됐을 때니까.

회사에, 신일본질소공장에 황송하게도 천황폐하가 납시므로, 할머니를 회사 앞바다의 코이지섬으로 데려가겠다고 했다. 불경죄에 속하므로 배에 태워 가겠다, 말을 안 들으면 포박을 해서라도 데려가겠다 ―.

여자 거지, 품에 항상 강아지를 불룩하게 넣어가지고 다니는 강아지 어멈도 오타시로 탁발승도 모조리 포박해서 배에 태워 끌고 갔다고 한다. 코이지섬에서는 헤엄쳐 도망치지 못하도록 파수꾼을 세워놓고 '자비를 베풀어 밥만은 배곯지 않게 먹여주마' 했다 한다.

정신이 온전치 않던 할머니가 제대로 알아들을 리도 없고, 하물며 가족인들 알아볼 리도 없지만은 "무슨 일 있으면 할복이라도 하겠습니다." 아버지는 그렇게 약속을 하고, 그날 우리집에서는 앞문에 못을 박고 숨소리조차 죽여야 했지만, 아무것도 모르는 할머니는 그날도 무심히 동백기름 찌꺼기를 끓여 하얗게 센 흐트러진 머리를 감아 빗살 가는 회양목 참빗으로 곱게 빗어 올리고, 여느 때처럼 낡은 소복을 가슴에 안고 몇 번이고 몇 번이고 접었다 폈다 하면서 가벼운 기침소리를 내고 있었다.

'회사' 앞 논들은 이날을 위해 서둘러 벼를 베고, 그 습답 위에 볏짚을 깔고 왕골을 깔았다. 가부좌 틀고 앉은 사람들 다리 사이에 끼어서, 네 살배기였던 나는 집을 뛰쳐나와 천황폐하를 알현하러 갔다. 축축한 논바닥에 무릎을 다 적셔가면서 폴짝폴짝 뛰어도 보고 요리조리 기웃거리고 있을 적에, 검붉은 빛깔의 자동차가 미나마타역 쪽에서 줄지어 오더니 회사 안으로 들어가는 것을 나는 보았다. 처음 내 안으로 들어온 '회사'는, 가부좌를 틀고 앉아있는 사람들 사이를 지나 동화 같은 검붉은 색깔의 자동차가 미끄러지듯 들어가는 그런 것이었다.

그런데 질소 미나마타공장의 시초는 앞서 말했듯이 오래되었다.

1912년, 가구 수 2천5백, 인구 1만2,천, 마을 예산 2만 얼마였던 미나마타 마을.

새롭게 들어온 그리스도교나 야구, 공창(公娼)폐지운동, 하와이 이민 등에 대해 마을 유지들은 분분한 의견들을 토로했다. 원래 미나마타는 산타로고개(쿠마모토현의 츠나기타로, 사시키타로, 아카마츠타로, 이 세 고개를 일컬어 산타로고개라 불렀다-옮긴이)와 사츠마번(지금의 카고시마현)사이에 있어 〈후진(後進) 쿠마모토〉에는 소속감이 없고, 앞 건너에 있는 나가사키와 중국대륙의 영향을 받아 성장하며 남만(南蠻)과 중국문명을 직수입하던 마을이라고, 반복적으로 식자들은 말해왔다. 소금 전매제도 시행으로 폐지의 쓰라린 운명에 처한 염전에 안녕을 고하기 시작하고, 북 사츠마의 오쿠치, 우시오의 카네야마에 동력용 석탄을 400대의 마차로 덜컹덜컹 운반하는 바퀴소리를 밤낮없이 들어야 했던 마을에서는, 오쿠치에 소기전기(曾木電氣)를 설립하고, 남는 전력을 가지고와 마을에 처음으로 전등을 켰다. 그리고 카바이드를 제조하자마자 독일로 건너가 프랑크카로의 공업적 공중질소고정법이네, 로마의 카자레법 암모니아합성기술이네 하는 것을 내세우며 들어온 일본질소비료주식회사 사장 노구치 쥰이라는 남자는, 이 마을 유지들의 깨인 정서에 꽤나 걸맞았던 것 같다. 창립 당시 회사이름을 생략하고 이 부근에서는 하나같이 질소공장을 '회사'라고 불렀다.

'회사 월급쟁이'란 그 직원들에게 붙여진 이름이었다. 이 이름은 단순명쾌하게 붙여진 듯하지만, 끝끝내 회사 월급쟁이도 되지 못하는 마을 하층민들의 심정을 반영한 것이라 해도 과언은 아니다.

'회사' 창립 당시, 직공들의 임금은 하루 25전이었다. 미나마타 소에이 씨의 일기를 보면 이 무렵의 물가지수는 이랬다.

1906년.

도미 1근 8전, 바다말뚝 4개 48전, 다다미 한 장 85전, 금장 회중시계 4엔 80전, 케이프가 달린 외투 10엔, 옥로(玉露, 달여 마시는 품질 좋은 차-옮긴이) 750g(우지에서 생산) 1엔 10전, 금장 국그릇 20개 세트 8엔, 거위 새끼 8마리 1엔 60전, 쌀 한 섬 6엔 30전, 남자임금 하루 일당 30전, 소주 한 병 70전, 군인민박(연습), 특무조장 7전, 일반병사 6전.

1908년.

쌀 한 섬 5엔 90전, 삼나무 묘목 한 그루 4리 5모, 현미경 72엔, 부속기기 7엔 40전, 겨울옷 한 벌 26엔, 중하(中蝦) 200마리 3엔, 목탄 한 섬 50전.

1909년.

쌀 한 섬 12엔 50전, 존슨 체온계 두 개 3엔 70전, 모기장(야마구치현 산) 13엔 80전.

1910년.

카스테라 한 덩어리 30전, 목공임금 65전.

1911년.

양산 한 개 6엔 20전, 소금 한 근 6전 5리.

1912년.

쌀 한 섬 8엔 50전, 노송나무 묘목 한 그루 4리 5모.

1914년.

황산암모니아 한 섬 6엔 70전.

1915년.

밤 한 섬 2엔 10전, 일년에 20엔을 빌려주고 3엔 84전(아마도 이자를 말한 듯-옮긴이), 인분뇨 거름 12짐(퍼가는 쪽이 지불) 2엔 4전, 소변 18짐 90전.

마부의 임금은 말과 함께 두 사람 몫으로(꼴값 포함해서) 80전. 노무자의 임금 역시 다름없었는데, 미장이, 석공, 목공, 인부의 임금과 신일본질소공장에서 일하는 사람의 임금은 서로 비슷했다. 그래서 마을사람들은 얼마 전까지만 해도 농민이나 막노동 인부 중에 지카타비(地下足袋 버선모양의 일본 노동자용 작업화-옮긴이)를 산 사람이 있다는 소문에 "발도 안 젖고 가시밭길을 걸어도 가시에 찔리지 않는다잖어!"라며 고개를 설레설레 흔들며 탄성을 지르곤 했다. 그러던 마을 사람들이 지금은 회사 월급쟁이들이 신고 가는 구두소리가 (초기에는 짚신에, 겨울에는 솜을 댄 옷을 입었지만) 상당히 언짢았던지,

— 저 소리 좀 들어보게, 회사 월급쟁이들이 오늘도 터벅터벅 구두소리 울리면서 가네. 회사 거지들 — 회사 안에서는 거지 같고 퇴근길에는 관리처럼 양복을 쫙 빼입은 사람들이라며 험담을 늘어놓고는 했다. 이처럼 미나마타 마을과 질소공장 간의 관계 이모저모를 이야기하려 들면 어딘지 모르게 웃음이 배어나는 민담을 듣는 것 같다. 그렇게 생각하다 보니 조선 함경남도 함흥군 운전면 호남리 마을이 떠올랐다.

여기 한 장의 사진이 있다. 일본질소비료사업대관(日本窒素肥料事業大觀)이라고 박힌 1937년에 창립 30주년 기념으로 간행한 두꺼운 사사(社史)다.

조선질소비료주식회사, 1927년 5월 2일 자본금 1천만 엔을 가지고 조선 함경남도 함흥군 운전면 호남리 1번지에 설립. 1926년 말에 촬영한 호남리의 망망하고 둥글게 모여 있는 어촌집단. 이곳에는 어떤 생활과 일상과 그리고 마을들이 존재했을까?

— 본사 또한 무궁한 국운에 힘입어 전례 없는 발전을 거듭하여 이렇게 30주년을 맞이했다 —

'무궁한 국운과 당사의 전례 없는 발전'의 기초가 되었던 호남리 마을 주민들은 어디로 간 것일까? 책장을 펼치자 박경식(朴慶植) 지음 『조선인 강제연행 기록』(1965년 일본에서 출간-옮긴이)과 함께 호남리의 해변이 끝도 없이 펼쳐졌다. 그 사진의 오른쪽 위에 있는 또

한 장의 사진과 설명.

— 아래는 흥남공장용지 매입 사진인데, 매입은 경찰관의 참관 하에 이뤄졌다 —

밑단이 긴 겨울용 한복을 입은 촌로들 틈에 서 있는 일본경찰관의 모습. 그 토지 매입에 왜 일본경찰관이 관여해야 했단 말인가?

— 당시 공장부지는 조선인 가옥 2, 30호에 해당할 정도의 벽촌으로 묵을 집 하나 없고 마실 물도 없는 불편한 토지였다. 도로 설치, 철도 건설부터 공사는 시작되었지만, 어느 것이든 고심이 이만저만이 아니었다. 또 인정과 풍속을 특히 중히 여기는 조선인의 토지 매입에서도 여간 복잡하고 성가신 문제들이 적지 않았다 —

'인정과 풍속을 특히 중히 여기는 조선인의 토지매입'에는 '여간 복잡하고 성가신 문제'가 있었으므로 '경찰관의 참관 하에 이뤄졌다'니 대체 무슨 말일까? 사사(일본질소비료사업대관)에는 이렇게 적혀있다.

> 당사 창립 이래의 30년 세월을 한마디로 말하자면 확장과 발전의 역사라 할 수 있다. …… 당사는 카고시마현의 한 산동네에 20만 엔의 자본금을 소유한 소기전기 주식회사로 창립되었다. 당시 청운의 뜻을 품은 청년지사 노구치 씨와 이치카와 씨는 그 위대한 이상을 몰아 전기공급사업에서 카바이드제조사업으로 진출하였고, 카바이드제조에서 석회질소를 창설하고 석회질소에서 황산암모늄을 만들어내, 해가 거듭할수록 증가하는 수요에 힘입어 당사의 기초가 완전하게 확립된 것이 석회질소시대다. 당시 당사의 자본금을 보면 1906년에 20만 엔에서 1916년에는 1천만 엔이 되었고, 세계대전의 영향으로 1920년에 2천 2백만 엔이 되어 자국의 일

류회사 대열에 진입해 당당히 1할 5부의 배당을 차지하게 된 것이 1925~6년의 일이다.

당사가 처음 채용했던 카자레식 합성법은 당사의 노베오카(미야자키현의 시-옮긴이) 공장에서 세계최초로 성공을 거뒀으며, 공중질소고정법에서도 혁명적인 성과를 거두었고, …… 한편으로는 조선 함경남도에 기존 능력의 5배나 되는 대공장을 일거에 건설하기로 하는 중차대한 결단은 멋지게 적중하여 사운의 전성기를 맞게 하였다. 당사의 지위는 세계적인 대기업으로까지 상승하여 …… 당사를 비료공업의 일각에서 전체 화학공업 분야에까지 확장시켰으며 …… 제2기에는 당사의 자본금이 1927년 11월에 4천 5백만 엔, 1931년에는 그 배가 되어 9천만 엔……

1935년 11월, 미쓰비시가 조선총독부 권한 하에 있던 장진강(함경남도 북서부를 북류하여 압록강으로 유입되는 강-옮긴이)의 수리권을 포기하자마자 노구치 쥰이 이를 차지해 장진강 수력발전 주식회사의 영업을 개시하고, 수리권을 내주었던 조선총독부 육군대장 우가키 카즈시게는 이를 축하하는 뜻에서 경성의 총독실에서 경성방송을 통해 축사를 낭독했다.

조선 함경남도 함흥군 운전면 호남리라는 바닷가 마을이 소실된 것은 분명한 사실이다. 무수한 호남리 마을이 조선에서 사라지고, 그곳에 살았던 주민들의 민족적 저주가 죽음으로 바뀌고, 차마 죽지 못해 살아가고 있는 경우를 나는 수없이 많이 알고 있다. 이 나라의 탄광이나 강제수용소, 히로시마나 나가사키 등에서. 이 열도의 뼛속 깊이 서린 고통 속에…… 그런 고통은 또 앞으로 찾아올 나의 세월

속에 있다.

내 고향 바닷가에서, 나는 그저 손가락을 꼽아가며 헤아리고 있다. 하나, 둘, 세 명, 네 명, 네 명 죽었다 다섯 명 죽었다 여섯 명 죽었다, 마흔두 명 죽었다 ……

1963년 말, 쿠와바라 시세이(桑原史成)의 미나마타병 사진전을 열어주십사, 나는 하시모토 히코시치 시장에게 의뢰했다.

— 당신 뭐하는 사람이지?

— 예? 저, 주부, 가정주붑니다. 저, 미나마타병에 대해 글을 쓰고 있습니다. 아직 조금밖에 못 썼지만. 돼지도 키우고 있어서 시간이 그리 많지 않습니다. 집안일도 이것저것 많고 ……

— 흠, 당신 아라키 세이시 씨를 알고 있나?

— 네, 알고 있습니다.

— 아니, 아라키 씨가 당신을 알고 있는가 말이야?

— 네, 아십니다.

— 그러니까 아라키 씨가 보기에 당신은 쿠마모토에서 몇 번째 가는 문필간가?

— 네? 아니, 문필가라니, 전혀, 그런 건 ……

그렇게 해서 딱 잘라 거절당하고 말았다. 아라키 세이지로 말할 것 같으면 쿠마모토 문단의 족장격인 존재다. 다음에는 《쿠마모토일일신문》 사장에게 편지를 보냈다. 지극히 정중한 답장으로 거절의 뜻을 밝혀왔다.

이런 나를 가엾이 여긴 기자가 건네준 정보로, 쿠마모토시 호타쿠군 교직원조합에 부탁해 보았다. 결국 쿠마모토시 츠루야 백화점에서 전시회를 열 수 있게 되었다. 쿠마모토의 신문화집단이 도와줘서 어렵게 성사된 것이다. 하지만 한나절만에 내려지고 말았다.

요모기 씨 일행과 함께 소책자 〈현대의 기록〉을 냈다. 미나마타 역사 이래 유례없는 질소공장의 장기 스트라이크에 대한 기록이다. 아마쿠사의 할아버지에게서 들었던 세이난전쟁(1877년에 발발한 카고시마 사무라이들의 반란-옮긴이)과 미나마타병 이야기도 실었다. 속편을 간행하고 싶었지만 잡지를 내는데 얼마나 많은 돈이 드는지 새삼 깨닫고, 달랑 한 권으로 큰 빚을 지고 말았다. '미나마타병'은 허공을 떠돈다. 내 영혼이 갈 곳을 몰라 헤매는 여자라고, 나는 나 자신을 그렇게 여긴다.

조금도 성숙할 기미를 보이지 않는 일본자본주의를 무심히 삼킨다. 하층천민들의 가슴속에 있는 노래를 삼킨다. 그리고 고향을.

그것들은 딱딱하게 목구멍에 걸린다. 그리고 아시오광독사건(足尾鑛毒事件, 19세기말 토치기와 군마현 구리광산에서 발생했던 공해사건-옮긴이)을 조사했다. 야나카 마을(谷中村, 토치기현의 한 마을-옮긴이)의 농민 한 사람 한 사람의 최후를 생각해 본다. 그것들이 뒤범벅이 되어 통째로 목구멍으로 넘어가고, 그리고……

아득하게, 나 자신이 세월이 된다.

문득 나는 처음으로 탈출한다. 일본열도가 잘 보이는 곳으로.

하지만 잘 보일 리가 없다. 그곳은 더더욱 혼란이 기승을 부리는 도쿄였으니까. '숲의 집'이라고 숲에 있었다. 일본 여성사를 수립한 타카무레 이츠에(高群逸枝)의 숲의 집에.

그리고 시코쿠의 호소카와 부부에게로 갔다. 그곳에서 젊은 기술사연구가들을 만나러 다시 도쿄로 갔다. 이미 무더기로 서식하기 시작한 산업공해의 발생구조란 무엇일까?

진흙이나 산소 등을 먹여 박테리아를 키우고 있는 토미타 하치로 씨의 연구실로 갔다. 유기수은 같은 중금속도 닥치는 대로 먹어치울지 모른다는 원시적 미생물의 무리는, 하지만 내 눈앞에 놓인 현미경 속에서 한 마리가 나타났다 사라졌다 했다.

얘야, 우리의 열도를 잠식해버려야지, 이제 강이며 바다의 자정작용을 되돌리라고 말할 여유가 없단다. 나는 한 마리 유충에게 하소연했다.

그리고 환경운동가 우이 쥰 씨한테 1962년, 런던에서 열렸던 국제수질오염연구회의의 실태를 들었다.

키요우라 라이사쿠와 영국 엑스터주 공중위생연구소 무어의 국제논쟁 번역문을 살펴보기도 했다. 제3차 뮌헨국제회의에 대해 —

이런저런 이야기들을 어렴풋이 듣고 왔다. 나의 추상(抽象)세계인 미나마타로, 통통마을로, 추상의 극점인 주부의 자리로. 이곳은 아주 작은 세계라고 생각하며 고개를 갸웃하고 멍하니 앉았다.

제2의 미나마타병이 니가타 아가노강 근처에서 발병.

깊은 균열이 빠지직 소리를 내며 일본열도를 종단으로 가로질렀다. 그러니까 결국 우리는 이 반복되는 세월 속에서 하나로 묶여 있었던 것이다.

내 오두막에 모여들었던 옛날의 청년들, 지금에야 저마다의 생활고에 찌든 냄새를 풀풀 풍기며 소주를 들이켜고, 공장유치조례나 쓰레기처리문제와 눈싸움을 벌이고 있는 중년남자들에게 다시 한 번 소리를 높여본다. 환자가 집중해 있는 마을에 동행할 것을 강요해오던 '관원'들에게. 질소공장 제1조합원에게. 안보조약반대 데모 때 과자부스러기를 들고 쪼그려 앉아있던, 그리고 병문안 차 어민을 찾아다니던 서클의 동지들에게. 〈현대의 기록〉을 함께 엮었던 동지들에게. 히요시 후미코 의원에게. 의원급여를 입원환자들에게 기부하고 있는 그 뜻을 향해.

균열이 간 통로를 지나, 니가타로 날아간 토미타 하치로 씨와 우이 쥰 씨에게서 정보가 도착했다.

그리고 1968년이 밝았다.

7 · 1968년

미나마타병 대책시민회의

•

1월 12일 밤, 미나마타병 대책시민회의 발족. 출석자 30명.

발족회 결정사항

목적

1. 정부에 미나마타병의 원인을 확인시키고 제3, 제4의 미나마타병 발생을 방지하기 위한 운동을 실시한다.

2. 환자가족의 구제를 요구하며 피해자를 물심양면으로 지원한다.

회칙

1. 회비는 월 30엔으로 하고, 필요에 따라서 기부금을 모아 활동비용에 충당한다.

2. 회칙 개폐와 기타 발족회의 운영은 간사회에서 민주적으로 정한다.

회장은 히요시 후미코. 사무국장은 공장유치 조례나 쓰레기처리 문제로 하시모토 시장의 정책과 대립하기도 하고 〈현대의 기록〉을 함께 펴냈던 시청직원 마츠모토 츠토무.

앞날의 어려움만이 분명해졌다.

나는 나의 세월을 난도질한다. 그 절단면을 이어야 한다.

올해는 모든 것이 표면화될 것이다. 우리 일상의 발밑에 있는 엷은 균열이 좀더 빠끔히 입을 벌릴 것이다. 그곳으로 들어가야 한다.

우리 안의 메마른 모든 관계, 모든 양상이 뿌리째 드러날 것이다. 우리들 자신의, 벌거숭이가 된, 천 갈래로 찢긴 중추신경이 그런 갈라진 틈 속에서 따끔따끔 통증을 느끼며 헤엄쳐 나올 것이다.

너와 나라는 사회적 존재의 '탈락'과, 자기 윤리의 '소실'과, 가속도가 붙은 세월의 '황폐' 속에 적나라하게 드러날 것이다. 그것들을 연결시켜야 한다 ……

이번에야말로 처음부터 끝까지 적나라하게 볼 수 있으리라. 장님에 벙어리에 귀머거리인 아이가 만든 눈구멍과 콧구멍과 입이 열려 있는 인형 같은, 인간무리의 여러 모습들을 …… 이들 토우의 거푸집을 나는 말없이 만들기만 하면 된다.

모임들 사이의 파이프는 아직 맥이 뛰고 있었다. 특히 전 회장 야마모토 마타요시 씨가 중심이었는데, 이 사람은 전 모임 회장이라기보다는 바닷가 마을의 오랜 주선자이자 보호자이며, 무너져가는 공동체의 족장이었다. 관혼상제는 물론 배를 팔고 사는 일, 미역의 양식상태, 사소한 다툼의 중재, 온갖 신상상담을 하러 3번 국도를 달리는 트럭이 지축을 흔들며 지나는 그의 집으로 모여든다. 그는 어협의 간사이기도 하다. 야마모토 씨에게 편지를 썼다.

"— 시민회의는 젊은 사람들뿐입니다. 세상의 고통도, 하물며 미나마타병의 고통은 전혀 모릅니다. 뭘 해야 할지, 여러 가지 상담할 일이 많습니다. 부디 많은 지도편달 부탁드리고, 지켜봐주십시오."

시민회의를 발족하던 날 밤은 이루 말할 수 없이 울적했다. 무엇보다 환자모임과 첫 대면인 사람들이 대부분이었으니까. 미나마타병 공식발생 이래 14년, 오래도록 밝혀지지 않은 최초발병 시기가 여기서 다시 거론되고 있었다. 그것은 이 지역사회에서 미나마타병이 완벽한 터부로 뿌리 깊어진 세월이다. 어떤 식의 터부였던가?

"아이고, 정말 지겹고 싫네.

자네 어디서 왔는가, 하는 소리는 어디를 가나 듣는 소리. 나는 미나마타에서 왔다고 말도 제대로 못하고.

흠, 미나마타라면 들어본 적이 있지.

그래 맞아, 전에 텔레비전에 나왔던 미나마타병이란 병이 생긴 데지? 그러고 또 뭐라고 텔레비전에 나오던데, 그래 그래 스트라이크!

경찰하고 크게 충돌한 적이 있었지. 사람들은 복면 같은 것을 하고 …… 대단하데 그 동네사람들, 성질이 보통이 아니더라고! 자네도 거기 미나마타 사람이라고? 거 이상한 동네서 왔네 그려.

미나마타 하면 쓰레기 같은, 왠지 엄청 더러운 사람들이 모여드는 곳처럼 생각한단 말이야. 외지에선 미나마타가 참 유명해.

미나마타병이란 게 종기 같은 것이 나고 전염된다면서? 피부병처럼. 그렇게 지금 사는 동네 사람들은 말하더라고. 공장에서 저 사람 미나마타병 걸렸대 하면서 멀찍이 떨어져 뒤에서 손가락질하고, 내 옆에는 아무도 가까이 오질 않아, 무슨 더러운 걸 본 것처럼 멀찍이 떨어져서. 나는 화가 나서 그 여자들을 한대 올려붙이고 머리끄덩이를 잡아 뜯어줬지. 그리곤 그만뒀지 뭐.

지금 있는 곳은 '부락'(여기에서 말하는 부락은 피차별부락을 의미한다-옮긴이)이란 데야. 근데 여기서는 어디서 온 사람인지 숨기려고 하면, 여보게 그렇게 감추지 않아도 되잖아? 괜찮아, 괜찮아 우리 같이 외지로 돈 벌러 갈 때는 '부락'이라고는 입 딱 다물고 말 안 해. 여기 와서는 숨기지 않아도 돼! 일본 전국에 '부락'은 있으니까, 우리들이 보면 알지, 같은 식구니까 그러지.

부락이란 게 뭐여?

그 바로 옆 마을 사람들 이야기를 듣자니, 불상이나 옷장의 방향을 보통 집하고 다르게 놓아둔다데. 그래서 다른 곳에는 시집도 안 보내고 데려오지도 않는다고. 근데 거기 아저씨들이, 자네 부락하고 인연이 있어서 예까지 왔으니 좋은 총각 하나 소개시켜 줄게, 열심히 일하라고! 좋은 색시가 될 거여 하잖어. 너 미나마타 부락이지? 그 부락이 알려지면 참말로 성가시지, 그래도 사실대로 부락이라고 말해버리면 이뻐해줄 거구만. 축제나 모내기에도 불려가고.

사실은 우리 아버지가 미나마타병이었다고, 죽어도 말 안 할 생각이여. 벌써 옛날에 거기를 떠나왔고, 고향이 미나마타라고 하면 갈 곳이 없어진다고."

나카조 히로코의 아버지는 툇마루나 토방에서 언제나 부표를 만들고 있었다. 부표라고 하면 그물 끝에 다는 오동나무로 만든 찌를 말한다. 어지러이 산더미처럼 쌓인 이상한 모양의 부표들.

"좀 봐 봐요, 이 사람을. 영 머리가 바보가 돼가지고서는. 어업조합장까지 지냈던 사람이 귀도 멀고, 연설까지 했던 사람이 한마디도 못 하는 벙어리가 되고 말았으니…… 매일같이 저러고 앉아서 부표만 만들고 있으니…… 언제까지 만들어야 끝나려나?

죽어서도 계속 만들 심산이오, 저 모양이. 마음은 바다에 나가 있는 거겠지. 저거야 원, 정말 강가에 쌓인 자갈더미지 뭐요! 우리 남편이 애기가 돼버렸어요."

아내는 아기 달래듯 아득히 애달픈 눈빛으로 남편을 바라보면서 말한다. 모양도 이상한 부표를 떨리는 손에 받쳐 들고, 그것을 또 툭 떨어트릴 때 전 어업조합장은 아내를 올려다보며 천진난만하게 도움을 청하듯 웃음을 흘린다. 그 산더미처럼 쌓인 쓸모없는 나무쪼가리들은 하지만 전 어업조합장이 만든 각고의 작품이다. 그가 신경을 집중하면 할수록 잘게 떨리던 경련이 큰 경련이 되고, 작은 칼도, 나무쪼가리도 맥없이 툭 땅에 떨어진다. 그야말로 무슨 놀이라도 하듯이 그는 손가락을 깎고, 손가락은 부표가 된다. 피가 나도 아프지 않다. 말초신경은 이미 상해서 마비되었다 칼에 벤 상처투성이 손가락에 침을 퉤 뱉고는 숫자를 헤아린다. 이제 천 개만 만들면 되겠다!

그이는 처음에 쿠마모토시 교외의 정신병원에 감금되었다. 미친 듯이 날뛰는 바람에 어찌해볼 수 없었으므로. 그이와 마찬가지로 정신병원에 갇혀있던 세 명 중 한 명이 죽자 집에 돌아오고 싶어했다. 그 뒤로는 어느 병원에도 안 가려고 한다. 병원에 가면 죽는다고 믿는 것이다. 정신병원에 있던 나머지 한 사람은 1965년 2월에 죽었다. 앞에서 말했던 아라키 타츠오 씨다.

히로코는 중학교를 나와 나라, 효고, 아이치 근방, 종업원이 칠팔 명에서 열두세 명 정도인 방직공장을 전전했다. 그러다가 우연히 찾아들었던 부락에서의 생소한 생활과 그곳에서 처음으로 경험한 일시적인 마음의 안정 같은 것을, 미나마타 어양의 칸사이 사투리로 구구절절 보고하러 오곤 했었는데, 언제부턴가 소식불통이 되었다. 정말 '좋은 색시'가 되어 있으려나?

히로코 아버지는 더는 부표를 만들지 않는다. 햇볕이 소곤거리는 것 같은 파도가 이는 여름이 오면 집 아래 바닷가로 내려간다. 크게 흔들리는 운동실조성 몸으로, 소녀의 꽃그림 같은 손바구니를 흔들며 바다 파래에 미끄러지면서 소라껍데기를 주우러 간다. 그런 모습으로 양팔을 벌리고, 거대한 움직이는 그림자놀이처럼 손끝에 매달린 바구니를 흔들흔들 흔들면서 그이는 저 눈부신 빛을 발하고 있는 바닷속을, 아니 바다가 뿜어내는 빛 속을 헤엄치고 있었다. 바닷가 미끈미끈하게 젖은 바윗돌에 넘어지고 부딪히고 흠뻑 젖어서, 그이가 입고 있는 허울뿐인 옷은 그렇게 항상 찢겨있고 너덜너덜했다. 저기 바닷가에 떠밀려와 걸려있는 해초처럼. 그런 바다내음이 물씬 나는 바닷가에서 그이를 만나면, 말라비틀어져가는 온갖 해초나 부유물 속에서 갓난아기로 돌아간 것 같은 무구한 그의 웃는 얼굴이 언제까지고 뒤돌아보는 것이었다.

"여보시오, 우리는 앞으로 어디로 가야 좋단 말이오?"

"이번에는 화장턴가?"

"아이고, 그 전에 인간요리 만드는 도마 위로 가겠지."

"무슨! 그 전에 정신병원행이지!"

"제일 먼저 화장터 앞에 있는 격리병원이었지, 그 다음에 쿠마대학 학습용 환자였지, 그 다음에는 희귀병 병동이었지!"

"그리고 그 담엔 유노코(미나마타 교외의 온천장)의 재활치료."

"언제 어딜 가나 구경거리였지. 저것이 희귀병입네 하고. 왜 재활치료를 퇴원한다고들 하는데, 걸려보지 않으면 모르지."

"문병 온 사람이 다른 신체장애로 입원한 사람을 미나마타병으로 오해했을 때는 정말 웃겼지. 명예훼손이라면서, 미나마타병 병실하고 떨어져야 한다고, 문병 오는 사람한테 여기여, 여기! 하면서 그쪽은 미나마타병 환자들 있는 데여! 하며, 자기들은 무슨 대단한 병이라도 걸렸다고 미나마타병을 천하에 몹쓸 병인 것처럼 난리였지."

"그럼 우리 명예는 어떻게 되는 거여?"

"명예는 무슨 놈의 명예가 있겄나, 희귀병에 걸린 것한테."

"명예지! 우리는. 희귀병에 걸린 것이 뭣보다 명예지!"

"공짜 밥에 공짜 의사에 공짜 침대, 만사태평 아니오! 요즘 세상에 더할 수 없이 호강하는 거라며 대놓고 말하는 사람도 있다니까."

"그렇게 말하는 사람이 태평스런 거지. 뭐가 요즘 세상이야? 이런 세상이 두 번 다시 있을까."

"미나마타병이 그렇게 부러운가, 당신들? 그럼 지금 당장이라도 바꿔! 당장 걸릴 수 있지, 회사 폐수, 100톤은 있다네. 밥그릇으로 떠 마셔봐, 금방 걸릴 수 있지. 어디 떠다 바치리까? 바꿔, 지금 당장. 나는 그렇게 소리쳤지. 걸려라, 걸려. 다 미나마타병에 걸려버려!"

"무슨 그리 무서운 소리를 하고 그러요, 우리는 설령 원수라도 이 병에만큼은 걸리게 할 수 없지."

띄엄띄엄 환자들은 이렇게들 말하고는 했다.

발족식 날 밤 초대받은 나카즈 미요시 환자모임회장은 말했다.

"— 십년 전, 하다못해 십년 전에 이런 시민들의 조직이 만들어졌다면, 우리, 이런 고생은 …… 늦었어요 ……"

참가자들은 고개를 떨군 채 말 한마디 못 하고 있었다.

"당신도 미나마타병을 앓고 있어요? 어느 정도요? 이런 무서운 병도 없지. 아직 그 어떤 병도, 세상에 이보다 무서운 병이 또 어디 있을까? 이 병을 앓고 있지 않다면, 미나마타병 운운하면 못써요."

사카가미 유키는 그렇게 말했다.

시민회의 발족을 전후로 하여 유키는 착란상태에 빠져 있었다.

세상에 둘도 없이 다정해 보이던 부부였는데, 모헤이 씨가 유키를 버리고, 자신의 짐을 벗어던지고, 밤이 되자 부리나케 재활병원을 나가버렸던 것이다.

"저런 병자를 버려두고, 그건 좀 잔인하지 않은가 모헤이? 다시 맘 바꿔먹고 돌아갈 생각은 없나? 앞으로 살면 얼마나 살겠다고, 유키도 미안했다고 하잖은가?"

야마모토 씨는 몇 번이나 병원에 유키를 간병하러 갔다 돌아오는 길에 모헤이를 찾아가 부탁했다.

"얼마 남지 않은 목숨이란 건 알고 있어요. 하지만 그때까지 제가 못 견뎌요. 부부로 산 것이 2년도 안 돼요. 나만 죽어라 고생하고. 유키는 나한테 돈 한 푼 안 맡긴다고 했어요. 그래서야 남자로서 내 자존심이 뭐가 되겠어요? 나는 앞으로 어떻게 될 거 같아요? 아이들도 저런 환자하고 살다간 앞날이 망막하다고, 그냥 오라고 하고 ……"

평소 말수가 적던 그가 너무 딱 부러지게 잘라 말해버렸기 때문에 야마모토 씨는 '안 되겠구나!' 생각했다. 야마모토의 아내는 '역시 후처라 정이 덜 깊었던 거겠지, 부부든 자식이든' 하며 탄식했다.

"당신 같은 간병인도 없었는데."

한숨지으며 야마모토가 말하자 모헤이는,

"네, 할 수 있는 한 최선을 다했습니다. 할 도리는 다했어요. 다시는 유키한테 돌아갈 생각 없습니다. 미나마타병에 걸린 게 나 때문이라고 하는 사람인걸요. 당신한테 시집만 안 왔어도 이런 병에는 안 걸렸을 거라고. 나는 그런 누명 쓰고 싶지 않습니다. 회사도 안 쓰는 누명을. 잘 부탁드립니다."

모헤이는 그렇게 말했다.

미나마타의 당신한테 시집만 안 왔어도
달거리까지 당신한테 내맡기는, 그런 몸뚱이는 안 됐을 것을.
아마쿠사로 보내줘요,
원래 내 몸뚱어리를 돌려줘.
이렇게 외치며 유키는 벽을 쳤다. 자신의 가슴을 쳤다.
저 사람 가짜 미치광이라고, 잠 못 이루는 병동 사람들이 말한다.
유키가 걸어간다.
거기서 벗어나려고 걸어간다. 걸음은 저, 춤, 이다.
태어난, 그 순간부터 미치광이, 그랬어요.
유키가 중얼거린다. 그리고 뚝 멈춰서 갸우뚱 돌아선다.
여기는 나락의 밑바닥이야,
떨어져보라지, 모두.
그럴 수 없을 테지.
혼자 한번 날아봐, 여기까지야 못 오겠지.
흥, 정신 있는 놈이 어찌 하겠나.
퉤! 그녀가 침을 뱉는다, 천상을 향해.
여기는 나 혼자만의 나락의 세계.
아아, 지금 나락으로 떨어지고 있는데, 누구든 나좀 도와줘요,
붙잡을 것이 아무것도 없네.
그리고 일주일이고 열흘이고 밥도 못 먹고. 목욕도 못 하고.
어쩌면 모헤이가 돌아오지 않을까?
그때, 나는 말라비틀어지고 약해져 숨도 끊어질 듯 끊어질 듯, 그래야 좋겠지.
아니 그대로 죽는 편이 낫지.

미음 한 숟가락, 그 사람한테 얻어먹을 수 있다면.

여보, 미안해요, 너무 오래 신세를 져서……

미안하지만 나는 지금이 제일 행복해,

내가 죽으면, 이번에는 건강하고 어여쁜 아내를 얻어요,

저승에서 기도할게……

이제나 돌아올까 밥도 안 먹고 기다리고 있건만,

그 사람은 정말 가버린 걸까, 설마.

모, 헤, 이~,

모헤이~, 목욕 좀 시켜줘요.

날 좀 씻겨줘요.

안돼, 그럴 순 없어 간호사는 싫어,

그 사람이 씻겨줄 거니까.

많이 늦네, 왜 안 돌아오누.

시간이 유키를 한층 더 그곳에서 추락시킨다. 유키는 착지할 수 없다. 추락하면서 거꾸러지는 목소리로 말한다.

—잘, 봐, 둬~

잘 봐 둬~

잘 보고, 기억해 둬

쿠마대학 토쿠오미 하루히코 교수의 미나마타병 증상 분류(서른네 가지 사례 관찰)에 의하면 '만성자극형'이라는 것이 있다. '급성극증형'은 거의 모두가 사망하고, 만성자극형은 중증 세 가지 사례, 중

간 증세 두 가지 사례로 폐인에 가깝고, …… '입원 시 소견 …… 체격영양 중간 정도, 얼굴은 무욕증, 때로 강박적인 실소. 강박적인 흐느낌이 끊이지 않고 무도병 양상, 아테토시스(athetosis 무정위 운동증)형 운동을 반복 …… 언어는 전혀 이해할 수 없다. 맥박 83, 심장, 폐, 복부에 별다른 변화는 보이지 않는다. 목 경직, 케르니히 징후(무릎을 곧게 뻗을 수 없는 증상-옮긴이), 안검하수(눈꺼풀이 안 떠지는 증상-옮긴이)는 없고 안구운동 정상, 동공원형 좌우 동대, 대광반사가 느리고 둔하며, 눈 안은 이상 없다. 시야측정불능(후에 시야협착이 증명된다), 근육의 강도, 건반사(腱反射 tendon reflex) 모두 심해졌지만 병적 반사는 없었다. 보행은 겨우 가능한 정도지만 심하게 흔들리는 운동실조성이었다. 지각을 비롯해 손가락과 손가락을 맞추는 손가락테스트, 손가락과 코를 맞추는 테스트 등은 환자의 협력을 얻지 못해 불가능.

경과 ……입원 후 여러 증상은 악화, 9월 4일(1956년)에 의식이 혼탁해지고 무도병 운동이 심해 각궁반장(角弓反張, 열병이나 신경질환으로 얼굴이 삐뚤어지거나 반신불수가 된 상태-옮긴이) 증상을 보이기에 이른다. 프레드니조론 투여로 사흘 후 의식회복, 수일 후 보행이 가능해졌다. 11월에 들어 여러 증상은 개선되었지만 기도진전(뭔가를 해보고자 흔들리는 증상), 실조증상은 지극히 현저. 다음해 5월 돌연 전신경련 발작을 일으키고, 이후 사소한 정신흥분을 유인하고 강직성·간대성의 경련발작을 반복한다.

이 사례처럼 처음에는 보통의 증상을 구비하고 있지만, 어떤 경우는 정신흥분이 심해지기도 하고, 어떤 경우는 경련성 보행, 건반사 항진, 병적반사 출현 등 추체로(체성운동신경계의 중추전도로의 하나-옮긴이) 증상이 현저하고, 어떤 경우는 추체로 증상과 빈번한 경련발작 등의 자극증상이 주된 증상으로써, 그 증상이 기복을 동반하면서 점차 악화하는 것을 만성자극형이라 했다.'

나의 유키, 나의 유리, 나의 모쿠타로, 나의 할아버지를 곁에 두고 나는 한 사람의 '시녀'가 되어 시민회의의 발족에 종사하기로 했다.

"사토는 …… 인명존중을 입에 담고 복지사회의 건설을 노래하면서 …… 오늘날 니가타에서 제2의 미나마타병을 발생하게 한 것은 …… 전적으로 제1의 미나마타병을 방치했던 정부의 ……" 가령 이런 식의 인사말을, 노동조합간부의 연설쯤으로 생각해서는 안 된다.

나카즈 미요시 씨의 눈은 특히 이 밤에 더 움푹 패고, 이런 인사를 목이 멘 탓으로 띄엄띄엄 간신히 말했지만, 미나마타라는 지역사회에서 미나마타병이 터부인 이상 그 표현은 일종의 가탁법(假託法 어떠한 처지나 사연을 남한테 부탁하여 기록으로 남기는 방법-옮긴이)을 취할 수밖에 없다. 나카즈 씨는 무엇 하나, 그 컴컴한 눈구멍 속이나 목구멍 속으로 끓어오르는 오랜 세월의 한과 추억을 차마 입에 담을 수가 없다. 그런 환자모임 회원들의 이루 말로 표현할 수 없는 생각을 아주 조금이나마 마음에 담을 수 있을 때 시민회의는 무엇을 할 수 있을 것인가? '시민회의'라니, '대책'이라니 …… 원리적, 항구적, 혼이 담긴 집단의 이미지가 아예 빠져 있지 않은가 …… 하지만 출발했다. 너무 무거운 겨울.

생명의 계약서

•

너무 추운 밤, 나는 《니시니혼》 신문에 〈환상의 주민권 — 부끄러워해야 할 미나마타병의 계약서〉라는 제목으로 글을 썼다.

1968년 1월 12일 밤, 미나마타병 대책시민의회가 미나마타병 환자모임의 역대회장들을 모시고 발족했다.

믿기 어려운 일이지만, 미나마타의 시민조직과 미나마타병 환자모임의 만남은 그것이 처음이었다. 미나마타병의 공식발생은 1953년 말로 되어 있기 때문에, 그동안의 세월이 14년이다. 긴 출발의 기간이 거기 있었다.

초대 환자모임 회장인 와타나베 에이조 씨는 70세, 현 회장 나카즈 미요시 씨는 61세. 와타나베 씨는 1959년 11월 2일, 시라누이해 연안 어민이 폭동이 있던 날, 처음으로 미나마타를 방문했던 국회의원단에게 같은 어민단보다 비교할 수 없이 고립되었던 환자모임의 회장으로서 청원했던 사람이다. 당시 와타나베 씨의 머리는 반백이었는데, 이제는 온통 백발이 되어 그 침통한 얼굴은 한층 더 갸름해져 있었다.

시민회의는 와타나베, 나카즈 두 분 이마의 주름 깊이 새겨진 미나마타병 환자 가족 89세대의 고뇌와 마주앉아, 그것을 내 일처럼 함께 짊어지고 가자는 뜻을 번갈아가며 발표했다. 자리에 참석한 사람은 대부분 직업적 인연으로 환자가족들과 관계를 가져왔던 시청직원, 여자 한 사람 남자 한 사람의 시회의원, 의사, 교사, 사회복지활동가 등이었다. 특히 그중에서도 시종 고개를 숙이고 있다가도 의사결정 때마다 얼굴을 붉히며 찬성표를 던지는 신일본질소공장 노동자들의 심정은, 시민회의가 안고 있는 미나마타병 사건에 대한 원죄의식을 무엇보다 잘 보여주고 있었다.

미나마타병 환자와 가족은 이 14년 동안 완전히 고립되고 방치되어 있었다. 쿠마모토대학 의학부의 연구에 따르면, 원인은 신일본질소 비료공장에서 내보낸 폐수에 포함된 메틸수은화합물이며, 그 본체는 알킬수은이라는 사실이 역학(疫學), 임상, 병리, 동물실험, 미나마타만 주변의 동물, 어패류, 해저 진흙 속 수은의 양 등 남김없이 학문적으로 증명되었다.

그 책임은 학문적 증명이 버젓이 존재는데도, 이것을 정치적으로 인정하지 않으려는 해당 기업과 지방자치단체 그리고 일본 정부에 있음은 말할 것도 없다.

여기 하늘을 우러러 참으로 부끄러워해야 할 한 장의 고전적 계약서가 있다. 신일본질소미나마타 공장과 미나마타병환자모임이 1959년 12월 말에 교환했던 '위로금' 계약서다. 요약하면, 미나마타병 환자

아이의 생명 연간 3만 엔

어른의 생명 연간 10만 엔

사망자의 생명 30만 엔

장례비 2만 엔

물가가 오르자, 1964년 4월에 생명의 가격이 조금 올라서

아이의 생명 연간 5만 엔

그 아이가 20세가 되면 8만 엔

25세가 되면 10만 엔

중증의 어른이 되면 11만 5천 엔

'을(환자모임)은 앞으로 미나마타병이 갑(공장)의 공장폐수에서 기인한 것이 밝혀져도 새로운 보상요구는 일절 하지 않기로 한다.'

이것은 1955년대 일본의 인권사상이 등에 붙이고 다니던 가격표이기도 하다.

이와 같은 추이 속에서 질소공장은 축소, 합리화를 추진하고, 우리 미나마타시는 공장유치를 외쳐대고, 미나마타병 사건은 시민들 사이에서 점점 터부시 되어갔다.

미나마타병을 말하면 공장이 망하고, 공장이 망하면 미나마타시는 없어지고 만다는 것이다. 시민이라기보다는 메이지 말기 미나마타 마을의 주민의식, 신흥공장을 우리 품안에서 키워냈다는 벽촌 공동체의 환상.

시민의회가 이 금기를 뒤엎는 것은 일찍이 가져본 적이 없는 촌민권(村民權), 주민권, 시민권을 자기 자신의 손으로 얻고자 함이다.

왜 촌민권이라 하는가?

타나카 쇼조(田中正造 1841~1913 메이지 시대 정치가, 자유민권운동가. 아시오광독사건에 대하여 메이지 천황에게 직접 상소를 올렸다-옮긴이)가 제2차 제국의회에 「아시오동산광독(足尾銅山鑛毒) 가해에 대한 부연 질문서」를 제출한 것은 1891년 12월이고, 와타라세강 주변의 야나카 마을이 광독과 메이지정부에 의해 강제로 파괴된 이래 70년, 당시의 정부를 마지막까지 신뢰하고 있었던 야나카 마을 촌민의 촌민권은 아직까지 복권되지 않았며, 광독사건 자체도 정치에 의한 규명은 이뤄지지 않고 있다.

미나마타병 사건도 이타이이타이병도, 야나카 마을 파괴 뒤 70년 동안 묵혀 있다 마침내 표면화된 것이다. 니가타현의 미나마타병까지 포함해, 이들 산업공해가 변방의 촌락을 정점으로 발생했다는 것은, 이 나라 자본주의 근대산업이 체질적으로 하층계급의 모멸과 공동체 파괴를 심화시켜왔다는 것을 보여준다. 그 집약적인 표현이라 할 수 있는 미나마타병의 증상을 우리는 직시하지 않으면 안 된다. 사람 목숨이 저승 갈 여비도 안 될 가격으로 값이 매겨졌다는 사실을 상기하지 않으면 안 된다.

죽은 이들의 영혼을 유일한 유산으로 삼아, 무일푼으로 미나마타병 대책시민회의는 발족했다.

하지만 이 나라의 기민(棄民)정책에 맞서려는 판국에 미나마타병 대책이라니, 이 얼마나 힘없고 무능한 유형의 명칭인가?

그렇지 않아도 미나마타병 환자는 최소 마을의 단위인 츠키노우라 부락, 데츠키 부락, 무도 부락 등에서조차 고립되고 촌민권마저 상실해가고 있는 상황이다 ……

미나마타병 대책시민회의, 회장 히요시 후미코.

— 나는 말이죠, 내가 옳다고 생각하면 곧바로, 앞뒤 옆도 안 보고 똑바로 앞으로밖에 못 가요.

계곡 위에 걸쳐진 외다리를 행진곡에 맞춰 건너듯이, 분명 그녀는 곧장 앞만 보고 나아간다. 순정정의주의, 나는 그녀를 이렇게 부른다. 그녀는 초등학교 교감에서 여성사회당의원이 된 여성이다. 히요시당, 우리는 이렇게도 부른다. 그런 의미에서 그녀는 혼자다. 생각지도 않았던 만년이, 가시밭길이 그녀 앞에 펼쳐진 것이다. 하지만 그녀의 따님은 말한다.

"어머니는 항상 손해 보는 일만 하세요. 좀 별스럽지요. 하지만 한 가지 특별한 재능이 있었는데요. 대청소할 때 제일 더러운 곳, 다른 사람이 하지 못할 곳, 하수구 청소나 죽은 쥐 치우는 거나, 그럴 때 혼자 열을 내서 잘 하시거든요!"

후미코 선생 가까이에 사는 따님일가는, 이렇게 어느새 시민회의 사무국에 말려들고 말았다.

후미코 선생의 활동은 놀라웠다. 언제든 선두에 섰다. 언제나 왼손으로 오른쪽 팔꿈치를 감싸 쥐고 어루만지고 있었다. 신경통 때문이다. 쉰세 살의 나이에 손자가 일곱 명이 있으나 젊다면 젊은데, 우리는 항상 조마조마해야 했다.

1월 18일, 히요시 회장, 환자모임과 함께 소노다 후생성 대신과 마츠바세 요양원에서 면담. 마츠모토 츠토무 사무국장, 니가타 미나마타병 변호사 한도우 카츠히코 씨와 연락을 하기 시작. 우이 씨의 편지가 잦아짐.

1월 21일, 니가타 미나마타병 관계자들을 마중했다. 눈발이 날리던 추운 날이었다.

이날 질소공장 제1조합 선전 차량 시라누이호가 시민회의 약 50명과 환자모임 약 50명과 함께 일행을 맞이하고, 양측 미나마타병 중증환자들을 태워 데모의 선두에 합류했다.

여기저기 움푹 들어가고 칠이 벗겨져, 왠지 궁색해 보이는 시라누이호가 이날 미나마타병 환자모임과 함께 니가타 미나마타병 피해자들을 역전 광장으로 마중 나갔던 것은 질소공장 제1조합의 조심스러운 의사표시였다. 시라누이호가 그렇게 땅딸막한 몸체로 엎드려 있던 장소는 십년 전 환자모임이 찬 바람을 맞으며 농성을 벌였던 공장정문 앞의 광장이고, 그때 와해되기 전의 질소공장 노동조합이 농성하는 어민들에게 일단 빌려주었던 텐트를 거둬갔던 장소이기도 했다. '미이케쟁의'(미이케광산의 대량인원 정리에 반대하여 1953년과 1959~60년에 발생한 대규모노동쟁의-옮긴이) 축소판이라 불렸던 1962~3년의 안정임금쟁의 때 질소공장 노동조합은 분열되어, 독립해 나온 새로운 노조측은 번쩍번쩍 빛나는 검은색 대형 신차로 시내를 돌았고, 구노조의 시라누이호는 미이케조직원을 태우고 각자 '시민 여러분의 협력'을 요구하며 다녔기 때문에 "저희는 시라누이호입니다" 스피커에 대고 외치면 시민들은 아~ 구노조구나, 알아 들었다. 그런 시라누이호가 이날 역전 광장에 나와 환자들을 태우고 일행의 선두에 섰던 것은, 시민회의의 요청이 있긴 했지만 감개무량한 광경이었다. 니가타 관계자, 피해자 여섯 명(치카키 요이치 회장, 하시모토 부회장, 쿠와노 시로, 후루야마 치에코와 그 부모), 변호인단, 영화촬영대(기록영화 니가타 미나마타병 제작반), 우이 쥰, 니가타현 민주단체 미나마타병 대책회의 대표.

이들 일행은 미나마타역 앞, 그러니까 십년 전 시라누이해 연안어민이 집결해 폭동을 일으켰던 그 광장에 정렬하여 서로 가슴 벅찬 짧은 인사를 나누고, 시라누이호는 여자목소리의 안내방송을 흘리면서 역시 어민들의 데모대가 갔던 도로를 행진하기 시작했다.

일요일 시내 거리는 너무 고요했다. 100여 명의 사람들이 선두의, 불안하기 그지없는 환자들과 보조를 맞춰 걸어가고 있는 이상한 행진을 숨죽이며 바라보고 있었다. 14년 전의 금기가 느리게나마 표면화되는 순간이었다. 말없이 전율하는 미나마타시를 나는 느꼈다.

이 길을, 1955년대에 들어서면서부터 수많은 데모대가 지나갔다. 오키나와 반환 대행진, 원수폭(原水爆 원자폭탄과 수소폭탄-옮긴이) 금지 일본국민회의(1965년 사회당 총평계가 주축이 되어 원수폭금지 일본협의회에서 탈퇴하고 결성한 운동조직-옮긴이) 대행진, 경찰관직무집행법 반대 데모, 안보반대 데모, 미나마타어협 데모, 미나마타 생선소매조합의 데모, 미나마타병 환자모임의 너무 쓸쓸했던 데모, 시라누이해 연안 대어민단 데모, 그리고 안정임금반대쟁의, 제1조합, 제2조합의 데모, 농어민조합, 그 속으로 나타나는 검은 염색체 같은 기동대의 모습 ……

맨 뒤에서 따라 걸으면서 나는, 모깃불 타는 소리와 멀리 천명(天明)의 기우제 축문 낭독하는 소리, 징소리, 종소리를 떠올리고 있었다. 퉁퉁, 캉캉캉, 퉁, 퉁, 캉캉캉 징과 종이 울리는 소리가 들려온다. 그것은 권현 신의 숲 위에서도, 야하즈산 꼭대기에서도, 망령 골짜기에서도 들려왔다. 뻘뻘 땀을 흘리면서 머릿수건을 앞 매듭으로 질끈 동여맨 남자들이 발을 얼쑤 차올리며 빙그르르 돌면서 징을 끌어안고 달려온다. 몇 줄씩 몇 줄씩 줄을 지어서. 마을의 아이란 아이들은 죄다 흐르는 강물처럼 그 줄을 따라온다. 캉 캉 징이 울리면 빙글빙글 돌면서, 종치기가 징을 유도하여 춤을 덩실 추면서 킹킹 울린다. 그 중 '오모야 종'이라는 이름을 가진 종이 가장 좋은 음색으로 울려 퍼지는, 그런 행렬이다.

용신이시여, 용왕이시여, 신들께 비나이다,
풍랑 잠재우고 들으소서,
처자를 신대의 여신께 바치나니, 비를 내리소서 비를 내리소서,

비가 안 오면 초목이 마르고, 사람 씨도 마릅니다.

여신이시여, 여신이시여.

8월의 염천에 행렬은 헉헉 더운 숨을 내뱉고 있었다. 둘둘 만 머릿수건으로 땀을 닦아내면서 비를 바라며 징을 치던 사람은, 옷자락을 걷어 올리고 뒤따르던 젊은이들은 이제 아저씨가 다 되었을 것이다. 그런 생각을 하다보니 가슴 깊이 삼켰던 먼 옛날 축제의 노래가 작게 아주 작게 들려오는 듯하다. 문득 센스케 노인의 보오도리 가락이 ……

그들은 마을의 좁은 골목골목에서 빠져나와 합류하고, 마을 한가운데로 온갖 축제들이 모여드는 것이었다. 기우제도 하나의 축제임이 틀림없었다.

1월 26일, 니가타의 마지막 그룹 출항.

2월 9일, 전 시민에게 시민회의 발족 취지서 신문 전단지 배포.

3월 16일, 환자모임회장들과 함께 이요시 회장, 쿠마모토현의회와 미나마타시의회에 같은 내용의 청원서 제출.

청원서

현재의 미나마타병 대책은 당초보다 불충분한데다 세월의 경과와 더불어 각 방면의 관심이 쇠퇴한 경향이 있으므로, 당장 필요한 대책으로써 다음 사항을 청원합니다.

1. 미나마타병 환자가 질소공장 주식회사에서 받는 위로금은 생활보호의 수입인정대상에서 제외하도록 관계당국이 힘써주시기 바랍니다.

2. 미나마타병 환자가정 모임에서 들어온 취직·전직 알선 의뢰는 적극적으로 알선해주시기 바랍니다.
3. 심신장애아를 위한 특수학급을 유노코병원에 신설해 주십시오.

이유

1. 현재 미나마타병 환자에게 질소공장 주식회사에서 '위로금'이 지급되고 있습니다. 하지만 이 '위로금'이 생활보호의 수입인정대상으로 되어 있어 생활보조금을 받지 못하고 있으며, 또 현재 생활보호를 받는 네 명은 생활보조금에서 그만큼 차감되어 생활보호의 의의가 사실상 사라진 것이 현 실정입니다. 그러므로 질소공장 주식회사에서 미나마타병 환자가 받고 있는 '위로금'은 생활보호의 수입인정대상에서 제외하도록 쿠마모토현과 중앙정부에 제안해주시기 바랍니다.
2. 1953년 미나마타병 발생 이래 미나마타병 환자가정에서는 병마로 일가의 기둥을 잃었거나, 폐인이 되었으며, 어떤 이들은 불편한 몸을 채찍질하며 세상의 냉정한 눈길 속에서 생활하고 있습니다. 또 앞으로 학교를 떠나 사회에 첫발을 내딛으려 하고 있는 젊은이들도 미나마타병 때문에 취직할 경우 상당한 곤란을 겪게 될 것으로 보입니다. 환자가정에서 전직과 취직 알선의뢰가 있을 경우는 적극적으로 협조해주십시오.
3. 태아성 미나마타병과 유아기에 미나마타병에 걸린 아이들 중에서 교육이 가능한데도 특수학급에도 입학하지 못하고 공부의 길이 막혀버린 아이들 몇 명(2~5명, 자택요양환자를 포함)과 다른 이유로 심신장애자가 된 아이들(유노코 병원 입원환자 16명)을 위해 미나마

타시립병원 유노코 분원에 심신장애아를 대상으로 하는 특수학급을 반드시 신설해주십시오. 이상과 같이 청원합니다.

1968년 3월 15일

주1) 미나마타병 환자의 가정모임이란 1959년 8월 환자가정의 보상금교섭을 목적으로 하여 결성되었던 것으로, 현재 구성가정 64세대.

주2) 미나마타병 대책시민회의란 미나마타병의 원인을 나라에 확인시키는 일과 환자가정의 차후대책을 확립하기 위해, 자치단체나 정부 상대 활동을 목적으로 하며 회원은 현재 200명.

미나마타병 환자가정모임 회장 나카즈 미요시

미나마타병 대책시민회의 회장 히요시 후미코

쿠마모토현의회

의장 타시로 유키오 님께

3월 18일, 모임과 함께 히요시 회장단이 국회에 청원, 도쿄에서 니가타 미나마타병 대표 8명과 합류, 과학기술청, 경제기획청, 후생성, 통산성에 같은 내용으로 청원.

이어 시의회에 원폭수첩보다 진료에 직접 유효한 환자수첩 교부와 기능회복한 환자들의 취업알선, 재활센터 입원환자의 완전한 간호, 간병인 증원, 재활센터 내에 특수(양호)학급 설치를 계속 요구한다. 시민회의의 움직임과 조금씩 병행하면서 현지 쿠마모토 일간지에 캠페인을 시작. 타이틀은 「미나마타병은 외친다」.

그리고 《아사히신문》 캠페인 개시. 중앙정부에서 아마쿠사 출신 소노다 공해대신(大臣)의 활동. 그 발언을 「독주 코스」라 한다.

5월, 후생성이 '이타이이타이병의 원인은 미츠이 금속 카미오카(神岡)광업소에서 나온 카드뮴'이라고 발표, 그대로 나라의 결론이 되었다. 점차 전 매스컴이, 잠재하고 있던 여러 공해 발생의 전조에 대한 반응이 높아지고, 미나마타와 니가타의 미나마타병에 대한 정부 의견을 추궁하는 경향이 강해졌다. 국민 생존의 위기감에 대한 반응 …… 하지만 묘하게도 매스컴은 바쁘기도 하고 잊어버리기도 잘 한다.

미나마타병 사건의 잠재기간을 포함해 1949년에 발족했던 미나마타 시정활동은,

1950년 3월~58년 2월까지 하시모토 히코시치

1958년 3월~62년 2월까지 나카무라 토도무

1962년 3월~현재까지 하시모토 히코시치가 맞고 있다.

1956년도부터 1967년도까지 미나마타시가 지출한 미나마타병 대책경비는 생활보조금, 교육부조, 의료부조 등 8천 6백 93만 엔이며, 1959년 6월 준공한 시립병원 미나마타병 병동 공사비 8백 8만 엔 32개 침상. 1965년 3월 준공한 유노코 재활센터 공사비 2억 5천만 엔 200개 침상. 하지만 환자들의 사용은 현재 수십 침상에 불과하다.

하시모토 히코시치. 홋카이도 출신, 질소공장 역사에 따르면 '당사, 제국특허, 발명자 항'에 하시모토는 '초산합성방법'을 1931년에

획득, 연이어 이데 시게루와 공동으로 '에틸리딘, 트리아세테이트에서 무수초산(無水硝酸)과 아세트알데하이드를 제조하는 방법' '아세트알데하이드 제조 방법' '초산수용액을 농축하여 순초산을 제조하는 방법' 등등 여섯 가지 특허를 가지고(당시 독일 프랑스 이탈리아 캐나다 영국도 같은 특허를 가지고 있었다) 1932년부터 생산체제에 들어간 공장의 초산제조, 훗날 알데히드제조에 기초적 공헌을 한 인재다. 종전 당시 미나마타공장의 공장장이었다.

질소공장의 공로자는 미나마타의 공로자이기도 하다. 그런 지역감정이 하시모토를 혁신계 시장으로 이끌어낸 계기가 되었다.

'평화로운 마을, 아름다운 마을, 풍요로운 마을, 신산업복지도시의 건설'이 하시모토 히코시치의 모토다. 시민회의의 발족에 대한 시당국의 반응은 미묘하고 흥미로운 것이었다.

— 하시모토 미나마타 시장의 선창으로 '합동위령제'가 시공회당에서 열린 것은, …… 또 그 수개월 전에 니가타에서 온 방문자를 앞에 두고 가슴을 펴고 자랑스러운 듯 '유노코 병원을 보았는가? 시는 지금까지 충분히 미나마타병 환자들을 위해 노력해왔다. 그런데 이제 와서 불꽃놀이 같은 시민운동이라니 우습지 않은가?' 라고 날카롭게 쏘아붙이던 하시모토 시장의 갑작스런 일변에 얼마나 놀랐는가는 차치하고라도…… — (《쿠마모토 일일신문》 10월 6일)

결국 그렇게 되기는 했지만, 시당국은 모임과 시민회의가 요청했던 사소하고 기본적인 여러 요구사항을 자발적 발의의 형태로 개선해가는 움직임을 보였다.

9월 13일, 처음 실시되었던 미나마타시 주최 '미나마타병 사망자 합동위령제'

사실은 약 3시간 전에, 기죽은 모습으로 히요시 회장이 모임에 위령제 의논을 해왔다. '그렇다면 시에서 하도록 하는 것이 공양물도 많을 테고……' 라는 모임 회장의 의향을 존중해 시민의회는 관망하기로 했다. 그런데 그 얼마나 이상한 모양새의 위령제가 되고 말았던가!

처음으로 미나마타시가 주최한 위령제에, 회장의 준비와 접수를 맡았던 시청직원은 별개로 하고 일반시민은 나를 제외하면 단 한 명도 참가하지 않았던 것이다.

하지만 그런 일을 예상치 못했던 것은 아니다. 1959년 폭동 직후에 분명하게 변해버렸던 시민의 미나마타병에 대한 감정이 그대로 재현되고 있었던 것이다. 회사에 대한 재판도 그만둘 수 없다고 《아사히신문》에 결의표명을 했던 태아성 사망환자 이와사카 료코의 어머니 우에노 에이코 씨의 집에는, 질소공장 신노조가 쳐들어올 거라는 유언비어가 들려왔다.

"미나마타병을 이렇게까지 들춰내서 엄청난 일이 되고 말았군. 회사가 망하지! 미나마타는 황혼에 접어든 거여, 미나마타병 환자가 문제가 아니라고!"

일도 손에 잡히지 않는 심정으로, 시민들은 골목골목과 사거리 그리고 텔레비전 앞에서 너나없이 논쟁을 벌였다. 미나마타병 환자 111명과 미나마타시민 4만 5천 명 중 어느 쪽이 더 중요한가 하는 말들이 들불처럼 번지더니 갈수록 대합창이 되어가고 있었다. 그것은 시민들에게 더할 수 없이 좋은 착상이었을 터이다. 이것이야말로 이 지역사회의 입소문이란 것이었다. 매스컴의 관심집중도와 그것은 확연히 반비례했다. 미나마타병에 관한한 아무리 고도의 논리도 식자의 의견도 이 지역사회에는 먹혀들 여지가 없었다. 매스컴은 이방인 중의 이방인이다. 소노다 후생성 대신의 언동으로 정부의 견해발표가 가까워오고 질소공장의 기업책임이 상당히 분명하게 드러나지 않을까 하는 것을, 시민들은 불편한 심정으로 감지하고 있었던 것이다.

아마도 미나마타시 당국은 어지간히 여유가 없었는지 우왕좌왕 허둥대느라, 시민의 동참을 구하는 것을 완전히 망각하고 있었음이 분명했다.

여러 신문들은 정부 의견을 기다리느라 현지에서 대기하며 연일 다각적으로 '뉴스거리'를 노리고 있었다. 시민회의 발족 당시, 시장은 히요시 후미토 회장에게 '불꽃놀이'가 어떻고 운운하면서 손짓발짓으로 기이한 여성의 자태를 흉내 내면서 히요시 선생님을 모욕하려는 것 같았는데, 우리는 어이가 없어 할 말을 잃고 말았지만, 그것도 시장의 재주려니 생각하고 신기한 구경거리 보듯 그 모습을 구경했다.

그러한 경과와 정황 속에서도 심심한 마음을 담아 시민의 마음에 호소하려는 의지가 있었다면, 설령 전광석화처럼 배포된 하시모토 시정 후원회(정치결사)의 전단지 같은 형식으로라도, 혹은 마을 사무장의 소식통을 이용해서라도, 그도 아니면 다달이 출간하는 시보(市報)로라도 시민들의 동참을 꾀했더라면 좋았을 것을, 시 당국은 그것을 놓쳤다.

미나마타시 공회당, 미나마타병 사망자 합동위령제 회장. 2천 명은 거뜬히 수용할 수 있는 공회당의 접수처로 가서 나는 모임 명부를 헤아렸다. 이 같은 미나마타시의 분위기를 헤치고 모여든 유족과 환자들의 마음을 짐작해보면서. 모임 89세대 중 출석자 39명.

장내 중앙 전방에 설치된 유족들을 위한 자리 주변은 휑하니 비어 있었고, 그 왼편으로 유족석보다 한 단 높은 책상을 놓고 조화를 가슴에 단 내빈들이 줄서 있었다. 내빈조사. 토쿠에 질소공장 지사장. 보도관계자가 텅 빈 공간으로 내달렸다.

"먼저 사과 말씀을 올립니다 …… 정말, 진심으로 죄송하게 생각하고, …… 이루 말할 수 없이 큰 죄를…… 곧 정부의 견해가 발표될 겁니다. 성실하게 그 견해를 따라 ……"

토쿠에 지사장의 목소리는 카랑카랑해서 텅 빈 공간으로 잘도 울려 퍼졌다. 참으로 경솔한 인상이었다.

나는 유족석 쪽을 보았다. 유족들의 뒷모습을. 미야모토 오시노 아주머니의 몇 가닥 흐지부지 흘러내린 백발의 헝클어진 쪽진 머리를. 아주머니의 남편은 조위금을 약속된 돈의 반밖에 받지 못했다. 직접적인 사인이 미나마타병이 아니라는 사망진단서 때문에.

"여보 새댁, 생선값 깎듯이 사람 목숨값을 깎네 그려. 우리집 양반은 저승에도 못 가겠거니 했더니, 이렇게 좋은 위령제를 해주네. 이것으로 저승은 가겄지. 오늘은 오랜만에 그 양반이 보고 싶네. 이렇게 좋은 독경도 해주고, 사진을 보고 있자니 부아가 치밀어서 견딜 수가 없네. 오늘은 정말 너무 고마워. 이렇게 와줘서."

아주머니는 이렇게 말하고 염주를 쥔 손으로 합장했다.

질소공장 에토 사장은 이날 '미나마타에 이상사태가 발생해서, 현지의 전면적인 협력을 얻지 못하면 5개년 계획을 추진할 수 없다'며 철퇴를 넌지시 내비쳤다. 다음날 14일에 질소공장 신노조의 이름으로 시민을 상대로 전단지가 신문 속에 끼워져 배포되었다. '정부가 공해인정을 발표하려고 합니다. 이 문제가 미나마타시의 발전에 검은 그림자를 드리우지 않을까 불안해하시지 않을까 사료됩니다 ―'는 문장으로 시작해, '이런 검은 구름을 날려버리고 다시 미나마타에 발전을 가져오기 위해서 회사의 결의를 번복할 것을 여러분과 손을 잡고―'라는 말로 끝나고 있었다. 질소공장은 시민감정의 극점을 찾고 있었다. 틀림없이 위령제 직후를 가장 유효한 시기라고 판단했을 것이다. 1959년 11월 공장의 방류 정지는 곧 조업정지라고 했던 종업원 대회의 밤을 경계로, 하룻밤 사이에 어민들에게 등을 돌렸던 시민감정의 움직임을 기억하고 있었던 것이다. 자신들의 대량살인에 대해서는 입을 싹 씻고, 어민을 폭도로 내몰고, 산업유치에 핏대를 세우다 헛물만 켜고 있는 '농업이 뒤쳐진 현, 지키자 쿠마모토'의 여론을 그렇게 별 어려움 없이 물리치고, '위로금 계약서'에 조인하게 했던 시기를, 감쪽같이 잘 속여 넘겼다고 좋아라했을 그 시기를 분명 기억하고 있었을 것이다.

이미 충분했다. 보다 밀도 높은 금기가 생겨나고 있었다. 금기여, 더 낮게 차갑게 얼어붙어라, 나는 생각했다. 금기도 고도로 응고되고 덩어리지면 변질되게 마련이다.

1967년 3월, 혁신파에 의해 제출되어 가결된 공장유치 조례 철폐가 9월에 시장의 제안으로 부활. 이때 쓰레기처리에 부정이 있었다고 공산당으로부터 규탄을 받았던 시뇨처리업자인 사회당 시의회는 하시모토당에 들러붙어, 쓰레기처리문제는 불발인 채 부활한 조례는 질소공장 합리화 계획의 자회사에 적용되고 있었다. 질소공장 합리화 5개년 계획이란 현재 인원 2천7백 명을 반으로 줄인다는 내용으로, 이 계획을 발표하기 전후로 질소공장 미나마타 수뇌는 '선

배의 이야기를 듣는 모임'이라는 것을 만들어 같은 해 5월, 정치모임 '하시모토 시정 후원회'를 결성했다.

8월 31일, 질소공장 제1조합은 정기대회를 열고 '미나마타병에 맞서 우리들은 무엇을 위해 싸웠는가? 우리는 아무것도 쟁취하지 못했다. 인간으로서 노동자로서 부끄럽다. 아무것도 하지 못했던 것을 부끄럽게 여기고, 미나마타병과 싸우자!'라고 선언했다. 그것은 예상되었던 부분이었다. 질소공장을 지켜라! 회사를 지켜라! 와 같은 구호는 여전히 계속되었다.

천황폐하 만세

•

1967년 9월 22일 소노다 후생성 대신 미나마타 입성.

미나마타시청 계단 아래 환자모임 집결. 아마쿠사 출신 '대신'을 눈앞에 두고, 사람들은 말보다 먼저 눈물이 앞섰다. 10년 전 '국회의원 아버지, 어머니……'라고 호소했던 나카오카 사츠키 씨가 앞으로 나아갔다. 그저 '잘 부탁드립니다. 환자와 가족을 위해 제발'이라는 말을 목구멍을 쥐어짜듯하며 간신히 뱉어냈다. 아마쿠사 출신이 많은 모임 회원들은 생각만 굴뚝 같고 말이 나오지 않았다. 예정된 바 없이 갑작스럽게 이뤄진 청원이다. 대신은 심란한 표정으로 이 집단에서 벗어나려 했다. 그 뒷모습을 향해 소리죽여 울고 있던 사람들의 입에서 높게, 종교적인 울림이 느껴지는 화음이 울려 퍼졌다.

"부탁합니다!"라는, 화음의 돌림노래다. 모임의 고립은 갈수록 더해갔다.

유노코 재활센터 입원환자 사카가미 유키. 재활센터에서 정신병원으로 옮기던 중 이혼수속 완료, 5월에 이혼 결정. 옛날 성으로 돌아가 니시카타 유키가 되다(일본은 여자가 결혼하면 남편의 성을 따르는데, 이혼하면 대개 본래의 성으로 돌아간다-옮긴이). 강도 높은 착란이 진정되고 "버리는 신이 있으면 구원하는 신도 있다는데……"라며 희미하게 웃을 수 있게 되었다. 아마쿠사 우시부카 출신인 그녀는 유달리 각별한 마음으로 후생성 대신의 도착을 기다리고 있었다.

"훌륭한 양복을 입은 사람들이 한 서른 명은 줄줄이 들어오는데, 누가 대신인지 당최 알 수가 있어야지! 서른 명 정도 되는 사람들한테 둘러싸여서 주목을 받았네. 남의 이목에는 이력이 났지만, 어차피 나는 구경거리니까. 대신은 대체 누굴까, 그 생각에 내 머리가 다 아파오더라고…… 스기하라 유리한테 라이트를 팍팍 터트리면서 사진을 찍었잖어? 그때 아, 또 시작이구나 싶더니, 아니나 다를까, 일 치고 말았네……"

'일 치고 말았다 ……'란 미나마타병 증상인 센 경련발작을 말한다. 나중에 그녀는 어쩔 수 없다는 듯 찔끔 눈물을 비치며 웃었다.

대기하고 있던 의사 세 명이 달려들어 붙잡고 억누른 끝에 진정제를 맞혔다. 어깨 부근과 양 발목을 조심스레 누르고 주사액을 밀어 넣고 있는데, 돌연 그녀의 입에서 "천, 황, 폐, 하 만세!"라는 절규가 터져 나왔다.

온 병실이 침묵에 잠겼다. 대신은 순간 불안한 표정을 짓더니 이내 스기하라 유리의 침대 쪽으로 고개를 돌렸다. 연이어 그녀의 가늘게 떨리고 있는 입술에서 더할 수 없이 엉망진창인 〈기미가요〉가 흘러나왔다. 불안하고 알아듣기 어려운 발음이었다.

사무치게 퍼지는 소름끼치도록 섬뜩한 느낌에 떠밀려 일행은 정신없이 병실을 빠져나갔다.

9월 26일 오후, 후생성 · 과학기술청에서 정부의견 발표.

미나마타병을 요약한 후생성은 '원인은 메틸수은화합물로, 신일본질소 미나마타 공장의 아세트알데히드 초산설비 안에서 생성된 메틸수은화합물이 폐수에 섞여나가 미나마타만의 어패류를 오염시켰다'고 처음으로 기업의 책임을 명시했다. 환자발생 이래 실로 15년 만의 일이었고, 아가노강 사건에 대해서는 과학기술청이 '구 쇼와전공 카노세공장의 폐수에 함유되었던 메틸수은화합물이 아가노강을 오염시키고 중독발생의 기반이 되었다'고 했는데, 이는 4년 만에 나온 의견이었다.

9월 27일, 질소공장 에토 사장이 도쿄에서 내려와 환자가정에 사과를 하러 다닌다고 했다. 그럼 그렇지, 역시 그렇지, 라고 나는 생각했다. 이날을 맞이하여 반드시 눈 똑바로 뜨고 지켜봐야 하리라.

보도진 주역들은 대부분 26일 정부 발표 시점에서 철수한 상태였다. 정부 발표 자체의 내용은 소노다 후생성 대신이 '국회입성'한 20일 전후의 '선물' 같은 언동에 의해 대충 짐작하고 있었고, 신문의 논조는 이미 단속단계에 접어든 것 같았다. 미나마타병 사건의 마지막 심연이 아주 천천히 입을 벌리는 것은 이때부터다. 사건발생 이래 15년, 그보다 깊은 잠재기간을 포함시키면 아시오광독사건으로부터 70년, 이 잠재기간도 또한 충분하다. 나는 이 세월을 물리도록 맛보았다. 창자가 썩어문드러지고 그것이 구역질이 되어 나올 때까지. 질소공장 사장은 회사 자동차로 돌 것이 분명하다. 이날을 위해 이것저것 가난한 가계를 긁어모아 돈을 마련했다. 나는 택시를 빌려 타고 차를 뒤따르기로 했다.

먼저 야마모토 아카요시 신임 모임 회장댁. 한발 늦었다. 그이는 복잡한, 충혈된 눈을 하고 있었다. 필시 잠들지 못한 밤들이 계속되고 있음이 분명하다. 정부발표에 대해 말하고, 나는 회장의 오랜 노고를 위로하며 앞으로 힘든 보상교섭을 염려하여 깊이 고개를 숙였다. 그이는 몇 번이고 고개를 끄덕이더니 전에 없이 자기 쪽에서 먼저 환자인 딸 이야기를 꺼내고, "아침 바다에 나갔는데 사장이 와서 ……"라며 말을 잇던 참이었다. 그때 앞마당으로 비실비실 바람에 떠밀려오는 것 같은 걸음으로 한 아주머니가 들어서더니,

"아이고, 아저씨!"

한마디 하곤 현관 입구에 털썩 주저앉아 걷잡을 수 없는 오열을 토해내기 시작했다. 그 헝클어진 머리하며 양 어깨가 적나라하게 드러난 속옷차림에 순간 누군가 알아보지 못했는데, 데츠키의 재택중증환자인 타가야 키미(48세)였다.

"왜 그래요? 대체 무슨 일이야?"

야마모토 씨는 엉거주춤 자리에서 일어서다 말고 소리쳤다.

"아저씨, 인제, 돈은, 돈은 한 푼도 필요 없소! 지금까지 시민을 위해, 회사를 위해, 미나마타병은 쉬쉬하면서, 견뎌, 왔는데, 인제, 이제 와서, 시민의 여론에 죽고 말거요! 아저씨, 이번엔 진짜로, 시민의 여론에 죽을 거예요."

보니 맨발이었다.

"무슨 소리! 이제부터 회사하고 보상교섭을 시작할 참인데, 무슨 소리를 하는 거여? 누가 뭐라고 했길래?"

"다들 그래요. 회사가 망한다, 너희들 때문에 미나마타시가 망한다, 그때는 돈 좀 빌려줘라, 2천만 엔이나 받는다면서? 우리를 죽일 거예요 아저씨, 이번에야말로."

"무슨 바보 같은 소리! 그런 소리 한 놈을 데려와, 이리 당장!

내가 똑똑히 말해줄 테니까, 우리가 참고 있으니까 미나마타시가 이만큼 잘 살고 있다고, 우리가 폭발하면 미나마타시가 어떻게 될 건지, 내 분명히 말해줄 테니 데려와, 그놈들을! 내가 혼자 다 알아

서 할 테니, 걱정말어!"

망연해 있던 나는 그녀의 어깨에 손을 얹었다.

"가요, 집으로 돌아가요. 몸에 안 좋아요, 옷을 입어야지 ……"

아연실색한 얼굴로 타가야 키미는 자리에서 일어나 오열의 여운을 남긴 채 왔을 때처럼 비실비실 바람에 떠밀려가듯 돌아갔다. 왼손에 들린 낡아빠진 수건이 축 늘어져 땅에 질질 끌리며 ……

그날의 모습은 그 후 9월 29일에 열렸던 '미나마타시 발전 시민대회'의 광경과 포개어진다.

《마이니치신문》 쿠마모토판 (1968년 10월 19일자)

〈미나마타병, 공해는 인정되었지만〉 연재(3)

병든 미나마타 상징=환자가 등을 돌린 시민대회

①미나마타병 환자가정 모임을 전면적으로 지원한다.

②질소공장의 재건 5개년계획 수행을 지원하다.

이 두 개의 슬로건을 내걸고 9월 29일, 미나마타시 발전 시민대회가 열렸다.

발기인은 상공회의소를 비롯해 파마협회, 유흥업소조합 등 56개 단체 회장, 부인회에 청년단까지 포함하고, 중심은 상공업자 단체.

그 취지는, '질소공장과 더불어 번영해왔던 미나마타시는 …… 1962년의 대쟁의를 기점으로 뭔가가 어긋나기 시작하여 …… 이 병폐가 오늘날 미나마타병 문제에도 단적으로 나타나 …… 개발도상에 있는 미나마타시에 다시 어두운 그림자가 드리우고 있습니다. 게다가 그 원인이 멀게는 질소공장에 있다고는 하지만, 이 책임을 너무 추궁한 나머지 현상 타개의 길을 상실하고 있는 것은 아닌지?'

라고 호소하고 있었다. 미나마타병 환자지원을 내세운 시민대회는 필시 이것이 처음이었다. 하지만 질소공장 지원도 함께 내세우고 있었다는 점이 이 대회의 두드러진 특징이었다.

이에 대해서는 차례대로 단상에 오른 명사들의 어딘지 분명치 않고 변명 같은 어눌한 말투에도 그대로 드러나 있었다.

타나카 상공회의소 대표는 '회장취임을 거절했다' 고 말하고, 시모다 청년단장은 '질소공장과 시민이 마음을 하나로 ……' 라고 호소했으며, 오자키 부인회 회장은 '질소공장 종업원이라면 딸 시집보내겠다던 인정 많은 마음으로 돌아가자' 고, 번갈아가며 한마디씩 했다.

하시모토 시장은 '회사, 종업원, 시민이 마음을 합친다면 질소공장의 재건은 성공할 것이다' 고 강조했다. 히로타 시회의장은 '지금까지도 불행한 사람들에게는 어느 정도 조치를 취해왔다' 고 말하고, 마츠다 어협조합장은 시종 '이제 물고기는 안전합니다. 안심하고 먹어주세요' 하며 호소했다.

그것은 정말 너무 기이한 대회였다. '환자를 지원한다. 하지만 질소공장 재건계획의 수행에는 충분히 협력한다.'

두 개의 슬로건은 이 '하지만' 이라는 역접접속사로 맺어진 관계였다.

그것은 또 9월 14일자 신노조가 뿌린 전단지의 '검은 그림자' 와 '현지의 협력이 없으면 —' 이라던 신노조에 대한 질소공장의 대답이 딱 들어맞는 대응이었다.

이 대회에 참가할 것을 요구받은 야마모토 아카요시 모임 회장은, "10년이나 나 몰라라 해놓고 이제 와서 …… 우리는 회사하고 우리끼리 교섭할 테니까, 옆에서 이래라저래라 여러 말 하지 말아요"라며 거절했다고 했다.

그런 야마모토 회장에게 야마구치 요시히토 씨는 "지금까지의 나쁜 일이 또 있을라고요. 하지만 당신들도 미나마타 시민이라는 사실을 잊지 말고 교섭해 주세요"라고 이 대회에서 유일하게 '육성'으로 호소했다.

"공해인정이 발표되니까 공장을 철수하겠다느니 하는 사장은 어떻게 된 거야? 질소공장 사장쯤 된다는 사람이 그래서야 쓰겠나?"

하지만 정말 짓궂게도, 이 시민대회가 있고 난 몇 시간 후 에토 질소공장 사장은 "전면철수 같은 건 있을 수 없다. 오보다. 지금 막 새 공장도 완성되었다."고 기자회견에서 대답했다. 그리고

— 질소공장이 요청한 현지 협력이란 구체적으로 무엇인가?

"장기 스트라이크 같은 복잡한 문제가 발생해서야 ……"

— 그럼 그것은 노동조합의 협력을 말하는 건가?

등의 이야기가 오갔다.

시민 1천 5백 명을 모아놓고 열렸던 '미나마타시 발전 시민대회'는 환자들에게 배척당하고 '합동위령제'는 시민들에게 배척당해 병든 미나마타의 모습을 상징적으로 보여주고 있었다.

환자들의 보상교섭은 미나마타의 그런 분위기 속에서 출발했다.

가을 여우비

•

초대환자모임회장인 와타나베 에이조 씨 자택 앞에서 나는 일행을 따라잡을 수 있었다. 노인은 때마침 사장 일행을 보내느라 돌계단을 내려서다 내가 탄 택시를 발견하고, 그 자리에 웅크려 앉으며 돌계단 위에서 예의 어이! 하는 식의 소년 같은 눈인사를 보내며 한쪽 손을 들어보였다. 차는 3번 국도를 따라 달렸다.

카고시마현 경계에 가까운 무도 부락. 차가 지나가면 사람은 지날 수 없게 좁은 바닷가 길. 잇따른 환자의 집 앞에 검은색의 대형 '회사' 차가 멈춘다. 전방에 대형차들이 멈춰서면 내가 탄 작은 택시는 꼼짝없이 뒤따라 서야 했다. 나는 바닷가로 돌출한 채소밭의 좁은 둑에 내려섰다. 이런 좁은 길로 언제나 기어 나와 아지랑이 같은 다리를 살랑살랑 흔들며 지나다니던 갯강구의 그림자가 오늘은 보이지 않는다. 때 없는 사람들과 차의 행렬에 놀라 돌담 구멍 속으로 숨어버린 것이리라.

만조다. 태아성 미나마타병 환자 모리모토 히사에 집 모퉁이.

한눈에도 간부처럼 보이는 검은 양복을 말끔하게 차려입은 남자들. 그리고 내 손에는 회사 측이 '건강한 몸' 따위로 환자를 감정한, 의학적 근거도 없는 '미나마타병 환자 일람표'가 들려있었다.

막막한 허무함에 나는 사로잡혔다. 아스완하이댐에 가라앉아 있다는 고대 이집트의 신전을 떠올리고 있었다.

사장의 '사과' 목소리가 빠끔빠끔 올라오는 거품같이 들려왔다.

"…… 진심으로 오랜 기간, 죄송했습니다. …… 앞으로는 성의를 다해 반드시 자녀분의 평생을 돌보도록 하겠습니다."

모리모토 히사에의 어머니는 머뭇머뭇 고개 숙여 그 인사를 받고, 깊숙이 허리 숙여 절하며 일행을 배웅하더니, 모퉁이에 선 내 쪽으로 다가와 이윽고 말없이 뚝뚝 눈물을 떨궜다.

부재중인 환자들 집이 적잖게 있었다. 한 집 한 집 사장이 방문한다는 사실을 구두로도 문서로도 통보받은 바 없었다. 전날, 정부의견 발표 후의 기자회견에서 그런 의향을 얼핏 비쳤을 뿐이었다.

데츠키 부락, 이바라키 묘코와 츠구노리 오누이의 집. 부모님은 급성극증형과 만성자극형으로 초기에 사망했다. 츠구노리의 병을 돌보느라 누나 묘코는 시집도 못 갔다. 막노동을 하루 쉬기로 한 묘코는 동생과 둘이서 사장의 방문을 기다리고 있었다.

"잘 오셨습니다. 기다리고 있었어요, 15년간!"

먼저 묘코는 이렇게 인사를 건넸다.

가을 여우비가 내렸다.

"오늘은 사과하러 오셨다고요.

사과를 한다는 그 입으로 당신들, 회사를 다른 곳으로 철수하겠다고 했다면서요? 지금 당장 다 갖고 나가요. 좋지, 암 좋고말고. 미나마타 사람 더는 협박하지 말고, 그 무서운, 사람 죽이는 독이나 만들어내는 기계도 모두 다, 수은도 모조리, 바늘 하나 못 하나, 미나마타에 남기지 말고, 땅까지 다 파서 가져가요. 도쿄로 가든 오사카로 가든.

미나마타가 망하는지 안 망하는지 봐요. 아마쿠사에서도 나가시마에서도, 아직 고구마에 보리 먹으면서도 인간답게 잘 살고 있어요. 우리는 보리 먹으면서 살아온 사람의 자손이오. 부모님 여의기 진까지 가난이 힘들었지, 부모님 돌아가시고 우리만 겪는 가난은 눈곱만큼도 안 힘들어. 회사 있고 사람 있다고, 당신들은 그렇게 생각하나 본데! 회사 있어 태어난 인간이라면, 회사에서 태어난 그 인간들도 같이 데리고 가줘요. 회사 폐수 때문에 죽은 사람은 봤어도 보리며 고구마 먹고 죽었단 얘기는 내 생전 못 들어봤네. 이 말을, 지금 내가 한 말을 오해하면 못써요. 지금 한 말은, 내가 하는 말이 아니오. 이 말은 당신들이, 회사가 말하도록 만든 거지. 잘못 오해하지 말아요, 아셨소?"

줄줄 눈물이 흘러내린다. 그리고 자신을 꾸짖듯 말한다.

"자! 뭣 하러 오셨소? 안 올라오시려오? 아버지 어머니가, 부처님이 기다렸답니다. 그렇게 서 있지만 말고, 절이라도 올리고 가시오. 그런다고 천벌 받을 것도 아닌데. 향은 준비해놨으니."

묘코의 재촉에 일행은 처음으로 피해자의 불단에 절을 올렸다. 내리는 빗속을, 양복 입은 사람들은 말없이 자동차에 올라 다음 환자의 집으로 향했다.

나는 바로 묘코의 집안으로 뛰어들어갔다.

"아깝게 됐네!"

묘코는 말했다.

"좀만 더 일찍 왔으면 좋았을 것을, 지금 막 갔네."

기분이 묘하다고, 묘코는 아직 눈물이 글썽한 크고 긴 눈을 하늘에 붙박은 채 말했다.

"마음이 요만큼도 안 개운해…… 오늘은 기어코 말하자, 15년간 한 순간도 빠짐없이 생각해왔던 말을 하자고, 그렇게 다짐했는데. 결국 못했네. 절대 안 울려고 했는데, 울어버렸네. 다음 말이 안 나오데. 슬퍼서 맥이 다 빠지네."

묘코는 앞마당을 빙글빙글 돌다가, 옆에 와 앉았다가, 웅크렸다 하면서 말한다.

"부모님은 날 여자로 낳아주셨는데, 나는 남자가 돼버렸어. 요즘에는 완전히 남자야."

눈을 내리뜰 때 바람이 불어오더니, 헝클어진 머리칼이 살랑 묘코의 뺨과 갈색 목덜미에 걸린다. 그 눈동자 너무 깊은 아름다움에 나는 마른 숨을 삼켰다. 안개처럼 비를 머금고 퍼져가는 바람이다.

"그래 참, 조상님이 주신 것 맛 좀 봐야지."

훗훗한 열기가 피어오르는 고대의 무녀처럼 묘코는 하늘하늘 일어섰다. 그리고 소리 없이 불단 앞으로 걸어가 '공양물'을 두 손으로 받들어 내리고, 그대로 부엌으로 가 한 손에 칼을 들고 나타났다.

"먹어봅시다, 사장님이 가져오신 선물, 우리 같이 먹어봅시다.

뭘까? 아, 양갱이구먼. 도쿄에서 온 양갱이, 츠구노리! 차 마실래? 차 내는 걸 잊어버렸네, 손님한테."

묘코는 한쪽에 공양물을 풀어놓고 신명 난 손놀림으로 포장을 뜯더니 실로 천진난만한 웃는 얼굴로 내밀었다.

"자, 먹어요."

작가후기

•

정부의견 발표 後, 1968년 10월부터 시작된 몇 차례 보상교섭에서 질소공장은 미나마타병 환자모임이 제시한 ①사망자 1천 3백만 엔 ②환자 연간 60만 엔을 외면했다. 제3자 기관알선으로 다시 모임 측이 의뢰했던 테라모토 쿠마모토현 지사에게 에토 사장은,

"질소공장으로서는 1959년 위로금 계약이 유효하다. 보상교섭은 질소공장의 호의로 이뤄지고 있으며, 보상금은 위로금보다 더 생각하고 있다"고 말했다. 또한 12월 19일, 후생성에 제출한 요청서에 '추가보상문제'라는 말을 사용함으로써, 종래의 위로금 계약서를 유효시하는 보상 태도를 더욱 확고히 했다.

"모임의 요구액이 너무 많아 난항을 겪는데, 이것은 **한 기업 한 지역만의 문제가 아니므로 공정한 기준을 정할 필요가 있다**"고 전혀 다른 태도를 보였다. 이 말에는 15년 세월이 지나 정부 의견이 나왔지만 기업이 한 지역에 저지른 자신들의 죄를 성의껏 보상하고 만천하에 엎드려 사죄하는 모습은 추호도 찾아볼 수 없었다.

'공정한 심판에 복종하겠다'면 몰라도 저 지독한 후안무치, 우리에게 아직도 할 '말'이 있다는 것인가? 나는 망연자실했다.

이렇게 보상교섭은 원점으로 돌아가고 시민들의 보이지 않는 박해와 무시 속에서 나날이 죽음에 한 발짝씩 다가가고 있는 환자들

이 토해내는 말.

"돈은 한 푼도 필요 없어. 그 대신 회사의 잘난 사람들, 위에서부터 줄줄이 수은모액(水銀母液)을 마시라고 해(1968년 5월, 질소공장은 아세트알데히드 생산을 중지하고, 버려야 할 유기수은 100톤을 한국으로 수출하고자 드럼통에 주입하려다 제1조합에게 들켜 저지당했다. 이후 제1조합의 감시 하에 그 죄업의 상징으로 존재하는 드럼통의 유기수은모액을 가리킨다). 위에서부터 차례로 마흔두 명이 죽을 때까지. 그 부인들도 마시라고 해. 태아성 미나마타병 환자가 태어나게. 그리고 그 다음에 순서대로 예순아홉 명, 미나마타병에 걸리라고 해. 그러고 또 백 명 정도 잠재 환자가 돼보라고 해. 그거면 충분하니까!"

이것은 이미 죽은 자의 영혼 혹은 살아 있는 민중들의 한 맺힌 말이다.

보상교섭의 추이를 지켜보면서, 뜻밖에도 나는 아시오광독사건 야나카 마을의 잔류민인 타카다 센지로를 떠올렸다. 그이는 문맹이라 토지매수승낙서인지도 모르고, 그것을 헌납서라고 내미는 관리들에게 속아서 도장을 찍어버렸다. 그이는 야나카 잔류민에 대한 강제파괴 직전에 "정말로 국가가 필요로 하는 거라면 내 집과 땅은 무상으로 국가에 헌납하겠습니다"라고 했는데, 타나카 쇼조는 그런 센지로에게 '귀하는 신과 같다'는 글을 써 보냈다. (나는 이 내용이 실린 《사상의 과학》 1962년 9월, 일본민주주의의 원형특집호를 옆에 두고, 미나마타병과 인연을 맺은 나 자신과의 대화의 의지로 삼고 있다는 사실을 여기에 밝혀야겠다.)

미나마타병 환자들이 누차 말하는 "— 미나마타병 환자인 우리가 입을 열면 나라를 위해, 현을 위해, 시를 위해 좋을 게 없다……"는 말은, 센지로가 나라에 제공한 것은 개인의 사유재산이지만(물론 이 또한 생존권이긴 하지만), 70여 년이 지난 미나마타병 사건에서는 일본자본주의가 번영이라는 이름 하에 잔혹하게 먹어치우고 있는 것은 다름 아닌 개인의 생명 그 자체임을 우리는 안다. 야나카 마을의 원한은 어두운 미나마타에 되살아났다.

여기에 등장하는 사람들은 그 의미뿐만 아니라 이 나라 농어민, 즉 우리들의 조상이다. 그들의 영혼에는 우리 자신의 아득한 원시사상이 은밀하게 깃들어 있다. 이런 식으로 파멸되어가고 새로 태어나는 것들의 형상을 나는 니가타 미나마타병 환자들의 모습에서 찾아냈다.

"옛날 같으면 부모님의 원수, 형제의 원수, 나 자신의 원수를 갚으러 갔을 텐데. 쇼와전공 놈들 어떤 집에 살고 어떤 음식을 먹고 어떤 돈으로 세상 살고 있는지, 여봐란 듯 잘 먹고 잘 살겠지? 사람 죽인 그 돈으로. 그놈들은 죽여도 죽인 보람을 못 느낄 인간들이여. 내가 구원받지 못한 것은, 인간 쓰레기 같은 쇼와전공 놈들 때문이 아니야. 내가 잠 못 드는 것은, 규슈의 환자들을 살릴 수 없기 때문이지. 내가 만일 총리대신이라면, 웃지마, 내가 만일 총리대신이라면 미나마타 환자들 중에서 여하간 구해주고 싶은 사람은, 사회복귀가 가능한 사람을 먼저 최고의 의학과 최고의 사회복지로 구원해줄 거야. 두 번째로 타카에 같은, 아아, 그 사람은 과연 복귀할 수 있을까, 그 사람을 만난 것은 단 1분도 안 되는 40초에 불과했지. 그래도 나는 내가 환자이기 때문에 한눈에 그 사람의 손가락 모양이며 눈 색깔로 환자의 기분을 알 수 있어. 사카가미 유키가 말하더군, 당신들 니가타 사람들은 미나마타 사람이 희생양이 된 덕분에 산거라고. 나는 하지만 살 수 없어. 그 사람들을 살리지 못하면……"

청년의 아버지는 뒤얽힌 말을 어렵게 고르고 이어가며 말했다.

"쇼와전공의 폐수 때문이라고 나라가 결론을 냈다지. 규슈에도 미나마타 시민의 보이지 않는 박해가 있어서 아직도 죽은 영혼이 승천하질 못해. 그래도 세상은 좋아지고 있다고 생각지 않소? 15년 전에는 지금 같은 결론을 어디 생각이나 했겠냐 말이야. 쇼와전공은 죽어라 기를 쓰고 있는 모양이지만, 이렇게 된 이상 인내싸움이지. 소송 건 사람들 중에서 생활이 곤란한 집은, 글쎄 우리집뿐이더구먼! 아니, 질 수야 없지, 우리집, 모두 다 수은에 중독돼버렸는데, 뭐가 겁나겠어? 다른 집이야 논밭 있겠다, 가끔 장어도 잡고 정어리도 잡고 그나마 여유롭게 사는 것 같대. 결코 질 순 없지, 이겨야지 암!"

극한상황을 극복하고 빛을 발하는 사람의 아름다움과 기업의 논리에 기생하는 사람과의 분명한 대비를 우리는 볼 수 있다.

이 원고의 일부는 1960년 1월 《서클촌》에 발표, 같은 해 『일본 잔혹이야기』(平凡社 간행)에 싣고, 후에 속편을 싣느라 1963년 《현대의 기록》을 창간했는데, 자금난으로 질소공장 안정임금반대쟁의 특집호로 일단 끝냈다가, 1965년 《쿠마모토 풍토기》 창간과 동시에 원고를 다듬어 이 잡지의 폐간 때까지 천천히 썼다. 원제는 『바다와 하늘 사이에』다.

— 의식의 고향이 됐든 실재의 고향이 됐든, 오늘날 이 나라 기민정책(棄民政策 곤궁에 처해있는 국민을 나라가 버리는 일-옮긴이)의 각인을 받아 잠재적으로 폐기처분된 부분이 없는 도시며 농어촌이 어디 있을까? 이와 같은 의식의 부정적인 면을 풍토의 물 속에 처박으면서, 마음에서 고향을 지워야만 했던 사람들에게 고향이란 이미 행방을 감춰버린 안타까운 미래다.

지방으로 떠나는 사람과, 고향에 있으면서 고향을 떠나지 않으면 안 되는 사람과 같은 거리에 몸을 둘 수만 있다면, 우리는 고향을 다시 한 번 매개체로 삼아 민중의 마음과 함께 어렴풋한 추상세계인 미래를 공유할 수 있을 것만 같다. 그 밀도 속에 그들의 노래가 있고, 우리의 시도 있을 것이다. 그래서 우리의 작업을 기록주의라 부르기로 한다 ……라고, 나는《현대의 기록》출간에 부쳐 썼다. 미완으로 끝낸 이 책의 경위를, 이것으로 어느 정도는 전달할 수 있으리라 믿는다.

우에노 에이신 씨 부부의 헌신적인 도움과 코단샤의 호의로 출판이 결정됐지만, 시민회의 발족에 관계하다보니 속편 집필 착수가 그보다 반 년이나 지났다. 특히 코단샤 학예 제2출판부 여러분에게는 본의 아니게 여러 가지로 많은 폐를 끼쳤다.

《쿠마모토 풍토기》의 편집자 와타나베 쿄지 씨와 아츠코 부인, 일본 치쿠호 유적지에 살고 있는 우에노 에이신 씨와 세이코 부인, 이 양가에, 여러 해 동안 나는 증발하기 위해 찾아가서 망설임 없이 마음의 고립과 굶주림을 호소하고 밥을 구걸했다. 이 양가에서는 바닷가에 막 올려진 물고기처럼 잠들 수 있었다. 그 동안 우리 식구들은 가차 없이 방치되었지만, 어쩔 수 없는 일이다. 무한한 고마움만 전할 뿐이다.

이렇게 사람들의 호의에 힘입고 기대어, 마감약속을 지킨다는 것은 한번 꿈도 꿔보지 못하고, 이 책은 완성되었다.

1968년 12월 21일 새벽

이시무레 미치코

개정판에 부쳐 (구 문고판 후기)

고백하자면 이 작품은 누구보다도 나 자신에게 들려주는 옛이야기 같은 것이다.

이런 비극에서 소재를 구한 이상, 그것이 곧 작가의 비극이기도 하다는 것은 인과응보다.

제2부와 제3부를 집필하는 도중에 왼쪽 시력을 잃어, 다른 주제의 작품도 있고 해서, 예정의 제4부까지 남은 시력으로 버틸 수 있을지 자신이 없어졌다. 시력보다 기력이 사실은 더 자신이 없다.

일이 되어가는 형편으로, 죽은 이들을 뒤따르는 심정으로 운동의 소용돌이 속에도 출몰하지 않으면 안 될 지경에 있었고, 그 때문에 제1부는 개정판에 맞춰 원고를 손볼 시간적 여유도 전혀 없이 출판이 진행되어 후에 그 일이 마음에 걸리고 더할 수 없이 부끄럽더니, 이렇게 문고판으로 다시 출간해주신 덕분에 마음에 걸렸던 몇 군데를 얼마간 손볼 수 있는 기회를 얻었다.

이 점에 대해 깊이 감사드리고, 많은 배려를 아끼지 않으신 카지 씨와 붉은 글씨로 빼곡해진 원고를 자르고 다듬어주신 카와마타 씨에게 깊은 감사의 말씀을 드립니다.

1972년 11월 9일 저자

이시무레 미치코의 세계

와타나베 쿄지

•

1

먼저 사적인 회상을 적고 싶다. '작가후기'에도 나왔듯이, 이 책의 원형인 『바다와 하늘 사이에』는 1965년 12월부터 1966년 한해 꼬박, 내가 편집을 맡고 있던 잡지 《쿠마모토 풍토기》에 연재되었다. 《쿠마모토 풍토기》의 창간 당시, 나는 소위 《서클촌》의 여전사 중 한 사람인 이시무레 미치코의 평판을 들어 알고 있었지만, 아직 가까이 알고 지내는 사이는 아니었다. 그랬던 그녀가 보도듣도 못했다 해도 좋을 내 잡지에 연재를 하게 된 것은 타니가와 간 씨의 소개와 1963년에 잡지 《현대의 기록》을 미나마타의 동료들과 창간했다가 중지해야 했던 그녀에게 때마침 적당한 발표지면이 필요했기 때문이라 할 수 있다.

『바다와 하늘 사이에』는 말하자면 편집자인 나에게 보내는 그녀의 선물 같은 것이었다. 첫 회분인 야마나카 큐헤이 소년의 원고를 받았을 때, 나는 이것이 쉽지 않은 작품임을 직감했다. 가끔 연재를 쉴 때도 있었지만, 원고는 거의 순조롭게 1회분에 30~40장 분량으로 보내왔다. 말하자면 작품은 노트형식으로 이미 써놓은 것을 그녀는 마감일에 맞춰 매회 분량을 손질해서 보내는 거라고 나는 추측했다. 나는 편집자로서 이 작품의 완성에 협력하는 일은 하나도 하지 않았다. 내가 한 일이라곤 고작해야 오자를 교정하는 정도였는데, 그래도 내가 한 작품의 탄생과 마주하고 있다는 흥분에 휩싸였던 것은, 누구보다 앞서 「유키 이야기」며 「하늘의 물고기」를 원고지 형태나, 교정판 형태로 읽으면서 아직 그 누구도 맛보지 못한 감동을 맛볼 수 있는 특권이 주어졌기 때문이리라.

당시 그녀는 완전한 한 사람의 주부로 살고 있었다. 1965년 가을, 처음으로 미나마타의 그녀의 집을 방문했을 때, 나는 그녀의 '서재'에 해당하는 공간에 깊은 인상을 받았다.

그것은 서재랄 것도 없는 곳이었다. 다다미 한 장을 반으로 접은 정도(90cm×90cm 정도-옮긴이) 넓이에 판자를 댄 것으로, 궁핍한 책장이 창으로 들어오는 빛을 거의 차단하고 있었다. 그것은 굳이 말하자면 나이 어린 문학소녀가 사용하지 않는 집안 한 귀퉁이를 어른에게 간신히 허락받아 자신만의 자그마한 성으로 만들어두었다는 느낌을 주는 풍경이었다. 앉으면 몸은 삐져나올 것이 분명했고, 채광의 악조건은 확실히 시력을 잃기에 그만이었다. 하지만 집안 분위기로 보아, 그것은 그 나이에 문학과 시가와의 인연을 끊지 않으려는 주부에게 허락된 최대한의 양보이기도 했을 것이다. 『고해정토』는 이런 '작업실'에서 쓰여졌다.

나는 '열악한 조건 하에서 쓰인 명작'이라는 얘기를 하는 것이 아니다. 어떤 조건에서 쓰였든 졸작은 졸작이고 걸작은 걸작이다. 이런 이야기를 쓰는 것은 그런 수줍은 작업실(작업실이라기보다는 간신히 마련된 옹색한 공간일 뿐이지만, 일단 이렇게 부르기로 한다)이 나에게 준, 가련하다고도 귀엽다고도 할 인상을 나는 지금도 잊을 수 없기 때문이고, 또한 주부인 그녀에게 그렇게까지 해서 글 쓰는 일에 집념을 불사르지 않으면 안 되었던 충동, 바꿔 말하면 불행한 의식이 존재하고 있었다는 점에 주의해주길 바라기 때문이다.

「유키 이야기」와 「하늘의 물고기」를 읽었을 때, 나는 이미 이 작품이 걸작이라는 것을 확신했다. 또 저널리즘 상에서 호평을 받으리라 확신했다. 눈이 열려있는 사람이라면 누구나 알 수 있는 일이다. 아니나 다를까 이 책이 코단샤에서 발행되자 평판은 순식간에 높아졌고, 그 해에 제1회 오오야 소이치상의 수상작으로 선정되었지만 거부했는데, 그 사실이 또 저널리즘의 떠들썩한 화제에 올랐다. 바야흐로 공해논의가 한창이었다.

『고해정토』는 금세 공해기업 고발이라느니 환경오염반대라느니 하는 주민운동과 같은 사회적 유행어와 결부되어, 우왕좌왕하는 사이에 그녀는 미나마타병에 대해 사회적인 발언을 일삼는 명사의 한 사람으로 우뚝 서고 말았다. 『고해정토』가 저널리즘 상에서 좋은 평가를 받으리라는 것을 의심하지 않았던 나로서도 이 정도까지는 예상치 못했었다.

그녀는 자기로서도 어쩌지 못할 의무감으로, 이 책 제7장에 나온 것처럼 1968년에 처음으로 미나마타병 대책시민회의를 결성하고, 그 뒤 운동이 확대됨에 따라 그녀 나름의 책임을 다하려 애써왔다. 이 책이 출간되었던 1969년 1월 이후의 경과에 대해 간략히 말하자면, 같은 해 4월 후생성의 보상알선을 둘러싸고 환자모임은 일임파와 소송파로 분열, 6월에는 29세대가 쿠마모토 지방재판소에 질소공장을 상대로 하여 총액 15억 9천만 엔 이상의 손해배상을 제기했다. 그와 더불어 전국각지에 '미나마타병을 고발하는 모임'이 생겨났고, 후생성 보상처리 저지, 도쿄—미나마타 순례단, 주주총회 진입 등이 이뤄졌고, 또 1971년 여름부터 이른바 신인정(미나마타병임을 새롭게 인정받는 것-옮긴이) 규범의 표준에 의해 그때까지 방치되어있던 잠재 환자가 속속 인정을 받기 시작했고, 그해 말에는 신인정 환자는 질소공장을 대상으로 자신들만의 교섭을 시작했다. 이 교섭은 지금까지 계속 이어져오고 있으며, 한편 재판은 올가을 마침내 결심을 맞이하게 되고 내년(1973년) 봄에는 판결이 내려질 것으로 예상된다.

그녀는 이런 사태의 전개에 가능한 한 잘 동참해왔다고 할 수 있다. 그것은 그녀의 책임이기도 했지만, 한편 그로 인해 그녀에게 일종의 운동의 이미지가 강하게 각인되었다고 할 수 있다. 따라서 그녀의 저작 자체마저 공해고발이나 피해자의 한 같은 관념으로 채색되어 받아들여지게 된 것은 어쩔 수 없는 결과였다.

하지만 그것은 저자와 이 작품에게 불행한 일이었다. 그런 사회적 풍조나 운동과 어쩌다 시기적으로 일치했던 덕분에, 이 훌륭한 작품은 소홀한 사람들로부터 '공해의 비참을 묘사한 르포다, 환자를 대변해서 기업을 고발했던 원한의 책이다'는 등의 초점이 어긋난 절찬을 받게 되었다. 고발이니 원한이니 하는 말을 남발하는 것은 물론 문학적으로 지나치게 조잡한 감성이다. 그것은 말할 것도 없이 기분 나쁜 말이고, 그런 평가의 말이 이 작품에 대해 거론되는 것을 볼 때, 이 책의 탄생에 참여한 사람으로서 나는 참을 수 없는 기분에 사로잡힌다. 이 책이 문고판이라는 형태로 새롭게 독자에게 선을 보이는 이 기회에, 나는 이 책은 그 무엇보다도 작품으로서, 조잡한 관념으로 요약되는 것을 거부하는 자율적인 문학작품으로 읽혀야 한다는 것을 강조해두고 싶다.

2

사실 『고해정토』는 취재기록이 아니며 르포 또한 아니다. 장르를 말하는 것이 아니다. 작품성립의 본질적인 내용을 말하는 것이다. 그렇다면 무엇인가? 이 작품은 이시무레 미치코의 사소설이다.

이소다 코이치 씨는 어느 대담에서 『고해정토』를 일단 좋은 작품이라고 인정한 뒤, 자신이 만일 환자라면 이상한 여자가 취재기록을 하러 온다면 집에 들이지도 않고 내쫓을 것이라는 취지의 발언을 했었다. 나도 그와 동감이지만 『고해정토』가 그런 프로세스로 완성된 취재기록이 아니라는 사실을 이소다 씨 정도 능력이라면 어렵지 않게 읽어낼 수 있었을 것이다.

내가 확인해본 바로는 그녀는 이 작품을 쓰기 위해서 환자의 집을 빈번하게 드나들지 않았다. 이 작품이 취재기록이라고 믿고 있는 사람에게는 놀라운 일일지 모르지만, 그녀는 한두 번밖에 각각의 집을 방문하지 않았다고 한다. "어떻게 그렇게 자주 다닐 수 있겠어요? 그럴 수 없지요"라고 그녀는 말한다. 물론 노트나 녹음기를 들고 갈 리도 없다. 그녀가 환자들과 어떤 식으로 접촉했는가 하는 것은 「용의 비늘」에서 에즈노 모쿠타로의 집을 방문한 장면을 보면 알 수 있다. 그녀는 '새댁'이라는 이름으로 그들과 만나고 있다. 이것은 아무리 봐도 취재의 테크닉이랄 수 없다. 존재로서의 그녀가 거기 있고, 그런 만남 속에서 써야 할 것이 자연스럽게 그녀의 내면에서 부풀어오는 것을 옮기고 있을 뿐이다.

그녀는 마지막 열차를 놓쳐서 역 대합실에서 밤을 새는 일이 종종 있다고 했다. 그럴 때면 부랑자 같은 남자가 다가와서 "아가씨 혼자야?"라고 말을 걸어온다. "필시 정신박약이나 뭐 그런 사람처럼 보이는 거겠죠?"라고 그녀는 한숨을 짓지만, 그녀에게는 그런 독특한 개성이 있다. 「죽음의 깃발」에서의 센스케 노인과 마을 아낙들의 대화를 읽어보면 알 것이다.

'영감님, 영감님, 자 일어나요, 이리 길바닥에 넘어져서 뭐하요? 영감님, 병원에 가서 진찰 한번 받아보소. 안 그러면 큰일 당하오. 백 살까지 살 목숨이 여든 살도 못 채우고. 20년이나 손해 아니요.

거 무슨 소리! 미나마타병이라니. 그런 병은 선조 대대로 들어본 적도 없네. 내 몸은 요즘 군대같이 어중이떠중이 다 받아주는 군대하고는 다른 시절에 선발돼서 전쟁터에 나가 선행공상 받은 몸이야. 병원이고 의사고 꼴사납게 어찌 찾아가누.'

이런 식으로 이어지는 대화가, 설마하니 실제 대화의 기록이라고 누가 생각이나 하겠는가? 이것은 확실히 그녀가 보았던 아주 작은 사실을 토대로 자유롭게 환상을 펼친 것이다. 그렇다면 사카가미 유키의, 그리고 에즈노 노인의 독백은 어떨까? 그것과는 달리 취재 기록한 노트를 토대로 재구성한 것일까? 문장의 수식은 당연히 가미되었다 하더라도, 과연 이 두 사람 모두 이에 가까운 독백을 실제로 그녀에게 들려주었던 것일까?

전에 나는 그렇게 생각했다. 그런데 우연한 기회에 나는 놀라운 사실을 알게 되었다. 가령 E라는 집을 쓴 그녀의 문장에 대해 나는 몇 가지 질문을 했다. 사실을 알고 싶어서였는데, 여느 때처럼 애매한 그녀의 대답을 집요하게 파고들자 그 집 노파는 그녀가 쓰고 있는 것 같은 말을 하지 않았다는 것이 명확해졌다. 순간 퍼뜩 떠오른

의혹은 나를 경악스럽게까지 했다.

"그럼, 당신은 『고해정토』에서도……"

내가 차마 말을 잇지 못하자, 그녀는 심술궂은 장난을 발견한 여자아이 같은 표정을 지어 보였다. 하지만 금세 이렇게 말했다. "그러니까 그 사람이 마음속으로 생각하고 있는 것을 글로 옮기면, 그렇게 되는 걸요."

그 말에 『고해정토』의 방법적 비밀이 모두 드러나 있었다. 아무리 그렇다지만 이 얼마나 강렬한 자신감인가? 오해가 없기를 바라는 바, 나는 『고해정토』가 사실에 근거하지 않고 머릿속에서 꾸며진 공상적인 작품이라고 말하고 있는 것은 결코 아니다. 그것이 얼마나 방대한 사실의 세부사항에 입각해서 쓰인 작품인가는 일단 한번 읽어보면 분명히 알 수 있다. 다만 나는 그것이 일반적으로 간주되고 있는 것처럼, 환자들이 실제로 들려준 이야기를 토대로 해서 거기에 문장수식이며 악센트를 부여하여 문장화한다는, 이른바 취재기록의 방법으로 쓰인 작품이 아니라는 사실을 분명히 해두고 싶을 뿐이다. 이 책의 발간 직후, 그녀는 "모두들 내 책을 취재기록이라고 생각하죠"라며 웃었는데, 그때 나는 그녀가 한 말의 의미를 제대로 이해하지 못했다.

환자가 말로 표현하지 않은 생각을 글로 표현할 자격을 가지고 있다는 것은 실로 놀라운 자신감이다. 이시무레 미치코 무녀(巫女)설 등은 이런 까닭에서 나왔는지도 모른다. 이 자신감, 아니 그보다 그들의 침묵에 한없이 가까이 다가가고자 하는 사명감인지 모르지만, 그것은 대체 어디에서 나오는 것일까? 그녀는 미나마타시립병원으로 사카가미 유키를 방문했을 때, 반쯤 열린 병실 문틈으로 죽어가고 있는 늙은 어부 카마 츠루마츠의 모습을 엿보고 깊은 인상을 받는다. '그는 더할 수 없이 끔찍하고 두려운 뭔가를 보는 사람처럼, 보이지 않는 눈으로 나를 보았다'고 그녀는 느꼈다.

> '이날은 특히 내가 인간이라는 사실이 혐오스러워 견딜 수 없었다. 카마 츠루마츠의 슬픈 산양 같은, 물고기 같은 눈동자와 바닷물에 떠밀려온 나무토막 같은 자태와 결코 왕생할 수 없는 혼백은 그날부로 송두리째 내 안으로 옮겨왔다.'

이런 문장은 보통 이 나라의 비평계에서는 휴머니즘의 표명으로 이해된다. 이 세상에 한 사람이라도 굶주리는 사람이 있는 한 나는 행복해질 수 없다는 엄격주의다. 이 문장을 그런 식으로 받아들이는 한, 즉 비참한 환자의 절망을 잊을 수 없다는 양심의 발동으로 이해하는 한 『고해정토』의 세계를 이해할 길은 열리지 않을 것이다. 그녀는 이때 카마 츠루마츠 내면으로 말 그대로 들어갔던 것이다. 그 순간 그녀는 카마 츠루마츠가 된다. 어떻게 그런 일이 일어날 수 있느냐고? 바로 거기에 그녀가 속해 있는 세계와 그녀 자신의 자질이 있다.

그녀는 카마 츠루마츠의 고통을 알지 못한다. 그의 꺼져가는 눈에 세상이 어떻게 비치고 있는지도 모른다. 다만 그녀는 자신이 카마 츠루마츠와 같은 세계의 주민이며, 삼라만상을 향해 한때 열려 있던 감각은 그의 것이나 자신의 것이나 동질임을 알고 있었다. 여기에 그의 혼백이 그녀에게로 옮겨왔다는 근거가 있다. 그것은 어떤 세계, 어떤 감각일까? 말할 것도 없이 사카가미 유키나 에즈노 영감님, 센스케 노인이 살던 세계이며, 가지고 있던 감각이다.

구체적으로 말하면 그것은 '가늘게 떨리는 속눈썹 같은 잔물결 위로, 작은 배나 정어리망태 등을 띄워둔' 유도만이고 '독중개가 동백꽃이나 닻 모양을 하고 겹겹이 가라앉아 있는' 우물을 포근히 껴안고 있는 마을이며, '아득히 불이 밝혀지는 것처럼 저물어가는' 남국의 겨울하늘이다. 산에는 산의 정령이, 들에는 들의 정령이 있을 것 같은 자연세계다. 이 세계가 누구의 눈에든 똑같이 보일 거라는 것은 평균화된 이질적인 것에 대한 감각을 상실해버린 근대인의 착각이고, 여기에 나타나 있는 감지력은 근대 일본의 작가나 시인들이 더 이상 가질 수 없게 된 종류에 속한다.

"바닷속에도 명소라는 게 있어. '찻잔코'에 '맨살여울'에 '검은 해협' '사자섬'까지.

빙 한바퀴 돌면 익숙해진 우리 코에도, 여름이 시작될 무렵의 바다 향기가 풀풀 풍기거든. 회사 냄새하고는 차원이 다르지.

바닷물도 흘러. 굴이며 말미잘이며 청각채며, 바닷물이 출렁이며 흐르는 곳이면 어디나 꽃들이 한들한들거리지.

그 중에서도 특히 물고기가 아름답지. 말미잘은 만발한 국화꽃 같아. 청각채는 바닷속 절벽에 잘 뻗은 가지모양을 층층이 이루고 있지.

톳은 눈이나 조팝나무 꽃가지 같아. 해초는 대숲 같고.

바닷속 풍경도 육지하고 똑같이, 봄도 가을도 여름도 겨울도 있다우. 나는 바닷속에 반드시 용궁이 있다고 믿어."

이런 표현은 아마도 일본의 근대문학사상 처음으로 나타난 특성이 아닐까. 이 말은 바닷속 풍경을 꽃에 비유한다는 단순한 비유를 지금까지 우리나라 시인이 생각지 못했다는 의미는 물론 아니다. 이런 표현의 존재감은 근대적인 문학적 감성으로는 감지할 수 없는 것이며, 한결같이 근대로의 상승을 지향해왔던 지식인의 소산인 우리 근대문학이 방치해두고 돌아보지 않았던 것이라는 의미다. 이 몇 줄은 물론 이시무레 미치코의 개인적 재능과 감수성이 낳은 것임이 틀림없지만, 그런 그녀의 개인적 감성에는 일종의 확실한 공동의 기초가 있고, 그와 같은 공동의 기초는 지금까지 일본 문학사에서 거의 시적 표현을 받아본 일도 없었고 나아가서는 근대시민사회의 개인, 즉 우리에게는 이미 사라지고 없는 것이다.

그 세계는 살아있는 모든 것이 조응하고 교감하던 세계로, 그곳에서 인간은 다른 생명체와 얽혀 사는 하나의 존재에 지나지 않았다. 물론 사람은 사냥을 하고 물고기를 낚는다. 하지만 사냥하는 것과 사냥당하는 것, 낚는 것과 낚이는 것과의 관계는 다음과 같다.

"그놈의 낙지는 말이지,

항아리를 끌어올리잖아? 그놈의 발을 항아리 바닥에 딱 붙이고 서서는 눈을 치켜뜨고 당최 나오지를 않아. 요것아 배에 올랐으면 나와야지, 얼른 나오지 못해! 안 나올래? 그래도 좀처럼 안 나와. 항아리 바닥을 통통 두드려도, 고집이 얼마나 센지. 어쩔 수 없이 뜰채로 엉덩이를 들어올리면 쏜살같이 나와서 번개처럼 도망가는 거여! 여덟 개나 되는 다리가 어떻게 꼬이지도 않고 그리 걷는지, 발발거리고 잘도 도망쳐요. 이쪽도 배가 엎어질세라 냅다 쫓아가서 간신히 바구니에 잡아넣고는 다시 배를 젓는데, 또 바구니를 타고 나와서 바구니

덮개에 턱 버티고 앉아있는 거여. 요놈아, 한번 우리 배에 올랐으니 넌 이제 우리집 놈이다, 그러니 얌전하게 들어가 있어! 그러면 요것이 또 팩 토라져서 딴 데를 보는 척 아양을 떨거든.

우리가 먹고 사는 고기지만 바닷고기한테는 번뇌가 생겨."

그 세계에서 사람들은 어떻게 살았는가 하면, 그것은 에즈노 노인이 술 취해 하는 말에서처럼 '물고기는 하늘이 주신 것이라고. 하늘이 내려주신 것을 공짜로 우리가 필요한 만큼 잡아서 그날 하루를 사는 거여. 이보다 더한 영화를 어디서 누릴 수 있겠는가?' 하는 생각으로 살던 생활이었다.

이런 세계, 말하자면 근대 이전의 자연과 의식이 하나였던 세계는 작가로서 그녀가 바깥에서 들여다본 세계가 아니라, 그녀 자신이 태어났을 때부터 속해 있던 세계, 다시 말하면 그녀의 존재 그 자체였다. 카마 츠루마츠 씨가 그녀 안으로 들어올 수 있었던 것은 그녀가 그라는 존재감과 관능을 공유하고 있었기 때문이다.

"그 사람이 마음속으로 생각하고 있는 것을 글로 옮기면 이렇게 된다"고 말하는 그녀의, 언뜻 듣기에 건방져 보이기도 한 확신의 뿌리는 여기에 있다. 그녀는 대상을 몇 번이고 관찰하고, 그에 익숙해져 이렇게 말할 수 있는 것이 아니다. 그것이 자기 안에서부터 넘쳐흐르기 때문에 그렇게 말할 수 있는 것이다. 그녀는 그들이 될 수 있다. 왜냐하면 거기에는 확실한 공동의 감성이 뿌리내리고 있기 때문이다. 그녀는 자칭 '통통마을'에 뿌리를 내린 일개 시인으로서, 언젠가는 이런 인간의 관능의 공동적 존재방식과 그런 관능으로 느낄 수 있는 미분화된 세계를 그려보고 싶다는 야심을 갖고 있음이 분명하다. 그런데 그녀가 그것을 그리려 할 때, 그것이 질소공장이 시라누이해에 배출한 유기수은에 의해 철저하게 파괴되어버린다. 아니, 이 파괴가 없었다면 그녀의 시인의 넋은 발동하지 않았을지도 모른다. 자신이 본질적으로 소속되어 있고 마음에 애착을 가지고 있는 것이, 이렇게 추악하고 극적인 형상으로 붕괴되어가는 모습을 보는 것은 너무나 두려운 일이었다.

그녀의 표현에 일종의 처참한 빛깔이 감도는 것은 당연하다. 버려진 채 항구에서 황폐해져 가는 어선들, 밤이면 오도독오도독 낚싯줄과 어망을 갉아먹는 쥐들, 이런 비참한 형상이 그녀의 문장 사이사이에 나타난다. 수수방관 숨만 죽일 뿐인 붕괴감이다. 이 작품에 그려진 붕괴 이전의 세계가 너무나 아름답고 목가적인 것은, 이것이 무너지는 하나의 세계에 대한 비극적 만가이기 때문이다.

하지만 원래 그것은 유기수은 오염이 발생하지 않았어도, 머잖아 붕괴되었을 세계였던 것은 아닐까? 이시무레 미치코는 근대주의적인 지성과 근대산업문명을 본능적으로 혐오한다. 하지만 그것은 단순히 혐오한다고 해서 뭐가 달라지는 것은 아니고, 그에 대한 반대로 '자연으로 돌아가라'와 같은 단순한 반근대주의로 대치해보아도 어쩔 수 없는 일이다. 그녀는 그렇게 받아들여질 조심성 없는 말들을 에세이 등에 쓰고 있지만, 세상 유행의 생태학적 반문명론이나 감상적인 토착주의·변경주의 등이 그런 그녀의 글에 따라붙어서 '미나마타의 명소' 운운하는 말이 나오면, 그녀가 묘사하고 있는 미나마타의 풍토가 아름다운 만큼 어찌해볼 수 없는 일이다.

과연 전근대적인 부락사회가 그만큼 목가적인 것인지 어떤지, 그녀 자신이 분명하게 쓰고 있다. '옆집에서 저녁반찬으로 정어리를 몇 마리나 구웠는지, 두부를 몇 모나 샀는지, 죽은 사람 집에 장례식 명정이나 화환이 몇 개나 섰는지, 이웃집 한 마지기당 수확은 얼만지 하는 것들이 지역사회를 결부시키고 있는 농어촌 공동체' 라고. 그것은 부락마다 대대로 전해오는 여우의 전설이 있어, 한 집안 사람이 작물이 잘 자란 밭 앞을 지나면서 '거참 잘도 자랐네!' 라고 부러운 마음을 가진 것만으로 당사자는 의식하지도 않는데 그 집의 여우가 상대방 집안 사람에게 붙어서, 홀린 쪽에서는 병자를 때려서 때로는 죽음에 이르게까지 한다는, 그런 어두운 면을 가지고 있는 사회다. 살아있는 모든 것들 사이에 교감이 존재하는 아름다운 세계는 동시에 그와 같은 온갖 도깨비들이 설치는 세계이기도 하다. 그것을 이시무레는 누구보다도 잘 알고 있었다. 그런데도 그녀가 묘사한 전근대적인 세계는 왜 그렇게 아름다운 것일까? 그것은 그녀가 기록작가가 아닌 환상적인 시인이기 때문이다.

3

나는 앞서 이 작품은 이시무레 미치코의 사소설이며, 이것을 낳은 것은 그녀의 불행한 의식이라고 썼다. 그것은 무슨 의미인가? 그녀는 『애정론』이라는 자전적 에세이를 펴냈고, 거기에 쓴 유년의 추억은 『나의 시라누이』 등에서도 여러 번 다뤄지고 있다. 이들 에세이에서 그녀는 유년시절에 보고 말았던 균열된 이 세상의 형상을 어떻게든 글로써 전달하고자 했고, 그것이 결코 전달할 수 있는 것이 아니라는 사실에 절망하고 있는 것 같았다.

정신이상의 할머니를 지키는 것은 내 담당이었습니다. 할머니는 나를 지켜주었습니다. 우린 서로 번갈아가며, 할머니는 나를 무릎에 눕히고 머릿니를 손으로 더듬거리며(장님이었으니까요) 잡아서 뚝뚝 손톱으로 짓이겼습니다. 이번에는 내가 등 뒤로 가서 흰머리로 쪽을 지어주고 냉이 등을 가득 꽂아드렸습니다.(『애정론』)

이런 몇 줄 문장을 읽어보면 그녀가 얼마나 놀라운 문장의 기교가인지 알 수 있는데, 내가 말하고 싶은 것은 그것이 아니다. 독자는 이 구도를 이 책의 어디선가 분명 읽었을 것이다.

그렇다. 「소년의 눈동자」의 첫 부분, 낡아빠진 마을회관 안에서 손자를 상대로 텅 빈 의식 속에서 귀를 소라껍질처럼 시라누이해에 기울이면서, 가랑이로 타고 오르는 갯강구를 지팡이 끝으로 어찌해 보려다 실패한 노인의 모습이다. 적어도 나에게는, 이 노인과 손자의 구도가 할머니와 '나'의 구도를 투사한 것으로 보인다.

아버지의 주정이 시작되고 어머니는 남동생을 안고 집 밖으로 도망친다. 아버지는 아직 어린 딸에게 술잔을 내밀며 "너, 이 아버지하고 술 한 잔 할래!"라며 쏘아본다.

나는 술잔을 두 손으로 받아들었습니다. 아버지는 취해 손을 떨며 술을 제대로 따르지 못해 흘리고, 나는 흑흑 울고 있습니다.

"아깝잖아요, 아버지!" "뭐야? 버르장머리 없이!" 기묘한 부녀간의 술자리가 시작되고, 몸속에 불이 일었습니다. 남자와 여자, 폰타씨, 도망친 엄마와 동생, 밉고 원망스럽고, 가엾은 아버지, 지옥극락은 무서워.(『애정론』)

정신이상이던 할머니는 겨울밤 혼자서 먼 길을 나선다. 그녀가 찾으러 나서면 할머니는 내리기를 그만둔 눈 속에 서 있었다. '세상의 어두운 구석구석과 한 몸이 되어, 눈을 뒤집어쓴 머리가 청백색으로 불꽃이 피어오르고, 나는 엄숙한 마음으로 그 손에 매달렸습니다.' 할머니는 미치코냐? 라고 물으며 그녀를 끌어안는다. '내 몸이 너무 작아서 할머니 마음 전부가 차가운 눈 밖으로 빠져나가는 것이 너무나 죄송스러웠습니다.'

이것은 하나의 찢겨지고 붕괴된 세계다. 이시무레가 『고해정토』에서 붕괴되고 찢겨진 환자와 그 가족들의 의식을, 충실한 취재기록 같은 것을 거치지 않고도 자신의 상상력의 사정거리 안에서 그려낼 수 있다는 방법론을 제시할 수 있었던 것은 그 분열과 붕괴가 그녀의 유년시절에 경험했던 그것과 너무 닮아 있었기 때문이다. 『애정론』에서와 같은 가정의 불행은, 근대자본주의가 이 나라를 지배했던 메이지시대 이래 수천만에 이른다는 이 나라 하층민들이 경험해왔던 일이다. 『애정론』의 필자가 말하고 싶은 것은 가정의 경제적인 몰락이나 아버지의 술주정이나 할머니의 광기와 같은 현상적인 비참이 아니라, 그런 비참한 현상의 밑바닥에서 갈가리 찢겼던 사람들의 영혼이었다. 한 사람의 영혼이 절대 다른 상대방의 영혼과 만나는 일이 없도록 만들어진 이 세상, 말이란 말들이 자신의 아무것도 표현해내지 못하고, 상대방의 그 어떤 것도 전달하지 못하고 사라져버리는 이 세상, 자신이 세상에서 떨어져나와 도저히 그 속에 자기와 어울릴 곳이라곤 찾아볼 수 없을 것 같은 이 세상, 어린 소녀의 눈에 비쳐졌던 것은 그런 세상이었다.

『애정론』의 테마는 남자와 여자가 영원히 만나지 못하는 애절함인데, 그것은 근대적인 자각에 내몰린 노라(입센의 『인형의 집』에 나오는 주인공-옮긴이)의 한탄과는 전혀 다른 것으로, 그 근저에는 사람과 사람의 만남이 불가능한 원죄감이 시커멓게 맺혀있었다. 이 나라의 근대비평 세계에서는 사람과 사람이 서로 통하지 않는 것은 당연한 것이며, 그런 것을 이제 와서 새삼 한탄하는 것은 안이하기 짝이 없는 아마추어이며, 사람 사는 세상이란 그런 것이라고 쉽게 각오를 정하는 것이 심각한 인식이라는 식의 통념이 굳어져 있다. 하지만 그녀가 그렇게 안정을 찾지 못하는 것은 그 원죄감이 너무 깊고 그 굶주림이 너무 격렬했기 때문이다.

> 거친 산길을 싸리나무의 물결이 휘감고, 그 물결 깊숙한 곳 옹달샘에는 개머루 줄기가 대롱거리고, 개머루 빛으로 물든 입술과 혀를 헤벌리고 계집애가 우물을 들여다보고 있었습니다. 샘물 속 어깨 너머는 석양이 빛나고, 그 빛의 선이 어깨를 감싸고, 어깨 위는 부드러우면서 무겁게, 마음 가장 깊은 곳까지 쓸어내리듯 가라앉는 몸서리였습니다.(『애정론』)

이런 문장에서 필자의 강렬한 나르시시즘을 발견하기란 쉬운 일이다. 하지만 여기서 필자가 캔버스에 칠하고자 했던 색깔은 역시 그 어떤 것에도 비유할 수 없는 고독이라 해도 좋다. 그리고 우물을 들여다보고 있는 계집아이의 고독은 그녀가 존재 있는 원형을 느끼고 전율하고 있다는 사실에서 생성되고 있다. 이 한 순간은 그녀에게 뭔가를 돌이켜보게 한다. 그 뭔가란 이 세상이 생성되기 이전의 모습이라고 해도 좋고, 그런 일종의 비존재, 존재 이전의 존재에의 환시는 말할 것도 없이 자기의 존재가 어디선가 누락되어 있다는 감각의 다른 표현인 것이다. '태어나기 이전에 들었던 사람의 언어를 기억해내려고 애씁니다. 목구멍까지 차올라온 초조함' '아마도 나는 귀머거리인지 몰라' '토막토막 난 인간의 언어, 아무것도 전해지지 않고, 연결되지 않은' 이런 탄식을 쓸 때, 그녀의 눈에는 그곳에서는 도저히 분열이 있을 수 없는 원시적인 세계가 아득하게 펼쳐지고 있음이 분명하다.

사람의 말이 전달되지 않는데다 사람과 사람이 하나로 이어지는 미약한 회로는, 광기의 노파와 어린 손녀가 눈 속에서 끌어안고 있는 모양으로밖에 존재하지 않는다. 뿐만 아니라 그때 어린 소녀는 '내 몸이 너무 작아서 할머니 마음 전부가 차가운 눈 밖으로 빠져나가는 것이 너무나 죄송스럽다'고 느낀다. 이런 원죄감은 이시무레 미치코 문학의 비밀의 핵심을 말해준다. 『애정론』에는 '폰타'라고 하는 창부가 그녀의 동급생 오빠에게 살해되는 이야기가 나오는데, 그녀는 그 오빠가 '폰타를 찌른 순간이 애달프고' '폰타의 그 순간의 기분을 알고 싶다'고 생각한다. 말할 것도 없이 이것은 변형된 나르시시즘이지만, 그 나르시시즘의 밑바닥에는 아직 본 적도 없는 이 세상에 대한 미칠 것 같은 갈증이 존재하고 있다.

『고해정토』는 그와 같은 그녀의 타고난 욕구가 낳은 하나의 극한적인 세계다. 그녀는 환자와 그 가족들에게서 자신의 동족을 발견했다. 왜냐하면 미나마타병 환자와 그 가족들은 단순히 병고나 경제적 몰락만이 아닌 사람과 사람 사이의 인연을 절단당한 고통으로 상처입고 괴로워하는 사람들이었기 때문이다. 그녀는 그들 동족의 마음을 노래함으로써 자기표현의 실마리를 거머쥔 것이며, 내가

『고해정토』를 그녀의 불행한 의식이 낳은 한 편의 사소설이라고 한 것도 그 때문이다. 사실 그녀는 「유키 이야기」를 통해 정처 없는 그녀 자신의 사랑의 행방을 이야기하고 있으며, 「하늘의 물고기」에서 에즈노 노인의 유랑하는 의식은 그대로가 그녀 자신의 것인 셈이다. 에즈노 노인의 회상에는 뚜쟁이에게 팔려가는 처녀에게 자신의 어머니가 결국은 아무 쓸모없는 것이 되고 말 설교를 장황하게 늘어놓는 부분이 나오는데, 애절하기 짝이 없는 이런 종류의 사건이야말로 그녀에게 있어 유년시절의 일상이었다. 「유키 이야기」에서는 '내 번뇌가 깊다'고 했고 「하늘의 물고기」에서는 '영혼이 깊은 아이'라고 했는데, 그 번뇌나 영혼의 깊이가 바로 그녀의 평생의 주제이며, 환자와 그 가족들은 그와 같은 '깊이'를 강요하는 운명에 놓여있기 때문에 그녀의 동족인 셈이다.

「유키 이야기」나 「하늘의 물고기」에서 묘사되는 자연과 바다 위에서의 생활이 그토록 아름다운 것은 바로 그 때문이다. 이 세상의 고뇌와 분열의 깊이는 그들에게 환시자의 눈을 부여한다. 고해(苦海)가 정토(淨土)가 되는 역설은 그래서 성립한다. 필시 그녀는 이 두 이야기에서 그들 눈에 비치는 자연이 어떻게 아름다울 수 있으며, 그들이 영위하는 바다 위의 생활이 어떻게 행복할 수 있는가 하는 것 외에는 일절 그리지 않으려 하고 있다.

이런 선택이 절망 위에서만 성립될 수 있다는 것을 말할 필요가 굳이 있을까? 그런데 마츠하라 신이치 씨는 『고해정토』와 이노우에 미츠하루 씨의 『계급』과 비교해, 『고해정토』는 휴머니스트 풍의 언어들로 통일된 작품으로 '무너져가는 인간'이란 시점이 결여되어 '계급의 어둠'에까지 눈을 돌리지 못하고 있는데, 여기에 『계급』에 미치지 못하는 부분이 있다고 평가하고 있다. 즉 마츠하라 씨는 그녀가 미나마타 어민을 아름다운 인격으로 묘사하고 있는데 반해, 이노우에 씨는 치쿠호 하층민의 인격적 파괴까지 두루 보여주고 있다고 말하고 싶은 것이므로, 이것은 비평가로서 너무 피상적인 관찰이라 할 수 있다. 또 마츠하라 씨는 '『고해정토』에서의 〈인간〉의 파괴란, 간략히 말하면 〈육체〉를 학대하는 것으로 보인다' 고 평하고 있는데, 도대체 어떻게 읽어야 이런 결론을 얻게 되는지 나는 도저히 이해할 수가 없다.

물론 『고해정토』는 『계급』처럼 대상의 정신적 황폐를 직접 묘사하는 방법을 취하지는 않았다. 이시무레 미치코 자신이 모두 알고 있는 환자들과 육친들의 갈등이나 부락공동체의 추악함을 직접적으로 생생하게 그리고 있지는 않다. 하지만 지옥은 지옥으로밖에 표현할 수 없다고 하는 것은 도저히 문제시할 여지도 없는 초보적인 문학적 무지다. 『고해정토』는 환자와 그 가족들이 떨어진 나락 — 인간의 소리를 듣지 못하고 이 세상과의 연줄이 끊어져버린 무간지옥을 그려내고 있는 작품으로, 이것을 가능하게 한 것은 그녀 자신이 추락해있는 깊은 나락이었기 때문이다. 마츠하라 씨는 『계급』의 시점의 깊이에 대한 예로 예컨대 '정신병원의 환자를 상대로 백치인 누나에게 매춘을 시켜 돈을 벌려는 남자' 와 같은 '피억압자끼리의 에고이즘의 충돌' 의 묘사를 들고 있는데, 그것만으로는 단순한 풍속에 지나지 않는다. 그런 것을 사실적 현상으로 묘사하고 있기 때문에 시점이 깊고, 그런 것을 사상(捨象)하고 있으므로 시점이 얕다고 하는 것은 정말이지 이 세상의 참된 문학비평의 존재이유를 해치는 행위다. 『고해정토』의 통일적인 시점은 마츠하라 씨가 말하는 것 같은 분열을 모르는 '휴머니스트'의 그것이 아니라, 이 세상에서 아무래도 의식이 멀어지고 마는 환시자의 눈이며, 거기서는 독특한 방법으로 이 나라의 하층민을 덮친 의식의 내적 붕괴가 다뤄지고 있으므로 『계급』과 『고해정토』 중 어느 것이 더 그들 하층민의 '계급의 어둠'에 가까운가는 마츠하라 씨처럼 너무 간단하고 쉽게 옳고 그름을 단언할 수는 없는 일이다.

하지만 『고해정토』를 미나마타병이라는 육체적인 '가학'에 괴로워하면서도 인간으로서의 존엄과 아름다움을 잃지 않은 피해자의 이야기라고 이해하는 사람은, 마츠하라 씨 외에도 세상에는 의외로 많을지 모른다. 그것은 그들 미나마타 어민 영혼의 아름다움과 그들이 갖는 자연의 아름다움 외에 그 무엇도 그리지 않겠다는 저자의 결심이, 어떤 정신의 어두운 곳에서 발동했는가 하는 것을 생각해보려 하지 않기 때문이다.

이시무레 미치코가 환자와 그 가족들과 더불어 서 있는 곳은, 이 세상 존재의 구조와 도저히 어울릴 수 없게 된 사람 즉 인간세계 밖으로 추방된 사람의 영역이며, 한번 그런 위치로 내쫓긴 사람은 환상의 작은 새를 향해 정처 없는 출항을 시도해볼 수밖에 달리 방법이 없다고 해도 과언은 아니다. 사람들은 왜 「유키 이야기」나 「하늘의 물고기」에 나온 바다 위 생활의 묘사가 지극히 환상적이라는 사실을 눈치채지 못할까? 그 같은 아름다움은 결코 현실의 아름다움이 아니라, 현실에서 거부당한 사람이 필연적으로 꿈꿀 수밖에 없는 아름다움일 뿐이다. '내가 살고 있는 세계는 극한적으로 좁다'고 그녀는 쓴다(『나의 죽은 백성』). 『고해정토』를 지배하고 있는 것은 이 세상에서 추방당한 사람의 파멸과 멸망을 향해 낙하하는, 아뜩해지는 추락의 감각이다.

하지만 그런 세계는 원래 시의 대상은 될 수 있어도 산문의 대상으로는 적합하지 않은 성질을 가지고 있다. 이시무레 미치코에게는 노래하고자 하는 뿌리 깊은 경향이 있어서, 그것이 공전(空轉)할 경우 문장은 독선적인 관념어로 채워져 산문으로써의 성립이 불가능해지고 만다. 그녀의 세계가 산문으로써 정착하려면 대상에 대한 확실한 눈과 견고한 문체가 필요하다.

『고해정토』가 감상적인 시적 산문으로 추락하지 않은 것은, 그러한 조건이 충족되어 있기 때문이다. 격앙된 부분에서는 그녀의 문장은 어떤 리듬을 가지고 종종 시에 가까워지지만, 그래도 여전히 거기에는 산문으로써 지켜야할 억제가 간신히 유지되고 있다. 그녀의 문장가로서의 재능이 십이분 발휘되고 있는 것은 말할 것도 없이 저 절묘한 대화부분이라 할 수 있으며, 거기서는 현실의 미나마타 방언은 시적 세련을 거쳐 '미치코 방언'이라 할 수 있는 표현에 도달했다. 또 한 가지 놓쳐서는 안 될 것은 이 사람의 유머 재능이다. 예를 들 수 없는 것이 아쉽지만, 그녀의 민화풍의 유머 감각은 얼마나 이 작품에 부피감을 주고 있는지 모른다. 「유키 이야기」와 「하늘의 물고기」는 재능과 대상이 드물게 일치를 보이는 데 성공한 행복한 예이며, 이시무레 미치코에게도 훗날 다시 도달하기기 그리 쉽지만은 않을, 높은 달성도를 보여준 작품이라고 생각한다.

미나마타병, 아직 끝나지 않았다

하라다 마사즈미

•

그 시절의 이시무레 미치코

1961년 여름. 검푸른 시라누이해는 눈부시고 멀리 보이는 아마쿠사의 섬들은 이 세상의 것이라고는 생각지 못할 만큼 아름다웠다. 그야말로 정토(淨土)였다. 상쾌한 바다내음, 이런 땅에서 인류 최초의 산업공해라는 비극이 발생했다고는 도저히 믿어지지 않았다.

나는 미나마타 환자 다발지대인 이 땅을 배회하고 있었다. 묘진곶의 카나코라는 사람의 집 모퉁이에 아직 열 살도 안 되어 보이는 형제가 놀고 있었다. 두 소년 모두 장애를 가지고 있었는데, 춤추는 듯한 불수운동현상과 띄엄띄엄 더듬거리는 말투였다.

나는 그 어머니에게 물었다. "두 아드님이 다 미나마타병인가봐요?" 그런데 "형은 미나마타병인데, 동생은 미나마타병이 아닙니다"라는 의외의 대답을 들었다. 나는 놀라서 "에! 왜요?"라고 반문하고 말았다. 어머니는 불쾌한 듯 말했다. "작은 놈은 생선을 안 먹었어요. 선천성이에요."

당시, 독극물은 태반을 통과하지 않는다고 알려져 있었다. 물론 미나마타병은 물고기를 먹어서 생긴 병이므로, 물고기를 먹지 않으면 미나마타병이 될 수 없다는 것이 이유다. 그렇게 납득하려 하고 있는 나에게 어머니는 "하지만 선생님. 이 아이의 병은 그럼 뭘까요? 고기잡이하던 내 남편은 미나마타병으로 죽었어요. 큰놈은 태어나 얼마 안 돼서부터 물고기를 먹어서 미나마타병이 됐습니다. 나도 같은 물고기를 먹었습니다. 하지만 그때 임신 중이었어요. 그러니 내가 먹었던 물고기의 수은은 이 아이한테 간 것이 아닌가요? 다른 이유가 있다면 가르쳐주세요"라고 진지한 눈빛으로 나를 바라보며 애원하듯 물었다. 나는 이 어머니의 진지함에 압도되어 그에 대해 조사해보기로 결심했다.

알아본 결과, 이 아이와 같은 해에 수많은 뇌성소아마비라는 선천성 장애아가 태어났다는 것이 명확해졌다. 물론 미나마타병이 발생했던 시기와 장소도 일치한다. 만일 태반을 통과해서 태아를 해칠 수 있다는 것만 명확히 밝혀내면, 이는 의학상의 큰 발견이며 젊은 연구자에게는 대단한 업적이 될 것이 분명했다. 그런 이유로 나는 더 자주 현지를 드나들게 되었고, 환자가정을 기웃기웃 배회하게 되었다.

그때, 내 뒤를 조용히 따라오던 한 여성이 있었다. 처음에는 간병인이나 간호사려니 생각했는데, 꼭 그런 것 같지도 않았다. 상냥해 보이는 눈빛이 아주 인상적이었다.

그 여성이 바로 이시무레 미치코 씨였다. 그녀와 알게 된 것은 『고해정토』가 출판될 때 몇 가지 의학용어의 해설을 의뢰받았을 때부터니까, 그로부터 한참 뒤의 일이다.

그리고 당시 환자가정을 찾아갈 때마다 "좀 전에 학생이 사진을 찍으러 왔었는데……"하는 이야기를 종종 듣곤 했다. 그 학생(?)이 바로 사진작가인 쿠와하라 후미아키 씨였다. 또 관청이나 대학에서 '도쿄대학의 젊은 연구자가 미나마타병에 대한 자료를 수집하고 있는데, 그는 무슨 짓을 저지를지 모르는 사람이니 절대 경계하도록 하라'는 이야기도 떠돌았는데, 이 요주의 인물이 당시 도쿄대학원에 재학 중이던 우이 쥰 씨였다.

내가 이 세 사람과 실제로 알게 되는 것은 그로부터 10년도 더 지난 훗날의 일이다. 하지만 미나마타병 사건이 중대한 역사적 사건이라는 확신과 이 두 눈으로 똑똑히 보아두어야 한다는 뜨거운 열정은 그들과 마찬가지였다.

미나마타병의 발생과 배경

1956년 5월 1일, 미나마타병은 급성격증환자와, 게다가 소아환자가 많이 발생해 발견되었다. 확실히 미나마타병의 역사는 그로부터 시작되어 벌써 50년이 되가고 있다. 하지만 미나마타병은 그날 갑자기 발생한 것은 아니다. 그 이전에도 오랜 잠복기가 있었다.

미나마타에 질소공장이 진출하게 된 것은 1906년의 일이었다. 질소공장은 일찍이 서구의 기술을 도입하면서 그것을 독자적 기술로 개발하고 발전시킨, 전형적인 일본형 기업이었다. 들여온 기술을 독자적으로 혁신시킴으로써 항상 화학공업계의 상위그룹을 점유해왔다. 그것은 때로 무모해 보일 정도의, 도박과도 같은 사활을 내건 위험한 조업이었다고 한다. 예를 들면, 많은 기술자가 실용화에 의문을 품고 있던 단계에서 갑작스레 공장을 세워 양산화하는 등의 일을 해치워버렸던 것이다. 그런 성공으로 타사보다 빨리 선행기술을 확립하고 일본의 톱 기업으로써의 지위를 구축했다고 한다.

전쟁 전과 전쟁 중을 통해 질소공장은 일본의 근대화와 공업화에 공헌했을 뿐만 아니라, 식민지 정책과도 깊은 관계를 맺고 있었다.

식민지 정책이 시작되자 서둘러 조선, 만주(중국동북부)로 진출했다. 조선에서는 부전강을 막아 약 28킬로미터가 되는 대규모의 터널을 뚫고, 압록강에서 황해로 흐르는 물을 동해 쪽으로 떨어지게 해여 수력발전소를 건설하고, 동양 최대라고 일컬어지는 흥남 콤비나이트를 건설한 것을 비롯해, 장진강댐 등 차례로 댐과 화학공장건설을 추진했다. 질소공장의 당시 기술은 세계에서도 최고의 수준이었다고 한다. 당연히 국책기업이다.

하지만 패전으로 이 회사는 해외자산을 잃게 되고 다수의 노동자와 함께 미나마타로 철수했다. 그리고 이번에는 미나마타공장을 거점으로 남겨진 두뇌와 기술에 전후의 경제부흥을 걸었다. 사실 질소공장은 일본의 전후 경제부흥에 커다란 공헌을 했다. 하지만 그 음지에서는 일본에서 최고 농도의 대기오염, 수질오염, 일본 제일의 노동재해, 직업병 등을 유발시켰다. 특히 많은 노동자의 생명과 건강의 희생은 대단했다.

전후부흥, 경제발전이라는 대의명분 앞에서 인권이나 약자의 생명은 경시되었다. 기업은 사람들 위에 군림하고, 사람들 또한 풍요로움이니 편리함(경제발전)을 위해서는 희생도 불가피하다고 생각했다. 미나마타병은 이와 같은 배경에서 발생했다.

최초로 미나마타병이라고 진단을 받았던 것은, 다섯 살 11개월과 두 살 11개월 된 타나카 씨 집안의 자매였다. 그 어머니의 이야기로 옆집에서도 다섯 살 4개월 된 여자아이가 발병했다는 사실을 알게 되었다. 놀란 의사들은 보건소에 원인불명의 중추신경질환이 발생했다는 사실을 알렸다. 이것이 미나마타병 정식발견의 날, 5월 1일이었다. 조금 뒤늦게 또 다른 이웃집에서 여덟 살 7개월과 두 살 8

개월 된 형제가 연이어 발병했다. 두 집 모두 해안에서 몇 미터 안 되는 곳에 있으며, 어업과 조선공을 업으로 삼고 있었다. 정말로 자연 속에서 자연과 더불어 살고 있던 사람들이었다.

환경오염으로 인해 가장 먼저 피해를 입은 것은 태아, 유아, 노인, 병자 등 생리적인 약자들이고, 또 당연히 자연과 더불어 살며 자연에 의지하는 생활을 하고 있는 사람들이다. 이런 사람들은 굳이 말하자면 스스로의 권리나 의견을 십분 표현하지 못하는, 사회적으로도 소수파이거나 약자인 경우가 많다. 이런 사람들이기에 더더욱 피해는 집중되고 쉽게 확대되며 구제시기를 놓치고 마는 것이 아닐까? 나는 그러한 현상이 세계 각지에서 공통으로 벌어지고 있음을 경험하고 있다.

원인과 원인물질

환자의 상태는 눈을 질끈 감아버리고 싶을 정도였다. 하지만 질소공장도 행정도 '원인불명'을 이유로 아무 유효한 대책도 세우지 않았다. 실제로 불명이었던 것은 원인물질이었지, 원인이 어패류에 있다는 것은 이미 명확해진 상태였다. 그것만으로도 질소공장이나 행정이 대책을 세우기에는 충분했다.

하지만 질소공장은 아무런 유효한 대책을 세우지 않았을 뿐만 아니라 쿠마대학 의학부의 원인규명을 방해하기까지 했다. 행정도 마찬가지, 놀라울 정도로 무대책이었다. 그것은 예컨대 포장도시락이 원인으로 식중독이 발생해 중대한 위험에 처했는데, 도시락 속의 무엇이 원인인지 모른다고 판매를 계속하게 하는 것이나 마찬가지였다. 이 경우 포장도시락이 원인이므로, 그 안의 무엇이 원인인지 무슨 세균에 의한 것인지는 긴급대책에 필요충분조건은 아니다. 쿠마대학 의학부 미나마타병 연구반에게는 질소공장이나 행정의 무대책 때문에 원인물질의 해명이 지상명령이 되었다.

이 심각한 증상의 기묘한 병을 눈앞에 보고 연구반 의사들은 목숨을 건 노력으로 원인물질을 밝혀내려고 했다. 하지만 그들은 동시에 질소공장 내부의 일, 원료, 생산품, 제조공정 등은 완전 무지했다. 그것은 마치 성 밖에서 감으로 천수각(성의 중심부인 아성牙城의 중앙에 3층 또는 5층으로 제일 높게 만든 망루-옮긴이)을 공격하는 것과 같았다. 후에 원인물질을 밝혀낼 수 있었던 것은 운이 좋았다고 할 수 있으므로, 미궁에 빠질 가능성도 있었다.

이때 원인물질의 규명에 가장 가까이 있었던 것은 공장내부의 기술자나 전문가들이었다. 그런데도 그들은 움직이지 않았다. 후에 공장내부의 동물실험에서 원인이 밝혀졌을 때도 그 사실을 공표하지 않았다.

병의 원인규명을 위해서는 먼저 임상증상이나 병리소견의 특징을 분명하게 할 필요가 있었다. 1958년이 되자 감각장애, 시야협착, 난청, 언어장애, 운동실조가 임상증상으로 특징적이라는 것이 분명해졌고, 사망자의 해부로 병리학적으로도 지극히 특징적인 소견이 있음을 알았다.

그렇게 해서 그 같은 특징을 가진 병을 찾아 세계의 문헌을 검색한 결과, 1940년에 영국 런던에서 보고되었던 농약공장 노동자의 메틸수은중독과 특징이 일치하다는 사실을 밝혀냈다. 연구반은 유기수은 중독을 의심하여 수은의 분석을 시작했다. 그 결과 미나마타만의 공장폐수덩어리, 어패류, 그리고 환자의 두발과 사망자의 장기에서도 높은 수치의 수은이 검출되었다. 또 고양이에게 메틸수은을 직접 투여하면, 미나마타만의 어패류를 먹여 발병한 고양이 미나마타병과 완전히 똑같은 증상과 병리소견을 보인다는 것도 알았다. 그러한 사실들을 토대로 미나마타병의 원인물질은 메틸수은이라는 것을 밝혀냈다.

1959년 11월, 쿠마대학 연구반은 그 결과를 후생성(현, 후생노동성)에 정식으로 보고했다. 최초 발견에서 무려 3년 6개월 뒤였다.

한편 쿠마모토현은 후생성에 식품위생법 적용을 요청했다. 그에 대해 후생성은 '모든 어패류가 중독되었다는 증거가 없다'며 그 적용을 보류했다. 하지만 어떤 물고기가 중독이 되었는지 안 되었는지 알 수 없으므로 전면금지해야 하지 않았을까? 이런 무대책 때문에 피해가 확대되었음은 두말할 나위 없다.

미나마타병 발견 이래, 급성격증의 환자가 감소한 것은 질소공장이나 행정이 유효한 대책을 세워서가 아니라 겁을 먹은 주민들이 어패류를 먹지 않았기 때문이다. 하지만 그 때문에 미나마타병은 비전형화, 만성화되어 오히려 찾기 어려워지고 말았다.

사람이 죽고 불치의 병으로 쓰러지고 있을 때 경찰과 검찰은 전혀 움직이지 않았다. 오히려 공장폐수 방류 정지를 요구하는 어민들을 체포하고 재판에 넘겼다. 많은 어민들이 유죄판결을 받았다. 그 뒤에서 질소공장은 더욱 생산을 증대시켰고 여전히 메틸수은을 흘려보냈다. 그 때문에 미나마타만 내의 어패류의 수은치는 생산정지 때까지 감소하지 않았다.

위로금계약과 인정제도

원인물질이 명확해지자 피해자는 당연히 가해자에게 피해보상을 요구했다. 질소공장은 이때 내부에서의 동물실험에서 원인이 자사에 있다는 것이 밝혀졌다는 사실을 은폐하고, 당시의 쿠마모토현 지사 입회하에 공갈에 가까운 형태로 1959년 12월 30일, 환자들과 위로금계약을 맺었다.

위로금계약의 보상금은 환자모임의 3백만 엔이라는 요구액과는 달리 사망자 30만 엔, 성인은 연간 10만 엔, 미성년자는 3만 엔을 지불한다는 턱없이 낮은 금액이었다. 특히 어린 환자의 장래를 고려한 부모들은 금액의 인상을 요구했다. "차비도 반액이 아니더냐, 하다못해 5만 엔이라도……"라는 목소리도 무시당했다.

게다가 그 계약 중에는 교묘하게 피해를 왜소화하는 책동이 숨겨져 있었다. 그것은 계약의 제3조 '본 계약체결일 이후에 발생하는 환자(미나마타병 환자 진단협의회가 인정한 자)에 대한 위로금은 이 계약의 내용에 준하여 별도 교부하기로 한다'에 있었다.

이때부터 환자의 선별을 위한 인정제도가 시작되었다. 바꿔 말하면, 미나마타병의 의학적 판단(진단)이 위로금수급자격의 인정으로 탈바꿈하고 말았던 것이다. 이후의 약 10년간은 태아성 환자를 제외하면 새로운 환자는 인정되지 않았고, 이 인정제도는 미나마타병의 구제에 있어 두꺼운 벽이 되고 말았다.

안타깝게도 그때 피해자 측은 그 사실을 알아차리지 못했다. 이 위로금계약이 악질이었다는 것은 1973년 3월 20일 미나마타병 재판의 판결에서 '피해자의 무지를 악용해 이뤄진 계약으로 공서양속(公序良俗)에 반하여 무효하다'고 한 판결로도 분명히 알 수 있다. 그 뒤

1968년 정부의 공식공해인정 때까지 긴 침묵의 시간이 흘렀다.

그 후 약 30년간이나 되는 재판의 긴 여정을 거치면서 '무엇이 미나마타병인가?'를 논의하고, 병상론이 하나의 큰 쟁점이 되었던 것은 그때 시작되었던 인정제도 때문이다. 미나마타병의 병상(진단기준)이 초기에 제한된 급성격증의 환자로 한정시켜버린 것은, 미나마타병 역사에서 문제해결을 지연시켰을 뿐 아니라 무엇보다도 실태의 해명을 곤란하게 만들었다. 그 벽 때문에 막대한 시간과 에너지가 허비되어야 했다.

당시 환자 측도 미나마타병을 은폐하려고 했다. 슬픈 일이지만, 물고기가 팔리지 않게 될 것을 걱정한 어부와 가족 중에는 미나마타병이 의심되어도 인정신청도 하지 않은 채 자택에 숨어 지내다 그대로 사망한 사람도 있었다. 그런 환자는 영원히 미나마타병 환자의 통계에 포함되지 않았을 뿐 아니라 미나마타병의 실태를 명확히 하지 못한 원인이 되기도 했다.

선천성 미나마타병?

앞서 미나마타병이 많이 발생했던 시기, 다발지구에 선천성 뇌성소아마비로 알려진 어린 환자가 많이 태어났다는 사실을 알게 되었다고 썼다. 미나마타병이라는 의혹이 들면서도 아이들은 오염된 어패류를 직접 먹지 않았다는 이유로 미나마타병으로 인정되지 않았다. 그 때문에 구제도 못 받고 긴 세월 방치되어 있었다. 그들 부모는 아픈 자식 때문에 일도 못하고 가난의 구렁텅이에서 허우적대고 있었다. 다다미도 이불도 너덜너덜하고 집안에는 가구 하나 없이, 그 비참함은 눈 뜨고는 못 볼 지경이었다. 이시무레 미치코의 『고해정토』

에 나오는 모쿠타로 이야기나 쿠와하라 씨의 사진에서 볼 수 있는 상황은 이 무렵의 것이다.

처음에 썼던 카나코 형제의 어머니 말을 내가 듣게 된 것도 거의 같은 무렵의 일이다. 더는 버틸 수 없어서 구제를 요청하러 시청으로 찾아간 어머니들은 '미나마타병이라고 판명되기 전에는 아무것도 해줄 수 없다'는 냉정한 대답을 들어야 했다.

"언제 미나마타병이라고 알 수 있을까요?" '미나마타병 관계는 보건소가 관할'이라 해 보건소로 간다. 그러면 거기에선 '대학에서 연구 중'이라 하고 대학 선생은 '누구 한 사람 죽어서 해부를 해보면 알 수 있을지 모른다'고 말하는 것이었다. 사실상 어머니들은 누군가 죽기를 기다리는 짝이 되고 말았다. 선천적인 환자들에게서는 공통적인 증상이 보이므로 같은 원인에 의한 병이라고 판단되었다. 더구나 그 어머니들은 임신 중에 미나마타만에서 잡은 어패류를 많이 먹었고, 가족 중에 미나마타병 환자나 같은 증상을 보이는 환자가 많았다. 태어난 장소와 시기도 미나마타병과 완전히 일치하는 등 상황증거는 얼마든지 있었다.

1962년 여름, 한 여자아이가 조용히 숨을 거뒀다. 그 아이가 해부되고 '태반을 통과해 발생한 미나마타병(태아성 미나마타병)'이라고 진단이 내려짐으로써, 같은 해 11월에 16명이 동시에 태아성 미나마타병으로 인정되었다. 앞의 말처럼 누군가의 죽음 뒤에 마침내 인정을 받은 것이다.

이 아이들은 모두 중증으로 학교에도 못 가고 자택 혹은 시설에 갇혀있었기 때문에, 행정이 알아보려고 생각만 했다면 쉽게 알아볼 수 있었을 것이다. 그런데도 오늘에 이르기까지 행정은 그런 조사는 일절 하지 않았다. 나는 지금까지 64명의 중증 태아성 미나마타병 환자를 확인했으며, 40명의 의심 환자를 파악하고 있다. 이 중에서 이미 30명은 사망했다. 더욱 중증인 환자는 분명 내가 조사하기 이전에 죽었을 것이므로, 이 숫자는 어디까지나 빙산의 일각에 불과하다.

인정 후, 환자가정을 방문했더니 어머니는 "덕분에 보상금을 받게 되었습니다"라며 고맙다는 인사를 하기에, 나는 "돈은 얼마든가요?"라고 물었다. "3만 엔이오"라고 했다. 나는 오래도록 그것이 연간이 아닌 월 3만 엔인 줄로 잘못 알고 있었다.

과오는 반복되었다

1965년 6월, 니가타시 아가노강 하류지역에서 제2의 미나마타병이 발생했다는 충격적인 뉴스를 접했다.

처음에 나는 그 뉴스를 믿을 수 없었다. 그만큼 미나마타병의 원인이 분명해졌는데 질소공장과 같은 공정의 공장이 아무런 대책도 세우지 않고 지금까지 조업을 해왔다는 것은 있을 수 없는 일이라고 생각했기 때문이다. 또 민물고기를 즐겨 먹지 않는 우리에게는 민물고기로 미나마타병이 발병할 수 있으리라고는 상상도 못했기 때문이기도 했다. 하지만 의심할 여지없이 미나마타병이었고, 원인공장은 하구에서 60킬로미터 상류에 있는 쇼와공전 카노세공장에서 역시 질소미나마타공장과 같은 아세트알데히드공장이었다. 과오는 다시 한번 반복되었던 것이다.

이렇게 되고서야 비로소 통산성(현, 경제산업성)은 전국의 아세트알데히드공장에 폐수를 밖으로 내보지 않는 폐쇄순환식으로 변경하도록 지시했다. 미나마타병이 발견되고 폐수가 의혹을 샀던 1956

년에, 아니 백 보 양보해서 59년에 미나마타병의 원인이 명확해졌을 때, 그도 아니라면 공장의 아세트알데히드공정에서 메틸수은이 발생한다는 것이 밝혀진 62년이었어도 좋다, 이 조치가 취해졌더라면 미나마타에서의 피해확대도, 제2 미나마타병 발생도 막을 수 있었다.

니가타 미나마타병의 발생은 있어서는 안 될 일이었다. 하지만 모순되게도 니가타 미나마타병은 미나마타에 대해 의학적으로도 사회적으로도 피해자운동 면에서도 막대한 영향을 미치게 되었다. 니가타에서는 원인해명이 신속했으므로 오염주민의 건강조사와 모발수은 조사를 단서로 미나마타병의 진단이 진행되었고, 그 덕분에 비전형적 사례나 지발성 미나마타병(섭취를 중지한 후에도 증상이 진행하는 예) 등이 발견되었다. 중증 전형의 사례만을 뽑아 일정한 틀 안에서 진단하고 있었던 제1의 미나마타병과 증상에서 큰 차이가 생겼다. 그리고 그것이 미나마타에서의 병증을 재검토하고, 그 결과 잠재성 환자를 찾아내고 주민일제검진 실시, 행정 불복 심사청구 등의 운동으로 발전해갔다.

또 1966년, 니가타에서 원인기업인 쇼와전공 카노세공장을 상대로 손해배상청구소송이 이뤄지고 니가타의 환자와 그 지원자가 미나마타를 방문하여 양 피해자 간의 연대와 교류가 시작되었다. 니가타 미나마타병 환자의 방문을 받고 비로소 미나마타시에 처음으로 미나마타병 대책시민회의(히요시 후미코 대표)라는 지원조직이 생겼다. 이것이 미나마타병의 재판을 제기하는 방아쇠가 되었다. 그리고 1969년 6월, 미나마타에서도 드디어 질소공장을 상대로 29세대 112명이 손해배상청구 소송을 냈다(미나마타병 제1차 소송).

버려졌던 환자들

쿠마대학 연구반이 미나마타병의 원인을 밝힌 지 6년 후인 1968년 9월, 정부는 처음으로 미나마타병이 공해병이라는 사실을 인정했다. 그해 5월에 일본 전국의 아세트알데히드공장이 가동을 정지했던 것을 생각하면, 그때까지 공해인정을 기다리고 있었다고밖에 달리 생각할 여지가 없다.

하지만 정부의 공식인정은 행정적 예상을 훨씬 초월한 영향을 미쳤다.

사실 정식 인정은 차별과 편견으로 오래도록 고통을 받아왔던 인정환자들이 기다려왔던 것이다. 또한 버려진 채 잊혔던 환자들에게는 이윽고 자신의 실체를 드러낼 수 있는 하나의 조건이 마련되었다고도 할 수 있었다.

1969년 12월에 공해피해구제법이 실행되었고 뒤에 공해건강피해보상법(1974년 9월)도 실행되었으니, 1970년대에 공해운동은 전국적으로 확산되는 시기를 맞았다. 하지만 미나마타에서는 인정은 여전히 미나마타병 인정심사회가 협의의 고정적인 미나마타병증을 고집하며 신청해오는 환자를 미나마타병으로 인정하지 않고 기각하고 있었다.

그에 대한 이의신청을 제기한 것이 카와모토 테루오 씨 등이 했던 행정 불복 심사청구다. 이 심사청구는 심사회가 '미나마타병이 아니다'고 한 것에 반론을 제기하며 불복을 주장했던 것이다. 쌍방의 의견을 청취한 환경청은 인정조건이 지나치게 소극적이라는 사실을 감안해 마침내 기각처분 취소를 재결하고, 1971년 8월에 '법의 취지에 근거하여 널리 구제하라'는 통지를 보냈다. 이 재결로 인해

카와모토 씨와 모두는 미나마타병으로 인정받았다. 그것을 계기로 버려졌던, 또 은폐되어 있던 환자들이 하나둘 실체를 드러내면서 인정신청자가 급증하였고, 그 수는 1만 명을 넘었다.

한편 카와모토 씨 등 새로운 인정환자들은 질소미나마타공장 정문 앞에서 사죄와 보상을 촉구하며 농성을 벌였지만 진전은 없었다. 그 때문에 1972년 2월, 카와모토 씨 등은 도쿄 본사 앞에서 농성을 시작하며 직접교섭을 요구했다.

그 일년 뒤인 1973년 3월 20일, 쿠마모토 지방재판소는 질소공장의 책임을 인정하고 환자들에게 배상금을 지불할 것을 명했다. 환자들의 전면승소였다. 이후 카와모토 씨를 비롯한 도쿄본사 앞의 농성 팀은 소송파 환자들과 합류하여 질소공장과 길고 격렬한 교섭을 계속한 끝에 보상협정을 체결했다. 판결의 일시금 1천 6백만 엔에 추가하여 생활보장금, 의료비 부담 등을 쟁취했다. 그리고 그 협정은 새 인정환자들에게도 적용하게 되었다. 이 교섭이 얼마나 격렬했었는가는, 쌍방에서 부상자가 나왔고 카와모토 씨가 체포되었다는 사실로도 충분히 알 수 있다.

이 시기, 4대 공해재판이라고 불렸던 재판에서 잇달아 원고 측이 승리했다.

니가타 미나마타병 소송은 1971년 9월 29일에, 요카이치 천식소송은 72년 7월 24일에, 그리고 이타이이타이병 소송은 72년 8월 9일에 각각 환자들의 전면 승소로 끝났다. 일본 전체가 공해문제로 들끓고 광범위한 여론이 공해피해자를 지원했던 시기이기도 했다. 미나마타병에 관해서도 환자구제의 길이 크게 열린 것처럼 보였다.

하지만 판결이 나온 1973년 가을, 제1차 석유파동이 발생하면서

기적의 고도성장에 그늘이 드리워졌다. 그리고 73년 5월에 일본 전국을 수은재난에 빠트렸던 아마쿠사군 아리아케 마을의 제3 미나마타병 사건은, 74년 6월 환경청 건강조사 분과에서 부정당하고 말았다. 이 사건을 계기로 행정과 재계는 미나마타병을 비롯한 기타 공해병에 대한 반격을 획책하고 있었던 것이다.

구제의 벽

피해자 구제의 길이 열린 것처럼 보였던 미나마타병은 인정기준의 폭이 좁혀짐으로써 구제받을 수 있는 환자의 수가 줄어들고 말았다. 그 때문에 2차 소송 이후에는 '미나마타병이란 무엇인가?'가 법정에서 논쟁의 대상이 되었다.

쿠마모토의 제3차 소송 이래 도쿄, 오사카, 후쿠오카 차례로 새로운 소송이 벌어졌고, 원고 수는 2천 명에 달했다. 1996년까지 이미 9개의 판결이 '미나마타병인가 아닌가?'에 대해 내려졌다. 인정심사회의 전문가가 '미나마타병이 아니다'고 기각판결을 내린 환자의 65.5퍼센트에서 100퍼센트, 평균 85퍼센트의 환자에 대해 재판부는 미나마타병으로 간주하여 구제를 명했다. 그리고 '인정심사회의 인정조건이 너무 엄격하여 구제되지 못하고 있다' '인정은 초기의 환자를 대상으로 한 것이므로 보상금을 낮게 하여 인정해야 한다'고도 지적했다.

그런데도 환경청과 미나마타병 의학전문가 회의는 기준을 변경하려고도 하지 않고 '재판부의 미나마타병은 의학적이지 않다'며 계속 항소했다.

1960년, 고양이가 100퍼센트 멸종된 시라누이해 연안에는 20만

명 이상이 살고 있었다. 그중에서 인정된 환자는 2천 265명이므로 기껏해야 1퍼센트에 지나지 않는다. 고양이의 전멸이 100퍼센트에 달하므로 가령 인체에 10퍼센트의 영향을 미친다고 해도, 미나마타병 환자는 2만 명이라는 계산이 나온다. 게다가 인정환자의 반수가 이미 사망했다는 점을 감안하면, 현재에도 1만 명의 미나마타병 미인정환자가 있다는 계산이다.

'미나마타병이 아니다'고 기각된 환자는 현재 카고시마와 쿠마모토 두 현에 합계 1만 4천8백14명이 있다. 그중에서 2천 명 이상이 재판을 했다(제3차 소송). 이 환자들이야말로 살아남은 미나마타병 환자가 아니고 뭐겠는가? 그들이 '미나마타병이 아닌 원인불명의 신경질환'이라고 하는 심사회의 주장에는 전혀 설득력이 없다. 만일 그렇다면 원인불명의 신경질환 환자가 1만 명 이상이나 된다는 말이므로, 그거야말로 중차대한 문제가 아닐 수 없다. 판결을 들은 심사위원 중 한 사람은 "의학적으로 판단할 수 없는 것을 사법이 구제하겠다고 하는 것은 대단한 일입니다."고 말했다. 이 말은 구제의 벽이 되고 있는 것은 의학이라는 것을 인정하고 있는 셈이다.

무엇이 해결책이 될 것인가?

1995년 12월, 여당 3당은 미나마타병 문제해결안을 제시해왔다. 일체의 소송, 행정 불복종, 인정신청을 철회할 것을 조건으로 일정조건에 부합되는 환자에게 2백 60만 엔의 일시금을 지불할 것, 그리고 건강수첩을 교부하여 의료비와 간병수당 등을 지급할 것, 나아가 6천만 엔에서 38억 엔을 각 단체에 가산금으로써 지불할 것, 총리와 환경청 장관이 사죄의 뜻을 표할 것이 골자였다. 떨떠름한 기분을 떨칠 수 없으면서도 칸사이소송을 제외한 각 그룹은 화해의 손길을 잡고 재판을 취하하고 말았다.

건강수첩 수급을 위한 일정조건이란 '역학조건, 즉 가족 중에 미나마타병이 있는가 등의 오염된 상황증거가 있을 것, 본인에게서 사지말단우위의 감각장애가 보일 것' 등이다. 그 해당자는 결과적으로 사망자까지 포함해서 일시금 수급자가 1만 3백53명, 건강수첩 수급자는 9천 6백56명에 달했다. 역학조건은 갖춰져 있지만 감각장애가 인정되지 않는 사람(젊은 층에 많았다)에게는 의료비와 요양비만을 지급하도록 했다(보건수첩 수급자). 그 해당자는 1천 백87명이었다. 그 어디에도 해당되지 않은 사람이 1천 7백81명이었다.

이 해결책을 어떻게 평가할 것인가는, 오랜 세월에 걸쳐 법정에서 다뤄왔던 쟁점이 어떤 식으로 처리하고 해결되었는가로 결정된다. 그 쟁점의 하나는 행정책임이고 또 하나는 원고들이 미나마타병인지 어떤지 하는 점인데, 안타깝게도 이 두 가지 모두 애매한 상태로 막이 내려지고 말았다.

그렇다 치더라도 그나마 정부가 해결책을 제시한 것은 미나마타병의 정식 발견에서 무려 40년이나 지난 뒤의 일이다. 시간이 너무 오래 걸렸다. 태아성 환자도 벌써 마흔이 넘은 중년이 되었다. 피해자들은 늙어서 하나둘 죽어갔다. 피해자들은 죽을 때까지 피해자인 것에 비해 기업의 간부나 관료는 끊임없이 바뀌었다.

그들은 재판에서 항소해 놓고 문제를 미뤄두기만 하면 되었다. 또 심의회나 전문위원회 등 소위 전문가들에게 만사를 맡겨놓고 시간을 벌거나, 정부 입장에 이로울 답신을 제출하도록 하면서(위원을 선발하는 것은 관료이기 때문에) 시간을 끌었다. 이런 구조는 미나마타병에서뿐만 아니라 다른 공해와 약물피해 등에서도 보였다. 그러니 구조의 변혁이 없는 한 비극은 반복될 것이며 피해는 확대되고 피해자의 구제는 자꾸 미뤄지고 불충분한 것이 된다.

사람이 상처입고 미치고 죽어갈 때, 여론(국민) 또한 풍요와 편리(경제발전)를 선택하지 않았던가? 그런 의미에서 우리에게도 책임이 있다. 피해자에게만 그 대가를 치르도록 떠맡겨서는 안 된다. 국민 모두가 이 사태를 '빚의 유산'으로 인식하지 않는다면 피해자는 구원받을 수 없다. 가령 정치적으로 문제가 일단락 되었다고 하더라도, 어떤 식으로 막이 내려졌다 하더라도 피해자가 살아있는 한 미나마타병은 끝나지 않는다. 그리고 미나마타의 경험을 유익하게 활용하기 위해서도 '왜 미나마타병이 발생했으며, 피해가 그토록 확대되었으며, 구제는 왜 늦어졌는가?' 하는 기업과 행정의 책임추궁은 차후로도 계속되어야만 한다. 또한 '가장 최소한의 미나마타병은 무엇인가?' 하는 것, 광대한 오염피해 전모(영향)의 의학적 추궁은 이 나라의 의학자나 행정이 완수해야 할 책임이기도 하다.

장래를 위해 추구하는 학문으로써 '미나마타학'이라는 강좌가 2002년부터 쿠마모토학원 대학 내에 개설되었다. 이 강좌는 미나마타병에 대한 지식을 널리 알리기 위한 강좌가 아니다. 미나마타병 사건에 여러 가지를 비춰보고 무엇이 보이는가 하는 실험적인 강좌다. 그러한 시도를 통해 '학문은 무엇을 위해, 누구를 위해 하는가?' '행정은 무엇을 위해 존재하는가?' '전문가란 무엇인가?' '우리의 삶이란 무엇인가?' 하는 것까지 볼 수 있지 않을까?

그러기 위해서는 현장을 소중히 하는, 시민에게 열린, 시민이 참가할 수 있는 학문이어야만 한다.

이시무레 미치코의 『고해정토』는 그 문을 연 최초의 귀중한 '열쇠'다.

이시무레 미치코,
씻김굿과 같은 진혼과 치유의 작가

•

이시무레 미치코는 1927년 일본 열도의 남단 쿠마모토현 아마쿠사군의 작은 마을 외가에서 태어났다. 외할아버지는 당시 도로공사와 항만공사를 맡아 하던 석공으로 그가 세웠던 도리이(鳥居)가 아직도 미나마타에 남아있다고 한다. 그런가 하면 외할머니는 이른 나이에 정신이 온전치 못한 시각장애인이 되고 결국 남편에게 버림받는 기구한 운명의 여인이었다.

아버지는 그런 외가에 데릴사위로 들어와 회계일을 맡아 하던 아마쿠사 출신 유민(流民고향을 떠나 떠돌며 살아가는 사람들을 일컫는다)이었다. 외할머니와 아버지는 이시무레의 작품 전반에 깔린 문학적 모티브로 존재한다고 해도 과언이 아닐 정도로 이시무레의 정신적 세계에 큰 영향을 미쳤다. 게다가 이시무레가 태어난 아마쿠사와 대부분의 생을 보낸 미나마타, 시라누이해 일대는 이시무레의 모든 작품의 배경이 되었다. 고향을 잃고 역경의 세월을 살다 구천을 떠도는 유민들의 영혼이 깃들어 사는, 이시무레에게는 더더욱 특별한 '서낭당'과 같은 공간이었다.

이시무레가 여덟 살 되던 무렵, 외가의 사업파산으로 부모님은 외할머니를 모시고 '통통마을'이라 불리는 아라가미(荒神)로 옮겨

갔다. 이곳에서 이시무레는 '막노동자, 매춘부, 구질구질 더러운 세탁소 주인, 알코올중독 대장장이, 중국으로 팔려갔다 돌아온 가라유키' 등 유민들에게 강한 친근감을 느끼며 자랐다.

'내가 유녀를 좋아하고 거지나 미치광이를 사모하는 것은 (오모카할머니의 존재와) 아버지의 가르침 때문임이 분명하다. 마침내 나도 그들과 같이 평생을 방황하리라 믿으며 자랐다'(이시무레의 자전적 에세이 『애정론』에서)

이렇게 이시무레의 '유민에 대한 동족의식'은 결국 그녀를 미나마타병과 환자와 가족들의 한 많은 삶으로 이끌었고, 그들의 영혼과 하나가 되어 시라누이해를 향하고 허공을 향하고 세상을 향해 설움과 넋두리를 퍼붓고 그들의 한을 풀어주기라도 하듯 씻김굿과 같은 『고해정토』라는 진혼문학을 낳았다.

1954년 쿠마모토현 미나마타시를 중심으로 시라누이해 연안에 인접한 마을들에서 메틸수은에 오염된 어패류가 원인이 된 중추신경계질환 미나마타병이 유행하기 시작했다. 그것은 미나마타시에 1908년부터 존재했던 신일본질소주식회사(짓소)에서 바다로 흘려보낸 폐수가 원인이 된 공해병임이, 발병후 15년이 지난 1968년 9월에야 정식으로 인정되었다.

정부의 공해병 인정 발표와 환자에 대한 피해보상이 이뤄지기까지, 환자와 그 가족들을 비롯해 의료진과 시민단체들의 부단한 노력과 희생이 뒤따랐던 건 말할 것도 없다. 그 운동의 한가운데에 이시무레 미치코가 있었다. 이시무레는 환자와 가족들을 만나 그들의 고통과 한을 공유하고, 정부와 의료기관들을 찾아다니며 병의 원인과 실태를 고발하고 보상을 촉구하는 운동의 그림자와 같은 존재였다. 그러한 미나마타병의 역사와 피해 환자들의 삶을 이시무레는 『고해정토-나의 미나마타병』(1969)을 1부로 하는 『고해정토』 3부작 (『신들의 마을 』과 『하늘물고기』)에 담아냈다.

1969년 『고해정토』 1부가 출판되었을 때, 일본의 평론가들과 독자들은 이 작품을 르포르타주나 고발성 기록문학 정도로 보았다. 1970년 일본의 대표적인 오야 소이치 논픽션상 제1회 수상작으로 이 작품이 선정된 것만 보더라도 당시 작품에 대한 인식이 어떠했는지 알 수 있다. 하지만 작가와 작품에 대한 이해가 깊어짐에 따라 일본문학계는 이 작품의 문학성을 인정하고 작가의 사소설이라는 주장이 일반화되었다.

그러나 한편으로는 『고해정토』의 기록성을 부정할 수 없는 것 또한 사실이다. '기록문학'이라고 하면 글자 그대로 '사실을 객관적으로 묘사하는 기록적 성격이 강한 문학'을 뜻하므로, 당연히 허구와 창작을 용인하지 않는 문학임은 두말할 나위가 없다. 그런 측면에서 『고해정토』는 지극히 사실적인 자료들을 인용해가며 국가와 기업이 은폐하고자 애썼던 '미나마타병의 역사'를 기록하고 있는 엄연한 기록문학이라 할 수 있다. 하지만 이시무레의 '기록주의'는 결코 사실의 객관적 기록만은 아니다. 그녀가 기록하고자 한 것은 객관적 사실이 아닌 고향으로 대표되는 민초들의 영혼이고 그들이 꿈꾸는 이상향이다. 같은 기록문학이라 하더라도 하나의 피상(皮相)을 바라보며 그를 통해 느끼는 것은 보는 이에 따라 다를 수밖에 없고, 그것을 표현하는 데도 표현하는 이에 따라 서사(敍事, narratives)하는 바 역시 저마다 다르다.

『고해정토』에는 서정적이며 허구적인 기록의 기술이 숨어있다. 예컨대 실존 인물을 모델로 한 등장인물들의 기구한 삶을 미나마타병이라는 공동의 매개를 통해 옴니버스식으로 소설화하고 있다거나, 주인공들의 대사가 다큐멘터리 영화처럼 인터뷰를 통해 얻어진 것이 아닌 작가가 그들의 영혼과의 교감을 통해 창작해낸 대사라는 점 등이 특히 그렇다.

아직도 기억이 새로운 동일본대지진과 후쿠시마원전사고가 발생했던 2011년 3월 11일, 그 직후 일본의 학계와 언론에 곧잘 등장하던 키워드 중 하나로 '아시오, 미나마타에서 후쿠시마로'를 꼽을 수 있다. 일본공해의 원점이라 할 수 있는 1880년대의 '아시오 구리광산광독 사건', 1950년대 발병 후 수천 명의 희생자를 낳았고 현재까지도 끝나지 않은 '미나마타병 사건' 그리고 2011년 끔찍한 '후쿠시마 원전사고'를 '공해사건'이라는 같은 선상에 놓고 있는 점은 여러 가지를 시사하고 있다. 무엇보다 세 사건이 별개의 사건이 아니라 다각적 측면에서 깊은 연관성을 갖는다는 점을 강조한다. 가해기업과 정부의 진실 은폐와 책임회피, 근대 이후 문명의 이기와 물질만능주의를 앞세운 대자본과 정부에 의한 희생의 산물이라는 점 등을 역설하고 있다. 이때 자주 소환되어 거론되던 이름 중 하나가 『고해정토』였다. 그만큼 최악의 위기의 순간에 그들이 찾았던 이시무레의 전근대 지향의 문학세계야말로, 자연과 인류의 미래를 위한 열쇠를 품고 있다고 감히 말할 수 있으리라.

이렇듯 이시무레의 작품 안에는 인간과 자연이 교감하며 공존하던 근대 이전의 세계가 펼쳐지고 있다. 그리고 『고해정토』야말로 미나마타병 사건을 비롯한 근대문명의 이기에 희생된 모든 생명을 위한 '진혼의 문학'을 뛰어넘어, 파괴된 자연과 인류의 회복을 위한 '치유의 문학'이라고 확신한다.

『고해정토』 3부작 중 1부 『고해정토-나의 미나마타병』이 『슬픈 미나마타』라는 제목으로 달팽이출판에서 번역출간된 것이 2007년 6월이었다. 그것은 국내에 최초로 소개된 이시무레의 작품이자 거의 유일한 작품이었다(뒤에 『고해정토』 3부작 중 2부 『신들의 마을』이 녹색평론사에서 번역 출간되었다). 그러나 최근까지 수차례 복간이 반복되고 있는 일본에서와는 달리, 한국에서는 절판의 상황을 면치 못했다. 그것이 늘 안타까웠다. 고맙게도 달팽이출판에서 『슬픈 미나마타』를 원제인 『고해정토』로 개정판 출간이라는 결단을 내려주었다. 한국의 한 독자로서 진심으로 고마움을 전하고 싶다. 이 개정판 출간을 계기로 이시무레 미치코라는 작가와 작품이 우리나라 독자들에게도 널리 알려지길 다시 한 번 희망한다.

이시무레 미치코는 2018년 2월 10일, 90세를 일기로 '기도'를 올리듯 긴 세월 세상을 향해 읊어오던 그의 '문학'이라는 세계에 안녕을 고했다. 그의 새털처럼 가볍고 순결한 영혼이 자연과 인류가 병들기 이전의 고향 어디쯤에서 그의 동족들과 함께 평안하기를 간절히 기원한다.

2021 12 21

김경인

고 해 정토苦海淨土

나의 미나마타병

이시무레 미치코 지음
김경인 옮김

제1판 1쇄 2007년 6월 5일
제2판 1쇄 2022년 1월 18일

펴낸이 김영조
펴낸곳 달팽이출판
등록 2002. 2. 28. 제 406-2011-000065호

주소 경기도 파주시 탄현면 사슴벌레로 45. 206-205
전화 031-946-4409
팩스 031-624-7359
이메일 ecohills@hanmail.net

ISBN 978-89-90706-48-5 (03830)